KÖLN KRIMI
22

Stefan Winges, geboren 1957 in Rheydt, Studium in Bonn, lebt und arbeitet in Köln. Im Emons Verlag erschien von ihm »Der vierte König«.

Dieses Buch ist ein Roman. Handlungen und alle Personen sind frei erfunden. Ähnlichkeiten mit lebenden oder toten Personen sind rein zufällig.

Stefan Winges

Honolulu Baby

Emons Verlag

Umschlaggestaltung: Atelier Schaller, Köln
Umschlagzeichnung: Heribert Stragholz
Umschlaglithografie: Media Cologne GmbH, Köln
Druck und Bindung: Clausen & Bosse GmbH, Leck
Printed in Germany 2003
ISBN 3-89705-256-3

www.emons-verlag.de

für laurel & hardy

die von ihrer reise
zu jenen palmen
mit leeren händen
heimkehrten

aber dann am abend
trugen sie die kette
aus plastikblumen
und sangen dein lied

honolulu baby

EINS

Ich verfluchte Scharlies Tanten, alle sechs, und hielt mir mein Knie. Gegen das Treppengeländer hatte ich eindeutig den kürzeren gezogen. Es war morgens kurz vor sieben, und das ist auch sonst nicht meine beste Zeit. Nicht mehr. Ich war halbnackt, unrasiert und so nüchtern wie Harald Juhnke am Tag danach, aber das störte mich im Augenblick weniger; ich erwartete niemanden.

Das penetrante Klingeln hielt noch an, als ich zur Tür humpelte und sie aufriß. »Ja?«

Hin und wieder neige ich zu schlichter Einsilbigkeit. Als Antwort erhielt ich ein amüsiertes Kopfschütteln, das nichts als milden Tadel ausdrückte. Überrascht starrte ich meinen Besucher an. Vor mir stand Jupp Erckens, ein alter Freund, den ich seit Jahren nicht mehr gesehen hatte. In der Armbeuge hielt er eine bis zum Rand gefüllte Papiertüte aus der Bäckerei, die andere Hand lag lässig auf dem Klingelknopf.

»Hallo, Max! Einen wunderschönen guten Morgen!«

Endlich nahm er den Finger von der Klingel, und dafür war ich ihm fast dankbar. Es sind die kleinen Gesten, die zählen. Jupp sah an meiner Pyjamahose herunter auf meine nackten Füße und wieder hoch in mein Gesicht. Der Anblick schien ihn zu erheitern.

»Habe ich dich etwa geweckt?«

Er zog die Brauen hoch, und für einen Moment imitierte ein betont unschuldiger Blick aus großen, runden Augen höfliches Bedauern. Dann drückte er mir die Tüte vor die Brust, hob seine Reisetasche auf und spazierte unverschämt fröhlich an mir vorbei in die Wohnung. Er trällerte nicht vor sich hin, so viel Anstand hatte er doch.

Ergeben zog ich die Tür ins Schloß und folgte ihm. Der Duft von frisch gebackenen Brötchen stieg mir in die Nase. Auf der nackten Haut fühlte sich die Tüte angenehm warm an. In der Küche legte ich sie auf dem Tisch ab, stellte die Kaffeedose daneben und deutete wortlos, aber unmißverständlich auf die Maschine. Jupp schlug die

Hacken zusammen und salutierte. Sein breites Grinsen ließ jede Spur von Mitleid vermissen.

Ich ignorierte ihn und verzog mich ins Bad. Unter der Dusche wurde ich langsam munter, und als ich zurück in die Küche ging, hätte mich vielleicht niemand für einen notorischen Frühaufsteher gehalten, aber ich war vollständig angezogen und halbwegs bereit, dem Tag ins Auge zu sehen.

Meinetwegen konnte der Karneval beginnen.

Jupp hatte seinen Kamelhaarmantel ausgezogen und es sich in meinem einzigen Lehnstuhl gemütlich gemacht. Aufmunternd nickte er mir zu. Seine freundliche Bemerkung über das blühende Aussehen der Jugend überhörte ich. Mittlerweile war der Kaffee durchgelaufen. Ich holte zwei große französische Tassen aus dem Schrank, schenkte sie voll und nahm sie mit an den Tisch. Milch gab es keine. Wenn ihn die karge Zwanglosigkeit der Tischdekoration störte, ließ Jupp es sich nicht anmerken. Vermutlich stellte er sich so das Leben in Boheme-Kreisen vor.

Der erste Schluck war köstlich, das ist er immer. Ich trank mit andächtiger Konzentration und genoß die belebende Wirkung. Aus der aufgerissenen Tüte quollen Brötchen, Croissants und Berliner hervor, und ihr Geruch mischte sich verführerisch mit dem Aroma des frisch aufgebrühten Kaffees. Der Morgen fing langsam an, mir zu gefallen.

Nach der dritten Tasse und zwei Berlinern knabberte ich nur noch anstandshalber an einem Hörnchen herum, um Jupp Gesellschaft zu leisten, der einen bemerkenswerten Appetit an den Tag legte. Gut gelaunt führte er das große Wort und ließ dabei ein Croissant nach dem anderen verschwinden. So erfuhr ich aus erster Hand Neues über das Treiben im Paradies. Jedenfalls klang es so.

Jupp konnte erzählen, und sein Temperament steckte an. Er schwärmte mir derart hingebungsvoll vom Dolce vita in der Karibik vor, daß die Bacardi-Reklame daneben wie ein geselliger Umtrunk bei der Heilsarmee wirkte. Amüsiert hörte ich ihm zu. Jupp hatte es schon immer verstanden, einem das Gefühl zu vermitteln, sein eigenes Leben irgendwie falsch angepackt zu haben.

Obwohl er sich redlich mühte, blieben zum Schluß doch noch ein paar Berliner übrig. Mit einem zufriedenen Seufzer schob er seinen Stuhl etwas nach hinten und griff in die Innentasche seines Jacketts. »Darf ich?«

Ich nickte, lehnte aber die angebotene Schachtel dankend ab. Jupp zuckte verständnislos mit den Schultern und steckte sich einen Zigarillo an. Dann schlug er locker die Beine übereinander und fing an, von den alten Zeiten zu reden. Eine Anekdote führte zur nächsten, und ich merkte verwundert, wieviel ich schon vergessen hatte. An einige der Geschichten konnte ich mich kaum noch erinnern. Seitdem schien bereits eine halbe Ewigkeit vergangen zu sein.

Nachdenklich nahm ich die große Tasse in beide Hände und stützte die Ellbogen auf dem Tisch auf. Ich trank in kleinen Schlukken, und während Jupp munter weiterplauderte, schweiften meine Gedanken ab. Gelegentlich warf ich ein Wort ein und lachte an den richtigen Stellen, die meiste Zeit aber ließ ich ihn einfach erzählen. Bald hörte ich nur noch mit halbem Ohr zu. Über den Rand der Tasse hinweg betrachtete ich den massigen Mann, der mir da gegenübersaß und dessen Anblick gleichzeitig vertraut und fremd war.

Hier in meiner Küche wirkte er ausgesprochen deplaziert. Zum ersten Mal fiel mir sein Alter auf: Jupp mußte die Sechzig mittlerweile hinter sich haben. Unter der Sonnenbräune waren seine Gesichtszüge leicht aufgedunsen und zeigten deutliche Spuren eines üppigen Lebens. Trotzdem sah er immer noch gut aus, auf die Art, wie sich große, kräftige Männer mitunter lange halten können. Zwar schleppte er etliche Kilo zuviel mit sich herum, aber das fiel bei seinem perfekt geschnittenen, rehbraunen Maßanzug kaum auf, der ein kleines Vermögen gekostet haben durfte. Nicht Jupp natürlich, nicht jemanden mit einer bescheidenen Dreißigmeter-Ketsch auf den Bahamas.

Sein graumeliertes, noch volles Haar war sorgfältig frisiert und roch dezent nach Haarwasser. Auf den ersten Blick hätte man ihn ohne weiteres für einen erfolgreichen Lokalpolitiker halten können, der im Aufsichtsrat einer Sparkasse saß und nebenbei noch eine traditionsreiche Karnevalsgesellschaft leitete. Es waren die Kleinigkeiten, die das Bild störten: die Kleidung eine Spur zu teuer, der Brillant auf dem Ring mehr als eine Spur zu groß und die Rolex sicher echt. Kleinigkeiten, die eine andere Geschichte erzählten, eine Geschichte, die auch ich nur zum Teil kannte.

Unter dem soignierten Äußeren und der kölschen Jovialität steckte immer noch derselbe Jupp Erckens, der sich im Milieu nach oben gearbeitet hatte. Nicht ganz nach oben, aber weit genug, um sich als reicher Mann zur Ruhe setzen zu können. Ein schwerer Junge, der es zu Geld gebracht hatte, für Kölner Verhältnisse jedenfalls. Vermutlich nicht immer auf die feine Art.

Aber das lag schon lange zurück. Als ich ihn kennenlernte, war er gerade in den Ruhestand gegangen. Natürlich hielten sich bis heute hartnäckige Gerüchte, daß Jupp auch weiterhin gute Kontakte zu einschlägigen Kreisen pflegte. Ich hatte ihn nie danach gefragt und wollte es auch nicht so genau wissen. Ohne ihn wäre ich vielleicht nie mehr aus Bangkok herausgekommen.

In den letzten Jahren war es still um ihn geworden. Wir hatten uns allmählich aus den Augen verloren. Jupp verbrachte seine Tage in den sonnigen Gefilden der Karibik. Mit einer Ausnahme selbstverständlich: Als echten Kölner zog es ihn zu den Tagen zurück in die Heimat. So war er anfangs noch regelmäßig mit großem Hallo im »Geiger« aufgetaucht, seinem ehemaligen Stammlokal, um mit den alten Kumpels die fünfte Jahreszeit durchzufeiern. Aber mit der Zeit ließ er sich immer seltener in Köln blicken. Böse Zungen behaupteten, er zöge wohl den Karneval in Rio vor.

Bis auf einige Ansichtskarten, die hin und wieder aus exotischen Gegenden bei mir eintrafen, war unser Kontakt schließlich eingeschlafen. Die Verantwortung dafür lag hauptsächlich bei mir, wie ich beschämt eingestehen mußte. Für mein schlechtes Gewissen gab es Grund genug, immerhin verdankte ich Jupp meinen Anteil am »Geiger«. Seine Grüße schlossen meist mit der Einladung, ihn doch endlich einmal unten auf seinem Boot zu besuchen. Ich war ihr nie gefolgt, irgend etwas war immer dazwischengekommen. Aber es lag nicht nur daran. So gern ich ihn auch mochte, Jupp gehörte zu einer Welt, mit der ich möglichst wenig zu tun haben wollte. Diese Distanz würde es immer geben – und das wußten wir beide. Selbstverständlich hatte er nie ein Wort darüber verloren.

Ich rechnete nach, unsere letzte Begegnung mußte vier oder fünf Jahre zurückliegen. Damals war er an Rosenmontag mit einer ganzen Clique von Freunden und Bekannten aus Miami im »Geiger« eingefallen. Erst hatte er sie zum Zug geschleppt, und jetzt wollte er die

Bildungsreisenden in die Finessen des Kölschen Karnevals einführen. Irgendwann am frühen Morgen waren sie laut singend wieder abgezogen und hatten dabei eine – gemessen an der kurzen Lehrzeit – bemerkenswerte Beherrschung der elementaren karnevalistischen Bewegungsformen demonstriert. Später erfuhr ich, daß Jupp spontan ein Flugzeug gechartert und alle eingeladen hatte, nur um wieder einmal in Köln dabeizusein.

So gesehen hatte ich heute morgen noch Glück gehabt, nicht als erster Höhepunkt eines ausgefeilten Besuchprogramms präsentiert worden zu sein. Trotzdem war ich erstaunt. Daß Jupp überhaupt bei mir vorbeischaute, war allein schon merkwürdig genug, von der Uhrzeit einmal ganz abgesehen. Auch nachdem bei mir die Nachwirkungen des vergangenen Abends einigermaßen abgeklungen waren, wunderte ich mich darüber. Jupp hatte mich vorher noch nie zu Hause besucht, unser Treffpunkt war immer der »Geiger« gewesen. Allmählich fragte ich mich, ob es für sein plötzliches Auftauchen nicht einen Grund gab, der über das Vergnügen, mich aus dem Bett klingeln zu können, hinausreichte.

»Eigentlich hatte ich nicht vor, hier den Alleinunterhalter zu geben!« Jupps Stimme riß mich aus meinen Gedanken. Er hatte sich vorgebeugt und auf den Tisch geklopft. Mit einem spöttischen Lächeln sah er mich an. »Und mittlerweile solltest du auch wieder wach sein, ich meine, in deinem zarten Alter. Es muß ja hoch hergegangen sein, gestern abend!«

»Nur eine kleine Feier im ›Geiger‹, wirklich keine große Sache, aber es war wohl eine Tante zuviel.«

»Daß es so etwas gibt! Wie viele waren es denn?«

»Ein halbes Dutzend, fürchte ich. Gezählt habe ich sie nicht.«

»Vielleicht solltest du nächstes Mal etwas sparsamer mit diesen neuen Pillen umgehen.«

Ein väterlicher Rat. Jupp schien ehrlich besorgt. Ich schaute nur seufzend zur Decke und sagte nichts. Für diese Art von Witzen brauchte er nicht erst groß zu üben.

»Oder habe ich da etwas falsch verstanden, und du redest womöglich nur von Scharlies aktueller Kreation?« fragte er dann harmlos.

Noch zu Jupps Zeiten hatte Scharlie, damals Barmann im »Geiger« und heute mein Partner, damit begonnen, alljährlich einen neuen

Cocktail zu entwerfen, der ausschließlich an den Karnevals-Tagen ausgeschenkt wurde. Mit der Zeit hatte sich seine »Sessions-Bombe« unter den Eingeweihten herumgesprochen und war zu einer berühmt-berüchtigten Institution geworden.

»Genau, und dieses Jahr hat er sich wirklich selbst übertroffen. Viel Rum und wenig Zitrone, eine gnadenlose Mischung.« Schon die Erinnerung sorgte beinahe wieder für Kopfschmerzen.

»›Tante‹ – der Name ist gut.« Jupp grinste vor sich hin. »›Scharlies Tante‹.«

»Der Name war natürlich Harrys Idee. Du kennst ja seinen Tick mit Peter Alexander. Jedenfalls hat Scharlie seine ›Tante‹ gestern abend in kleiner Runde zum ersten Mal präsentiert, gewissermaßen als Generalprobe. Mit vollem Erfolg, könnte man sagen.«

»Das glaube ich dir aufs Wort! So, wie du heute morgen aussiehst, mußt du dich gleich durch die ganze Verwandtschaft getrunken haben!« Jupp war deutlich anzumerken, wie gern er dabei gewesen wäre. Er lehnte sich zurück, zog an seinem Zigarillo und blies den Rauch in die Luft. »Aber sonst scheint es dir ja gut zu gehen.«

»Es könnte schlimmer sein.«

»Weißt du, ich habe immer am ›Geiger‹ gehangen. Es freut mich, ihn bei dir und Scharlie in guten Händen zu wissen.«

»Es sind wohl mehr Scharlies Hände, muß ich gestehen. Jedenfalls läuft der Laden recht ordentlich. Man kann ihn nicht unbedingt als Goldgrube bezeichnen, aber ich bin ganz zufrieden, auch wenn es nicht für eine Yacht langt. Immerhin ist die Wohnung fast bezahlt, und es bleibt noch genug übrig für Bücher.«

Jupp runzelte die Stirn und musterte die Fensterbank, auf der sich Bücher stapelten, weil die Regale in Flur und Wohnzimmer bereits vollgestopft waren. Langsam nickte er, ohne Verständnis zwar, aber mit der Toleranz des Rheinländers für exzentrische Spinner. Jeder Jeck ist anders.

»Ja, dafür scheint es zu reichen. Aber warum besorgst du dir nicht endlich ein anständiges Dach über dem Kopf?« Das meinte er völlig ernst. Ich mußte lachen.

»Laut Makler sitzt du hier in einer ›Komfort-Dach-Maisonette-Wohnung in stilvoll renoviertem Altbau‹, und das klingt nicht nur teuer!«

Jupp sagte nichts, sein Blick reichte auch völlig; für ihn blieb es ein ausgebauter Speicher. Ich wünschte, er wäre bei der Preisverhandlung mit von der Partie gewesen.

»Außerdem kann man den Dom sehen.«

»Tatsächlich?« Jupp drehte sich um und schaute suchend aus dem Fenster.

»Oben, vom Schlafzimmer aus.« Daß man dafür erst auf einen Stuhl steigen mußte, behielt ich für mich.

Ein altmodisches Klingeln hinderte Jupp daran, weiter auf der Sache herumzureiten. Ich ging zum Telefon auf der Theke und nahm den Hörer ab. Die angenehme Alt-Stimme am anderen Ende der Leitung kannte ich nicht. Und von mir wollte sie auch nichts.

»Für dich!«

Jupp drückte den Zigarillo im Aschenbecher aus und stand auf. Als er den Hörer nahm, hielt er kurz die Sprechmuschel zu. »Es stört dich hoffentlich nicht, daß ich deine Nummer angegeben habe, oder?«

»Ach, was!« Ich winkte ab und setzte mich wieder.

Jupp hob den Hörer an sein Ohr, und nach einem Augenblick zog ein strahlendes Lächeln über sein Gesicht. Offensichtlich ging es nicht um einen Termin beim Zahnarzt.

»Guten Morgen, meine Liebe! Aber nein, du störst nicht, wo denkst du hin! Wir sitzen immer noch am Frühstückstisch, plaudern herum und genießen Max' phantastischen Ausblick auf den Dom ... Ja, ein Wetter wie zu Kaisers Geburtstag, aber keine Sorge, es soll wieder Schnee geben, wir kommen schon noch zum Rodeln, versprochen ist versprochen ... Weißt du schon, wann dein Zug heute nachmittag ankommt? ... So spät erst! Das ist aber schade! ... Ja, natürlich, das läßt sich nicht ändern ... Nein, nein, ich werde dich auf dem Bahnsteig erwarten ... Selbstverständlich denke ich an die Rosen! ... Wie? ... Nein, aus dem roten Teppich wird wohl nichts, fürchte ich. Aber wie wäre es mit einer Blaskapelle? – Das ließe sich einrichten, bestimmt! Hier wimmelt es im Moment nur so von Blaskapellen, die sind quasi im Angebot.« Während er so herumalberte, wirkte Jupp auf einmal um Jahrzehnte jünger. Er fing meinen amüsierten Blick auf und räusperte sich. »Hör mal, Liebchen – was ich dir noch sagen wollte ...«

Ich schenkte mir den letzten Rest Kaffee ein und trat hinaus auf den Balkon. Noch war es empfindlich kalt, aber es versprach, ein prächtiger Tag zu werden. Nicht die kleinste Wolke trübte den eisblauen Himmel. Petrus zeigte Erbarmen mit den Jecken. Unten auf der Straße hatten sie sich schon zu ausgelassenen kleinen Grüppchen vereint, die Richtung Altermarkt marschierten. Dort sollte pünktlich um elf Uhr elf offiziell der Straßenkarneval eröffnet werden. Bis Aschermittwoch würde es in Köln sechs Tolle Tage lang eine einzige Party geben.

Jupp erschien in der Tür. »Ich habe ein Taxi bestellt, müßte bald da sein.« Er beugte sich über die Brüstung, um einen Blick auf die Straße zu werfen. »Teufel, ist das frisch!« Schaudernd verschränkte er die Arme und lehnte sich gegen das Geländer. Er sah mich prüfend an. »Du scheinst ja gut in Form zu sein. Trainierst du eigentlich noch?«

Ich zog die Schultern hoch. »Nicht mehr ernsthaft, nur ein-, zweimal in der Woche, um nicht völlig einzurosten. Die ›Samurai‹ gibt es noch, und ein paar von den alten Leuten sind immer noch dabei. Sogar Harry steht ab und zu mit auf der Matte. Du würdest da überhaupt nicht auffallen.«

»Na, vielen Dank!« Er richtete sich auf und schlug mir ansatzlos einen spielerischen Haken auf die kurzen Rippen. Training hatte Jupp noch nie gebraucht. »Nur lohnt sich das nicht mehr, fürchte ich.«

»Jetzt übertreibst du aber. Maske hat schließlich auch erst mit Mitte dreißig aufgehört.«

»So, so. Dann habe ich ja noch etwas Zeit, wie?« Er verzog kurz den Mund. »Leider liegen bei mir die Dinge etwas anders.«

Seine Stimme hatte jetzt den spöttischen Ton verloren. Er steckte die Hände in die Hosentaschen. Ein paar Sekunden schien er die Spitzen seiner dunkelbraunen Schuhe zu betrachten, dann hob er den Kopf und sah mich ruhig an. Zum ersten Mal an diesem Morgen hatte ich den Eindruck, daß er keine Vorstellung gab.

»Ich werde sterben, Max, und zwar bald. Die Ärzte haben mir nur noch ein paar Monate gegeben, vielleicht weniger.«

Ich mußte schlucken und hielt mich an der Tasse fest. Fassungslos starrte ich ihn an. Er sah nicht im mindesten krank aus, und doch war mir völlig klar, daß er gerade keinen seiner schlechten Scherze gemacht hatte. »Aber, was ...?«

»Ein Tumor im Gehirn.«

»Um Gottes willen! Bösartig?«

»Vermutlich. Aber darauf kommt es gar nicht an. Sie können ihn nicht wegoperieren. So einfach ist das!«

»Hast du Schmerzen?«

»Eigentlich nicht.« Er grinste flüchtig. »Hin und wieder ein epileptischer Anfall, das ist alles. Bis jetzt.«

»Was soll ich sagen, Jupp, außer daß es mir sehr leid tut!«

Mehr als eine abgedroschene Phrase fiel mir nicht ein, aber Jupp schien auch keinen Priester nötig zu haben. Er zuckte mit den Achseln.

»Laß nur, da kann man eben nichts machen.« Seine Stimme klang nicht einmal besonders bitter. »Du weißt doch, Max: Et kütt, wie et kütt!« Dann lachte er leise auf. »Und bisher ist es ja auch noch immer gut gegangen, nicht wahr?«

Zwei grundlegende Maximen der rheinischen Lebensanschauung. Nein, von einem Tumor würde sich ein Jupp Erckens doch nicht unterkriegen lassen. Seinen Humor hatte er in der Karibik jedenfalls nicht verloren. Der Kloß in meinem Hals blieb, trotzdem mußte ich grinsen.

Jupp nickte, als wäre damit eine Sache abgehakt, und wurde wieder ernst. Nach einer kurzen Pause sagte er langsam: »Hör zu, Max, du mußt mir einen Gefallen tun!«

Das war es also. Ich hatte von Anfang an richtig gelegen mit meinem Gefühl. Hinter seinem Überraschungsbesuch steckte mehr als alte Freundschaft, und natürlich war Jupp nicht nur nach Köln gekommen, um ein letztes Mal einen Zug durch die Gemeinde zu unternehmen. Ich stellte die Tasse auf die Fensterbank und verschränkte die Arme. Mittlerweile war mir auch kalt.

»Weißt du, Max, in letzter Zeit bin ich auch sonst nicht gerade vom Glück verfolgt worden, finanziell meine ich. Genau genommen bin ich so gut wie pleite.«

»Du? Mit deinem Geld? Wie hast du das denn angestellt?«

»Frag mich nicht. Irgendwie kam auf einmal alles zusammen: Spielschulden, der Krach an der Börse und noch ein paar andere Sachen. Du kennst das ja.«

Das tat ich zwar nicht, aber ich schwieg und wartete ab.

»Na, ja, was soll's.« Jupp schlug den Kragen seines Jacketts hoch und rieb sich das Kinn. »Mitnehmen kann man ja doch nichts.«

Ich nickte, da hatte er recht.

»Trotzdem, wenn ich schon abtreten muß, dann wenigstens mit Stil!« Mit spitzen Fingern entfernte er ein paar Brotkrümel von seinem Ärmel und hob eine Braue. »Ich meine, was sollen denn die Leute von mir denken, wenn ich am Ende noch auf einen Mercedes umsteigen müßte?«

»Würde sicher einen verheerenden Eindruck hinterlassen.«

»Eben! Deshalb habe ich noch einmal ein Geschäft angeleiert, und wenn alles so läuft, wie es soll, brauche ich mir darüber keine Gedanken mehr zu machen. Dann dürfte ich eher vor einem ganz anderen Problem stehen: Wie schaffe ich es, noch in diesem Leben so viel Geld unter die Leute zu bringen?« Er hob den Kopf und sah mich mit einem breiten Lächeln an, das fast seine Augen erreichte. »Ich schätze, da kommt noch ein hartes Stück Arbeit auf mich zu. Aber man gönnt sich ja sonst nichts!«

»Ein Geschäft?«

»Genau.«

In diesem Augenblick flog ein Schwarm grüner Papageien mit lautem Gezeter über uns hinweg. Sie rauschten so nahe an uns vorbei, daß ihre roten Schnäbel kurz in der Sonne aufblitzten. Vor dem blauen Hintergrund des Himmels wirkten sie wie exotische Fremdlinge, die sie ja auch waren, obwohl sie mittlerweile schon fest zum Kölner Alltag gehörten. Wir sahen den Vögeln nach, bis sie hinter den Baumwipfeln des Stadtgartens verschwunden waren.

»Ich hatte ganz vergessen, daß es hier auch Papageien gibt.« Jupp hatte noch einen Moment weiter in ihre Richtung gestarrt, dann ging er zur Tür. »Laß uns wieder reingehen, eine Lungenentzündung käme mir jetzt sehr ungelegen.«

Nach einem kaum merklichen Zögern drehte er sich noch einmal zu mir um. »Ich will mich nicht durch die Hinterür verabschieden, Max, und dabei brauche ich deine Hilfe.«

Ausgesprochen fair war das nicht, und das wußte er natürlich.

Er hatte es leise gesagt und mich dann allein auf dem Balkon stehenlassen. Ich nahm meine Tasse und folgte ihm. So fair wie ein Tumor.

Wenig später klingelte es, das bestellte Taxi wartete unten.

»Also, dann!« Jupp nahm seinen Mantel und warf ihn sich über die Schulter. Ich begleitete ihn zur Tür.

Im Treppenhaus gaben wir uns die Hände. »Danke, Max!« Für einen kurzen Augenblick veränderte sich sein Gesichtsausdruck. Mit einem Mal fiel alle forcierte Fröhlichkeit von ihm ab. Übrig blieb nichts als nackte Verzweiflung, für die es keinen Trost gab.

Der Moment ging vorüber, und bevor ich darauf reagieren konnte, hatte Jupp schon die halbe Treppe hinter sich. Auf dem Absatz drehte er sich um und zwinkerte mir zu, als sei weiter nichts geschehen: »Wir sehen uns im ›Geiger‹!« Grüßend hob er die Hand und verschwand um die Ecke.

Ich beugte mich leicht über das Geländer und sah zu, wie seine Hand über den Treppenlauf glitt, immer tiefer, ein Stockwerk nach dem anderen. Ohne großen Erfolg versuchte ich, das Ziehen in meinem Magen zu ignorieren. Natürlich hatte ich Mitleid mit Jupp in seiner hoffnungslosen Situation, aber das war es nicht allein.

Unten fiel die Haustür ins Schloß. Die letzte Gelegenheit, alles abzublasen, war vorbei. Langsam kehrte ich zurück in meine Wohnung. Schon von der Diele aus sah ich sie, und ein Schrumpfkopf aus dem Inneren Borneos hätte nicht fremdartiger wirken können. Sehr viel störender auch nicht.

Sie stand auf dem Küchentisch. Ohne sie zu berühren, ging ich im Bogen um sie herum und inspizierte sie. Daß von außen nichts zu erkennen war – natürlich nicht –, half mir nicht viel. Ich setzte mich auf die Fensterbank und starrte sie weiter an. Sie gefiel mir immer weniger.

Eine schlichte, dunkelbraune Reisetasche aus kräftigem Nylongewebe, ziemlich groß, wenig gebraucht. Eine wie tausend andere auch. Sie wirkte solide und unauffällig und beherrschte den ganzen Raum. Ihre Preisklasse lag weit unter Jupps gewöhnlichem Niveau, aber darauf würde niemand achten. Nicht, wenn ich sie trug.

Es war wirklich nichts Besonderes an ihr. Eine ganz normale Tasche, völlig harmlos. Und ausgerechnet ich mußte mich auf so etwas einlassen.

Vielleicht lag es ja an der Jahreszeit. Ich richtete mich auf. Es wurde allmählich Zeit, am besten brachte ich es gleich hinter mich. Aber zuerst brauchte ich eine Verkleidung, schließlich hatten wir Karneval, und ich wußte, was sich gehörte.

Im Schlafzimmer holte ich den alten Koffer vom Kleiderschrank herunter. Seit letztem Aschermittwoch hatte er dort oben Staub angesetzt. Unschlüssig musterte ich seinen Inhalt, die ortsübliche Mischung aus alten Kostümteilen, Masken, Perücken und Pappnasen. Gesammelte Überbleibsel vergangener Sessionen, wie sie in keinem Kölner Haushalt fehlen.

An sich ist die Wahl der richtigen Verkleidung ja eine wichtige Angelegenheit, im Moment allerdings war ich nicht mit dem nötigen Ernst bei der Sache. Ohne lange zu überlegen, entschied ich mich für das erste halbwegs vollständige Kostüm, das mir in die Hände fiel. Irgendwo in dem Koffer mußte auch noch ein Satz passender Gummiohren stecken. Während ich danach suchte, ging mir das letzte Gespräch mit Jupp nicht mehr aus dem Kopf.

»Im Grunde ist es nur eine Kleinigkeit, Max!« Sogar seine Stimme klang mir noch im Ohr. »Es geht um ein Schließfach am Bahnhof. Und um die Tasche hier.« Er hatte neben sich gegriffen, seine Reisetasche aufgehoben und sie auf den Tisch gestellt. »Du brauchst sie nur dort zu deponieren. Das ist schon alles. Ach ja – abschließen solltest du natürlich auch, und bitte den Schlüssel nicht vergessen, der wird noch benötigt.«

Um ihn gegen einen anderen Schlüssel für ein anderes Schließfach mit einer anderen Tasche zu tauschen. »Das kann ich mir vorstellen.«

Liefern und Kassieren – Max, der Botenjunge. Ich hatte die Tasche gemustert und war nahe daran gewesen, ihn zu fragen, ließ es dann aber doch bleiben. Was genau dort auf dem Tisch lag, wollte ich lieber nicht hören. Die Möglichkeiten waren begrenzt, und keine würde mir gefallen. Aber eines mußte ich doch wissen. Ich hob den Kopf und sah ihm in die Augen.

»Wie gefährlich ist die Sache?«

Jupp hob abwehrend die Hände. »Wo denkst du hin, Max? Überhaupt nicht!« Er klang beinahe gekränkt. »Sonst würde ich dich nicht darum bitten!«

Das glaubte ich ihm sogar, auch wenn es keine Rolle mehr spielte. Ich hatte mich längst entschieden. Von Anfang an schon. Trotzdem machte ich mir nichts vor, die Sache hatte einen Haken.

Jupp ließ mich nicht lange warten. Er räusperte sich und sprach beiläufig weiter: »Nicht gefährlich für dich, heißt das. Aber es wäre besser, wenn ich nicht dort gesehen werde.« In seinen Mundwinkeln tauchte ein kleines Lächeln auf, als er mit der rechten Hand eine vage Geste beschrieb. »Die Geschichte ist etwas kompliziert.«

»Ja, das dachte ich mir schon.« Auch sie würde mir nicht gefallen. Ergeben nickte ich. »Also gut: Ich marschiere mit dieser Tasche hier zum Bahnhof, suche mir irgendein Schließfach, stelle sie hinein und schließe ab. Weiter nichts – das habe ich doch richtig verstanden?«

»Vollkommen. Man merkt doch gleich, wenn jemand Abitur hat.«

»Danke. Aber du hast mir noch nicht verraten, wie es weitergeht. Was passiert anschließend mit dem Schlüssel?«

»Keine Angst, sobald ich wieder zurück bin, hole ich ihn bei dir ab. Spätestens heute abend im ›Geiger‹. Ein kleiner Schlüssel, mehr nicht. Geht das in Ordnung?«

»Ich bin begeistert.«

»Fein, solange du ihn nur nicht verlierst! Übrigens brauchst du Kleingeld für das Schloß, warte mal ...« Er griff nach seinem Portemonnaie, aber ich winkte ab.

»Laß nur, dafür wird es schon reichen. Notfalls nehme ich einen Kredit auf.«

»Und wenn sie dir keinen geben?« Jupp grinste leicht, dann legte er mir die Hand auf die Schulter und wurde wieder ernst: »Mach dir keine Sorgen, Max, es kann wirklich nichts passieren.«

»Dein Wort in Gottes Ohr!«

»Mittlerweile müßte ich ja nahe genug sein.« Er machte einen Schritt auf die Tür zu. »Das Badezimmer war gleich vorne links, nicht wahr?«

Ich nickte und sah ihm nach. »Warum gerade ich?«

Jupp blieb im Türrahmen stehen und drehte sich um. Seine Überraschung war echt. »Ganz einfach, Max: Ich vertraue dir.«

In Köln gilt Weiberfastnacht allgemein als ziemlich hoher Feiertag, ab elf Uhr elf gehört die Stadt den Jecken und Wievern. Deshalb war ich heute nicht der einzige, der anders als gewöhnlich herumlief. Die fünfte Jahreszeit hatte begonnen, und bis Aschermittwoch würden

Perücken und Pappnasen genauso zum guten Ton gehören wie das schöne einheimische Liedgut.

In der Sonne war es mittlerweile angenehm warm geworden, fast frühlingshaft. Ich hatte mich zu Fuß auf den Weg gemacht. Meine Wohnung lag gegenüber dem Stadtgarten, zum Bahnhof war es nicht weit. Unterwegs versuchte ich, möglichst wenig an Jupps Tasche zu denken. Oder daran, was sie so schwer machen könnte. Eine Viertelstunde noch, und die Angelegenheit wäre erledigt.

Auf dem Ring marschierten untergehakt drei ältere Damen vor mir, die sich mit Ringelstrümpfen und lila Perücken auf raffiniert einfache Weise kostümiert hatten. Als sie nun mehrstimmig »Mir sin' kölsche Mädche ...« intonierten, schwankten nicht nur ihre Stimmen etwas. Niemand schien irgend etwas Auffälliges an ihnen zu bemerken, auch nicht an mir. Trotzdem fühlte ich mich wie Dr. Kimble auf der Flucht. Ein Dr. Kimble mit spitzen Ohren und der Uniform eines Commanders der Sternenflotte.

Ich folgte den Drei Tenören, als sie in den Klapperhof abbogen. Der kleinen Straße war ihre Vergangenheit immer noch anzumerken, und sie hatte den Kampf noch nicht aufgegeben. Den Gourmet-Snack-Bars für die Ally-Fangemeinde im neuen Gerling-Hochhaus trotzte sie nicht nur mit dem legendären Stand von Wurst-Willi gleich vis-à-vis auf der anderen Straßenseite. Auch einige andere Etablissements hielten tapfer die Fahne der alten Zeiten hoch. Zu ihnen gehörte ein Spielclub, den die kölsche Mädche jetzt ansteuerten.

In der Tür hatte eine weißhaarige Skatrunde offensichtlich auf sie gewartet und begrüßte sie mit großem Hallo. Die alten Herren schleppten drei Barhocker nach draußen und suchten ein sonniges Plätzchen. Anscheinend machte ihnen dabei das beträchtliche Gewicht der Hocker weniger zu schaffen als ihre etwas knapp sitzenden Torerotrikots. Hochrot, doch sichtlich zufrieden mit sich offerierten sie galant ihre Sitzgelegenheiten. Die Damen nahmen Platz und orderten Likörchen.

Vor dem Eingang des Päffgen – gewissermaßen der letzten Brauerei bis zur Altstadt – gab es ein ziemliches Gedränge. Die Jecken nutzten die Gelegenheit, um sich für den langen Marsch zum Dom und weiter zum Alter Markt zu stärken. Ich gehörte zu den wenigen, die es ohne Zwischenstop durch die Friesenstraße schafften.

Gearbeitet wurde jetzt nirgendwo mehr. In den offenen Fenstern eines Gerling-Büros schäkerten einige Angestellte mit adretten Anzügen, akkuraten Scheiteln und halbierten Schlipsen gutgelaunt mit ihren Kolleginnen. Eine hübsche Dunkelhaarige lachte mich an, und ich bedauerte einen Moment, mir keine Krawatte umgebunden zu haben. Aber sie hätte mein Kostüm ruiniert, also blieb ich in meiner Rolle und zog im Vorbeigehen nur steil eine Braue nach oben.

Hinter der Nord-Süd-Fahrt stieg ich die Stufen zur Burgmauer hoch. Die schmale Straße lief direkt auf den Dom zu, und auf den Bahnhof. Auf der Domplatte wurde gefeiert. Es mußten Tausende sein, die sich hier auf die große Party einstimmten, und es wurden immer mehr. In hellen Scharen drängten die Jecken aus dem Bahnhof und von dort die Treppen hoch zum Dom. Entsprechend heftig war das Geschiebe, alle wollten in die Altstadt. Einsam und heroisch gegen den Strom schwimmend, kämpfte ich mich zum Bahnhof durch.

Auch im Gebäude selbst wurde es nicht besser. Ganze Zugladungen schienen nur aus auswärtigen Jecken zu bestehen, die sich schon auf der Fahrt in Stimmung gebracht hatten und nun laut singend durch den Bahnhof strömten. Aber das war mir nicht unlieb, in dem dichten Gedränge ging ich völlig unter.

Langsam durchquerte ich die Bahnhofshalle. Der Raum mit den Schließfächern lag am anderen Ende, an einem Quergang gleich neben dem hinteren Hauptausgang zum Breslauer Platz. Gegen die neue Aufbewahrungseinrichtung mit Lift am Vordereingang wirkte er etwas antiquiert und ließ noch alte Bahnhofsatmosphäre spüren. Der dezente Geruch stammte jedenfalls nicht von den hundertvierzig verschiedenen Käsesorten, die man weiter vorne in der Gourmetpassage kaufen konnte. Auch nicht von der postmodernen Toilettenanlage gleich gegenüber, deren aufgemotzter Empfangsraum wie ein Flughafenterminal wirkte. Vermutlich brauchte man für die Benutzung der Kabinen ein Bordticket.

Zwei Eingänge führten von dem breiten Gang aus zu den Schließfächern. Je näher ich ihnen kam, desto langsamer wurde ich. Ich schlenderte einmal vorbei und kehrte dann zurück zu der riesigen Modelleisenbahn, die in der Mitte des Ganges aufgebaut war. Eine Handvoll Kinder hatte sich dort versammelt und begleitete die Fahrt der Züge auf den Miniaturgleisanlagen mit fachmännischen Kommentaren. Die meisten von ihnen waren dreißig Jahre älter als ich. Während ich angemessen kritisch die Faller-Häuschen begutachtete, behielt ich die beiden Eingänge im Auge. Ich wußte zwar nicht genau, worauf ich achten sollte, aber es mußte ja einen Grund geben, warum Jupp nicht selbst gekommen war.

Auch hier machte sich der Karnevalsrummel bemerkbar, aber im Vergleich zur Haupthalle ging es etwas ruhiger zu. Die Schließfächer wurden eifrig benutzt, und zwischen den fröhlichen Jecken gab es genügend schäbige Typen, die am Bahnhof wie immer ihre dubiosen Geschäfte betrieben. Allerdings war ich der letzte, der sich darüber beschweren durfte.

Niemand schien sich um mich zu kümmern, trotzdem wurde ich immer nervöser. Auf einmal sah ich um mich herum lauter Zivilfahnder, die sich jahreszeitlich verkleidet hatten. Und ich mitten unter ihnen, in der Hand eine ominöse Tasche. In so etwas hatte ich keine Übung, ich arbeitete weder als Drogenkurier noch als Schatzmeister einer großen Volkspartei.

Nach zwei Minuten war immer noch nichts passiert. Ich atmete einmal tief durch und marschierte durch den vorderen Eingang. Langsam ging ich an der Doppelreihe der Fächer entlang und suchte nach einer unverschlossenen Tür. Dabei gab ich mir Mühe, die Überwachungskamera an der Decke zu ignorieren. Sie gefiel mir zwar nicht, aber große Sorgen machte ich mir ihretwegen auch nicht. Die Jahreszeit war günstig. Sollte sich überhaupt jemand die Aufnahme ansehen, würde sie nur einen mit kleinem Gepäck reisenden Mr. Spock zeigen.

Am Ende der Reihe wurde ich fündig. Ein korrekt angezogener Geschäftsmann räumte sein Fach frei. Die neue Krawatte in seiner Hand – offensichtlich gerade erst erworben, sie steckte noch in einer Plastikhülle – erklärte seinen verkniffenen Gesichtsausdruck. Hier war jemand unverhofft und gegen seinen Willen mit gewissen örtlichen Gebräuchen der Alten Weiber vertraut gemacht worden. Auch mich bedachte er mit einem säuerlichen Blick. Auf meinen karnevalistischen Gruß reagierte er nicht, sondern drehte mir brüsk den Rücken zu und verschwand wortlos.

Ein kurzer Blick zur Seite, dann öffnete ich weit die Tür. Das Fach war nicht allzu groß, aber es reichte. Jupps Tasche paßte knapp hinein. Ich steckte zwei Münzen ins Schloß und zog den Schlüssel ab. Damit war mein Auftrag so gut wie erledigt.

Ohne die Tasche fühlte ich mich entschieden wohler. Übrig geblieben war nur ein kleiner Schlüssel, der tief und sicher in der Innentasche meines Mantels steckte. Wie Jupp gesagt hatte: Kaum der Rede wert.

Trotzdem mußte ich mich zügeln, als ich endlich aus dem Gepäckraum zurück in den Gang einbog. Beinahe wäre ich durch den Bahnhof gehüpft. Erst jetzt spürte ich die Anspannung, unter der ich gestanden hatte. Mein Kostüm klebte auf der Haut, und Schweiß lief mir den Rücken hinunter. Aber das spielte nun keine Rolle; ich hatte es hinter mir, und es war nichts passiert.

Erleichtert tauchte ich in der bunt kostümierten Menge unter, die auf der Hauptpassage in Richtung Dom strömte, und überließ mich der allgemeinen Fröhlichkeit um mich herum. Jupp hatte recht gehabt, die Sache war halb so wild, eine mögliche Gefahr hatte es wohl nur in meiner Einbildung gegeben.

Kurz vor dem Ausgang wurde meine Hochstimmung jäh gestört. Ich spürte einen plötzlichen Schlag auf meine Schulter und erstarrte. Bevor ich reagieren konnte, hatte man mich links und rechts untergehakt. Ich saß fest. Aber dann erkannte ich die Uniformen und mußte lachen. Sie glichen meiner eigenen wie ein Ei dem anderen. Sogar die Ohren stimmten.

Ein Zwilling grinste mich an. »Erstaunlicher menschlicher Brauch, dieser Karneval, nicht wahr?«

»In der Tat: Faszinierend!«

Und so verließ ein Trupp singender Vulkanier Arm in Arm den Kölner Hauptbahnhof. Auf der Domplatte trennten sich unsere Wege. Ich versprach, mich vor den Klingonen in acht zu nehmen, und machte mich auf den Weg zum »Geiger«.

Jetzt hatte ich mir eine von Scharlies Tanten ehrlich verdient.

ZWEI

Den Ring überquerte ich inmitten einer großen Polonaise, die zum Schrecken genervter Autofahrer noch einmal kehrtmachte und sich durch das wilde Gehupe nicht im mindesten irritieren ließ. Mit beschwingtem Schritt bog ich in die Frankengasse ein und näherte mich dem »Geiger«. Schon von weitem war nicht zu überhören, daß dort bereits der Teufel los sein mußte.

Der »Geiger« nahm das Souterrain eines Eckhauses ein, mit Fenstern zu beiden Seiten hin. Auch der Vorgarten, der sich schmal wie ein Handtuch um ihn herumzog, lag gut einen Meter unter dem Straßenniveau. Dadurch ließ er genügend Licht hinein und bot gleichzeitig Raum für eine winzige Terrasse. Im Sommer setzten wir gewöhnlich ein paar Bänke heraus, für Tische reichte der Platz nicht. Wegen des schönen Wetters war die Terrasse heute natürlich restlos besetzt. Das unvermeidliche Kölschglas trotz des Gedränges sicher in der Hand haltend, standen die Jecken munter plaudernd herum oder saßen in den offenen Fenstern und ließen sich die Sonne ins Gesicht scheinen.

Aus dem Eingang kam mir ein stramm angesäuselter Büromensch entgegen. Er war nicht verkleidet und hatte bereits den größten Teil seiner Krawatte eingebüßt. Vermutlich nicht allzu ungern, denn nach den verschmierten Kußabdrücken auf seinen Backen zu urteilen, war er dafür reichlich entschädigt worden. Konzentriert stieg er mit langsamen Bewegungen die wenigen Stufen zur Straße hinauf und steuerte etwas unentschieden auf mich zu. Ich trat einen großen Schritt beiseite und ließ ihn vorbei. Weiter schien er keine Hilfe zu benötigen. Leicht verschnörkelt, aber freihändig lief er über den Bürgersteig auf die nächste Platane zu. Mit ernstem Gesicht hielt er sie fest, einer mußte es ja tun.

Durch die offenen Fenster dröhnte jetzt die Kölsche Hymne der Black Fööss, und ihr Gesang wurde aus vielen Kehlen kräftig unterstützt. Alle waren sich darüber einig, daß der Dom in Köln bleiben sollte. Offensichtlich hatte man nicht auf mich gewartet.

Es dauerte eine Weile, bis ich mich zur Theke durchgeschunkelt hatte. Neben den traditionellen Pappnasen und Phantasiekostümen waren die Siebziger angesagt, daran mußte ich mich erst gewöhnen. Immerhin konnte ich mich noch gut an eine Zeit erinnern, als wir alle so herumliefen und das keineswegs für eine Verkleidung hielten. Andere schienen damit weniger Probleme zu haben. So wie es aussah, hatten ein paar Stammgäste ungerührt ihre alten Klamotten herausgekramt. Mit Afroperücke, psychedelischem Hemd und Friedensanhänger waren sie kaum wiederzuerkennen.

Wenigstens Scharlie war seinen Kinderträumen treu geblieben und hatte sich wie jedes Jahr als Pirat kostümiert. Die schwarze Augenklappe und ein schwerer Goldring im Ohr verliehen ihm einen gewissen martialischen Zug. Unterstrichen wurde die Wirkung noch durch ein mächtiges Entermesser, das lässig in seiner Schärpe steckte. Der Hauch von Pulverdampf und Abenteuer schien ihn zu umgeben. Sogar seine Glatze, die er sich im Laufe der Jahre – unter Protest – zugelegt hatte, glänzte verwegen.

Einen Mixbecher mit beiden Händen schüttelnd, stand er am anderen Ende der Bar und grinste von einem Ohr zum anderen. Der Grund für seine Heiterkeit saß ihm gegenüber auf einem Barhocker und schien seelenruhig die Bild-Zeitung zu lesen. Er kehrte mir halb den Rücken zu. Wegen des Gedränges konnte ich nur einen dunklen Lockenkopf und einen weißen Anzug sehen. Mühsam bahnte ich mir einen Weg zu den beiden, schlüpfte unter der Schranke hindurch und trat aufatmend hinter den Tresen.

Scharlie nickte mir zu. Ich zeigte auf den Mixbecher und stellte ein Glas auf die Theke. Der weiße Anzug war in seine Zeitung vertieft und nahm keine Notiz von mir. Ohne aufzuschauen, hob er eine Hand.

»Was sagt man dazu? Hier, hör dir das an: ›Schon wieder! Ehemaliger Juso (62) fällt lieben Pitbull an! ... blablabla ... – Und der Kanzler schweigt!‹«

Jetzt drehte er sich halb um und sah zu mir herüber: »Ah! Mister Spock, wenn ich mich nicht irre? Gestatten, mein Name ist King. Jason King.«

Mit großer Geste nahm er seine Sonnenbrille ab, aber ich hatte ihn natürlich längst erkannt. Mit Harry Immanuel Bylandt bin ich schon in die Sexta gegangen.

»Hallo, Harry. Nettes Kostüm!«

»Ja, nicht wahr? Irgendwie standesgemäß.« Sichtlich zufrieden zupfte er die monströsen, nach außen über die Rockärmel gestülpten Manschetten seines Rüschenhemdes zurecht. Ihr violetter Seidenton verband sich mit dem Nilgrün der doppelt geknoteten, extrem breiten Krawatte zu einer superben Farb-Kombination, die vermutlich nicht einer Empfehlung seines Herrenausstatters verdankt war. »Das Teil ist übrigens echt, gewissermaßen eine Antiquität.«

»Fällt aber gar nicht auf, wenn du es trägst.«

»Vielen Dank. Allerdings bereitet mir der allgemeine Mangel an kultur-historischer Bildung unter unseren Mitbürgern einige Sorgen. Ich hoffe inständig, daß mich niemand für John Travolta hält. Das wäre mir wirklich peinlich.«

»Wem nicht? Aber keine Angst, nur ein Jason King kann so ein Prachtexemplar von Schnurrbart tragen, ohne sich gleich bis auf die Knochen zu blamieren.«

»Wie beruhigend.« Wenn es da eine winzige Pause gegeben hatte, so war sie außer uns niemandem aufgefallen.

»Einen Moment«, warf Scharlie ein, »du hast Schimanski vergessen, Max! Man braucht eben nur die passende Jacke, dann ist der Schnurrbart kein Problem.«

»Banause!« Harry setzte seine Brille wieder auf. Es war Zeit, das Thema zu wechseln.

»Was macht das Schloß?«

Harry winkte ab. Vor ein paar Jahren hatte ihm ein Onkel höheren Grades ein völlig heruntergekommenes Gutshaus im Bergischen vermacht, auf daß die Familientradition weitergepflegt würde. Als Harry die halbe Ruine zum ersten Mal sah, begriff er, warum niemand sonst aus der Familie die Erbschaft hatte haben wollen. Das für die bloße Erhaltung nötige Kleingeld hatte sein Großonkel nämlich nicht hinterlassen. Aber da Harry zu jener Zeit wieder einmal mit Gott und der Welt haderte, packte er seine Sachen, zog in den einzigen noch bewohnbaren Raum des Gebäudes, die ehemalige Bibliothek, und machte sich an die Arbeit.

Seitdem hauste er dort mit seinen Büchern, zwei Katzen und einer bemerkenswerten Sammlung von Peter-Alexander-Filmen. Mit der Zeit entwickelte er ungeahnte handwerkliche Fähigkeiten, die ihm vorher niemand zugetraut hätte. Wenn er nicht gerade Mauern einriß oder neue Stahlträger einzog, schrieb er unter Pseudonym Fantasy-Romane und kam finanziell damit gut über die Runden.

Unter Freunden und Bekannten wurde sein privater Dombau natürlich gern und ausgiebig kommentiert. Auch jetzt ließ sich Scharlie die Gelegenheit nicht entgehen und beugte sich zu mir herüber.

»Noch liegt er voll im Zeitplan.«

»Zeitplan? In welchem Zeitplan denn?«

»Na, im ersten Zehn-Jahres-Plan für die Grundrenovierung! Anschließend will er dann sogar elektrischen Strom legen lassen ...«

»Tatsächlich? Ein Leben ohne Kerzen?«

»Spottet ruhig über Dinge, von denen ihr Städter nicht das Geringste versteht.« Harry trank mit Würde aus und schob sein leeres Glas über die Theke. »Wenn ich denn bitten dürfte, Herr Ober!«

Scharlie grinste, stellte ein drittes dazu und goß drei Tanten ein. »Auf Schimanski!«

Harry brummte etwas Unverständliches, stieß aber selbstverständlich mit an. Im Grunde hatte er ja nichts gegen Schimanski. Er wollte nur nicht so aussehen. Beinahe hätte ich die Hälfte aus meinem Glas verschüttet, als ich auf einmal von hinten energisch gegen die Theke gedrückt wurde.

»Platz da! Hier wird schließlich gearbeitet!«

Eine lachende Pippi Langstrumpf quetschte sich an mir vorbei. Scheinbar mühelos balancierte sie dabei ein großes Tablett mit leeren Gläsern über ihrem Kopf. Frisur und aufgemalte Sommersprossen paßten vollkommen zu ihr, auch wenn sie im bürgerlichen Leben Lisa hieß und mit dem Kellnern ihr Studium finanzierte.

Natürlich hatte sie recht, Arbeit gab es heute genug. Sie wirbelte hinter der Theke hin und her, zapfte Bier, spülte Gläser, kümmerte sich nebenbei um die Musik und wirkte dabei immer noch unterbeschäftigt. Wir zahlten ihr einen üppigen Stundenlohn, und sie war jeden Cent davon wert.

Nicht zum ersten Mal kam ich mir neben Lisa uralt vor. Mit ihrem unbändigen Temperament hätte sie jederzeit eine Riege von SPD-Kreisvorsitzenden in einen Trupp Step-Tänzer verwandeln können. Heute fiel das aber kaum auf, die Jecken hatten keinerlei Animation nötig.

Die allgemeine Fröhlichkeit um mich herum wirkte ansteckend, und ich leistete keinen allzu energischen Widerstand. Nach den ersten Tanten fing ich an, die Schließfachaktion viel gelassener zu sehen. Immerhin war alles gut gegangen. Es gab keinen Grund, sich Sorgen zu machen. Jetzt konnte eigentlich nichts mehr passieren, redete ich mir gut zu. Ich brauchte nur noch auf Jupp zu warten und ihm den Schlüssel zu geben, weiter nichts. Alles andere war dann seine Angelegenheit. Das klang durchaus überzeugend. Der Verkäufer des Jahres. Nur zur Sicherheit winkte ich Scharlie mit dem leeren Glas zu.

Vor der Theke nahm das Gedränge immer mehr zu, alle wollten ihr Kölsch. So würde es jetzt bis Aschermittwoch weitergehen: der berüchtigte »Standortnachteil Rheinland« und Traum eines jeden Kneipiers. Wir jedenfalls hatten keinen Anlaß zur Klage, im Gegenteil. Sogar Lisa schien allmählich Hilfe gebrauchen zu können, also löste ich sie hinter dem Zapfhahn ab.

Harry hatte sich wieder der Bild-Zeitung gewidmet und improvisierte weiter Schlagzeilen. Im lauten Trubel ging seine Stimme etwas unter, deshalb bekam ich nur noch die Hälfte der Pointen mit. Was ich bedauerte, denn darin war er wirklich gut. Mir fiel sein großer Coup aus dem letzten Jahr ein. Damals hatte er aus dem Stegreif eine Büttenrede gehalten, die rein aus Heidegger-Zitaten bestand – (»Ein verkannter Humorist, Max, wirf nur mal einen Blick in sein Spätwerk!«) –, und so mit Bravour eine Wette gegen Scharlie gewonnen. Plötzlich hörte ich ihn laut fluchen.

»Das darf doch wohl nicht wahr sein!«

Ich sah zu ihm hinüber. Harry hatte seine Sonnenbrille abgenommen und starrte nun fassungslos auf die gelbliche Flüssigkeit, die über sein weißes Jackett lief und hinunter auf seine Hosenbeine tropfte. Offensichtlich hatte ihn jemand angerempelt und dabei sein Bier über ihn geschüttet.

»Zum Teufel auch, der Anzug ist ruiniert!« Ärgerlich drehte er sich um. Es gab da eine Schuldfrage zu klären. »Zum Teufel!« wiederholte er nach einem winzigen Zögern, und diesmal klang seine Stimme merklich verändert. Sie hatte einiges von ihrer Schärfe verloren, genau genommen sogar alles.

Es waren gleich zwei. Zwei bemerkenswert hübsche Teufel, blond und brünett, die sich in unübersehbar weiblicher Gestalt materialisiert hatten. Die kleinen dekorativen Hörner auf ihrer Stirn blinkten im Takt rot auf.

Die beiden entschuldigten sich nun lachend für ihr Mißgeschick. Ihr norddeutscher Tonfall klang in dieser Umgebung fast wie eine Fremdsprache. Anscheinend fanden sie trotzdem die richtigen Worte, aber Harrys weiches Herz ist ja auch leicht zu rühren. Als er hörte, daß sie für eine Reportage über den Kölner Karneval vor Ort recherchierten, war der nasse Anzug endgültig Schnee von gestern. Harry zeigte sich begeistert.

»Aha, Pilger von der Waterkant! Wild entschlossen, sich den Mysterien des rheinischen Karnevals hinzugeben bis zur völligen Ekstase. Sehr gut! Ich kann nur sagen: Da seid ihr zur rechten Zeit am rechten Ort!«

Wie er es anstellte, weiß ich nicht, aber auf einmal gab es noch reichlich Platz an der Theke. Höflich bot Harry seinen Barhocker an.

»Darf ich die Damen zunächst einmal mit der Spezialität des Hauses bekannt machen, mit der legendären ›Bombe de Session‹, auch ›Scharlies Tante‹ genannt?«

Selbstverständlich durfte er.

»›Scharlies Tante‹? Gab es da nicht einen Film mit Heinz Rühmann ...«

»Ach was, Rühmann – wir reden hier über Peter Alexander!« In dem Punkt war Harry empfindlich. »Peter Alexander ist ein hierzulande sehr unterschätzter Künstler«, dozierte er mit erhobenem Zeigefinger, »wenn man Seniorenheime einmal ausnimmt. Ich erinnere nur an seinen großartigen Peter Knolle in ›Bel Ami 2000‹!«

»Hört, hört!« stimmte Scharlie zu und servierte die Getränke. »Zum Wohl!«

»Also, dann: Auf Peter Alexander! – Auch wenn ich von einem ›Peter Knolle‹ noch nie gehört habe.«

»Nun, da könnte ich vielleicht behilflich sein«, erbot sich Harry zuvorkommend, »ganz sicher sogar, denn zufällig besitze ich eine Kopie des Films und ... eh ...«

Er ließ den Satz unvollendet und wirkte auf einmal etwas hilflos, was selten bei ihm vorkommt. Der blonde Teufel hatte ihn von Kopf bis Fuß gemustert und rückte nun sehr nahe. Aus großen blauen Augen strahlte sie ihn an. »Dafür habe ich aber ›Saturday Night Fever‹

gesehen, mindestens fünfmal.« Ich hätte schwören können, daß sich der Takt ihrer Hörner deutlich beschleunigte. »Ich bin nämlich ein großer Fan von John Travolta.«

Scharlie verschluckte sich und bekam einen Hustenanfall. Harry ignorierte ihn souverän.

»Oh, wirklich?« Er zuckte mit keiner Wimper. »Ich auch, schon seit Jahren!«

»Ich weiß, das ist nicht zu übersehen.« Langsam strich sie mit der Hand über sein Revers. »Natürlich habe ich das Kostüm gleich erkannt!«

Da Harry mir nur einen drohenden Blick zuwarf, biß ich die Zähne aufeinander und verschluckte mich kein bißchen. Er nickte noch einmal nachdrücklich in meine Richtung, dann räusperte er sich und startete mit wichtiger Miene einen Vortrag über die theoretischen und praktischen Grundlagen des Karnevals.

»Es dürfte nicht allgemein bekannt sein, daß hier in den Tiefen des rheinischen Brauchtums die eigentlichen Wurzeln der Dada-Bewegung zu finden sind! Einer Bewegung übrigens, die von einigen Kommentatoren völlig zu Recht als nur halb verstandenes Plagiat bezeichnet worden ist ...«

Offensichtlich fand er ein interessiertes Publikum. Schnell hatte sich eine Traube von Zuhörern um ihn gebildet und begleitete nun seine Ausführungen mit fachmännischen Kommentaren. Immer wieder hörte ich das laute Lachen der beiden Teufel heraus, die sich gut zu amüsieren schienen. Harry war in seinem Element; es dauerte nicht lange, und er hatte sich tatsächlich bei ihnen untergehakt. Rhythmisch wiegte er sie hin und her und erklärte ihnen dabei, daß Schunkeln quasi eine metaphysische Tätigkeit sei, deren ursprünglicher Sinn im symbolhaften Ausdruck der Sphärenharmonie liege. Das war sogar mir neu.

Am Zapfhahn hatte ich reichlich zu tun und konnte dem Crash-Kurs nur in Auszügen folgen. Nach und nach trudelten immer mehr Freunde und Bekannte ein, bis die »Kölsche Samurai« fast vollzählig an der Theke versammelt waren und laut durcheinanderbrüllten. Die meisten von uns kannten sich schon lange. Im zarten Jugendalter hatten wir zusammen mit dem Training angefangen und dann einfach nicht mehr damit aufgehört.

»Hasemüller?« Fragend sah ich zu Scharlie hinüber und zeigte mit dem Kinn auf die Samurai. Ihre einheitliche Verkleidung war ein Insider-Scherz: Alle Samurai trugen Kimonojacken und hatten sich riesige Schnäuzer unter die Nase geklebt. Als Gruppe wirkten sie recht imposant.

Scharlie grinste breit und nickte: »Hasemüller!«

Wer denn dieser Hasemüller sei, wollten die beiden Teufel wissen, etwa noch ein Alias von Peter Alexander?

»Nein, natürlich nicht! Eher eine Art Emma Peel mit Schnäuzer, ein ... ein ...«, Harry stockte und suchte nach einer passenden Erklärung, »... ein Wim Thoelke des Jiu-Jitsu!«

»Genau!« assistierte Scharlie und hob sein Glas. »Auf den Nestor der rheinischen Selbstverteidigung!«

Während wir anstießen, zog Harry seine Stirn kraus. »Also, das ist wohl doch etwas übertrieben, wenn man auch anerkennen muß, daß Hasemüller dem Prinzip des Schunkelns völlig neue Perspektiven eröffnet hat.«

Die beiden Teufel sahen sich etwas ratlos an, mit den Erklärungen schienen sie nicht allzuviel anfangen zu können. Woher sollten sie auch wissen, daß besagter Hasemüller eine Lokalberühmtheit auf dem Gebiet des Kampfsports gewesen war und eine Reihe von einschlägigen Büchern verfaßt hatte, die längst vergriffen waren, unter Kennern aber fast so etwas wie Kult-Status genossen? Erst als einer der Samurai ein reichlich abgegriffenes Buch aus der Tasche zog und den glücklichen Fund aus dem Antiquariat vor ihnen auf der Theke aufschlug, verstanden sie, worum es ging. Jedenfalls sorgten die vielen schönen Bilder für allgemeine Heiterkeit.

Mittlerweile war es brechend voll geworden. In mehreren Reihen belagerten die Jecken die Theke – froh darüber, nicht auf Hawaii zu sein. Ich kam mit dem Zapfen kaum nach, trotzdem war niemand ernsthaft betrunken. Im Gedränge standen wildfremde Menschen auf Tuchfühlung und prosteten sich lachend zu, wenn sie sich gegenseitig auf die Füße getrampelt waren. Etwas war anders als sonst. Unübersehbar hatte der Karneval der Atmosphäre seinen Stempel aufgedrückt. Es würde nicht ewig so weitergehen, aber das störte im Moment niemanden.

Natürlich wurde geflirtet, was das Zeug hielt. Die Frauen küßten gerne, das Kölsch war kühl und Aschermittwoch noch in weiter Ferne.

Gegen Nachmittag ließ der Betrieb merklich nach. Die Samurai verkrümelten sich einer nach dem anderen. Am Abend würde es wieder losgehen, aber bis dahin legte der Karneval eine Atempause ein. Die beiden Teufel, die auf die christlichen Namen Marion und Julia hörten, bestanden darauf, Harry zum Essen auszuführen, sozusagen als Wiedergutmachung für den Anzug. Harry ließ sich nicht lange bitten, winkte uns nonchalant zu und marschierte sichtlich vergnügt zur Tür hinaus, links und rechts untergehakt.

Als kaum noch ein Gast übrig geblieben war, machte ich mich auch auf den Heimweg. Im Moment brauchte Lisa keinerlei Hilfe, und ich konnte eine Pause gut vertragen. Der Abend würde noch lang genug werden. Jupp war nicht aufgetaucht, aber ich hatte keine Lust, noch länger auf ihn zu warten. Den Schlüssel konnte er auch bei mir zu Hause abholen. Außerdem war ich seinetwegen heute morgen viel zu früh aufgestanden und wollte mich noch eine Stunde aufs Ohr legen.

Zu Hause angekommen, überlegte ich es mir anders. Das prächtige Frühlingswetter mußte man einfach ausnutzen. Also brühte ich mir Kaffee auf und nahm ihn mit hinaus auf den Balkon. Es gab einen bequemen Stuhl und eine sonnige, windgeschützte Ecke. Ich krempelte mir die Ärmel auf, lehnte mich zurück und legte die Beine auf die Brüstung. Zufrieden kippelte ich mit dem Stuhl, trank ab und zu einen Schluck Kaffee und döste in der Sonne vor mich hin.

Zum ersten Mal seit langer Zeit mußte ich wieder an Thailand denken. Dort hatten wir uns kennengelernt, Jupp und ich. Bei einem drittklassigen Turnier hatte er mich aufgesammelt, nachdem ich schon in der Vorrunde von einer halben Portion von Thai derart vermöbelt worden war, daß ich nur noch das Handtuch werfen konnte. Damit war der Traum geplatzt, meine Karriere als Boxer hatte ein schnelles und nicht gerade rühmliches Ende gefunden.

Natürlich war er von Anfang an eine einzige Illusion gewesen, und heute konnte ich darüber lächeln, aber damals war für mich eine Welt zusammengebrochen. Nun stand ich da, völlig demoralisiert und kaum einen Pfennig in der Tasche.

Unter den wenigen weißen Teilnehmern war ich der einzige Deutsche, und als Jupp erfuhr, daß dieses Häufchen Elend auch noch aus seiner Heimatstadt stammte, gab es für ihn kein großes Überlegen mehr. Kurzerhand nahm er den Jungen mit zu einer Kneipe, in der es tatsächlich Kölsch gab – dafür hatte Jupp als Miteigentümer gesorgt – und bot ihm einen Job als Kellner an. Dankbar nahm ich an.

Der »Thünnes« war damals in Bangkok die erste Anlaufstelle für die rheinischen Kegelbrüder aus den Tripper-Clippern. Nicht gerade das Publikum meiner Wahl, aber ich hielt durch. Nach zwei Jahren hatte ich die Nase voll und genug Geld zusammen, um nach Deutschland zurückzukehren und mir in Ruhe zu überlegen, was ich nun mit meinem Leben anfangen sollte.

Zu der Zeit war Jupp gerade dabei, seine Geschäfte zu liquidieren, um sich in die Karibik zu verabschieden. Als er mir anbot, seinen Anteil am »Geiger« zu übernehmen, lieh ich mir von Harry das restliche Geld und griff sofort zu, der Preis war mehr als annehmbar.

Meine Entscheidung sollte ich nicht bereuen. Jupps Beteiligung war rein finanziell gewesen, doch sein alter Partner hatte nichts dagegen, in Zukunft auch die Arbeit zwischen uns aufzuteilen, im Gegenteil. Mit Freuden überließ mir Scharlie die Buchführung und sonstige Büroarbeit und konzentrierte sich selbst auf den eigentlichen Thekenbetrieb. Die Lösung gefiel uns beiden.

Seitdem führte ich ein ruhiges und zufriedenes Leben als Halbtags-Kneipier. Was dabei an Gewinn heraussprang, war kein Vermögen, reichte aber für mich allemal. Außerdem blieb mir nun endlich genug Zeit und Muße, um Versäumtes nachzuholen. Mit einer ausgedehnten und – zugegeben – etwas verspielten Lektüre versuchte ich, wenigstens meine gröbsten Bildungslücken aufzufüllen. Ein paar Jahre trieb ich mich an der Uni herum und hörte in das eine und andere Fach hinein, allerdings ohne irgendwo einen Abschluß zu machen.

Bis ich dann gelegentlich in der Cafeteria gesiezt wurde. Demnächst hätte man mir womöglich noch einen Stuhl angeboten, also sagte ich dem studentischen Leben Lebewohl. Ohne großes Bedauern, denn natürlich hatte ich dort längst nicht mehr hineingepaßt. Mit der Zeit war ich mir immer mehr wie ein altmodisches Relikt vorgekommen. Mich reizte weder eine Karriere als Investment-Banker, noch wollte ich als sogenannter »Kreativer« in die Werbung, und die jeweils neuesten Funsportarten langweilten mich. Jede Generation hat ihre eigenen Träume.

Die Sonne wanderte weiter, auf dem Balkon wurde es schnell ungemütlich kühl. Ich blieb noch einige Zeit draußen sitzen und hing meinen Gedanken nach. Als ich anfing zu frieren, sammelte ich Tasse und Kanne ein und ging zurück in die Wohnung. Das menschliche Erinnerungsvermögen ist schon merkwürdig. Irgendwie mußte ich über eine lange Zeit vergessen haben, wieviel ich Jupp eigentlich zu verdanken hatte.

Da war ein kleiner Botendienst wirklich nicht zu viel verlangt.

Es war früher Abend, als ich den »Geiger« wieder betrat. Die Atmosphäre der blauen Stunde lag noch über dem Raum, für eine Bar die schönste Tageszeit. Ein paar Jecken hatten sich bereits eingefunden, tranken entspannt plaudernd ihr Kölsch und freuten sich auf einen schönen Abend. Es herrschte die Ruhe vor dem Sturm.

An der Theke saßen Scharlie und Harry, der offensichtlich von den Teufeln wieder verlassen worden war, bei einem Kaffee. Ich erkannte ihn nicht auf den ersten Blick, denn Harry hatte das Kostüm gewechselt. Seine neue Aufmachung als Buschneger verstieß zwar gegen jede Political Correctness, das aparte Baströckchen und die Kette aus bunten Glasperlen waren aber sehr kleidsam. Geschmack konnte man ihm wirklich nicht absprechen.

Neben ihm lehnte ein riesiger Speer, der ziemlich echt aussah und es vermutlich auch war. Genauso wie der ausgestopfte Löwe zu Hause in seiner Bibliothek, ein etwas unhandliches Erbstück. Harry hatte nie ein Geheimnis daraus gemacht, daß es in seiner weit verzweigten Familie vor Generationen auch ein paar Afrikaforscher gegeben hatte, die mit Kara Ben Nemsi und Allen Quatermain auf Großwildjagd gegangen waren.

Ich setzte mich zu ihnen und sah Harry fragend an. »So allein? Ist irgend etwas mit dem Essen schiefgelaufen?«

»Wie kommst du denn darauf? Ich bin durchaus in der Lage, korrekt mit Messer und Gabel umzugehen. Gar nichts ist schief gelaufen, ich habe zwei Stunden in ausgesprochen angenehmer Gesellschaft verbracht.« Er sah über uns hinweg, ein versonnenes Lächeln auf den Lippen. »Wirklich zwei hinreißend charmante Teufel! Und auch noch große Kinogänger – wir haben uns über unsere cineastischen Vorlieben ausgetauscht und dabei große Gemeinsamkeiten entdecken dürfen.«

»Klingt ja aufregend, und wo sind sie jetzt?«

»Na, hör mal«, warf Scharlie ein, »nach zwei Stunden Austausch von cineastischen Vorlieben mit Harry wärst du auch restlos bedient. Wahrscheinlich ist ihnen Peter Alexander zu den Ohren herausgekommen!«

»Wo sie jetzt sind?« Neben anderen Gaben verfügte Harry über ein vollkommen selektives Gehör. »Ihr werdet es kaum glauben, aber Marion und Julia haben irgendwie Karten für die Stunksitzung auftreiben können – in Hamburg!«

Er griff unter seinen Bastrock, holte zu unserer Überraschung eine goldene Taschenuhr samt Kette hervor und ließ den Deckel aufspringen. »Also müßten sie jetzt in diesem Augenblick drüben auf der Schäl Sick sein, vermutlich umzingelt von anderen Hamburgern, denen sie das Schunkeln beibringen. Aber danach bin ich mit ihnen hier verabredet.«

Zufrieden klappte er den Deckel zu. »Was meint ihr, ob die vor der Sitzung Pappnasen an die Touristen ausgeben?«

Mit einer absurd eleganten Bewegung ließ Harry die Uhr wieder unter dem Rock verschwinden. Ich hätte doch gern gewußt, wie die Kette befestigt war.

»Seit wann trägst du denn eine Taschenuhr?«

»Gehört alles zum Kostüm: Beutestück von einem weißen Missionar!« Mit einer sprechenden Grimasse rieb er sich über den Bauch.

»Apropos!« Scharlie hatte nachdenklich die Stirn in Falten gezogen. »Max, kannst du dich noch an diesen einen Tarzan-Film erinnern? Den mit John Travolta?«

»Genau, daran mußte ich auch gerade denken! Wie hieß der Schinken doch gleich? ›Tarzan und der tanzende Kannibale‹?«

Harry blieb ganz ruhig. »Alle Achtung! Ich muß schon sagen, ihr lebt beide wild und gefährlich! Respekt!«

Mit demonstrativer Beiläufigkeit wog er den Speer in der Hand.

Auf einmal war ich mir sicher, daß er das Werfen damit ausgiebig geübt hatte. Das sähe ihm ähnlich. Kein kleiner Junge hätte dieser Versuchung widerstehen können. Ein Ex-Pfadfinder schon gar nicht.

Es war Erwin, der die Situation rettete.

Mit einem breiten Grinsen tauchte er neben Harry auf und schlug ihm auf die Schulter. »Hallo, Leute! Kennt ihr eigentlich schon die ›Traurige Ballade vom Bodensee‹?«

Erwin Kampmann gehörte sozusagen zum Mobiliar und sah nicht nur heute aus wie Alfred Tetzlaff. Einen Stock über uns führte er ein erfülltes Rentnerdasein und benutzte den »Geiger« als zweites Wohnzimmer. Für ihn war das sehr praktisch, denn seiner vollgestopften Zweizimmer-Wohnung merkte man an, daß Erwin zurecht als anerkannte Autorität auf dem Gebiet der Modelleisenbahnen galt. Wir mochten ihn alle und verziehen ihm sogar seinen penetranten Hang zu schlechten Witzen. Offensichtlich hatte er auch jetzt einen in petto und konnte es kaum erwarten, ihn vorzutragen. Aus Erfahrung wußten wir, daß nichts ihn davon abhalten würde.

»Also, paßt auf: ›Ach, wie tut es mir im Herzen weh, wenn ich im Glas nur noch – den Boden seh!‹« Er strahlte uns erwartungsvoll an. »Und – was sagt ihr dazu?«

»Wirklich gut, Erwin!«

»Jawohl, hervorragend!«

»Könnte glatt von Harry sein! – Au!«

Nichts belebt mehr als Applaus. Sichtlich erfreut quittierte Erwin den Beifall mit einer leichten Verbeugung und räusperte sich; auf einem Bein kann man nicht stehen. Das schienen auch seine Mitspieler zu befürchten, die natürlich den Umfang seines Repertoires kannten und langsam ungeduldig wurden. Wie jeden Donnerstag hatten sich Erwin und seine Sammler-Kollegen auch heute zur Skatrunde getroffen, Karneval oder nicht.

Einer hob jetzt die Karten hoch und rief herüber: »Mach endlich, Erwin, du gibst!«

»Bin schon unterwegs!« Er winkte ab und zog bedauernd die Schultern hoch. »Ich muß los, Leute! Den mit dem Pastor erzähl ich euch das nächste Mal.«

Lisa schob ihm drei frisch gezapfte Kölsch über die Theke, und Erwin verzog sich mit ihnen zurück an seinen Tisch.

Harry sah ihm nach und runzelte die Stirn. »Zehn zu eins, daß jeder der alten Knaben da drüben einen Märklin-Katalog in der Tasche hat! – Aber in einem bin ich mir partout nicht sicher: Ist Erwin nun verkleidet oder nicht?«

»Schwer zu sagen.« Scharlie rieb sich sein getroffenes Schienbein. »Die Pantoffel und den Bademantel hat er jedenfalls schon vor zwei Wochen getragen.«

»Den Eindruck hatte ich auch.« Harry ließ seinen Blick durch den Raum wandern und spielte dabei geistesabwesend mit den Glasperlen an seiner Kette. »Tja, es gibt schon merkwürdige Gestalten unter der Sonne«, verkündete er gedehnt, was aus seinem Mund reichlich seltsam klang. Scharlie grinste mich an, sagte aber nichts. »Seht euch nur mal diese beiden Spendensammler da vorne an!«

Ich drehte mich um und schluckte. Der Türrahmen hatte es unbeschädigt überstanden. Im Eingang waren zwei große, unförmige Brocken aufgetaucht und bauten sich nun breitbeinig auf. Ihre minimalistische Verkleidung beschränkte sich auf Gummimasken, die allerdings perfekt zu ihren Figuren paßten. So wirkten sie wie halbherzig kostümierte Sumo-Ringer. Daß sie im Duo auftraten, gewissermaßen als Zwillinge, verlieh ihrer Erscheinung zusätzlich etwas Bizarres.

»Die schon wieder!« brummte Scharlie, und es klang nicht sehr erfreut.

Für einen Augenblick stockten die Gespräche, aller Augen waren auf die Neuankömmlinge gerichtet. Vereinzelt wurde gelacht, aber die meisten starrten nur hinüber. Die Stimmung war mit einem Mal merklich kühler geworden.

Die Beachtung schien die beiden Altbundeskanzler nicht zu kümmern. Sie blieben in der Nähe der Tür stehen und schauten sich im Raum um. Danach walzten sie zu uns an die Theke. Ich machte mich so klein wie möglich.

»Hallo, Scharlie! Ist Jupp mittlerweile aufgetaucht?«

»Nein, Jupp ist nicht da, und gehört habe ich auch nichts von ihm.« Scharlie verschränkte die Arme über der Brust und hielt einem langen Blick stand. Er fragte nicht, ob sie etwas trinken wollten.

»Na gut«, der Kanzler nickte langsam, »wie du meinst. Aber bestell ihm schöne Grüße, wenn er sich sehen läßt!«

»Mach ich.«

»Hoffentlich! Los, Mike, wir hauen ab!« Der Kanzler stieß seinen Zwilling an, der sich umdrehte und in Bewegung setzte. »Und noch eins, Scharlie: Wir kommen wieder. Vergiß das nicht!«

»Keine Sorge!«

Ohne ein weiteres Wort marschierten sie zur Tür hinaus. Scharlie starrte ihnen hinterher. »Das vergesse ich bestimmt nicht!« sagte er leise.

»Die waren doch nicht etwa echt? Ich meine, mittlerweile muß man ja einiges für möglich halten, aber trotzdem: gleich zwei von der Sorte?« Harry stieg indigniert von seinem Barhocker und ging zu den Toiletten.

»Du kennst die beiden?« fragte ich Scharlie.

»Ja, und ich könnte gerne darauf verzichten! Heute morgen sind sie schon einmal hier aufgekreuzt und wollten unbedingt Jupp sprechen. Ich habe mich natürlich ein bißchen gewundert über diese Art von Besuch, ist lange nicht mehr vorgekommen. Es war beinahe wieder wie früher.«

In seiner Stimme schwang keinerlei Nostalgie mit. Ich wußte, was er meinte. Zu Jupps Zeiten hatte sich im »Geiger« das Milieu die Klinke in die Hand gegeben. Sogar als ich seinen Anteil übernommen hatte, war es noch eine Zeitlang so weiter gegangen, bis dann das Interesse merklich nachließ, und das Publikum allmählich vollständig wechselte. Keiner von uns trauerte den alten Zeiten nach.

»Trotzdem habe ich mir weiter nichts dabei gedacht.« Langsam rieb er mit der Hand über sein Kinn. »Aber wie es jetzt aussieht, scheinen sie es wohl ernst zu meinen. Die suchen wirklich nach Jupp! Also, wenn du mich fragst: Irgend etwas ist da im Busch.«

»Haben sie gesagt, was sie von ihm wollen?«

»Nein. Offen gestanden, habe ich auch nicht danach gefragt. Schließlich ist das nicht mein Bier. Außerdem«, Scharlie fingerte an seiner Tasse herum und sah mich dann ruhig an, »außerdem gibt es da noch etwas, Max: Die beiden arbeiten für den ›Dicken‹, und der Bogen, den man um diese Figur machen sollte, kann gar nicht weit genug sein. Ganz gleich, warum er diese beiden Schläger geschickt hat, die Sache gefällt mir nicht.«

Mir gefiel sie noch weniger. Ich erinnerte mich jetzt dunkel an einen ehemaligen Partner von Jupp, zumindest an einige alte Geschichten über ihn. Auch wenn vermutlich nur die Hälfte davon stimmte, bedauerte ich es nicht, dem Hamburger nie begegnet zu sein.

»Stimmt, Jupp war früher nicht gerade wählerisch, mit wem er seine Geschäfte betrieb.«

»Kein Grund, gleich beleidigend zu werden!« Scharlie grinste kurz. »Aber du hast natürlich recht, so könnte man es nennen. Der ›Dicke‹ war allerdings auch damals schon ein anderes Kaliber. Nach allem, was man so hört, muß er mittlerweile eine richtig große Nummer sein, nicht nur oben in Hamburg.«

»Tatsächlich?« Ich hatte nichts dergleichen gehört. »Bringen die neuerdings so etwas in den Morgen-Nachrichten?«

»So ungefähr. Es ist nie verkehrt, sich auf dem laufenden zu halten, nicht wahr«, sagte Scharlie leichthin und zuckte mit den Achseln. »Ich dachte eigentlich, daß Jupp mit solchen Leuten schon lange nichts mehr zu schaffen hat. Aber jeder muß schließlich selbst wissen, was er tut!«

Er schob die leere Tasse über die Theke und stand auf. »Na ja, vielleicht bilde ich mir auch nur etwas ein. Außerdem glaube ich nicht, daß Jupp überhaupt in Köln ist. Jedenfalls hat er sich hier noch nicht blicken lassen. Wahrscheinlich hängt er irgendwo unter Palmen an einem Pool herum – bestimmt nicht allein, wette ich, und die beiden Typen können hier auf ihn warten, bis sie schwarz werden!«

»Schwarz würde ja gut zu ihnen passen. Aber du liegst falsch, Jupp hat mich heute morgen schon aus dem Bett geklingelt. Er ist in Köln, und zum ›Geiger‹ wollte er später auch noch kommen. Jedenfalls sind wir hier verabredet.«

»Dann sollten wir besser ein Auge auf diese Kanzler werfen, falls sie noch mal auftauchen. Ich kann mich natürlich täuschen, aber ich habe so ein dumpfes Gefühl, daß sie mehr von Jupp wollen, als ihm nur guten Tag zu sagen.«

Das glaubte ich auch. Ich war mir sogar ganz sicher. Schließlich steckte der Schlüssel in meiner Tasche. Immer noch. Jupp ließ sich reichlich Zeit.

Ich folgte Scharlie hinter die Theke und begann, die Tassen zu spülen. Scharlie wußte nichts von der Tasche. Auch daß ich den

Kanzlern heute schon einmal begegnet war, hatte ich ihm noch nicht erzählt.

Jupp mußte so etwas geahnt haben, deshalb war er nicht selbst gegangen, sondern hatte mich geschickt. Die beiden waren nicht zu übersehen gewesen, trotz des Betriebes im Bahnhof. Als sie dann vorhin plötzlich in der Tür erschienen waren, hatte ich sie sofort wiedererkannt.

Aber sie waren nicht meinetwegen gekommen. Ich schien keinen bleibenden Eindruck bei ihnen hinterlassen zu haben, was ich nicht beklagte. Offensichtlich hatten sie am Bahnhof nur nach Jupp Ausschau gehalten und auf einen Vulkanier mit meiner Statur nicht weiter geachtet. Auch eben hatten sie nicht die geringste Notiz von mir genommen. Das war reines Glück. Trotzdem würde ich mich wohler fühlen, wenn Jupp endlich käme, um seinen Schlüssel abzuholen.

Nach dem Verschwinden der beiden stand die Tür nicht mehr still. Als wären irgendwo die Schleusen geöffnet worden, strömten nun die Jecken herein und bevölkerten lautstark die Theke. Auch Harry nahm seinen Platz wieder ein und bemängelte die jeden anständigen Schotten diskriminierende Beschilderung unserer Erfrischungsräume.

Anfangs hielt ich noch Ausschau nach Jupp und den Kanzlern, bis das Gedränge einfach zu dicht wurde, und ich alle Hände voll zu tun hatte. Der Karneval wollte schließlich gefeiert werden, und die Kondition war noch frisch. Nach und nach begann sich an der Decke das Kondenswasser zu sammeln, und die Atmosphäre im »Geiger« wies bald Ähnlichkeit mit dem Innenleben einer Sardinenbüchse auf.

Richtig eng wurde es dann, als sich eine größere Sambatruppe auf ihrer Kneipentour zu uns hereindrängte und ein improvisiertes Konzert startete. Bewaffnet mit allen möglichen Schlag- und Rasselinstrumenten und vor allem einer Unmenge von Trillerpfeifen, veranstaltete sie einen infernalischen Lärm, dem sich nichts und niemand entziehen konnte. Es dauerte nicht lange, und wir tanzten alle rhythmisch auf der Stelle, sogar Scharlie mixte seine Tanten im Sambatakt.

Der Krach machte jede Unterhaltung zu einer mühseligen Angelegenheit, was uns aber nicht weiter störte. Längst waren wir nicht mehr recht bei der Sache. Ein paar Reihen vor der Theke blitzte immer wieder eine leuchtend rote Orchidee auf und lenkte uns ab. Harry vollführte einige bemerkenswerte Verrenkungen, um besser sehen zu können, schien damit allerdings auch nicht mehr Erfolg zu haben als ich. Dauernd versperrten wippende Köpfe und Schultern die Sicht. Als sich endlich für einen kurzen Augenblick doch eine Lücke öffnete, konnte ich verstehen, warum Gauguin damals seinen Koffer gepackt hatte und nach Tahiti aufgebrochen war.

Sie schien beinahe einem Traum entsprungen zu sein, einem alten, vielleicht schon leicht angestaubten, den auch ich träumte, seit ich als Kind die »Meuterei auf der Bounty« gesehen hatte. Es spielte keine Rolle, daß die rote Orchidee nur aus Plastik bestand und genauso künstlich war wie die prächtige Blütengirlande, die um ihren Hals hing und ein Bikini-Oberteil verdeckte. Oder daß ihr Bastrock Harrys Teil zum Verwechseln ähnlich sah. Natürlich trug sie ihn irgendwie anders, das würde sogar Harry zugeben.

Den Kopf leicht in den Nacken gelegt und die Augen halb geschlossen, lachte sie jetzt auf. Und es war dieses kurze Lachen, neben dem alles andere verblaßte, das ihren Auftritt verzauberte, ihn einrahmte und unter Glas setzte, gewissermaßen.

Marlon Brando hätte gut an ihre Seite gepaßt, oder auch Clark Gable. Statt dessen hüpfte nur ein Fernsehmoderator um sie herum, der sich nicht einmal verkleidet hatte, um auch ja erkannt zu werden. So wie er zappelte, schien er sich für die Wiedergeburt von Elvis zu halten.

Als Lisa mich unsanft in die Seite stieß, merkte ich erst, daß sie schon eine Weile auf mich eingeredet hatte.

»Sag mal, hörst du mir überhaupt zu? Pavlows Hunde waren ja nichts dagegen! Wirklich unglaublich, wie Männer auf einen einfachen optischen Reiz reagieren, sobald Sex im Spiel ist!«

»Ach was, Unsinn! Mit Sex hat das überhaupt nichts zu tun!«

»Genau!« bestätigte Scharlie »Nicht das geringste!«

Trotzdem war er den entscheidenden Moment schneller als ich und besetzte einen strategisch günstigen Wasserkasten. Von dort oben mußte der Ausblick entschieden besser sein. Harry sagte nichts; das konnte er auch gar nicht, weil er sich schon längst ins Getümmel gestürzt hatte.

Lisa gab auf. Sie verdrehte die Augen und warf theatralisch ihre

Arme in die Luft. »Und das in eurem Alter!« Vermutlich war die Empörung nur halb gespielt.

Von der rhythmisch wogenden Masse war Harry völlig verschluckt worden. Nur die Speerspitze überragte alle Hüte und Perücken und markierte seine Position.

»Kannst du etwas erkennen?« fragte ich zu Scharlie hoch.

»Aber sicher!«

»Und?«

Scharlie packte seinen Mixbecher und hielt ihn wie ein überdimensioniertes Mikrophon vor den Mund. »Jetzt, meine Damen und Herren, schalten wir wieder zurück nach Köln, zurück zum großen Samba-Hindernisrennen! Unser Reporter ist wie immer direkt vor Ort dabei und berichtet live aus dem ›Geiger‹. Hallo, Köln! – Hallo, Zentrale! Ich grüße alle Sportsfreunde daheim an den Hörern und auch hier unten auf den billigeren Plätzen! Wir haben eine packende Veranstaltung erlebt bisher, ein mitreißendes Rennen – und noch ist alles offen, meine Damen und Herren, noch ist nichts entschieden!«

Ein paar Köpfe drehten sich zu uns herum, und zwei Samurai beugten sich grinsend über die Theke, um besser hören zu können. Scharlie hatte den aufgeregten, leicht gehetzt wirkenden Ton einer Radioübertragung verblüffend gut getroffen.

»Und da taucht auch schon Harry Immanuel Bylandt in der Kurve auf, einer der Lokalmatadoren, der die Strecke natürlich kennt wie seine Westentasche ... und er ist fleißig, das muß man sagen, wirklich fleißig ... er arbeitet sich vor, unbeirrt und zielstrebig ... ein Hindernis hat er schon genommen, aber jetzt wird es schwierig! Da kommt schon das nächste – und, meine Güte, was für eins! Ein gewaltiger Brocken versperrt ihm den Weg, er sieht fast aus, wie ... jawohl, meine Damen und Herren, es ist einer der Klitschko-Brüder! Definitiv, da bin ich mir jetzt sicher – auch wenn die Verkleidung als Funkenmariechen natürlich geschickt gewählt ist! ... Eine schwierige, eine fast unlösbare Aufgabe! Wie wird Bylandt damit fertig werden? Was kann er überhaupt tun? ... Keine Frage, er muß vorbei, einen anderen Weg gibt es nicht! Vorbei oder aufgeben – aber daran ist natürlich gar nicht zu denken!«

Harry erhielt jetzt moralische Unterstützung von den Samurai, die im Chor seinen Namen skandierten.

»Wie Sie hören können, sehen das seine Fans hier im ›Geiger‹ auch so! ... Richtig, Bylandt versucht es auch schon auf der linken Seite ... nein, keine Chance, da ist alles dicht, die Deckung steht ... jetzt nimmt er die rechte Seite ... und es sieht gut aus, meine Damen und Herren, es – sieht – gut – aus, was er da macht, sehr gut! ... Er geht jetzt in den In-Fight und zeigt exzellente Arbeit am Mann! ... Au weia – das ist Pech! Wirklich Pech! ... Er humpelt ... Ist das schon das Ende? Das Aus für Bylandt, so kurz vor dem Ziel? Das wäre ein bitteres Schicksal! ... Was ist da nur passiert? ... Bylandt humpelt noch immer und hält sich den Fuß ... Ja, das muß weh tun, hoffentlich ist der Zeh nicht gebrochen! Das hätte er nicht verdient! ... Aber es scheint doch nichts Ernstes zu sein ... Gott sei Dank, Bylandt steht wieder sicher auf den Beinen!«

Die beiden Samurai trommelten begeistert auf die Theke, und zu meiner Überraschung fiel Lisa in ihre anfeuernden Harry-Rufe mit ein.

»Bylandt nimmt einen neuen Anlauf und ... was macht er jetzt? ... Das sieht gefährlich aus, sehr gefährlich ... Bylandt geht aufs Ganze, muß aufs Ganze gehen ... und hervorragend, es scheint zu klappen, nur noch ein paar Zentimeter ... jetzt zahlt sich das jahrelange Limbo-Training aus ... jawohl, er ist durch! Bylandt hat es tatsächlich geschafft und macht das Rennen! Der Sieger steht fest! ... Aber, meine Damen und Herren, liebe Sportsfreunde: Welch ein Risiko! Welch – ein – Risiko! ... Jetzt hat er natürlich alle Zeit der Welt, jetzt ist der Weg frei, den Sieg kann jetzt niemand mehr verhindern! ... Da hat sich auch schon eine Gasse für ihn gebildet ... Ganz souverän nimmt er die letzten Meter, dieser Harry Immanuel Bylandt, der jetzt in diesem Moment das Ziel erreicht – und nun doch taumelt, meine Damen und Herren! Kein Wunder bei der mörderischen Anstrengung, die hinter ihm liegt, das steckt niemand so einfach weg! Bylandt stolpert ... aber schon strecken sich ihm hilfreiche Hände entgegen, und er landet wohlbehalten in den Armen einer bezaubernden jungen Dame aus Hawaii! ... Es ist nichts passiert, nur ein kleiner Schwächeanfall, der anscheinend auch schon wieder überwunden ist ... jawohl! – Wo nimmt er nur diese Kondition her? Wirklich unglaublich! ... Nach all dem findet er noch die Kraft, seinen Erfolg tatsächlich mit einem Tänzchen zu feiern! … Und ich muß sagen, meine Damen und Herren, auch dabei macht er eine gute Figur, er – aber ich höre gerade, daß ich zurück zur Sendezentrale geben muß, und verabschiede mich – he, Max, ist ja schon gut!«

Ich half Scharlie von seinem Ausguck herunter und stieg selbst auf den Kasten. Er hatte nicht übertrieben. Weiter vorne hatten die Jecken einen Kreis um Harry und seine Partnerin gebildet, und ich konnte sehen, wie sie komplizierte Sambafiguren aufs Parkett legten. Wo hatte der Junge das nur gelernt? Demnächst würden sie noch ihre Halsketten tauschen und Brüderschaft trinken. Auch Elvis starrte verdutzt abwechselnd auf das tanzende Paar und auf den Speer, den Harry ihm in die Hand gedrückt haben mußte.

Für seine Gene-Kelly-im-Baströckchen-Nummer blieb ihm aber nicht mehr allzuviel Zeit, die Musiker beendeten ihre Visite mit einem furiosen Finale und zogen tanzend und mit großem Getöse weiter zur nächsten Kneipe. Für einige Augenblicke hinterließen sie fast so etwas wie Leere und Stille – und die Königin der Südsee. Harry säuselte ihr irgend etwas ins Ohr und führte sie zur Theke, den Speerträger im Schlepptau. Sie schwang sich auf Harrys Barhocker, zeigte dabei das schönste Bein von allen und deutete auf seinen Cocktail: »Wenn der so gut schmeckt, wie er aussieht, möchte ich auch einen!«

Scharlie stand bei Fuß. »Eine Tante, kommt sofort!« Darauf schien er ein Leben lang gewartet zu haben.

»Mach gleich zwei daraus und auf meine Rechnung!« Der Fernsehfritze hatte sich ebenfalls an die Theke gedrängt. Elvis' Stimme war offensichtlich nicht mit wiedergeboren worden. »Aloha, Baby! Wir zwei Hübschen kennen uns doch!«

Sie zog eine Braue hoch und musterte ihn kurz. »Nein, ich glaube nicht, und vielen Dank, aber …«

»Aber die Dame ist bereits eingeladen!« fiel Harry ihr ins Wort, und um jeden Zweifel auszuräumen setzte er nachdrücklich hinzu: »Und zwar von mir!«

Elvis schien das wenig zu kümmern, er drehte Harry einfach den Rücken zu und nahm einen neuen Anlauf: »Klar kennen wir uns! Warst du nicht mit Zlatko auf dieser tierischen Studioparty nach meiner letzten Sendung?« Er strich sich die Haare aus dem Gesicht und stellte sich in Positur. »Na, klingelt es jetzt bei dir?«

»Ach ja, natürlich, jetzt erinnere ich mich wieder! Ich muß mich wirklich entschuldigen, aber ich habe so ein schlechtes Gedächtnis für Gesichter.« Mit ihrem Lächeln hätte man flüssige Lava auf Zimmertemperatur bringen können. »Aloha, Mister Ed!«

Ihm klappte passenderweise der Unterkiefer herunter, offensichtlich war er alt genug, um mit dem Namen etwas anfangen zu können. Ich durfte es jetzt ausbaden. »Dauert das hier immer so lange?« giftete er mich an.

»Tut mir leid, aber wir schenken grundsätzlich keinen Alkohol an Pferde aus. Auch wenn sie sprechen. Das ist Vorschrift.«

Mister Ed lief rot an, verzichtete sinngemäß auf seine Bestellung und rempelte sich den Weg nach draußen frei.

»Ja, ist denn das zu fassen, der Kerl hat meinen Speer!« Harry setzte ihm nach.

»Deine Chancen, in seine Sendung zu kommen, dürften hiermit auf Null gesunken sein, fürchte ich.« Aus ihrer Stimme war jedes Eis verschwunden.

»Ja, damit könntest du recht haben! Allerdings schien unser Mister Ed auch wesentlich mehr an dir interessiert gewesen zu sein. Du kennst ihn doch nicht wirklich, oder? Von dieser Studioparty, meine ich, mit – schon gut, schon gut! War nur eine Frage.« Auf ihrer Stirn war eine senkrechte Falte erschienen, die ihr ausnehmend gut stand. »Eh, was ich noch sagen wollte: Tolle Orchidee!«

Glücklicherweise tauchte Scharlie neben mir auf und servierte nun mit Grandezza seine Bombe. Etwas verwundert schaute ich ihm dabei zu, mich hatte er noch nie so bedient. Das nahm ich ihm nicht übel, rückte aber trotzdem keinen Zentimeter zur Seite.

»Ich heiße übrigens Carla.« Sie hob das Glas und lächelte mich an. »Aloha!«

Es passierte nicht viel, ich stand sicher auf zwei Beinen und hatte mich an der Theke festgehalten. Hinter mir hörte ich Lisa etwas brummen, das wie »Männer!« klang.

»Ich bin Max.«

»Wie nett, ich hatte mal einen Kater, der so hieß.«

»Oh, wirklich?«

Lisa verzichtete auf einen Kommentar und verzog sich kopfschüttelnd ans andere Ende der Bar. Carla schien nichts davon mitbekommen zu haben. Sie hatte den Kopf leicht in den Nacken gelegt und ließ ihren Blick über das große Plakat wandern, das über dem Flaschenregal hinter unserer Theke hing.

»Jetzt verstehe ich auch, warum alle nur vom ›Geiger‹ reden, wenn sie den Laden hier meinen!«

Ich drehte mich um und sah mir das Bild auch an. Es war eine hübsche alte Lithographie in Gelb- und Grüntönen, die aus der Zeit um 1900 stammte. Vor einer bunten Staffage aus Zelten, Kirmeswagen und Raubtierkäfigen wurde die Hauptattraktion eines Jahrmarktes angekündigt: Der Große Ernesto mit seinem sensationellen Auftritt als »Der Einarmige Geiger«! Carla hatte recht, mit den Jahren war das Plakat zum Namensgeber für die Bar geworden, und das »Franken-Eck« tauchte nur noch in den Steuererklärungen auf.

»Stimmt«, nickte ich, »auch wenn niemand weiß, wie dieser Auftritt wohl ausgesehen hat.«

In ungezählten Thekengesprächen waren schon die wildesten Vermutungen darüber angestellt worden, und bis jetzt hatte noch kein Vorschlag allgemeine Akzeptanz für sich verbuchen können. Die vorherrschende Meinung tendierte zwar zum irgendwie Schlüpfrigen, blieb allerdings ziemlich vage.

»Tja, der ›Einarmige Geiger‹ wird wohl immer ein Mysterium bleiben«, meinte Scharlie bedauernd.

»Ich weiß nicht«, sagte Carla langsam. Sie hatte eine unserer Geschäftskarten von dem Stapel auf der Theke genommen und sah nachdenklich auf das Geiger-Motiv herunter. »Für mich klingt das nach einer alten Kriminalgeschichte: ›Sherlock Holmes und der seltsame Fall des einarmigen Geigers‹. Etwas in der Art.«

Diese Variante war neu, und sie gefiel nicht nur mir.

»Großartig!« Harry war wieder aufgetaucht und schaffte sich nun ungeniert Platz, wobei ihn sein Speer kaum behinderte. Offensichtlich war die Jagd erfolgreich verlaufen. Begeistert strahlte er Carla an. »Eine Sherlock-Holmes-Geschichte! Phantastisch! Warum ist mir das nicht eingefallen?«

»Keine Angst – das wird es noch, Harry, das wird es ganz bestimmt!« Ich konnte einfach nicht anders.

»Sieh an, sieh an – genau das, worauf die Welt bis jetzt gewartet hat: ein literarisch gebildeter Kneipier!«

»Vielen Dank! – Ach, Carla, darf ich dir Harry Immanuel vorstellen? Vielleicht erinnerst du dich noch? Der Tanz vorhin?«

Für einen Moment war Harry tatsächlich sprachlos.

»›Immanuel‹!« Carla lächelte amüsiert. »Hübsch – was ist passiert? Frommes Elternhaus?«

»Nein, mein Vater war Kantianer!« Harrys Antwort klang beinahe schroff. Er schien zu bedauern, daß die Theke zwischen uns aus solidem Teakholz gearbeitet war.

»Ihr kennt euch wohl schon recht lange?« Sie lachte und sah uns fragend an.

»In der Tat!« Harry seufzte. »Seit unserer gemeinsamen Zeit bei den Pfadfindern – ich war sein Kornett, mußt du wissen, und Max unser Sippen-Suppenkoch. Schon damals mußte ich dauernd auf ihn aufpassen, und daran hat sich bis heute nicht viel geändert.« Er bedachte mich mit einem hochnäsigen Blick und wedelte unbestimmt mit der Hand. »Na, wenigstens hat er hier keinen Zutritt zur Küche. Aber lassen wir doch das unerfreuliche Thema und reden lieber von dir!«

»Wo bleiben eigentlich Marion und Julia?« fragte ich harmlos dazwischen, aber auf dem Ohr war Harry taub. Er rückte nur noch näher an Carla heran und beugte den Kopf vor.

»Was hat dich denn aus der Südsee hierhin verschlagen? Du sollst doch nicht etwa für RTL noch eine Talkshow mit sprechenden Eseln moderieren, oder?«

»Warst du nicht mit den beiden hier verabredet? Mit Marion und Julia?« versuchte ich es weiter, etwas lauter diesmal und genauso erfolglos.

»Das muß er wohl vergessen haben, der gute Harry!« Scharlie grinste und stellte sich auf die Zehenspitzen. »Aber es sieht ganz danach aus, als bekäme er gleich Besuch!«

Tatsächlich gab es in der Nähe der Tür einen kleinen Tumult, aus dem jetzt zwei vertraut aussehende Teufel auftauchten. Sie warfen Kußhändchen nach allen Seiten und führten eine immer größer werdende Polonaise an, die nach einigen Schlenkern auf uns zumarschierte. Die Mädels hatten sich sichtlich an rheinische Verhältnisse akklimatisiert. Ohne große Umstände kassierten sie einen wenig begeisterten Harry ein. Damit war er erst mal aus dem Rennen.

Ich winkte ihm hinterher und wechselte auf die andere Seite der Theke. Es war die Polonaise der Session. Ihr Zug beschrieb allerhand kapriziöse Figuren, die Harry des öfteren an uns vorbeiführten, und jedesmal gab er einen schönen Anblick ab.

Schließlich bröckelte sie dann doch auseinander. Lisa legte eine alte Percy-Sledge-Nummer auf – natürlich nur, um sich über mich lustig zu machen, und schon begann ein allgemeines Geschiebe. »When a man loves a woman«, die alte Geschichte eben. Als Carla dann ihre Hände um meinen Nacken legte und mich näher heranzog, zierte ich mich nicht allzusehr. Wir tanzten langsam auf der Stelle, und ich vergaß alles andere um mich herum. Für einen Vulkanier machte ich meine Sache wohl nicht schlecht. Sie knabberte an meinem Ohr und hörte viel zu früh damit auf.

Die letzten Takte der Schnulze verklangen. Bevor der musikalische Frohsinn wieder einsetzte, küßte Carla mich sanft und verschwand in Richtung Toiletten. Ich schwebte zurück zur Bar.

Auch Harry hatte sich dort wieder eingefunden und zeigte Haltung. Die beiden völlig aufgedrehten Hamburgerinnen berichteten gerade von ihrem Besuch der Stunksitzung. Begeistert erzählten sie einige Sketche nach und offenbarten dabei ein beachtliches mimisches Talent. Ihre Versuche, den kölschen Tonfall zu imitieren, waren fast bühnenreif. Während ich an den passenden Stellen mitlachte, hielt ich immer wieder nach Carla Ausschau. Langsam wurde ich unruhig.

»Was ist denn los? Warum zappelst du dauernd so herum?« fragte mich Harry scheinheilig. Seine Laune hatte sich zusehends gebessert.

»Ja, ist mir auch schon aufgefallen!« bestätigte Scharlie, offenbar ernsthaft besorgt.

Ich ignorierte sie, so gut es ging, aber nach einer halben Stunde mußte ich den Tatsachen ins Auge sehen: Carla war gegangen, einfach so.

Natürlich probierte ich es mit dem alten Tanten-Zauber, aber viel half es nicht, Carla blieb verschwunden. Statt dessen scharwenzelte Lisa öfter an mir vorbei, sah mir dabei treuherzig in die Augen und gurrte zuckersüß: »Mein armer Kater!«

Auch die anderen schienen den Tränen nahe zu sein. So viel Mitleid war wirklich rührend. Aber ich beklagte mich nicht, ein Vulkanier zeigt keinen Schmerz. Auf diese Weise ging es noch eine ganze Weile weiter, die Bande amüsierte sich prächtig auf meine Kosten.

Als sie dann irgendwann »Honolulu Baby« anstimmten und Harry dazu Hula tanzte – nicht einmal ungeschickt –, wurde es mir doch zuviel. Die Aussicht auf einen langen Bunten Abend der Wüstensöhne munterte mich nicht gerade auf, außerdem hatte ich keine Lust mehr, noch länger auf Jupp zu warten. Also nahm ich meine Jacke und verzog mich.

Draußen vor der Tür holte Lisa mich ein. »Max, ich soll dir noch etwas ausrichten, von Carla meine ich.« Fast schien sie ein schlechtes Gewissen zu haben, erst jetzt damit herauszurücken. »Sie mußte eben dringend weg, will sich aber wieder bei dir melden. Und so, wie du vorhin beim Tanzen aussahst, dachte ich, du hättest bestimmt nichts dagegen. Jedenfalls habe ich ihr deine Adresse gegeben. Das ist dir doch recht, oder?«

In der Regel küsse ich keine Angestellten von uns, reite allerdings auch nicht ständig auf meinen Prinzipien herum.

DREI

Ein leises Knurren warnte mich rechtzeitig. Als die Haustür jetzt von innen geöffnet wurde, machte ich schnell einen großen Schritt rückwärts. Es war keinen Augenblick zu früh. Auf der Schwelle tauchte Archie auf und würdigte mich weiter keines Blickes. Er mochte mich nicht besonders, schon von Anfang an nicht. Ein Schicksal, das ich wohl mit dem Rest der Welt teile. Ein Sir Archibald genügt sich selbst.

Was da an mir vorüberstolzierte, sah vielleicht auf den ersten Blick aus wie eine gemeine englische Bulldogge, aber ich wußte es besser. Ich erkenne einen Jedi-Meister, wenn ich ihn sehe.

Am anderen Ende der Leine hing mein Nachbar aus dem ersten Stock. Zur gestreiften Pyjamahose trug er eine Wollmütze und dicke Winterschuhe. Die Socken fehlten. Im Vorbeistolpern nickte er mir gähnend zu und versuchte, mit der freien Hand die Knöpfe an seinem Mantel zu schließen. Vermutlich bedauerte er wieder einmal, sich nicht doch für die Goldfische entschieden zu haben.

Vier Stockwerke höher klopfte ich zweimal meine sämtlichen Taschen ab, ohne fündig zu werden. Die Schlüssel waren nicht da. In der Aufregung über Jupps dubiosen Auftrag mußte ich sie wohl vergessen haben. Das war kein Beinbruch, im »Geiger« hatte ich einen Reserveschlüssel deponiert. Allerdings dämpfte die Aussicht, den Weg noch einmal machen zu müssen, meine ohnehin eher mäßige Stimmung noch mehr.

Das Licht im Treppenhaus erlosch automatisch. Ich stand im Dunkeln vor meiner Tür und fluchte ein bißchen. Nicht lange, denn während ich noch nach dem Schalter tastete, bemerkte ich den hellen Streifen unter der Tür und verharrte mitten in der Bewegung. In meiner Wohnung brannte Licht. Und nicht nur das, es kam mir vor, als hörte ich leise Stimmen.

Ich beugte mich vor und legte mein Ohr an die Tür. Ich hatte mich nicht getäuscht. Es waren wirklich Stimmen, und sie kamen aus meiner Wohnung. Um besser hören zu können, preßte ich meinen Kopf noch stärker gegen die Tür. Plötzlich gab sie dem Druck nach und schwang nach innen auf. Im letzten Moment konnte ich mich noch am Rahmen festhalten, sonst wäre ich kopfüber nach vorne gestolpert. Halb erwartete ich, einem Fremden gegenüberzustehen, aber der Flur war leer. Jemand hatte nur die Tür nicht richtig ins Schloß gezogen.

Wahrscheinlich war ich viel zu beschwipst, um mich vor irgend etwas zu fürchten. Was das angeht, wirken Scharlies Tanten wahre Wunder. Nach der ersten Schrecksekunde fühlte ich nur einen tiefen Ärger in mir hochsteigen. Das sah ihm ähnlich, einfach so hereinzuspazieren. Was kümmerte ihn schon eine verschlossene Tür? Hier wohnte ja nur sein alter Kumpel Max.

Natürlich konnte es sich nur um Jupp handeln, der aus irgendeinem unschönen Grund nicht in den »Geiger« kommen wollte, sondern lieber hier in meiner Wohnung auf mich wartete und auch noch gleich für Gesellschaft gesorgt hatte. Auf einmal hatte ich die Nase voll. Mir paßte nicht, daß Jupp sich bei mir breit machte, und noch viel weniger, daß er mich so lange auf dem Schlüssel hatte sitzenlassen, wenn auf einmal Leute wie die Kanzler mit im Spiel waren. Überhaupt: Die Kanzler! Davon hatte Jupp mir natürlich nichts gesagt, und vermutlich einiges andere auch nicht. So harmlos, wie er es dargestellt hatte, war die Geschichte offenbar doch nicht. Tumor hin oder her, Jupp würde sich einiges von mir anhören dürfen.

Beim Gedanken an die Kanzler wurde es mir doch etwas mulmig. Wer weiß, wen Jupp da bei sich hatte. Die Stimmen klangen zwar nicht nach einem Streit, trotzdem konnte ein wenig Vorsicht nicht schaden.

Behutsam nahm ich den silberbeschlagenen Spazierstock aus dem Schirmständer und schwang ihn leicht durch die Luft. Er lag gut in der Hand und war schwer genug, um einem Gegner damit stilvoll den Arm brechen zu können, wenn es nötig sein sollte. Das antike Prachtstück war ein Geschenk von Harry. Bei einem seiner regelmäßigen Beutezüge hatte er es auf einem Pariser Flohmarkt aufgestöbert und sofort an meinen nächsten Geburtstag denken müssen, wie er mir treuherzig versicherte. Man sollte schließlich der Zukunft mutig ins Auge sehen, nicht wahr, und derart elegante Gehhilfen würden heutzutage ja gar nicht mehr hergestellt.

Nun, der Stock gefiel mir tatsächlich, aber noch bin ich gut zu Fuß. Heute hatte ich zum ersten Mal Verwendung für ihn.

Ohne ein Geräusch schloß ich die Tür hinter mir, schaltete das Licht aus und blieb regungslos stehen, um zu horchen. Das Stimmengemurmel dauerte an, offenbar war meine Rückkehr unbemerkt geblieben. Nach ein paar Sekunden hatten sich meine Augen so weit an die Dunkelheit gewöhnt, daß ich einen schwachen Lichtstreifen sehen konnte. Er schien unter der Badezimmertür hervor und tauchte ein Stück des Flurbodens in diffuses Licht. Während ich auf den Türspalt starrte, spürte ich ein leichtes Ziehen in meinem Bauch. Schweißperlen liefen mir langsam den Rücken herunter. Jemand war in meinem Badezimmer. Grund genug, etwas nervös zu werden.

Ich atmete einmal tief durch und setzte mich in Bewegung. Für einen Moment sah ich das absurde Bild vor mir, das ich abgeben mußte, wie ich da auf Zehenspitzen durch meinen Flur schlich, den Spazierstock wie einen Degen in der Hand haltend. Alle für einen, einer für alle. Aber es gab keine Zuschauer, außerdem war es dunkel.

Die Stimmen wurden lauter, je näher ich der Badezimmertür kam. Ein Mann und eine Frau sprachen miteinander. Was sie sagten, konnte ich nicht verstehen. Irgend etwas stimmte nicht mit den Stimmen. Sie kamen mir vage bekannt vor, ohne daß ich sie auf Anhieb einzuordnen wußte. Aber eines stand fest, Jupps Stimme war nicht dabei.

Mittlerweile war ich doch mehr als nur ein bißchen aufgeregt. Mein Hemd schien auf der Haut zu kleben. Wenn nicht Jupp, wer steckte dann hinter der Tür? Ich wollte lieber nicht allzu lange darüber nachdenken. Es gab ja nur einen Weg, es herauszufinden. Außerdem war das hier immer noch meine Wohnung, und niemand hatte bei mir etwas verloren. Ich wischte meine feuchten Hände an der Hose trocken, packte den Stock fester und legte eine Hand auf die Klinke. Sehr langsam und vorsichtig drückte ich sie herunter.

»Entweder bin ich verrückt, oder ich habe ein Monster in meiner Küche!« sagte die weibliche Stimme gerade.

»Ich glaube nicht, daß Sie verrückt sind.«

Als ich die Antwort hörte, dämmerte mir allmählich, worum es ging, aber jetzt hatte ich die Klinke ganz herunter. Ich stieß die Tür auf und machte einen Satz ins Bad. Ein leiser Schrei war die Reaktion.

Ich wußte nicht so genau, was ich eigentlich erwartet hatte. Bestimmt nicht die Szene, die sich mir darbot. Nun verstand ich auch, warum mir die Stimmen so seltsam vertraut erschienen waren, ich kannte den Dialog schließlich gut genug: Dr. Peter Wenkman versuchte gerade hartnäckig sein Glück bei einer Klientin. Durchaus nicht zufällig in meinem Badezimmer.

Es war einer meiner Lieblingsfilme, ideal geeignet für eine Kur gegen kleine und auch größere Übel dieser Welt. An einem naßkalten Winterabend mit einem heißen Grog in der Wanne zu liegen und etwa Indiana Jones auf Schatzsuche zu begleiten, scheint mir einer paradiesischen Existenzform recht nahe zu kommen.

Neben dem Fernseher lagen ein paar Videokassetten aufgestapelt. Offensichtlich wußte jemand meine Hausmittel zu schätzen.

Das Schaumgebirge in der Badewanne wurde nun von zwei schlanken Händen zerteilt, und zum Vorschein kam Carlas amüsiertes Gesicht. Die rote Orchidee steckte immer noch hinter ihrem Ohr. Perplex starrte ich sie an. Wenn sie mich hatte überraschen wollen, dann war ihr das vollständig gelungen. Sie hätte ich wohl als letzte hier erwartet. Allerdings war es ein Arrangement, mit dem ich mich anfreunden konnte, ich mußte mir nur etwas Mühe geben. Es handelte sich ja nicht gerade um einen Angriff der Körperfresser.

Carla zog ihre Augenbrauen hoch. »Oh, là, là! Hier scheint es ja nicht nur in der Küche Monster zu geben!«

»Eh – gewöhnlich täuscht der erste Eindruck!«

»Wie beruhigend!«

Ich räusperte mich. Ihr spöttischer Ton brachte mich aus dem Konzept. »Ich muß gestehen, daß ich etwas erstaunt bin, dich hier anzutreffen, noch dazu in dieser – eh – Aufmachung. Aber erfreut natürlich, ich meine: hocherfreut!«

»So, so, und deshalb fuchtelst du mit diesem Ding da vor meiner Nase herum«, kicherte sie. »Was würde Freud wohl dazu sagen?«

»Ach das ...« Ich ließ den Stock diskret hinter meinem Rücken verschwinden. »Das hat nichts zu bedeuten.« Mein Gesicht fühlte sich verdächtig heiß an. Mit Inspektor Clouseau konnte ich es locker aufnehmen. Jederzeit.

Carla lachte nun völlig ungeniert. Sicher hatte sie ihre Gründe, warum sie sich in meiner Badewanne rekelte, und selbstverständlich fragt ein Gentleman nicht nach ihnen. Nur eines wollte ich doch wissen.

»Bitte, das soll jetzt keine Kritik sein, aber wie bist du überhaupt hier hereingekommen? Ich dachte, ich hätte abgeschlossen.«

»Hast du auch, aber das war eine Kleinigkeit!« Sie zuckte lässig mit einer entzückenden Schulter. »Ich habe ja nicht umsonst jeden Roman mit Modesty Blaise gelesen: Kein Schloß ist vor mir sicher!«

»Ah ja, Modesty Blaise, verstehe.« Ich nickte und wechselte das Standbein. »Die Temperatur ist angenehm, hoffe ich?« Langsam wurde es peinlich.

Carla schien das ähnlich zu sehen. »Wie lange willst du eigentlich noch da herumstehen?« fragte sie harmlos, dann formte sie mit beiden Händen einen Schaumball und pustete ihn in meine Richtung. »Ich kenne übrigens ein passendes Gedicht: ›Könnten wir uns auf dieser Welt noch tausend Jahre kennen, würde ich dein Zögern, schönes Kind, keine Sünde nennen!‹ Aber vorher ...« Sie fischte unter dem Schaum herum und reichte mir dann ein Sektglas, das ihr bei meinem Auftritt vor Schreck ins Wasser gefallen war. »Vorher möchte ich noch etwas trinken. Der Sekt steht im Kühlschrank.«

Jeder Kommentar wäre überflüssig gewesen, also schleppte ich den Pudding in die Küche. Im Kühlschrank fand ich tatsächlich eine angebrochene Flasche, die nicht von mir stammte. Bei mir gibt es selten Champagner. Ich schenkte zwei Gläser voll und prostete einem imaginären Spiegelbild zu.

»Also schön, alter Junge, nehmen wir ein Bad!«

In dieser Nacht kam ich wenig zum Schlafen. Es lag nicht zuletzt an den Trommlern, die draußen einsam durch die Straßen zogen wie Zombies, nur eben wesentlich lauter. Ihre rhythmischen Paukenschläge hallten als dumpfes Memento mori durch die Nacht.

Irgendwann wechselten wir ins Wohnzimmer. Ich zündete ein Feuer an und ließ mich mit dem letzten Tropfen aus der Flasche vor dem Kaminofen häuslich nieder. Carla hatte sich in eine Decke eingewickelt und inspizierte nach den Bücherregalen nun die Bilder und Fotos an den Wänden.

Niemand von uns sagte etwas, bis auf das Knistern der Flammen und die gelegentlichen Trommelgeräusche war es still. Mir gefiel es so, ich hätte stundenlang nur zusehen können, wie das flackernde Feuer bewegliche Schatten auf ihre Gestalt warf. Es war eine vollkommene Szene, so vollkommen, mir so vertraut aus Büchern und Filmen, daß ich auf einmal Beklemmung empfand. Ein absurder Zweifel befiel mich, ob das, was ich da erlebte, auch wirklich stattfand. Unwillkürlich hielt ich den Atem an, aus Angst, bei der geringsten Regung könnte sich alles in Luft auflösen.

In diesem Moment drehte sich Carla zu mir und zeigte auf ein Foto. »Wer ist denn das hier?«

Damit war der Bann gebrochen. Erleichtert rappelte ich mich auf und ging zu ihr. Sie tippte mit dem Finger auf eine ältere Aufnahme. Martine und ich standen lachend Arm in Arm auf der Veranda ihres Landhauses. Jupp hatte das Foto vor fünf oder sechs Jahren gemacht, als ich die beiden dort besuchte.

»Du meinst die Frau hier neben mir? Eine alte Freundin von mir, Martine de Saint-Clair.«

»Das klingt ja sehr vornehm.«

»So vornehm ist sie gar nicht. Ihre Vorfahren haben seinerzeit als Piraten die Karibik unsicher gemacht und sich den klangvollen Namen samt Titel selbst zugelegt. Jedenfalls erzählt Martine die Geschichte gerne so.«

Carla runzelte die Stirn und beugte sich vor, um das Bild genauer zu betrachten. Anscheinend fand es Gnade vor ihren kritischen Augen. »Wirklich eine sehr schöne Frau, deine Martine de Saint-Clair! Ihr beide gebt ein hübsches Paar ab.«

»Ja, der Meinung war ich auch immer.«

»Aha«, sagte sie leichthin, und mir gefiel der Ton, in dem sie es sagte.

»Aber leider ist nie etwas daraus geworden. Es hat irgendwie immer jemand anderen gegeben, angefangen mit Jupp – das ist dieser Kleiderschrank hier.« Ich zeigte auf einen Schnappschuß von ihm zusammen mit Martine, auf dem Jupp aussah wie Robert Mitchum. Wegen dieser kuriosen Ähnlichkeit hatte ich das Foto aufgehängt. »Durch ihn habe ich Martine überhaupt erst kennengelernt, als ich damals beim ›Geiger‹ eingestiegen bin. Sie ist dort manchmal aufgetreten.«

»Aufgetreten, so, so. Ich frage lieber nicht, als was.« Carla spitzte bemüht hoheitsvoll die Lippen, aber in ihren Augenwinkeln waren bereits die ersten Lachfältchen erschienen. »Immerhin, die Figur dazu hat sie ja.«

»Unbedingt!« nickte ich ernsthaft.

»Auch wenn sie natürlich etwas größer sein könnte!«

»Nun, eigentlich hat sie nur gesungen. Ziemlich gut sogar, bis sie dann dieses Pech hatte. Dabei fällt mir ein, daß hier irgendwo noch ein oder zwei Platten von ihr herumfliegen müssen.« Ich bückte mich und begann, die Schallplatten durchzusehen.

»Pech? Was ist denn passiert?«

»Es fing ganz harmlos an. Martine hatte sich erkältet. Das dachte sie wenigstens und hat sich nicht weiter darum gekümmert, bis die Beschwerden immer schlimmer wurden. Also ging sie endlich zum Arzt. Tja, und da entpuppte sich die ›kleine Erkältung‹ als schwere Lungenentzündung, die zu allem Übel auch noch auf die Stimmbänder schlagen mußte. Als sie es schließlich überstanden hatte, war ihre Stimme nicht mehr die alte.«

»Meine Güte, wie schrecklich! Die arme Frau!«

»Ja, für eine Sängerin muß das bitter sein. Aber Martine ist noch gut damit fertig geworden. Sie war wohl nie wirklich auf eine professionelle Karriere aus gewesen.« Zumindest hatte sie das gesagt. »Trotzdem ist es eine traurige Geschichte.«

Nach einigem Suchen hatte ich eine Platte gefunden und legte sie auf. Es war eine unprätentiöse Clubaufnahme mit einer kleinen Combo, sie spielten hauptsächlich Bossa Nova. Keine große Sache, aber Martines Stimme kam gut zur Geltung. Sie füllte den Raum auf fast körperliche Art aus.

Ich setzte mich wieder auf den Boden vor den Ofen. Heute schien mein nostalgischer Tag zu sein. Erst Thailand, jetzt Martine. Ich mußte an einen ihrer Auftritte im »Geiger« denken. Nach der letzten Zugabe waren die meisten Gäste aufgebrochen, und Scharlie hatte die Tür abgeschlossen. Wer jetzt noch herein wollte, mußte klopfen.

Er war mir vorher gar nicht aufgefallen, ein bulliger Mann mit schlichten, fast groben Gesichtszügen. Während die Band spielte, hatte er ruhig an der Theke gesessen. Jetzt war er zur Bühne geschlendert und plauderte mit den Musikern. Sie schienen ihn zu kennen und wirkten auf einmal leicht aufgeregt, beinahe feierlich. Als sie ihm das Saxophon aufdrängten, stellte er lächelnd sein Glas ab und führte das Instrument an seine Lippen.

Es war reine Magie. Der Fremde blies die ersten Takte von »The girl from Ipanema«, die anderen stiegen ein, und mit einem Mal war alles verändert. Nichts zählte mehr, es gab nur noch die Musiker auf der Bühne. Martine war nie besser.

Erst später habe ich erfahren, wer der Mann war. So hat Zoot Sims im »Geiger« ein Gastspiel gegeben, und es existiert keine Aufnahme davon.

Carla drehte die Plattenhülle um und las den Text auf der Rückseite. »Was macht sie heute?«

»Sie tritt schon lange nicht mehr auf, aber ihr geht es gut. Inzwischen hat sie nämlich die Liebe ihres Lebens entdeckt – nein, nein, ich rede jetzt nicht von mir! – und sammelt Kunst und Antiquitäten.«

»Ein schönes Hobby – Kunst und Antiquitäten meine ich. Wenn man das richtige Bankkonto hat.«

»Martine kann es sich leisten. Sie hat geerbt, weißt du, und ihre Familie ist ziemlich wohlhabend.«

»Ach ja, der Piratenschatz.«

»Genau. Jetzt lebt sie in Marienburg und betreibt dort nebenbei einen kleinen, aber sehr feinen Antiquitäten-Handel. Wie das reiche Damen eben so machen, wenn sie sonst nichts zu tun haben.«

Carla setzte sich neben mich und teilte ihre Decke mit mir. »So ländlich, wie es auf dem Foto aussieht, habe ich mir Köln eigentlich gar nicht vorgestellt.«

»Ist es auch nicht. Nein, wie es sich gehört, verbringt Martine hin und wieder ein Wochenende auf dem Land. Sie hat sich im Bergischen ein ehemaliges Forsthaus gekauft, und dort ist die Aufnahme auch gemacht worden. Idyllische Gegend, das Haus liegt so abgeschieden, daß es sogar in den lokalen Wanderkarten vermerkt ist.«

»Beneidenswert!« seufzte Carla, und ich konnte ihr nur zustimmen. Reichtum hat seine Vorteile. Zu zweit vor dem Feuer zu liegen, in die Flammen zu sehen und Bossa Nova zu hören, war aber auch nicht schlecht. Auch Carla beklagte sich nicht.

Nach einer Weile fragte sie träumerisch: »Sag mal, was würdest du machen, wenn du Geld hättest?«

Versonnen starrte sie in das Feuer, und ihr entging deshalb mein Grinsen. Bestimmt hatte sie sich weiter nichts dabei gedacht. Aber empfindlichere Naturen als ich wären jetzt gekränkt gewesen, daß man ihnen kein Konto in der Schweiz zutraute – nicht mal ein ganz kleines –, auch wenn die Vermutung zutraf. Und mir sah man wohl an, daß sogar der Aktienboom spurlos an mir vorübergegangen war.

Ich zuckte mit den Achseln. Mir fiel eine bunt kolorierte Ansichtskarte ein, die Jupp mir mal aus der Südsee geschickt hatte. »Aloha From Hawaii«. Eine üppige Strandschöne drehte sich ins Bild und lächelte verführerisch, außer einer Blumenkette trug sie nicht allzuviel. Einen trüben Kölner Winter hindurch hatte die Karte über meinem Schreibtisch gehangen. Ein Versprechen, das nie eingelöst wurde.

»Nun, wie wäre es mit Hawaii? Das Paradies in der Südsee: eine Villa im Kolonialstil mit eigenem Strand ... Weiße Segel am Horizont ... Leise Hula-Klänge aus der Ferne ... Den Tag in der Hängematte herumdösen und mit einem doppelten Mai Tai auf den goldenen Sonnenuntergang warten ... Klingt doch gut, oder?«

»Mhm, nicht übel, fehlt nur noch der Schnäuzer und ein roter Ferrari.«

»Warum nicht? Das käme bei der insularen Damenwelt sicher gut an.«

»Vielleicht solltest du dir gleich zwei zulegen.«

»Na, ich weiß nicht so recht, man kann es auch übertreiben! – Zwei Schnäuzer?«

»Blödmann!« murmelte Carla schläfrig, rückte näher heran und bettete ihren Kopf an meine breite Brust. Es ging also auch ohne. Zufrieden lehnte ich mich zurück gegen das Sofa.

Nach und nach brannte das Feuer nieder, und trotz der Decke wurde es kühl. Der Plattenspieler hatte sich längst automatisch abgestellt, nur Carlas regelmäßige Atemzüge waren zu hören. Ohne sie zu wecken, nahm ich sie behutsam hoch und trug sie nach oben ins Schlafzimmer. Thomas Sullivan Magnum II. hätte es nicht besser machen können.

Überhaupt: Hawaii wäre wirklich nicht übel.

Da war nichts mehr zu machen. Diesmal hatten sie mich erwischt. Es war allein meine Schuld, wie ein Anfänger war ich in ihre Falle gelaufen.

Der Ferrari hatte sich mit der Schauze tief in den Straßengraben gebohrt. Sein Heck ragte schräg in die Luft, und das Hinterrad drehte sich immer noch, langsam und nutzlos. Ich durfte gar nicht daran denken, wie der Kotflügel aussehen mußte. Falls ich hier überhaupt mit heiler Haut davonkommen sollte, würde Higgins mich deswegen kreuzigen. Aber im Moment hatte ich andere Sorgen.

Ich machte mir nichts vor: Es war kein Sonntagsschuß gewesen, nicht auf dieser kurvenreichen Strecke und erst recht nicht bei meinem Tempo. Den Vorderreifen hatte er mit seinem ersten Schuß getroffen. Das war gut, sogar sehr gut. Ich kannte nicht viele, die ihm das nachgemacht hätten. Nein, irgendwo da draußen lauerte ein ausgebildeter Scharfschütze. Es war keine beruhigende Erkenntnis. Die nächste Kugel würde mir gelten, und dann wäre Carla ihnen schutzlos ausgeliefert.

Als erstes mußte ich aus dem Scheinwerferlicht heraus, um irgendwo in Deckung zu gehen. Es war meine einzige Chance. Ich spurtete los, aber es war wie verhext. Es wollte mir einfach nicht gelingen, dem Suchstrahl zu entkommen. Er hing wie eine Klette an mir, ich konnte mich drehen und wenden, wie ich wollte. Immer noch fiel kein weiterer Schuß. Der unsichtbare Schütze spielte mit mir. Eine andere Erklärung gab es nicht. Er mußte ein perverses Gefallen daran finden, mich schmoren zu lassen.

Endlich öffnete ich die Augen und blinzelte. Es war nur die Kölner Wintersonne, die mich blendete, kein Scheinwerfer. Schützend hielt ich mir den Arm vor das Gesicht und fand das hawaiianische Blumenmuster ersetzt durch dezentes Paisley, wie es sich für einen Pyjama gehört. Beruhigt seufzte ich, also brauchte ich mir wegen des Ferrari keine Sorgen mehr zu machen. »Alles in Ordnung, Higgins, es war falscher Alarm!«

Die Eindrücke aus dem Traum verblaßten rasch. Ich schloß die Augen wieder und drehte mich zur Seite, um Carla zu erzählen, in welch tödlicher Gefahr sie noch vor wenigen Sekunden geschwebt hatte. Daraus wurde nichts, neben mir lag niemand. Ich fuhr hoch, schlagartig war ich hellwach. Mein Magen krampfte sich zusammen: Sollte ich etwa alles geträumt haben? Nicht nur den Hinterhalt? Sondern auch Carlas Besuch, ihren effektvollen Auftritt im Badeschaum?

Dann nahm ich den schwachen Hauch von Parfüm wahr, der im

Raum hing. Erleichtert sank ich zurück und schmiegte meinen Kopf in das zart duftende Kissen neben mir. Mein Rasierwasser roch anders.

Trotzdem war es auffallend ruhig in der Wohnung. Ich stand auf und stieg die Treppe hinunter.

»Carla?«

Nichts rührte sich. Ich ging durch den Flur. Die Tür zur Küche stand halb offen, niemand war im Raum. Auch nicht im Wohnzimmer, ich trat ans Fenster und warf einen Blick auf den verwaisten Balkon. Blieb noch das Bad, ich klopfte und öffnete die Tür, aber das Bad war ebenfalls leer. Keine Carla in der Wanne. An der Garderobe hing nur mein eigener Mantel.

»Carla?« rief ich noch einmal, und wieder antwortete niemand. Offensichtlich war ich allein.

Das gefiel mir nun überhaupt nicht. Vielleicht war sie ja nur kurz unterwegs, um ein paar Brötchen und die Zeitung zu holen, versuchte ich mir halbherzig einzureden. Ohne Erfolg, ich wußte es besser. Der Klumpen in meinem Magen sagte mir, daß Carla weg war, und diesmal endgültig. Ich trottete in die Küche, um mir Kaffee aufzusetzen.

Ihre Nachricht lag auf dem Küchentisch. Ein einfaches weißes Blatt. »Hallo, Max! Es war sehr schön mit Dir! Ciao!« hatte sie mit klaren, schnörkellosen Zügen geschrieben. Etwas darunter, in blassem Rot, fand sich der Abdruck ihrer Lippen. Mehr nicht. Keine Unterschrift, keine Telefonnummer. Rufen Sie uns nicht an, wir rufen Sie an. Trotzdem wirkte es recht dekorativ, doch, doch.

Ich marschierte zum Barfach und kehrte mit einer Flasche Triple Sec zurück. Die zweite Tasse schenkte ich nur halbvoll und füllte sie mit Kaffee auf. Ich starrte auf das Blatt. So etwas kommt vor. Wenigstens war sie nicht einfach ohne ein Wort verschwunden. Ein kurzer Abschied, aber mit Stil.

Hilflos schaltete ich das Radio ein und erwischte die Fröhliche Schunkelparade. Noch einen schönen Tag auch. Ich legte die Beine auf den Tisch. Ein großer Junge schon und hart im Nehmen.

Nach ein paar Liedern gab ich auf und verzog mich für eine längere Zeit unter die Dusche. Das Wasser trommelte mir auf den Kopf, lief an meinem Körper herunter und verschwand in einem kleinen

Wirbel durch den Abfluß. Eingelullt durch das permanente Rauschen stierte ich vor mich hin und grübelte.

Was wußte ich eigentlich von Carla? Nicht, woher sie kam oder wovon sie lebte. Ich kannte nicht einmal ihren vollen Namen. Aber ich wußte, wie sie roch, wie sich ihre Lippen anfühlten, und wie ihre Stimme klang, wenn sie leise stöhnte. Und daß sie gegangen war. Ich wußte genug, um mich hundeelend zu fühlen.

Schließlich sperrte ich den Hahn zu, trocknete mich ab und zog meinen alten Frotteebademantel an. In der Küche füllte ich die Tasse noch einmal und räumte dann die Flasche weg. Schön, sie hatte mich sitzengelassen, aber deswegen würde ich nicht gleich zum Säufer werden.

Mißmutig tigerte ich durch die Wohnung. Die Möbel ödeten mich an, und ich überlegte mir flüchtig, einen Sportwagen zu kaufen. Ein Cabriolet mit doppeltem Auspuff und allen Schikanen. Es nützte alles nichts. Ich hatte wirklich schon angenehmere Tage erlebt. Die mittlerweile leere Tasse in der Hand, stellte ich mich ans Fenster und starrte nach draußen. Das Wetter ödete mich auch an.

Am Himmel waren die ersten schweren Regenwolken aufgezogen, Vorboten des angekündigten Sturmtiefs. Als ich auf den Balkon hinaustrat, merkte ich, wie sehr es sich abgekühlt hatte. Keine Spur mehr von Frühling. Das paßte. Die ersten Regentropfen fielen. Wie viele Jecken mochten jetzt wohl mit sorgenvollen Mienen den Himmel begutachten, um anschließend mit einem Kölsch ihre Bangigkeit zu kurieren? Der Rosenmontagszug würde schon stattfinden, jedenfalls in Köln.

Ich nahm meine Wanderung wieder auf. Carlas Verschwinden war nicht das einzige, was mir schwer im Magen lag. Außer der flüchtigen Spur ihres Parfüms und dem Abschiedsbrief hatte sie mir noch etwas anderes zurückgelassen. Neben ihrer Nachricht lag ein Schlüsselbund. Die Schlüssel paßten zu meiner Wohnung und zur Haustür, ich brauchte es gar nicht erst auszuprobieren. Es war mein eigener Schlüsselbund. Wie es aussah, hatte ich ihn gestern wohl doch nicht vergessen.

Jetzt wußte ich, wie Carla mein kompliziertes Sicherheitssystem ausgetrickst hatte. Beim Tanzen war sie mir nahe genug gekommen, um sich ohne Probleme die Schlüssel aus meiner Tasche angeln zu können. Wirklich nur ein Kinderspiel für Modesty Blaise. Vermutlich wäre es auch mit einem kräftigen Tritt gegen die Wohnungstür gegangen, aber einfach den passenden Schlüssel zu benutzen, zeugte von raffinierter Eleganz.

Ich hatte nichts gemerkt, nichts merken wollen. Mir wäre wohl auch nichts aufgefallen, wenn sie gleich die ganze Hose mitgenommen hätte. Schließlich passiert mir so etwas nicht jeden Abend. Auch bei günstiger Beleuchtung sehe ich nicht aus wie Peter O'Toole.

Gestern abend aber war es passiert. Natürlich hatte ich keinen zweiten Gedanken an das Warum und Wieso verschwendet, es gab Wichtigeres zu tun. Meine Güte, Carla war einfach da gewesen! Nichts hätte in dem Augenblick selbstverständlicher sein können, oder willkommener. Erst jetzt fing ich an, mich zu wundern. Warum dieser ganze Zirkus? Wenn sie nur ein Bad nehmen wollte, wäre es auch einfacher gegangen. Ich hätte mich schon überreden lassen – gutmütig, wie ich bin.

Je länger ich mir die Geschichte durch den Kopf gehen ließ, desto weniger gefiel sie mir. Die Schlüssel störten mich. Sie ließen nicht viele Interpretationen zu, vor allem keine angenehmen. Im Gegenteil.

Es wäre ja auch zu schön gewesen, und Carla wirklich eine perfekte Besetzung für die Lauren-Bacall-Rolle: »Sie wissen ja, Sie brauchen nur zu pfeifen.« Kurze Pause, dann der Augenaufschlag. »Sie können doch pfeifen, oder?« Kino eben. Max Marlowe, Privatdetektiv. Der coolste Womanizer in der Stadt.

Und nun: Ende der Vorstellung. Übrig blieb nur ein häßlicher Verdacht, den ich nicht mehr los wurde. Schuld daran waren die Schlüssel. Sie hatten mich wieder zurück auf den Boden geholt. Ihre Botschaft war laut und deutlich genug, ich konnte sie nicht länger ignorieren: Carla hatte geplant, bei mir vorbeizukommen – und zwar genau dann, wenn ich nicht zu Hause war. Hier lag der Haken. Warum sollte sie so etwas tun?

Die Frage machte mir zu schaffen. Nicht weil sie besonders schwierig war, sondern weil ich die Antwort wußte. Es gab ja nur eine. Carla hatte in meine Wohnung gewollt, nicht zu mir. Ich war nur die Zugabe.

Es zog mich zum Barfach, aber ich blieb standhaft und schenkte mir den Rest Kaffee ein. Er war lauwarm und schmeckte scheußlich. Ich ging zum Fenster und starrte in den Regen hinaus, ohne ihn wirklich zu sehen. Carla hatte etwas Bestimmtes bei mir gesucht, und ich brauchte nicht lange herumzurätseln, was das sein könnte. Die Auswahl war bescheiden, wenn ich einmal meine alten Siegerurkunden von den Bundesjugendspielen ausklammerte. Aber es ging weder um sie noch um meine anderen Schätze. Es ging um Jupps Tasche.

Das würde alles erklären, auch die Geschichte mit der Badewanne. Carla hatte die Tasche gesucht, aber nicht finden können. Deshalb war sie geblieben und hatte auf mich gewartet. Nur deshalb. Und jetzt war sie fort. Auch dafür gab es einen guten Grund. Carla war so schnell verschwunden, weil sie doch noch bekommen hatte, was sie wollte.

Alles paßte zusammen, genau so mußte es sich abgespielt haben. Trotzdem wollte ich es nicht glauben und zögerte. Solange ich nicht nachsah, konnte ich mir noch Illusionen machen. Mein Mantel hatte im Büro hinter der Theke gehangen. Niemand wäre unbemerkt an ihn herangekommen, auch Carla nicht. Also hatte sie auch nicht den Schlüssel für das Schließfach aus seiner Tasche nehmen können.

Es half nichts, ich konnte es ja nicht ewig aufschieben. Ich stellte die Tasse auf den Küchentisch und ging in den Flur. Vor der Garderobe blieb ich stehen. Der Mantel hing an einem der Haken und sah aus wie immer. Was sollte ich Jupp sagen, wenn er endlich käme? Daß ein Mercedes so schlimm nun auch wieder nicht wäre?

Ergeben griff ich in die Innentasche und stockte. Dann zog ich die Hand so schnell wieder heraus, daß dabei das Futter riß. Verblüfft musterte ich den kleinen Gegenstand in meinen Fingern. Er war es tatsächlich. Makellos. Ein Bild von einem Schlüssel.

Sie hatte ihn nicht mitgenommen. Ich lehnte mich mit dem Rücken gegen die Tür und atmete tief durch. Also gab es für alles eine harmlose Erklärung. Carla hatte überhaupt nichts mit Jupp und seiner Tasche zu tun. Woher auch? Ich hatte schlicht angefangen, Gespenster zu sehen.

Carla war meinetwegen gekommen, so viel stand fest. Gut, die Badewanne könnte auch eine gewisse Rolle gespielt haben. Von mir aus. Alles andere dagegen war reine Einbildung, weiter nichts. Die

Geschichte mit Jupp mußte mich nervös gemacht haben, mehr, als ich gedacht hatte. Vielleicht sollte ich in Zukunft weniger Chandler lesen.

Die Erleichterung über meinen Fund hielt nicht lange vor, an der Hauptsache hatte sich ja nichts geändert. Carla blieb verschwunden, und das war schlimm genug, auch ohne gleich eine finstere Absicht dahinter zu vermuten. Die Erklärung war viel prosaischer. So etwas passiert nun mal im Karneval, nicht nur mir allein. In der fünften Jahreszeit laufen die Uhren anders, erst recht für Beziehungen. Ein paar Stunden können da schon wie eine kleine Ewigkeit wirken. Und bei mir war die Ewigkeit eben sehr klein ausgefallen, ich hatte einfach Pech gehabt.

Von welcher Seite ich die Angelegenheit auch betrachtete, es kam wenig Tröstliches dabei heraus. Ein Blick in den Garderobenspiegel machte es auch nicht besser. Immerhin raffte ich mich auf und steckte den Schlüssel zurück in den Mantel. Es wurde höchste Zeit, daß Jupp ihn abholte. Mit der Hand strich ich über mein Kinn und ging zum Badezimmer. Ich konnte mich genausogut rasieren, während ich mir leid tat.

Auf halbem Weg bemerkte ich sie zum ersten Mal. Reglos blieb ich stehen und atmete flach, um besser hören zu können. Die Schritte im Treppenhaus kamen näher, ich hatte mich nicht getäuscht.

Es waren leichte Schritte, anmutige Schritte geradezu – und sie stoppten vor meiner Wohnung. Von einem Moment auf den anderen sah die Welt völlig anders aus. Carla hatte es sich noch einmal überlegt! Mit zwei Sätzen war ich bei der Tür und riß sie im selben Augenblick auf, in dem die Klingel anschlug.

Erschrocken prallte die Person zurück und hielt sich die Hand vor den Mund. Mit großen Augen sah sie mich an. Die Schritte paßten zu ihr und ihrer aparten Gestalt. Sie war charmant, kultiviert, witzig, hinreißend schön und hatte ein Herz für Tiere. Ihr Anblick wirkte wie eine kalte Dusche. Es war nicht Carla.

»Martine!«

»Hallo, Max!« Der Schreck schien keinen großen Schaden angerichtet zu haben. Martine nahm die Hand herunter und verzog die Lippen zu einem anzüglichen Grinsen. Offensichtlich gab mein Gesichtsausdruck keine Rätsel auf. »Tja, es tut mir furchtbar leid, dich so enttäuschen zu müssen, mein Lieber: Leider nur die zweite Besetzung! Darf ich trotzdem reinkommen?«

»Entschuldige, war nicht so gemeint!« Ich trat zur Seite und ließ sie herein. Den spitzen Ton hatte ich verdient.

»Wirklich ein Sauwetter da draußen!« Martine schälte sich aus ihrem tropfnassen Regencape und gab mir einen flüchtigen Begrüßungskuß. »Übrigens, habe ich nur unverschämtes Glück heute, oder empfängst du Damenbesuch grundsätzlich in diesem Aufzug?«

»Grundsätzlich. Warum? Gibt es irgend etwas daran auszusetzen?«

»Habe ich das etwa behauptet?« Sie hielt mich auf Armlänge von sich und musterte mich kritisch von Kopf bis Fuß. Der Bademantel schien ihr zu gefallen. »Armani?« Ihr Tonfall hätte harmloser nicht sein können.

»Das Geheimnis meines Erfolges.« Auf den Arm nehmen konnte ich mich selbst. »Möchtest du einen Kaffee?«

Sie folgte mir in die Küche. »Nein, danke, mir schwebt eher ein Menü mit mindestens fünf Gängen vor. Ich habe einen fürchterlichen Hunger! Sag mal, Max, du weißt nicht zufällig, wo Jupp steckt?«

»Nein, keine Ahnung, ich warte selbst auf ihn. Seit gestern morgen habe ich nichts mehr von ihm gehört. Wir haben zusammen hier gefrühstückt. Er wollte später noch in den ›Geiger‹ kommen, hat sich aber nicht mehr gemeldet. Warum fragst du?«

Martine antwortete nicht gleich. Sie zog die Stirn kraus und beschrieb mit ihrer Hand eine vage Geste. »Nur so ein Gefühl, nichts Bestimmtes, aber irgendwie ... Weißt du, er hat nicht einmal angerufen, und das beunruhigt mich etwas. Deshalb bin ich auch gekommen. Jupp hat mir von eurem Frühstück erzählt, und ich dachte, du wüßtest vielleicht, was los ist. Eine Verabredung nicht einzuhalten, sieht ihm gar nicht ähnlich.«

»Welche Verabredung?«

»Na, mit mir, zum Essen. Es war so: Du bist nicht der einzige, den Jupp so unverhofft mit seiner Anwesenheit beehrt hat, er ist gestern auch bei mir aufgetaucht. Völlig überraschend, ohne sich vorher anzumelden. Ich meine, das letzte Mal, daß wir uns getroffen haben, liegt ja auch erst zwei Jahre zurück, nicht wahr. Nein, er stand einfach vor meiner Tür, aus heiterem Himmel. Du kennst ja Jupp. Jedenfalls, ich hatte überhaupt keine Zeit, und er eigentlich auch nicht – im Grunde wollte er sich nur den Jaguar für die Tage ausleihen. Also haben wir uns für heute zum Mittagessen in der ›Bastei‹ verabredet.«

»Aber daraus ist nichts geworden.«

»Genau! Fast eine ganze Stunde habe ich auf ihn gewartet, und wer ist nicht erschienen? Herr Karl-Josef Erckens! Dabei hasse ich es, allein im Restaurant zu sitzen, und versetzt zu werden mag ich noch weniger.« Sie stemmte ihre Arme in die Seiten und nickte energisch. »Eins kann ich dir sagen, Max: Auf die Ausrede bin ich gespannt!«

Das war ich auch, nicht so sehr wegen Martine. Ich kannte sie gut genug, um zu wissen, daß sie mit ihrem Ärger übertrieb. Sie wollte nur überspielen, wie besorgt sie in Wahrheit war. Dabei ging es wohl nicht um den Tumor. Ich war mir sicher, daß Jupp ihr davon noch nichts erzählt hatte, nicht bei einem Gespräch zwischen Tür und Angel. Es mußte einen anderen Grund geben.

Es war schon merkwürdig, daß Jupp sich so gar nicht blicken ließ. Immerhin hatte ich den Schlüssel. Ich fing an, mir ernsthaft Gedanken zu machen. Warum hatte Jupp sich noch nicht gemeldet?

Natürlich gab es auch eine harmlose und naheliegende Erklärung. »Gestern waren die Alten Weiber los, wahrscheinlich ist Jupp irgendwo hängengeblieben, hat jetzt ein furchtbar schlechtes Gewissen und schämt sich, dir unter die Augen zu treten.«

»Dazu hat er auch allen Grund!«

»Bestimmt taucht er demnächst hier auf.«

»Dann sollte ich vielleicht doch auf ihn warten. Aber verhungern will ich nicht dabei. Hast du irgend etwas da?«

Mein Magen fing plötzlich an zu knurren und erinnerte mich daran, daß ich seit dem gestrigen Frühstück kaum etwas gegessen hatte. Ich breitete die Arme aus.

»Meine Küche ist deine Küche! Vielleicht nicht so edel wie die ›Bastei‹, aber keine Angst, ich ziehe mir vorher noch etwas anderes an. Bestehst du auf einer Krawatte?«

Da Martine mir nur einen schiefen Blick zugeworfen hatte, meldete ich mich in verbeulten Cordhosen und einem alten Pullover bei ihr in der Küche zurück. Sie hatte inzwischen die Schränke nach etwas Eßbarem durchstöbert und zeigte sich nun konsterniert über meine Vorratshaltung.

»Viel Auswahl hast du ja nicht gerade!« seufzte sie und deutete auf den Tisch. Dort hatte sie die Fundstücke aus meinem Kühlschrank ausgebreitet: Pizza, Salami und Käse. »Ich verstehe nicht, wie du so leben kannst!«

»Nun, ich folge eben den Maximen der ›Neuen Bescheidenheit‹. Hummer und Champagner im Kühlschrank sind out, wußtest du das etwa nicht?«

»Nein, das wußte ich nicht. Ich bin mir ja nicht einmal sicher, ob die Sachen hier auch wirklich für den menschlichen Verzehr geeignet sind!«

»Aus dir spricht ein historisch überholter Standpunkt. Vertrau mir! Man ißt wieder volksnah, bewußt einfach – kräftige, derbe Kost ohne Schnickschnack, höchstens einen schlichten Landwein dazu ... Im Grunde liegt darin eine Rückkehr zum Ursprünglichen, Authentischen – gewissermaßen zum männlichen Prinzip in der Kochkunst! Kein Mensch trägt heute noch eine Gourmetschürze und -«

»Schon gut, schon gut, ich verstehe, was du meinst!« unterbrach mich Martine lachend. »Dann bitte ich um einen Schluck von diesem männlichen Landwein.«

Ich öffnete eine Flasche Mosel und schenkte ihr ein Glas voll. Sie probierte einen Schluck und nickte leicht.

»Gar nicht so übel.« Dann zog sie eine Braue hoch. »Offensichtlich gilt die rustikale Bewirtung aber nicht für alle! Oder wie erklärst du das hier?« Sie zeigte auf die beiden Sektgläser in der Spüle und die leere Champagnerflasche.

»Es ist nicht so, wie es aussieht! Die Flasche war ein Mitbringsel. Ich hatte gestern abend noch Besuch. Genauer gesagt, gestern nacht.«

»Das dachte ich mir.« Martine sah mich prüfend an. »Eine Frau, nehme ich doch an, und es ist wohl nicht so gut gelaufen, oder?«

»Nein, nicht so gut.« Ich schenkte mir auch ein Glas ein. »Als ich heute morgen aufwachte, war sie verschwunden. Auf und davon.«

»Sie ist gegangen, einfach so? Armer Max! Tja, vielleicht lag es ja am Champagner. Du hättest ihr besser etwas anderes anbieten sollen! Du weißt schon – etwas Kräftiges, Schlichtes, mehr Maskulines.«

»Danke für den Tip.« Ich fragte mich, warum meine Affaire de cœur bei meinen Freunden in erster Linie Heiterkeit auslöste. Die Rolle des romantischen Liebhabers war mir wohl nicht auf den Leib geschrieben. Wenigstens schien mein Gesichtsausdruck Martine ein schlechtes Gewissen zu bereiten.

»Es tut mir leid, Max, ich wollte dich nicht kränken!«

»Schon gut. Ich bin Kummer gewöhnt.«

»Unsinn!« Sie riß die Pizzaverpackung auf und zeigte mit dem Kinn auf einen Stuhl. »Setz dich und erzähle, ich will alles hören!« Es klang wie ein Befehl.

Fertigpizza aus der Tiefkühltruhe schien eine neue Erfahrung für Martine zu sein, und sie stellte sich dieser kulinarischen Herausforderung mit tadellosem Sportsgeist. Sie schnitt die Salami in kleine Stücke, hobelte Käse und trieb aus den hintersten Ecken des Küchenschranks Gewürze auf, von denen ich gar nicht mehr wußte, wie sie dahin gekommen waren. Meine Hilfe lehnte sie ab, und so beschränkte ich mich darauf, den Backofen vorzuheizen und ihr mein Leid zu klagen.

Geduldig hörte sie mir zu und warf hin und wieder ein tröstendes Wort ein. Schließlich reichte sie mir die fertig belegte Pizza über den Tisch, und ich schob sie in den Backofen.

»Es wird schon werden, Max, mach dir keine Sorgen!« Sie strich sich eine graue Strähne aus der Stirn und schaute mit einem Lächeln zu mir herüber, dessen Zartheit durch die vielen Fältchen in ihren Mundwinkeln nur noch betont wurde. »Du wirst sehen, sie kommt bestimmt wieder!«

Natürlich wirkte es. Das tat es immer. Jedesmal, wenn ich in ihrer Gesellschaft war, rührte mich Martines grazile Schönheit an. Ein nie verblaßter Zauber von Carnaby Street und Swinging London schien sie zu umgeben, das ferne Echo einer fast mythischen Jugend in den Sechzigern. Sie ließ eine Zeit wieder lebendig werden, in der Mädchen zum ersten Mal Miniröcke trugen und Männer weinrote Samtanzüge. Eine Zeit, in der das Leben so leicht erschien wie sonst nur in einer Komödie von P.G. Wodehouse.

Martine hatte nie versucht, ihr Alter zu kaschieren. Wozu auch, sang doch Tom Jones immer noch nur für sie.

Ich fragte mich, wie Jupp sie jemals hatte gehen lassen können.

Unwillkürlich mußte ich wohl den Kopf geschüttelt haben, denn Martine hob fragend eine Augenbraue.

»Was ist los?«

»Ach, nichts. Ich mußte nur gerade daran denken, welch ein Idiot Jupp doch ist. Das mit euch damals hätte nie passieren dürfen!«

Martines Lächeln wurde breiter. »Du meinst wohl eher das mit Jupp und dieser blondierten Silikonverpackung!«

»Stimmt, vermutlich paßt diese Beschreibung besser. Aber ich war ja auch nicht mit allen Details der Geschichte vertraut.«

»Also, diese ›Details‹ sprangen ja wohl ins Auge! Das heißt: allen außer dir natürlich!«

Sie grinste mich fröhlich an und wurde dann ernst. »Aber das ist Schnee von gestern. Jupp und ich hatten uns schon länger auseinandergelebt. Es mußte einfach so kommen. Diese Blondine war ja nicht die erste, nur eine zuviel. Was hätte ich anderes tun sollen? Auf eine große Szene hatte ich keine Lust, immerhin gehörte das Porzellan mir. Eine klare Trennung war die beste Lösung, für uns beide. Auf die Art konnten wir wenigstens noch Freunde bleiben. Es hat ja auch funktioniert, obwohl unser Kontakt in den letzten Jahren immer mehr eingeschlafen ist. Eigentlich schade, aber so geht es eben. Ich glaube, wenn er nicht traditionell zu Karneval hier auftauchen würde, hätten wir uns vielleicht ganz aus den Augen verloren.«

Martine drehte langsam das Glas auf dem Tisch hin und her. »Deshalb hat mich sein Auftreten gestern auch etwas verwirrt.«

»Wieso verwirrt?«

»Es ist ein merkwürdiger Zufall, daß du darauf zu sprechen kommst, Max, denn Jupp hat auch so etwas gesagt, zum ersten Mal. Er ist sogar sentimental geworden: Die Zeit mit mir wäre wohl die schönste in seinem Leben gewesen. Meine Güte, das liegt über zehn Jahre zurück! Und in der ganzen Zeit seitdem hat Jupp nicht einmal so etwas gesagt – nicht ohne einen Scherz daraus zu machen, heißt das. Diesmal schien er es völlig ernst zu meinen, jedenfalls hat er mich so angesehen, wenn auch nur für einen kurzen Moment. Für einen kurzen Moment war er sehr …«, sie suchte einen Augenblick nach dem richtigen Wort, »gerührt, fast traurig. Das ging schnell vorbei, und ich wußte nicht, was ich davon halten sollte. Das weiß ich immer noch nicht.«

»Vielleicht die späte Reue eines alten Sünders.«

»Jupp doch nicht!« In ihren Mundwinkeln war ein kleines Lächeln aufgetaucht und wieder verschwunden. »Außerdem ...«, sie zögerte etwas und hob die Hand in einer vagen Geste, »außerdem hat er sich gestern auch sonst irgendwie seltsam verhalten. Es war nichts Bestimmtes, eher die Atmosphäre, die er verbreitete. Als fühlte er sich in seiner Haut nicht wohl. Er wirkte angestrengt, fast so, als wäre seine ganze Munterkeit nur Fassade.«

Martine machte eine kleine Pause und schaute auf ihre Hände, die sie nebeneinander auf den Tisch gelegt hatte. »Nicht, daß er etwas gesagt hätte – in mancher Hinsicht kann Jupp sehr verschlossen sein, auch wenn es sonst nicht seine Art ist. Wir haben ja auch nie über seine früheren ›Geschäfte‹ geredet.«

Ohne aufzusehen fuhr sie mit nachdenklicher Stimme fort: »So habe ich ihn vorher noch nie erlebt. Nach außen hin schien er ganz der alte zu sein, er war völlig aufgedreht, hat permanent geredet und Witze gerissen, aber mir kam es so vor, als wolle er damit nur seine Nervosität vor mir verstecken. Ich meine, natürlich weiß ich, wie wichtig ihm der Karneval sein kann, aber gestern klang seine Begeisterung irgendwie aufgesetzt. Es war einfach zu viel, er schien sich selbst dauernd überzeugen zu müssen, daß alles wunderbar sei. Selbstverständlich habe ich ihn gefragt, ob irgend etwas nicht stimme, aber er hat nur gelacht.«

Martine sah mich unsicher an. Ich verschanzte mich hinter meinem Glas und reagierte nicht auf ihre unausgesprochene Frage. Wenn Jupp ihr nichts von seiner Krankheit erzählt hatte, konnte ich das auch nicht.

»Ich mache mir Sorgen, Max! Ich glaube, daß Jupp irgendeine Riesendummheit gemacht hat und in Schwierigkeiten steckt.«

Beinahe hätte ich mich verschluckt. Der Gedanke war mir auch schon gekommen. Allerdings hatte ich nicht damit gerechnet, ihn jetzt ausgerechnet aus Martines Mund zu hören.

»Das klingt verrückt, ich weiß.« Sie hob ihre rechte Hand. »Aber mir kann er nichts vormachen, auch wenn er nichts sagt. Irgend etwas stimmt nicht, und das muß mit seinem alten Partner zu tun haben.«

»Wie kommst du denn darauf?«

»Weil der mich angerufen hat. Gestern. Jupp war noch keine fünf Minuten aus dem Haus, als das Telefon klingelte. Ein Mann aus Hamburg. Zuerst habe ich mit dem Namen nichts anfangen können, aber dann fiel es mir wieder ein. Jupp hat ihn damals immer nur bei seinem Spitznamen genannt.«

»Der ›Dicke‹.«

»Genau! Kennst du ihn etwa?«

»Nicht persönlich.«

»Da hast du nichts verpaßt, glaub mir! Ein unangenehmer Kerl! Ich bin ihm vor Jahren einmal begegnet, als wir zusammen in Hamburg waren. Danach habe ich Jupp immer allein fahren lassen. Weißt du, Max, er würde es ja nie zugeben, aber ich hatte manchmal den Eindruck, daß er ein bißchen Angst vor diesem ›Dicken‹ hatte.«

Sie schüttelte langsam den Kopf. »Wenn ich mir überlege, daß Jupp früher mit solchen Leuten Geschäfte gemacht hat! Richtige Gangster sind das! Meine Güte, im Grunde genommen war er selbst auch mal einer von ihnen, ich weiß ja – aber er ist mir nie so vorgekommen.«

Ich konnte sie gut verstehen. Martine war nicht die einzige, die Jupps Vergangenheit zu pittoresken Schnörkeln verniedlicht hatte.

»Dieser Hamburger meldet sich wohl nicht oft bei dir, nehme ich an?«

»Um Himmels willen, nein! Das ist vorher noch nie vorgekommen! Ich hatte ja auch früher nichts mit ihm zu tun, weder mit ihm noch mit dem ganzen Milieu. Deshalb habe ich mich über seinen Anruf so gewundert. Ich hätte nie gedacht, daß er sich überhaupt noch an mich erinnert.«

»Was hat er gewollt?«

»Er hat nach Jupp gefragt und wollte mit ihm sprechen. Er –«

»Wußte er etwa von Jupps Besuch bei dir?« unterbrach ich sie. Die Vorstellung gefiel mir ganz und gar nicht.

»Nein, ich glaube nicht. Es war mehr eine Vermutung, daß sich Jupp über Karneval bei mir sehen lassen würde. Jedenfalls hat er mich gebeten, ihm etwas auszurichten: Jupp solle aufpassen und sich gut überlegen, was er tut!«

»Weiter nichts? Er hat nicht gesagt, worum es geht?«

»Nein, das war alles. Jupp wüßte dann schon, was gemeint wäre.«

Martine zog die Stirn kraus. Als sie zögerlich weitersprach, klang ihre Stimme nachdenklich. »Es war keine richtige Drohung, das nicht, aber sehr nett wirkte es auch nicht gerade. Seitdem muß ich dauernd daran denken und habe kein gutes Gefühl dabei. Andererseits, wenn Jupp sich nicht so merkwürdig aufgeführt hätte, wäre mir an dem Anruf wohl nichts Schlimmes aufgefallen. Außer eben, daß er an sich schon ungewöhnlich ist, und ich liebend gerne auf jede Art von Kontakt mit dieser Person verzichte.«

Sie zuckte unschlüssig mit den Achseln. »Vielleicht bilde ich mir ja alles nur ein, und die Sache ist völlig harmlos.«

»Gut möglich.« Bisher ist schließlich noch immer alles gut gegangen. »Allerdings scheint der ›Dicke‹ wirklich etwas von Jupp zu wollen. Er hat nicht nur angerufen. Gestern waren zwei seiner Leute im ›Geiger‹ und haben nach Jupp gefragt.«

Ich erzählte ihr vom Auftritt der Kanzler und was ich von Scharlie über sie erfahren hatte. Daß ich sie vorher schon am Bahnhof gesehen hatte, sagte ich ihr nicht. Auch Jupps letztes Geschäft und meine Rolle dabei ließ ich aus. Es reichte, wenn ich selbst mir deswegen gegen die Stirn tippte.

Martine hörte ruhig zu und schaute an mir vorbei aus dem Fenster. Sie blieb stumm, während ich die fertig gebackene Pizza aus dem Ofen holte, sie in mehrere Stücke teilte und anschließend servierte.

»Ist schon eine seltsame Geschichte, das Ganze!« Abwesend spielte sie mit ihrer Gabel. »Was kann er nur angestellt haben?«

Ihre Frage war nicht direkt an mich gerichtet, Martine hatte unbestimmt in den Raum hineingesprochen und dabei leicht den Kopf geschüttelt.

»Na, was soll's!« Energisch zog sie den Teller näher zu sich heran, um dann ergeben zu seufzen. »Warten wir einfach ab, was er zu sagen hat. Mehr können wir im Moment ja doch nicht tun.«

»Nun, wir könnten die Pizza essen, bevor sie kalt wird!«

»Manchmal beneide ich dich um deinen Sinn für das Praktische, Max!« Trotzdem schnitt sie sich brav ein Stück ab. »Dabei fällt mir ein, daß Jupp doch eine Andeutung gemacht hat, so nebenbei, die einiges erklären könnte, auch wenn sie nicht ganz ernst gemeint klang. In letzter Zeit fühle er sich von Frauen verfolgt, die einfach keine Ruhe gäben. Sicher würden sie demnächst auch noch bei mir auftauchen. Ich meine, vielleicht liegen wir ja ganz falsch!« Sie verzog den Mund zu einem kleinen, spöttischen Lächeln. Mehr war auch nicht nötig. Auch du, Josef!

»Verstehe, ›Cherchez la femme‹, um es einmal in Harrys Worten auszudrücken.«

»Warum nicht? Möglich wäre es. Wir machen uns hier die größten Sorgen, und am Ende steckt doch nur irgendeine seiner Frauengeschichten dahinter.«

»Damit muß man bei Jupp natürlich immer rechnen.«

»Genau! Womöglich hat er nur mit der Falschen geflirtet.«

Ich mußte an die Alt-Stimme am Telefon gestern denken und an Jupps Reaktion darauf. Die Frau war sicher nicht die Ursache für seine Probleme mit den Hamburgern, aber allemal Grund genug, warum er sich noch nicht gemeldet hatte. Zur Zeit war Jupp eben zu beschäftigt. Diese Version gefiel mir entschieden besser als einige andere.

»Dann wird er auch wieder auftauchen, spätestens am Rosenmontag. Den Zug läßt er sich bestimmt nicht entgehen. Wahrscheinlich hat er schon als kleiner Junge davon geträumt, einmal Prinz zu sein.«

»Das glaube ich auch – und er würde seine Sache gut machen und einen großartigen Prinzen abgeben! Ich sehe ihn deutlich vor mir auf dem Wagen, wie er in vollem Ornat huldvoll der jubelnden Menge zuwinkt.« Sie grinste mich an. »Selbstverständlich mit dir und Scharlie im Gefolge als Bauer und Jungfrau!«

Ohne die Rangfolge weiter zu diskutieren, hob ich mein Glas, und wir tranken auf Prinz Josef.

Als wir beim Espresso anlangten, war es Nachmittag geworden. Martine sah bedauernd auf ihre Uhr, länger konnte sie nicht mehr warten. Sie hatte noch einen weiten Weg in die Südeifel vor sich, wo sie mit einer Freundin verabredet war, bei der sie auch über Nacht bleiben wollte, vielleicht sogar länger. Mir trug sie eine Botschaft für Jupp auf, sie hätte ihm gnädig verziehen und erwarte seinen Anruf, wenn sie wieder zurück wäre.

Wir verabschiedeten uns im Flur. An der Tür zögerte sie, nahm die Hand wieder von der Klinke und drehte sich zu mir um. Ihr warmes Lächeln hatte nichts Spöttisches mehr. »Und was dein Mädel angeht, Max, laß den Kopf nicht hängen – noch ist der Karneval ja nicht vorbei!«

Ich nickte, da hatte sie recht.

Martine gab mir einen tröstenden letzten Kuß und lief die Treppe hinunter, ohne sich noch einmal umzusehen.

Zurück in der Küche, setzte ich mir einen zweiten Espresso auf. In heftigen Böen schlug der Regen gegen das Fenster, das sonnige Wetter von gestern schien sich endgültig verabschiedet zu haben. Gemütlich war es hier drinnen auch nicht.

Ich trank den heißen, schwarzen Kaffee in kleinen Schlucken. Er schmeckte eine Spur zu bitter, aber darauf achtete ich nicht weiter. Mit dem Löffel rührte ich in der Tasse herum und dachte nach. Jupp mußte einigen Leuten kräftig auf die Zehen getreten sein, und ich hatte ihm dabei geholfen.

Ein größeres Kaliber aus der Hamburger Unterwelt ruft bei Martine an, um Jupp eine Warnung zu übermitteln, und schickt ihm zwei Schläger hinterher, erst an den Bahnhof, dann in den »Geiger«. Dabei würde es nicht bleiben, so viel stand fest. Die Kanzler würden erst Ruhe geben, wenn sie bekommen hatten, was sie wollten. Natürlich wußte ich, wonach sie suchten. Ich besaß sogar den einzigen Schlüssel dazu. Jupp sollte ihn besser abholen, bevor sich das herumsprechen konnte.

Warten zählt nicht zu meinen Lieblingsbeschäftigungen, aber mir blieb nichts anderes übrig. Wegzaubern konnte ich den Schlüssel ja nicht. Halbherzig räumte ich in meiner Wohnung herum und versuchte, dabei nicht allzuviel an den »Dicken« und seine beiden Kanzler zu denken. Der Erfolg hielt sich in Grenzen.

Um sieben hatte ich genug von der Warterei. Jupp hatte sich nicht gemeldet. Wahrscheinlich würde er später direkt zum »Geiger« kommen. Er wußte ja, wo er mich finden konnte. Das galt auch für Carla. Es wurde langsam Zeit für die Arbeit. Zwar hatte ich im Augenblick keine rechte Lust auf einen Riesenrummel, aber es mußte sein. Humor ist, wenn man trotzdem schunkelt. Wenigstens fiel mir ein einfaches Kostüm ein.

Der Karneval zählt zu den wenigen Gelegenheiten im Leben, bei denen man im Gehrock angemessen gekleidet ist, zumal wenn es sich dabei um ein abgetragenes Exemplar vom Flohmarkt handelt. Der Rest war ein Kinderspiel, schwarze Schminke hatte ich reichlich. Mit ihr verpaßte ich mir einen imponierenden Schnurrbart und ein Paar Augenbrauen, um die mich mancher Finanzminister beneidet hätte. Sie vertrugen sich hervorragend mit einem alten Kassengestell ohne Gläser. Zwar fehlte die obligatorische Zigarre, dafür konnte ich mit einem türkischen Fez aufwarten, das mußte reichen. Ich wollte nicht in die Endausscheidung.

Aus dem Spiegel sah mir ein halbwegs passabler Groucho-Marx-Verschnitt entgegen, die leicht ramponierte Variante. Ich zog ein paarmal schnell hintereinander die Brauen hoch.

»Gestatten: Driftwood, Otis P. Driftwood. – Und Sie müssen der Prince of Wales sein!«

Im »Geiger« lief die große Party weiter. Es war brechend voll, laut und heiß. Alle schienen sich großartig zu amüsieren, und nach ein paar von Scharlies Tanten fiel ich niemandem mehr auf. Trotzdem hatte ich das Gefühl, den anderen ständig ein Glas hinterherzuhinken. Es war einfach nicht mein Abend. Was gar nicht so sehr an Jupp lag, der immer noch nicht auftauchte. Genau wie die Kanzler, wobei ich nicht wußte, ob das nun ein gutes oder schlechtes Zeichen war.

Nein, mir fehlte ein bißchen Südsee. Die Blumenkette, die rote Orchidee in ihrem Haar, ihr großes Lächeln. Das ganze Programm. Aber Carla war nicht da, und sie kam auch nicht. Niemand tanzte Hula heute abend. Nicht, daß ich damit gerechnet hätte, nur gehofft hatte ich darauf. Wie sehr, merkte ich jetzt erst. Ich wartete bis Mitternacht, dann warf ich das Handtuch und machte mich frustriert auf den Heimweg. Wenigstens würde ich diese Nacht genug Schlaf bekommen.

Nicht einmal Harry hatte sich blicken lassen, aber dafür gab es einen unschuldigen Grund. Mir fiel wieder ein, daß in seinem Dorf heute das alljährliche Fest der Freiwilligen Feuerwehr stattfand, und selbstverständlich gehörte Harry zum Festkomitee.

Der Fußmarsch durch die klamme Nacht am Stadtgarten vorbei vertrieb schnell die Auswirkungen des Alkohols. Bald fing ich an, leicht zu frösteln. Meine Stimmung wurde dadurch nicht besser. Das änderte sich erst vor meiner Wohnungstür. Wieder schimmerte Licht durch den Türspalt. Ich würde mir wohl einen Whirlpool anschaffen müssen.

Diesmal war die Tür ordentlich ins Schloß gezogen, aber diesmal hatte ich ja auch meinen Schlüssel dabei. »Carla?« rief ich, öffnete die Tür und trat in den Flur. »Carla?«

Sie war es nicht, eindeutig. So viel konnte ich noch erkennen, bevor ich nach Luft schnappte und einen tiefen Diener machte. Den Leberhaken hatte ich nicht einmal im Ansatz kommen sehen. Früher wäre mir das nicht passiert, ich wurde langsam alt. Ächzend ging ich in die Knie und ahnte, was jetzt geschehen würde, als auch schon etwas an meinem Hinterkopf zu explodieren schien, und ich ins Dunkle wegsackte.

VIER

Meine Reise durch die Finsternis konnte nicht allzu lange gedauert haben. Als ich wieder zu mir kam, fand ich mich abgelegt auf dem Flurboden wieder, gleich neben dem Schirmständer. Wahrscheinlich hatte ich dort am wenigsten gestört.

Stöhnend richtete ich mich etwas auf und lehnte mich mit dem Rücken an die Wand. Irgendwo in der Nähe schien jemand mit mehr Ausdauer als Talent auf der großen Pauke zu üben. Voller Leichtsinn beugte ich den Kopf zurück und bedauerte es sofort. Ein stechender Schmerz zuckte durch mich hindurch bis in die Zehenspitzen. Vorsichtig geworden, tastete ich behutsam meinen Hinterkopf ab und konnte unter meinen Fingern eine prachtvolle Schwellung fühlen. Daher kam also die Musik.

Nach und nach stellte sich die Erinnerung wieder ein. Es war alles sehr schnell gegangen: die beiden riesigen Kerle, die auf einmal hinter der Tür aufgetaucht waren, meine unfreiwillige Verbeugung und die anschließende Papst-Imitation als krönender Abschluß eines gelungenen Auftritts. So bizarr es auch klingen mußte, die Vorfälle ließen keinen Zweifel zu. Ich war tatsächlich überfallen worden. In meiner eigenen Wohnung.

Vielleicht waren sie immer noch da. Unwillkürlich hielt ich den Atem an und horchte auf irgendein verdächtiges Geräusch. Es gelang mir fast, das Dröhnen in meinem Kopf zu ignorieren. Nichts rührte sich. Die Wohnung schien verlassen. Um ganz sicher zu gehen, blieb ich noch ein paar Minuten sitzen und lauschte. Auch hatte die Vorstellung, jetzt aufstehen zu müssen, für mich nur wenig Verlockendes. Die beiden schienen aber wirklich verschwunden zu sein. Sie hatten sogar die Tür ordentlich hinter sich geschlossen.

Als es keine Entschuldigung mehr gab, hievte ich mich hoch und kam auf die Beine. Ein schönes Stück Arbeit, ich war in meinem Leben schon auf weniger eingebildet gewesen. Langsam drehte ich meinen Kopf nach links und rechts und sah dann hinunter auf meine Füße. Zu meiner Erleichterung blieb der erwartete Brechreiz aus. Es schien nichts allzu Ernstes zu sein. Ich würde sicher ein paar Tage lang üble Kopfschmerzen haben, aber das wäre zu ertragen, solange ich nirgendwo anstieß. Einige von Scharlies Cocktails hatten schon Schlimmeres angerichtet, von der Beule einmal abgesehen.

Die paar Meter zum Bad nahm ich mit links. Mein Besuch hatte deutliche Spuren hinterlassen. Im Flur standen alle Schränke offen, und ihr Inhalt lag verstreut auf dem Boden. In der ganzen Wohnung würde es wohl so aussehen. Zum ersten Mal war ich beinahe froh, keinen Hodgkin über meinem Sofa hängen zu haben. Auch sonst besaß ich nichts, was einen Einbruch lohnen könnte. Mein Fernseher, der Videorekorder, die Musikanlage, nichts war besonders teuer oder auch nur neu, und überhaupt, wer sollte so etwas schon mitgehen lassen?

Blieben noch die Bücher. In den vergangenen Jahren hatte ich mein überschüssiges Geld meist zu den Antiquaren getragen, war aber ein reiner Leser geblieben, ohne bibliophile Ambitionen zu entwickeln. Und daß zwei Schläger mich überfallen und meine Wohnung stürmen sollten, nur um sich dann mit »Zettels Traum« beglückt aus dem Staube zu machen, das konnte ich mir nicht so recht vorstellen. Auch wenn es sich dabei um ein signiertes Exemplar der Erstausgabe handelte. Das klang zu sehr nach einer von den Geschichten, die Harry dauernd erzählte. Nein, bei mir gab es nichts zu holen.

Außer Jupps Tasche natürlich. Diesmal war es keine Einbildung. Was sonst sollten die beiden Kanzler bei mir suchen? – Denn um die zwei handelte es sich, so viel hatte ich immerhin noch mitbekommen, bevor ich zu Boden gegangen war.

Im Badezimmer mußte ich über einen Berg schmutziger Wäsche steigen, um an das Waschbecken zu kommen. Die Truhe aus Weidengeflecht lag umgekippt daneben. Hier hatte jemand gründlich gearbeitet und vor nichts zurückgeschreckt. Möglicherweise fehlten ein paar alte Socken, auf Anhieb konnte ich das nicht sagen. Das Aspirin lag noch im Arzneischrank. Ich nahm zwei Tabletten und schaute mir im Spiegel meinen Hinterkopf an. Er sah genauso schlimm aus, wie er sich anfühlte. Die Kontur war bereits merklich erweitert, und das Potential schien noch keineswegs ausgeschöpft. Ich mußte unbedingt für Kühlung sorgen.

Aus dem Kühlschrank holte ich Eiswürfel und umwickelte sie mit einem Handtuch. Dann preßte ich den Beutel ganz sachte gegen die Mutter aller Beulen und drehte eine Runde durch die Wohnung. Wie ich es vermutet hatte: in jedem Raum das gleiche Bild, und es war kein erfreulicher Anblick. Überall lagen meine Sachen wild durcheinander verstreut. Die Kanzler hatten offensichtlich alle Schränke und Schubladen durchwühlt und anschließend den Inhalt achtlos auf den Boden geworfen. Vorsichtig suchte ich mir meinen Weg durch das Chaos. Daß ich jetzt selbst etwas kaputt trat, hätte gerade noch gefehlt. Hier und da hob ich ein Teil auf, um es irgendwo sicher abzustellen. Ich wurde immer wütender. Eine solide und gleichzeitig hilflose Wut, denn es gab nichts, was ich jetzt noch machen konnte. Nur das Aufräumen blieb mir.

Es hätte allerdings viel schlimmer sein können, tröstete ich mich. Sie hatten das Sofa nur umgekippt, die Polster nicht aufgeschlitzt. Auch die anderen Möbel waren weitgehend heil geblieben. Zerbrochen schien nicht allzuviel, sogar die Bücher standen zum größten Teil noch in den Regalen. Ich war nicht das Opfer von Vandalismus geworden. Es sah eher so aus, als hätte jemand meine Wohnung systematisch durchsucht, mehr nicht. Auf eine reichlich grobe Art zwar, und ohne große Rücksicht, aber nicht mit dem Motiv, alles zu zerschlagen. So gesehen, hatte ich noch Glück gehabt.

Ich stellte das Sofa wieder auf die Füße und ließ mich in die Polster sinken. Das Licht der Deckenlampe war mir noch nie so grell vorgekommen, und es vertrug sich schlecht mit dem anhaltenden Pochen hinten in meinem Schädel. Ich schloß die Augen und versuchte, mir einen Reim auf die Geschichte zu machen.

Auf den ersten Blick hatte nichts gefehlt. Auch das Opus magnum von Arno Schmidt war noch an seinem Platz, wie es schien, unberührt. Für meine Habseligkeiten hatten sich die Kanzler offensichtlich nicht interessiert, was nur eine Deutung zuließ. Ich war mir jetzt völlig sicher, daß sie es auf Jupps Tasche abgesehen hatten, und zwar nur auf seine Tasche. Das war mein Glück. Sie hatten eindeutig nach einem größeren Gegenstand gesucht, nicht nach einem Schlüssel. Sonst hätte meine Wohnung jetzt anders ausgesehen.

Zugegeben, es war ein schwacher Trost. Mir reichte die Bescherung vollkommen, ich brauchte nur an das Aufräumen zu denken.

Aber das hatte noch Zeit, die Kühlung erzielte allmählich Wirkung, und dankbar genoß ich die stillen Freuden, welche das Nachlassen des Schmerzes für uns bereithält. Darüber mußte ich eingeschlafen sein, denn irgendwann in der Nacht wachte ich auf und fühlte mich wie gerädert. Ich entfernte das nasse Handtuch von meinem Nacken, schluckte noch ein Aspirin und schleppte mich ins Bett. Das Trommeln draußen nahm ich nicht persönlich. Jedenfalls versuchte ich es.

Nach einer leidlich durchstandenen Nacht, zwei weiteren Tabletten und einer Kanne schwarzen Kaffees machte ich mich am nächsten Morgen ans Aufräumen. Es ging schneller, als ich erwartet hatte, und war auch weit weniger schlimm. Nicht, daß ich auf einmal unter die Putzteufel gegangen wäre. Schmutziges Geschirr, ungemachte Betten, herumliegende Kleider oder drei Monate alte Zeitungen unter dem Sessel rufen bei mir keine Depressionen hervor, in der Regel stören sie mich nicht einmal besonders. Aber hier lag der Fall anders. Fremde hatten sich bei mir breitgemacht und in meinen Sachen herumgeschnüffelt, als hätten sie jedes Recht dazu. Das störte mich gewaltig.

Es dauerte gut drei Stunden, bis die Wohnung ihr vertrautes Aussehen zurückgewonnen hatte. Mit den letzten Spuren meiner ungebetenen Gäste war auch das beklemmende Gefühl der Hilflosigkeit verschwunden. Ich fühlte mich wieder heimisch in meinen eigenen vier Wänden.

Nur ein Andenken würde ich wohl noch länger behalten: die Beule an meinem Hinterkopf, die trotz der Kühlung ein ansehnliches Format erreicht hatte und permanent einen dumpfen Schmerz ausstrahlte. Daran ließ sich nichts ändern, und ich trug es mit Fassung. Es war schließlich nicht mein erstes K.o.

Während ich mich um einen neuen Eisbeutel kümmerte, machte ich mir ein paar Gedanken. Es war tatsächlich nichts gestohlen worden, mein erster Eindruck hatte mich also nicht getäuscht. Die beiden Kanzler waren hinter Jupp her gewesen, nicht hinter mir. Ich hatte nur Pech gehabt und ihnen dabei im Weg gestanden. Vielleicht konnte ich mich ja eines Tages dafür revanchieren.

Wie auch immer, Jupp mußte irgendwo untergetaucht sein, und offensichtlich hatten die beiden keine Ahnung, wo. Sonst wären sie nicht zu mir gekommen, um sich hier einmal umzusehen. Etwas merkwürdig war das schon, warum ausgerechnet bei mir? Wenn sie von Jupps Besuch an Weiberfastnacht gewußt hätten, wären sie wohl schon viel früher hier aufgekreuzt. Erst recht, wenn sie erfahren hätten, daß ich für Jupp seine Tasche zum Bahnhof gebracht hatte und nun auf dem Schlüssel saß. Aber davon hatten sie wohl nichts gemerkt. Sie schienen nicht einmal zu wissen, wonach sie genau suchen mußten. Dieser Punkt ging an mich.

Offensichtlich war ihnen meine Rolle in der Geschichte verborgen geblieben. Bisher wenigstens. Allerdings hätten sie bei mir auch lange nach dem Schlüssel suchen können, denn seit gestern abend lag er sicher im Büro-Safe des »Geiger«.

Der Gedanke daran wirkte einigermaßen beruhigend, aber ich machte mir keine falschen Hoffnungen. Die Angelegenheit war längst nicht vorbei, und es konnte noch ungemütlich werden. Die Kanzler würden nicht gleich weinend nach Hause fahren, nur weil sie bei mir nicht fündig geworden waren. Sie würden weitersuchen, und Höflichkeit war eindeutig nicht ihre Stärke. Was sie als nächstes unternehmen würden, lag auf der Hand.

Ich ging zum Telefon. Wenn Jupp sie nicht unbeabsichtigt selbst am Donnerstag auf meine Spur gesetzt hatte, blieb nur noch die Verbindung über den »Geiger«, die von ihm zu mir führte. Mehr fiel mir nicht ein, aber es erschien mir plausibel genug. Der »Dicke« wußte bestimmt, daß ich damals Jupps Geschäftsanteil übernommen hatte. Wahrscheinlich auch, daß ich in Thailand für ihn gearbeitet hatte. Warum also sollte Jupp sich nicht an mich wenden, wenn er Hilfe brauchte oder einen sicheren Unterschlupf? Auf diesen Gedanken mußte auch der »Dicke« gekommen sein. Deshalb waren seine Leute auch als erstes zum »Geiger« marschiert. Vermutlich würden sie sich nun an alle halten, die mit dem Lokal zu tun hatten und die Jupp auf diesem Weg kontaktiert haben könnte.

Die Anzahl der Kandidaten war ziemlich überschaubar. Wenn sie es schon bei mir probiert hatten, dann kam Scharlie erst recht in Frage, immerhin kannten sie ihn noch von früher. Vielleicht war ich ja gar nicht ihre erste Wahl gewesen, und die Kanzler hatten bei ihm angefangen. Ein unschönes Bild tauchte auf einmal vor meinem geistigen Auge auf und ließ sich nicht so leicht beiseite schieben. Jedenfalls gefiel es mir überhaupt nicht, daß Scharlie jetzt nicht den Hörer abhob. Ich drehte eine Runde durch den Flur und versuchte es erneut. Diesmal hatte ich mehr Glück. Nach dem zwölften Klingeln meldete sich am anderen Ende die Synchron-Stimme von John Wayne und forderte die Höchststrafe für nächtlichen Telefon-Terror. Mindestens. Es war wohl etwas später geworden gestern abend.

Ich erzählte ihm, was passiert war. Scharlie zeigte sich nicht sonderlich überrascht und teilte meine Einschätzung. Die Kanzler würden noch viel unangenehmer werden, wenn Jupp die Sache nicht schnellstens mit ihnen und dem »Dicken« ins reine brächte. Worum auch immer es sich dabei drehen mochte. Wir selbst könnten da weiter nichts tun.

Bei ihm war alles ruhig geblieben, bis auf ein gewisses penetrantes Klingeln. Ich solle mir um ihn keine Sorgen machen. Er würde niemanden herein- oder hinauslassen und außerdem sein Telefon ausstöpseln, das vor allem. Es schien ihm wirklich am Herzen zu liegen. Für alle Fälle wollte er aber ein paar Samurai abends im »Geiger« zusammentrommeln, das sollte reichen.

Nachdem Scharlie aufgelegt hatte, hielt ich den Hörer noch einen Moment in der Hand und kostete die Schadenfreude aus. Die Vorstellung, nicht der einzige Kölner mit Kopfschmerzen zu sein, hatte ihre Reize. Vermutlich war es keine sehr christliche Haltung, aber meine Zeit als Meßdiener lag auch schon länger zurück.

Der Ernst der Lage holte mich schnell wieder ein. Bei Scharlie hatte es also noch keinen Ärger gegeben. Das war eine gute Nachricht, aber keine Entwarnung. Scharlie und ich standen ja nicht allein auf der Kanzler-Liste. Es gab noch einen Namen, sogar ganz oben: Martine. Bei ihr würden sie bestimmt nachsehen. Der »Dicke« hatte sich nicht zufällig schon bei ihr gemeldet, und er würde sich kaum mit einem Anruf begnügen.

Zum Glück war Martine weit weg in der Eifel. Weit genug, um außer Gefahr zu sein, vorerst wenigstens – noch eine gute Nachricht. Die Kanzler würden bei jemand anderem nach Jupp suchen müssen. Ich fragte mich, wo. Die restliche Belegschaft des »Geigers« fiel aus, sie hatte erst im Laufe der letzten Jahre bei uns angefangen. Keiner von ihnen war lange genug dabei, um Jupp noch zu kennen.

Dann kam mir ein vager Einfall. Jupp mußte doch wissen, daß die beiden hinter ihm her waren und es vermutlich über den »Geiger« versuchen würden. Also konnte er sich dort nicht blicken lassen. Aber er war nach Marienburg gefahren und hatte sich Martines Jaguar geliehen. Wozu die Mühe, wenn er sich jederzeit ein Taxi nehmen konnte? Wozu brauchte er den Wagen? Doch nicht, um sich schnell neue Zigaretten holen zu können. Ein anderer Grund lag näher: Vielleicht wollte Jupp aus der Stadt heraus, um irgendwo draußen auf dem Land für ein paar Tage unterzutauchen, bis die Kanzler sich wieder verzogen hatten. Vielleicht war er ins Bergische gefahren, zu Harry zum Beispiel. Der war unverdächtig. Von ihm dürften weder der »Dicke« noch die Kanzler etwas wissen. Außerdem war sein Haus ein ideales Versteck: Platz für Gäste gab es reichlich, und Harry würde niemanden verhungern lassen.

Natürlich war das Ganze etwas dünn, aber ein Versuch konnte nicht schaden. Ich wählte seine Nummer und wartete. Niemand ging ans Telefon, auch nicht beim dritten Versuch. Langsam wurde ich unruhig. Seit Donnerstag hatte ich Harry nicht mehr gesehen und auch nichts von ihm gehört. Vielleicht war Jupp wirklich bei ihm, und vielleicht hatten die Kanzler doch irgendwie davon erfahren.

Auf einmal reichte es mir, das Däumchendrehen hatte ich bis obenhin satt. Statt hier herumzusitzen und darauf zu warten, daß Jupp sich endlich meldete, konnte ich genausogut anfangen, selbst nach ihm zu suchen. Harry war ein guter Anfang. Ich steckte die Autoschlüssel ein und zog meinen Mantel an. Im Treppenhaus machte ich noch einmal kehrt und schloß meine Wohnungstür ein zweites Mal ab.

Der jüngste Kälteeinbruch hatte im Bergischen zu Schneefall geführt. Als ich erst einmal aus der Stadt heraus war und auch die Autobahn verlassen hatte, fand ich mich unerwartet in einer Winterlandschaft wieder und kam nur in mäßigem Tempo vorwärts. Über weite Strecken hatte ich die Straße für mich allein, und nach dem Karnevals-Trubel in Köln machte sich die Einsamkeit hier oben doppelt bemerkbar. Ich war froh, den Rummel für eine Weile hinter mir gelassen zu haben. Unter anderen Umständen hätte ich die Tour sicher genossen, aber ein unangenehmer Gedanke ging mir nicht mehr aus dem Kopf.

Es gab nämlich einen Schönheitsfehler in meinen Überlegungen: Wenn Jupp sich vor den Kanzlern versteckt hielt, warum hatte er mir nicht Bescheid gegeben? Warum nicht einmal angerufen, um sich zu erkundigen, ob am Bahnhof alles geklappt hatte und um mir zu sagen, was ich mit dem Schlüssel anfangen sollte? Immerhin hätte ich mir ja Sorgen um ihn machen können, nicht wahr!

Denn damit hatte ich längst angefangen, mit den Sorgen. Je länger sein Schweigen dauerte, desto stärker wurde ein bestimmter Verdacht. Jupp hatte nicht viel von seinem Tumor erzählt, oder von den Schmerzen und Beschwerden, unter denen er sicher leiden mußte. Nur etwas von gelegentlichen Anfällen. Daran mußte ich jetzt denken.

Mein Wissen über Epilepsie beschränkte sich im wesentlichen auf die Fähigkeit, das Wort richtig buchstabieren zu können; über die Auswirkungen dieser Krankheit wußte ich so gut wie nichts. Aber wenn Jupp einen derartigen Anfall erlitten haben sollte, wäre das eine Erklärung für sein merkwürdiges Schweigen. Keine schöne Erklärung, das nicht, aber eine plausible; und eine wirklich gute Entschuldigung.

Die Möglichkeit, daß er einfach nur im Karneval versackt war und nun ausgiebig in angenehmer Gesellschaft seinen Kater auskurierte, gefiel mir besser.

Nach einer ausgedehnten Fahrt durch die verschneite Landschaft erreichte ich Harrys Dorf. Vom Kamm des letzten Hügels aus sah ich die Häuser unter mir im Tal ausgebreitet. Ahrenfels mochte um die tausend Einwohner zählen und hatte weder eine große Vergangenheit hinter sich noch eine große Zukunft vor sich. Es gab eine Kirche und drei Kneipen, einen Bäcker, der die gesamte Umgebung mitversorgte, und außerdem noch ein Lebensmittelgeschäft, das zweimal in der Woche nachmittags geöffnet hatte. Morgens und mittags fuhr der Schulbus durch.

Von den Bauern am Ort waren nur noch zwei oder drei übrig geblieben. Die meisten Dorfbewohner waren Feierabendlandwirte, die ihre Brötchen auswärts verdienen mußten. In der Saison herrschte etwas Fremdenverkehr, aber sonst war hier der Hund begraben. Aus Köln hatte sich kaum jemand in Ahrenfels angesiedelt. Um für Pendler in Frage zu kommen, lag das Dorf zu weit weg von den Autobahnen. So lebten hier nur die Einheimischen, denen keine andere Wahl blieb, als die lange Fahrtzeit auf sich zu nehmen, und Harry eben, aber der mußte auch nicht jeden Morgen zur Arbeit, ihm genügte eine Steckdose für seinen PC.

Niemand kam mir auf der engen, kurvenreichen Straße hinunter ins Tal entgegen und behinderte die Aussicht auf die friedlich daliegende Landschaft. Wiesen und Hausdächer waren mit einer zentimeterdicken Schicht Neuschnee bedeckt. Lange würde sie sich wohl nicht halten, aber für den Augenblick verzauberte die weiße Pracht das Dorf zur Idylle aus dem Werbeprospekt des Fremdenverkehrsvereins. Für Fünfzehnjährige mußte es die Hölle sein.

Harrys Behausung lag etwas außerhalb von Ahrenfels auf der anderen Seite des Tales, schon wieder ein Stück den Berg hinauf. Ich folgte der gewundenen Hauptstraße quer durch den Ort. Das Dorf wirkte wie ausgestorben. Vermutlich litten sämtliche Einwohner noch unter den Nachwirkungen ihrer großen Festveranstaltung. Gestern abend dürfte es hier hoch hergegangen sein.

Als ich in die Hofeinfahrt einbog, wurde ich bereits erwartet. Harry mußte mich schon von weitem gesehen haben. Er stand in der Tür des Haupthauses und winkte mir zu. Ich parkte den Käfer direkt vor der steinernen Treppe und stieg aus.

»Hallo, Max, ich dachte mir schon, daß du es bist! So häufig sieht man diese Oldtimer ja nicht mehr auf den Straßen«, begrüßte er mich mit einem herzlich gemeinten Grinsen. »Tja, hier herrscht beinahe ein Betrieb wie in London – so viel Besuch auf einmal hatte ich schon lange nicht mehr!«

»Besuch?« Also hatte ich richtig vermutet. »Dann ist Jupp tatsächlich hier?«

»Jetzt fängst du auch noch damit an! Nein, Jupp ist nicht hier, aber alle scheinen das zu glauben. Du bist nämlich nicht der erste, der mich nach ihm fragt.«

»Was soll das heißen, nicht der erste?« Ich stieg die geschwungene Treppe hinauf. Dabei sah ich mir Harry genauer an. Es gab keine Spuren einer Verletzung. Wenn es die Kanzler gewesen waren, hatte er ihren Besuch besser überstanden als ich. »Wer denn noch?«

»Ich weiß nicht, ob du dich noch an die beiden Hamburger Teufel aus dem ›Geiger‹ erinnern kannst, an Marion und Julia?«

»Vielen Dank! Was heißt hier: erinnern? Das war doch erst vorgestern!« Ich war selbst verblüfft, daß seitdem erst zwei Tage vergangen sein sollten.

»Schon, aber du warst schließlich nicht mehr ganz nüchtern, um es einmal vorsichtig auszudrücken. Aber keine Sorge, Max, dafür haben alle Verständnis, immerhin mußtest du ja auch einen großen Frust ertränken, nicht wahr. So einfach ohne ein Wort von der Dame seines Herzens sitzengelassen zu werden, das ist schon hart! Da greift manch einer schnell zur Flasche. Ich weiß noch, wie Lisa sagte -«

»Ja, ja – ›Wer Sorgen hat, hat auch Likör!‹«, unterbrach ich seine Sticheleien und nickte ihm auffordernd zu. »Also?«

»Wir sind doch nicht etwa empfindlich?«

»Keine Spur.« Wir gingen ins Haus. Im Windfang hängte ich meinen Mantel an die Garderobe. »Du wolltest mir etwas von Marion und Julia erzählen. Ich höre.«

»Immer mit der Ruhe, ich bin ja schon dabei! Wo war ich stehengeblieben? Richtig, Donnerstag im ›Geiger‹. Wie gesagt, nachdem du zu unser aller Bedauern die gesellige Runde schon so früh am Abend verlassen hattest, ist es noch richtig nett geworden. Vor allem, als Erwin seine Geschichte mit dem Pastor zum besten gab. Ich muß sagen, das war der erste wirklich gute Witz, den ich von ihm gehört habe. Jedenfalls, eins kam zum anderen, und so sind Marion und Julia höchst erfreut meiner Einladung zu einem Weekend auf dem Lande gefolgt. Gestern nachmittag haben sie sich dann hier eingefunden und bei mir eine absolut unvergeßliche Zeit verleben dürfen, wie sie mir hinterher glaubhaft versicherten.«

Niemand sonst konnte so selbstzufrieden aussehen wie Harry.

»Du hast sie doch nicht etwa eingesperrt und ihnen Peter-Alexander-Filme gezeigt?«

»Nein, das habe ich nicht. Obwohl sicher einige Leute in der Gegend jetzt wünschen, ich hätte es getan. Zumindest hat sich der Bürgermeister eben am Telefon recht deutlich in diesem Sinne geäußert.«

Für einen Augenblick vergaß ich, weshalb ich hergekommen war, und starrte Harry an. »Was ist passiert?«

Denn daß etwas passiert sein mußte, war offensichtlich. Ein versonnenes Lächeln hatte sich auf seinem Gesicht ausgebreitet. Den Ausdruck kannte ich und stellte mich auf eine längere Geschichte ein.

»Auch mir wird dieser Abend in lebhafter Erinnerung bleiben, das kannst du mir glauben, Max. Da heißt es immer, die Norddeutschen wären spröde – weit gefehlt! Ich schätze, wir haben jetzt allen Grund, dieses Vorurteil zu revidieren. Wenn sich sogar schon Bill Clinton für einen Kölschen hält – oder war es ein Kölsch? Na, egal! –, beweist das doch vor allem eines: Den wahren Rheinländer erkennt man an seinem Herzen. Dieser These müßte man einmal nachgehen ...«

»Aber bitte nicht jetzt, Harry! Was ist mit den Hamburgerinnen?«

»Banause!« seufzte er, schien aber nicht allzu empört zu sein. »Also schön: Alles fing damit an, daß wir drei gestern abend den ›Bal Masqué‹ der freiwilligen Feuerwehr hier am Ort besuchten. Ich sollte wohl vorausschicken, daß es sich dabei um den gesellschaftlichen Höhepunkt des Jahres handelt, und tout Ahrenfels sich die Ehre gibt. Ein absolutes Muß. Nebenbei gesagt: Es mag ja hier und da vereinzelte Stimmen geben, die das Schützenfest im Mai favorisieren, aber nach den gestrigen Ereignissen dürften sie erst einmal verstummt sein. Das Rennen ist entschieden, und zwar eindeutig zugunsten der Feuerwehr. Ich sehe nicht, was die Schützenbrüder jetzt noch veranstalten könnten, um hier mitzuhalten.

Nun, wie auch immer. Als wir in der Gemeindehalle eintrafen, dominierte bereits allgemeine Munterkeit die Stimmung im Saal. Das war nicht weiter überraschend. Bei solch festlichen Gelegenheiten – und allzu viele davon gibt es ja nicht – fängt man hier früh an. Natürlich blieb unser Erscheinen nicht lange unbemerkt. Anfangs wurden die fremden Damen aus dem Norden noch kritisch taxiert, aber das Eis war bald gebrochen. Ein paar Tanzrunden taten das ihre, und schon lag Ahrenfels ihnen zu Füßen.«

Harry legte den Kopf zur Seite und rieb sich nachdenklich das Kinn. »Wahrscheinlich haben die beiden Mädels mehr für meine hiesige Reputation getan, als eine noch so enthusiastische Kritik vom ›Literarischen Quartett‹ jemals ausrichten könnte. Das gibt einem schon zu denken, nicht wahr?«

»Sicher!«

»Während also Marion und Julia die Herzen der Einheimischen im Sturm eroberten, vor allem die der männlichen, was nicht ohne

Folgen bleiben sollte«, fuhr er dann gnädig fort, »winkte mich der Pfarrer an den Honoratiorentisch. Ja, du hast völlig richtig gehört, diese schöne Institution ist hier noch nicht in völlige Vergessenheit geraten. – Übrigens ein interessanter Mann, unser neuer Pfarrer! Sehr beschlagen, nicht nur in Fragen der Gottesgelehrtheit. Ich war ziemlich überrascht, in ihm auf einen profunden Kenner von Horror-Geschichten zu treffen. Er sammelt solche Sachen mit Begeisterung und baut gerade ein einschlägiges Archiv auf. Du solltest einmal sehen, welche Schätze er drüben bei sich im Pfarrhaus ...«

»Harry!« mahnte ich ihn.

»Du nervst! Wie soll ich dir etwas erzählen, wenn du mich dauernd dabei unterbrichst?« beschwerte er sich ungerührt. »Jedenfalls gerieten der Pfarrer und ich in ein Gespräch über unsere neue sogenannte Pop-Literatur – eines seiner Spezialgebiete, mußt du wissen –, das sich etwas in die Länge zog und uns zu einsamen Leuten machte. Es dauerte nicht lange, bis der Tisch uns allein gehörte. Die anderen – eh – Honoratioren hatten sich zügig Richtung Theke verdrückt. Dort gab es nämlich ein reges Gedränge, und mittendrin im dichtesten Gewühl steckte niemand anderes als Marion und Julia. Mittlerweile längst zu Ehrenmitgliedern des Feuerwehrcorps avanciert, lauschten die zwei hingebungsvoll den wahrhaft homerischen Gesängen von Axt und Spritze, hörten von legendären Bränden, entlaufenen Stieren und noch von manch anderem Bravourstückchen aus der glorreichen Geschichte der ›Freiwilligen Feuerwehr Ahrenfels‹. Als Julia dann träumerisch bedauerte, noch nie bei so einem Abenteuer dabei gewesen zu sein, da ...«

Harry zögerte etwas und zuckte mit den Achseln. Dann zog er die Brauen hoch. »Nun, was soll ich sagen? Da ist die Geschichte irgendwie außer Kontrolle geraten. Ich möchte das jetzt nicht weiter kommentieren, aber die Hälfte der Jungs ist noch Junggeselle, und die andere Hälfte wäre es gestern gerne gewesen. Und alle brannten wie wild darauf, endlich demonstrieren zu können, wie geschickt sie mit dem schweren Gerät umzugehen wissen.«

Harry blies seine Backen auf und sah mich aus großen Augen an. Ich nickte, ihn traf nun wirklich keine Schuld.

»Eben! Die Idee, an Ort und Stelle ein kleines Feuerchen zu machen, war schnell vom Tisch, die Sache sollte schließlich Hand und

Fuß haben. Jemand brachte seinen alten Schuppen ins Spiel, den er sowieso entsorgen wollte. Warum also nicht gleich Nägel mit Köpfen machen? Ein hochwillkommener Vorschlag, der allseits auf begeisterte Zustimmung traf, und nach einer letzten Stärkungsrunde nahm die Sache ihren Lauf. Der einzige, der sie jetzt noch hätte aufhalten können, lag selig schnarchend unter einer Bank. Der Bürgermeister hat noch nie viel vertragen.«

Harry wippte leicht auf den Fußballen, und als er weiterredete, war eine gewisse Begeisterung für sein Thema nicht zu verkennen. »Du hättest dabei sein sollen, Max, die Prozession war wirklich sehenswert! Vorneweg schlängelte mit Blaulicht die ortsansässige Polizei und sorgte für freie Bahn. Übrigens sind die Herren Polizeiobermeister Bommel und Kröger geschätzte Mitglieder des 1. Löschzuges. In der Mitte dann der Stolz von Ahrenfels, ein riesiger Löschwagen. Es ist zwar ein älteres Modell, aber tadellos gepflegt und komplett mit Leitern, Schläuchen, Spritzen und allem Pipapo. Die Sirene funktionierte denn auch einwandfrei. Zum Schluß folgte aufgekratzt der Rest von uns, die meisten mit einem Glas in der Hand. Kaum hatte sich der Zug in Bewegung gesetzt, als der Pfarrer auch noch die Glocken läuten ließ. Davon können die Schützenbrüder natürlich nur träumen.

Wahrscheinlich war das ganze Dorf auf den Beinen und schaute zu, wie ihre freiwillige Feuerwehr den verfallenen Schuppen erst einmal fachmännisch in Brand setzte. Als die Flammen plötzlich aufloderten, wichen wir alle etwas zurück. Ja, ich hatte sogar den Eindruck, daß selbst die Feuerwehrleute von der majestätischen Pracht des Brandes ein wenig überrascht wurden. Aber dann traten sie unter Applaus in Aktion und hielten mit ihren Schläuchen gekonnt ins Feuer. Natürlich durften die beiden frischgebackenen Feuerwehrfrauen h.c. auch einmal die Spritzen halten – was anscheinend nicht ganz so einfach war, wie es aussah. Jedenfalls kam Bewegung in die Menge, als jeder versuchte, sich mit trockener Haut aus dem Schußfeld zu retten. Nicht alle hatten Glück dabei. Zu diesem Zeitpunkt drohte die bis dato ausgelassene Feststimmung zu kippen, als ein überraschender Windstoß für unvorhergesehene Dramatik sorgte und alles Ungemach vergessen ließ.«

Harry machte eine rhetorische Pause und schüttelte langsam den

Kopf, die Lippen zu einem vergnüglichen Grinsen verzogen. Ich hielt mich zurück.

»Durch diesen Windstoß nämlich wurde ein Funkenregen weit in das angrenzende Grundstück hinein getrieben, wo er ausgerechnet die nachbarliche Gartenlaube erreichte. Und es geschah, was geschehen mußte. Zwar wußte man allgemein, daß der Bürgermeister nur bestes, gut abgelagertes Holz für den Bau seiner Laube genommen hatte – denn damit war er monatelang allen auf die Nerven gefallen –, war aber doch verblüfft über die wuchtige Stichflamme, mit der diese Perle deutscher Heimwerkerkunst jetzt explodierte. Sofort machten wüste Spekulationen die Runde. Den Vogel schoß allerdings unser Küster ab, der neben mir in Deckung gegangen war. Er habe ja immer geahnt, daß der Schnaps, den der Schwager des Bürgermeisters in seiner Kneipe ausschenke, selbstgebrannt sein müsse. Gerade sei wohl die Destille in die Luft geflogen, und das lasse nun auf bessere Zeiten hoffen, was den Schnaps angehe.«

Harry beugte sich leicht vor und zog die Stirn in Falten. »Es ist sicher unnötig zu betonen, daß sowohl der Bürgermeister als auch sein Schwager diese Unterstellung später energisch dementiert haben, nicht wahr?«

»Selbstverständlich.«

»Das dachte ich mir. Nun, kaum war der Ernstfall eingetreten, wurde unsere Feuerwehr ihrem Ruf gerecht und lief zu wahrhaft bravouröser Form auf. Der schöne Jägerzaun mußte zwar auf breiter Front umgelegt werden, aber es gelang ihr mit vereinten Kräften, beide Brände unter Kontrolle zu bringen und so ein weiteres Ausbreiten zu verhindern. Ein großer Schaden ist also nicht entstanden, und bis auf den Bürgermeister sind eigentlich alle froh über den Gesprächsstoff. Davon werden sie noch ihren Enkeln erzählen.«

Die Befriedigung in seiner Stimme war unüberhörbar. »Du siehst also, Ahrenfels hat seinen Gästen allerhand zu bieten!« schloß er und sah mich triumphierend an.

Ich wußte nicht, was ich sagen sollte. Es war absolut typisch für Harry, auf eine einfache Frage hin mit einer solchen Geschichte aufzuwarten.

»Und das ist auch alles wahr?«

»Natürlich, jedes Wort!« empörte er sich. Die Unschuld in Person. »So etwas denke ich mir doch nicht aus! Du kannst jeden hier fragen.«

»Großes Pfadfinder-Ehrenwort, wie? Na schön, und wo sind deine beiden Hamburgerinnen jetzt? Noch in den Federn, um sich von den Strapazen ihres ersten Löscheinsatzes zu erholen?«

»Im Gegenteil, sie sind heute morgen schon wieder abgereist. Bemerkenswert frühzeitig übrigens, gewissermaßen noch in der Nacht.«

»Hast du mir nicht eben erzählt, daß sie übers Wochenende bleiben wollten?«

»Nun ja – die Entscheidung, ihren Aufenthalt hier etwas zu verkürzen, ist offenbar sehr spontan gefallen. Man könnte ihren Aufbruch sogar als überstürzt bezeichnen. Ich nehme an, sie fühlten sich nicht ganz unschuldig an den Ereignissen und haben es wohl vorgezogen, dem Bürgermeister nicht noch einmal zu begegnen. Eine kluge Entscheidung, wenn du mich fragst!«

Was ihn selbst anging, so schien er von derartigen Skrupeln verschont geblieben zu sein. Er hob kurz die Schultern und breitete seine Arme aus. »Allerdings hätten sie sowieso nicht mehr allzu lange bleiben können. In Hamburg wird nämlich über Karneval gearbeitet – da kennen die nichts!«

»Das ist ja wirklich kaum zu glauben.«

»Du sagst es, mein Lieber, du sagst es!«

Harry zog die Tür zur Halle auf, und schlagartig verschwand das zufriedene Grinsen aus seinem Gesicht. Anscheinend hatte ich ihn beim Kochen unterbrochen, denn es roch ausgesprochen würzig nach Bratkartoffeln. Fluchend hastete er in die Küche, um die Pfanne vom Herd zu nehmen. Ich folgte ihm etwas gemächlicher.

»Das war knapp, beinahe wäre alles angebrannt!« Er kühlte seine Finger unter fließendem Wasser und zeigte mit dem Kinn auf die Anrichte. »Im Schrank da sind noch Teller, hoffentlich hast du genügend Appetit mitgebracht!«

»Keine Angst, ich habe sogar Hunger!«

Das war nicht einmal übertrieben. Ich bediente mich großzügig, um dann ein beachtliches Tempo vorzulegen, als hätte ich seit Tagen nichts mehr gegessen. Harry hielt problemlos mit. Wir aßen schweigend, und die riesige Pfanne leerte sich zusehends. Während ich noch die letzten Reste auskratzte, schob er seinen Teller beiseite und stand auf.

»Kaffee?« Ohne auf mein zustimmendes Nicken zu warten, füllte er den Wasserkessel und setzte ihn auf die Herdplatte. Harry hatte seine Prinzipien, Kaffee wurde bei ihm immer von Hand gefiltert und selbstverständlich frisch gemahlen. Bei den sündhaft teuren arabischen Bohnen, die er ausschließlich verwandte, war das nur angemessen. Genau wie die alte Kanne aus dunkelblauem Porzellan, die vom Orient träumen ließ wie eine Dulac-Illustration zu »Tausend und eine Nacht«.

Während er darauf wartete, daß das Wasser kochte, steckte er die Hände in die Hosentaschen und sah zu mir herüber. »Dann laß mal hören! Du hast den weiten Weg hier heraus doch nicht gemacht, nur um ein anständiges Mittagessen zu bekommen, oder?«

»Nein, nicht ganz. Wie gesagt, eigentlich bin ich auf der Suche nach Jupp. Ich hatte gehofft, daß er vielleicht hier wäre.«

»Jupp. Aha.« Er wirkte nicht sehr erstaunt. »Was ist passiert?«

Ich erzählte ihm vom ungebetenen Besuch der Kanzler bei mir und daß ich glaubte, es ginge gar nicht um mich, sondern um Jupp. Er hörte mir schweigend zu. Der Kessel fing an zu pfeifen, und Harry nahm ihn von der Platte. Vorsichtig schüttete er etwas kochendes Wasser auf das Kaffeepulver, wartete ein paar Sekunden und goß dann den Filterbecher voll. Als ich den Niederschlag und die Beule erwähnte, nickte er langsam.

»So ist das also! Ich habe mich schon gefragt, ob du vielleicht als Elefantenmensch auftreten willst. Eine gute Verkleidung: originell, aber wenig Aufwand, wenn der Typ paßt!«

»Was machst du in deiner Freizeit? Kleine Kinder verprügeln?«

»Wo denkst du hin? Ich spiele natürlich Halma!«

Mittlerweile war das Wasser durch den Filter gelaufen. Harry holte zwei Tassen und nahm die Kanne. »Laß uns nach drüben gehen.« In der Tür drehte er sich noch einmal um. »Ein richtiger Überfall – ich muß schon sagen!«

Diese eine Mal hätte ich ihm beinahe die Show gestohlen.

FÜNF

Harrys Bibliothek war ein großer Raum, fast schon ein Saal, und ging über zwei Stockwerke. Als er sich vor Jahren hier einquartiert hatte, sollte es erst nur für den Übergang sein, bis der Rest des Gutshauses wieder bewohnbar wäre. Aber der große Sprung nach vorne ließ auf sich warten. Die Umbauarbeiten zogen sich schier endlos in die Länge und verschlangen vor allem so viel Geld, daß Harry schon angefangen hatte, vergleichende Theorien über schwarze Löcher zu entwickeln.

Von der Galerie aus war er zu einem Schlafraum mit angrenzendem Badezimmer durchgebrochen, und als er diese nach seinen Vorstellungen hergerichtet hatte, gefiel ihm seine Enklave zunehmend besser. Nicht zuletzt wegen der eigens installierten Feuerwehrstange, welche den Abstieg von der Galerie nicht nur verkürzte – wie Harry mit dem glücklichen Lächeln des Achtjährigen nicht müde wurde zu beteuern –, sondern auch wesentlich vergnüglicher gestaltete.

Als der Umbau mit der Zeit dann doch Fortschritte machte, hatte sich das anfängliche Provisorium längst zu einem Dauerzustand entwickelt, in dem Harry sich wohl fühlte. Also blieb er bei seinen Büchern wohnen, die zu Tausenden die Regale an den Wänden und oben auf der Galerie füllten. Die auch wegen ihres Umfangs berüchtigte Videosammlung verkannter deutscher Filmlustspiele war in einem Nebenraum untergebracht.

Eine Zeitlang hatte er, literarischen Vorbildern folgend, mit dem Gedanken gespielt, sich im ehemaligen Salon einen Schießstand einzurichten, ihn aber nur halbherzig umgesetzt. Dafür gab es dort einen ordentlichen Sandsack, und der Boden war mit Matten ausgelegt. Ein nettes, privates Dojo, groß genug, daß die halbe Mannschaft der Samurai hier zusammen trainieren konnte.

Bis auf die Küche ließ Harry den Rest des großen Gebäudes weitgehend leerstehen. So verfügte er über eine Menge Gästezimmer, die im Winter lausig kalt waren und deren minimalistischer Einrichtungsstil sich deutlich abhob von der Bibliothek, die entfernt an Makarts Atelier erinnerte.

Auf gewundenen Pfaden folgte ich Harry zum Kamin, wo er den Kaffee auf einem niedrigen marokkanischen Tisch absetzte, von irgendwoher eine Flasche Cognac hervorzauberte und einschenkte. Derweil befreite ich ein altes Cordsofa von seiner Auflage, einem Sammelsurium aus Büchern, Manuskriptseiten, alten Zeitungen, Wäsche und leeren Keksdosen. Eine Schlagzeile sprang mir in die Augen, und ich hielt die Zeitung in die Höhe.

»Weißt du schon das Neueste? Die wollen doch tatsächlich die Mauer öffnen! Was sagt man dazu?«

»Sehr witzig! – Aber wenn das eine Anspielung auf meinen mangelnden Ordnungssinn sein sollte, muß ich dich leider enttäuschen.«

Harry reichte mir eine Tasse und drehte mir dann den Rücken zu, um noch Holz ins Feuer nachzulegen. »Die Zeitungen liegen nicht etwa noch seit den späten Achtzigern hier herum, wie du unfein andeutest, sondern stammen aus meinem Archiv. Ich habe sie erst heute morgen geholt, um etwas nachzulesen.«

»Verstehe.« Ich zog einen BH heraus, der zwischen die Polster gerutscht war, und ließ ihn am Finger baumeln. »Ich wußte gar nicht, daß du so etwas sammelst. Muß ein interessantes Archiv sein!«

»Ja, der Pfarrer war auch schon ganz neidisch«, antwortete er, ohne aufzusehen.

»Das glaube ich dir gern.«

Harry drehte sich wieder um und zog überrascht eine Augenbraue hoch. »Also hier hat das Ding gesteckt! Da hätten wir ja noch lange suchen können.« Er ließ sich nicht näher darüber aus, wer mit »wir« gemeint war, aber ich fühlte mich jedenfalls nicht angesprochen.

Ich drapierte das Teil auf der Sofa-Rücklehne und ließ mich häuslich nieder. Darauf schien Diva nur gewartet zu haben. Auf schwarzen Pfoten kam sie angetrippelt und sprang mit einem Satz auf meinen Bauch. Leise schnurrend nahm sie ihren neuen Ruheplatz in Besitz und blinzelte mich huldvoll an, makellos schön und vollkommen unmenschlich.

Sie hatte schon immer ein Faible für mich gehabt und zeigte dies auf eine Weise, die Harry mitunter reichlich pikiert aussehen ließ.

Auch jetzt warf er einen finsteren Seitenblick auf Diva, die das nicht einmal ignorierte.

Ich nahm einen Schluck aus der Tasse und balancierte sie auf meiner Brust. Das starke Aroma von Kaffee und Cognac stieg mir in die Nase, und zum ersten Mal an diesem Tag fühlte ich mich beinahe wohl in meiner Haut.

Mein Ausflug zu Harry schien doch nicht völlig umsonst gewesen zu sein. Jupp hatte ich zwar nicht gefunden, aber damit hatte ich auch nicht ernsthaft gerechnet. Es war mehr ein Versuch auf gut Glück gewesen, immer noch besser, als zu Hause untätig auf ihn zu warten – und irgendwo mußte er ja stecken. Anscheinend war außer mir noch jemand auf den gleichen Gedanken gekommen.

Die Frage war, warum? Ich konnte mir nicht recht vorstellen, warum ausgerechnet die beiden Hamburgerinnen aus dem »Geiger« so an Jupp interessiert sein sollten. Daß sie ihn überhaupt kannten, war schon merkwürdig genug, aber daß sie ihn auch noch bei Harry vermutet hatten, konnte kein Zufall sein. Auch sie schienen nach Jupp zu suchen, genau wie die Kanzler. Wenigstens legten sie dabei andere Manieren an den Tag.

Bei meinem Glück lag das aber womöglich nur an Harrys Charme. Einen Moment lang sah ich die beiden Schläger vor mir, wie sie mit ihm bei Tee und Gebäck zusammensaßen, sich höflich nach dem werten Befinden erkundigten und dabei mit silbernen Löffelchen in ihren Tassen rührten, die kleinen Finger zierlich abgespreizt. Harry hatte manchmal diese Wirkung.

»Um auf Marion und Julia zurückzukommen, Harry: Du hast mir immer noch nicht verraten, was sie von Jupp wollten. Weshalb waren sie eigentlich hier?«

»Eine gute Frage.« Harry war stehengeblieben und hatte seine Tasse auf dem Kaminsims abgesetzt. Langsam nickte er. »Wirklich eine gute Frage, die ich gestern im Laufe des Tages auch gestellt habe, erst mir selbst, dann den beiden. Die Antwort war einigermaßen überraschend, das kann ich dir versichern!« Er griff nach der Tasse und nahm einen Schluck. »Ich nehme an, du weißt noch, daß Marion und Julia dem Journalisten-Stande angehören und eine Reportage über den Kölner Karneval schreiben wollten, nicht wahr?«

»Ja, so verkalkt bin ich noch nicht.«

»Freut mich zu hören. Also: Hauptsächlich wegen ihres Artikels nämlich habe ich sie hierhin eingeladen. Ich dachte mir, daß unser Feuerwehrball sicher interessant für sie sein müßte. Du weißt schon: ländlicher Karneval außerhalb der Hochburgen, lebendige Tradition und so weiter.«

»Ich verstehe, was du meinst: Ahrenfels als leuchtendes Beispiel der Pflege rheinischen Brauchtums. Wenn nur die Hälfte von dem stimmt, was du mir erzählt hast, dürften sie wohl auf ihre Kosten gekommen sein! Es muß ja ein bemerkenswertes Fest gewesen sein. Ich bin gespannt, wie sich das erst in der gedruckten Fassung liest. Ahrenfels wird noch berühmt werden. Die Leser werden in hellen Scharen ihre norddeutsche Tiefebene verlassen, um beim nächsten Mal vor Ort mit zu schunkeln, wenn hier wieder eine Gartenlaube abgefackelt wird!«

»Das wäre gut möglich, ich bin ganz deiner Meinung! Und um nichts in der Welt würde ich den Anblick unseres verehrten Bürgermeisters verpassen wollen, wenn ihm die Geschichte zu Ohren käme. Das darfst du mir glauben! Nur wird es dazu nicht kommen, fürchte ich.« Harry hob bedauernd seine Schultern und seufzte. »Wirklich ein Jammer!«

Ich sah ihn fragend an.

»Unser schöner Feuerwehr-Ball dürfte auch in Zukunft ein Geheimtip bleiben. Jedenfalls werden Marion und Julia wohl nicht über ihn schreiben. Dafür gibt es einen einfachen Grund.«

»Die Rechte sind schon vergeben!«

»Unsinn. Nur sind unsere beiden Damen von der Presse gewissermaßen unter falscher Flagge gesegelt. Sie recherchieren zwar für eine Story, so viel ist richtig, aber die hat herzlich wenig mit Karneval zu tun. Dafür mehr mit Jupp.«

»Mit Jupp? Willst du damit etwa sagen, daß sie einen Artikel über ihn schreiben? Und daß sie extra zu dir herausgekommen sind, nur um etwas über Jupp zu erfahren?«

»Nun, so würde ich das nicht formulieren. Ganz und gar nicht.« Wie erwartet, reagierte Harry leicht verschnupft auf die Unterstellung, die beiden Hamburgerinnen könnten ihn ausschließlich aus Motiven besucht haben, die nichts mit seiner persönlichen Ausstrahlung zu tun hatten. Er trank noch einen Schluck und setzte die Tasse mit demonstrativer Gelassenheit zurück auf den Sims. Erst dann sah er mich an. Seine rechte Augenbraue war nach oben gewandert. »Natürlich wollten sie etwas über mich erfahren!« Als Spock schlug er mich um Längen.

»Über dich?« Meine Überraschung war echt, und sie wurde ungnädig aufgenommen.

»Warum nicht? In meinem Leben hat es schließlich den einen oder anderen Vorfall gegeben, über den es sich lohnt zu schreiben!«

»Wenn du jetzt die Sache mit Heideggers Testament meinst –«

»Zum Beispiel!« warf Harry etwas spitz ein. »Zum Beispiel!«

»Vergiß es, das kauft dir doch kein Mensch ab!«

Einen Augenblick blieb es ruhig. Harry sah mich nicht gerade wohlwollend an, dann zuckte er mit den Achseln und grinste. »Ich sage es zwar nur ungern, aber damit könntest du tatsächlich recht haben! Allerdings habe ich ihnen davon noch gar nichts erzählt.« Ein leichter Seufzer gab der verkannten Unschuld den letzten Schliff. »Gleich mit der Tür ins Haus zu fallen, ist nicht mein Stil. Das solltest du eigentlich wissen!«

»Tut mir schrecklich leid. Aber es wäre schön, wenn du endlich zur Sache kommen würdest. Also: Was wollten die beiden von dir?«

»Tja, du wirst es vielleicht nicht glauben: Sie waren sehr an meiner Bibliothek interessiert!«

»Sicher! Woran auch sonst?«

Er hob abwehrend die Hand. »Nein, im Ernst! Julia drängte sogar auf eine Besichtigung, charmant zwar, aber recht nachdrücklich. Sie wollten unbedingt alles darüber erfahren! Da war es nur ein Gebot der Höflichkeit, ihren Wunsch zu erfüllen, nicht wahr, also habe ich brav den Cicerone gespielt und eine kleine Führung zu den Sehenswürdigkeiten veranstaltet. Ich meine, ein paar nette Sachen sind ja wirklich dabei, etwa die Afrika-Sammlung meines Ur-Urgroßonkels.«

Unwillkürlich sah ich zu dem riesigen ausgestopften Löwen hinüber, der mit aufgerissenem Rachen die Wendeltreppe zur Galerie bewachte. Als so etwas noch zum guten Ton gehörte, hatte ihn der schußfreudige Herr Baron Aloysius von Bylandt und Ahrenfels von einem seiner afrikanischen Jagdausflüge als dekorative Trophäe mitgebracht.

Harry ignorierte meinen Blick. »Hin und wieder melden sich Fachantiquariate bei mir und fragen an, ob die Sammlung zu kaufen ist. Sogar zwei Museen sind interessiert.«

»Ich bin beeindruckt. Nur verstehe ich eins noch nicht: Was hat das mit Jupp zu tun?«

»Eh – nichts. Soweit ich weiß, nichts. Deshalb waren ja Marion und Julia anfangs auch etwas enttäuscht. Natürlich habe ich mein Bestes getan, um sie wieder aufzumuntern, und ich darf wohl in aller Bescheidenheit behaupten, daß meine Bemühungen nicht ohne Erfolg geblieben sind.«

»Schon gut, den Teil kenne ich bereits! Was ist nun mit Jupp?«

»Ach, das war im Grunde nur ein Mißverständnis, nichts weiter. So haben sie es mir jedenfalls später erzählt.«

»Was für ein Mißverständnis?«

»Angefangen hat es irgendwann Donnerstag nacht im ›Geiger‹, glaube ich, als wir gerade einen gründlichen Test der Cocktailkarte vornahmen. Scharlie hatte schon abgeschlossen. Außer uns war kaum noch jemand da. Marion und Julia wollten näheres über mein neues Buch hören, und dabei kam unser Gespräch ganz allgemein auf das Büchersammeln. – Vermutlich nicht zufällig, wie ich jetzt annehme, so wenig zufällig wie überhaupt ihr Auftauchen im ›Geiger‹. Bei dieser Gelegenheit habe ich wohl beiläufig erwähnt, daß bei uns seit Generationen nicht nur das Bücherschreiben, sondern auch das Sammeln derselben erblich ist, und ich auf der Familienbibliothek sitzengeblieben bin. Samt dazugehörigem Schloß, wie Scharlie natürlich anmerken mußte und damit den beiden einen Floh ins Ohr setzte. Zumal er dann in der gleichen Tour fortfuhr und gar nicht mehr aufhören wollte. Du kennst ja seinen manchmal etwas schlichten Humor.

Draußen wurde es langsam wieder hell, und ausgesprochen nüchtern war niemand mehr von uns. Das mag eine Rolle gespielt haben, denn anscheinend ist Scharlies Ironie nicht mehr bei allen angekommen. Im Gegenteil, Marion und Julia müssen den Eindruck gewonnen haben, sie hätten es bei mir gewissermaßen mit einem zweiten Stephen King zu tun. In finanzieller Hinsicht, meine ich.«

Harry hob bedauernd seine Schultern. »Ein Vergleich, der ebenso schmeichelhaft wie unzutreffend ist. Aber die Sache mit dem Schloß hat sie nach weiteren drei oder vier von Scharlies Tanten auf einen kuriosen Einfall gebracht. Vor allem, als sie hörten, daß ich Jupp seit Jahren kenne.« Er griff nach der Kanne. »Wie gesagt: ein Mißverständnis. Kaffee?«

»Nein danke. Ein kurioser Einfall?« half ich nach, da Harry sich in aller Ruhe die Tasse vollschenkte.

»Sie denken nämlich, daß Jupp etwas Bestimmtes zu verkaufen hat, und mich hielten sie für den potentiellen Käufer.«

»Dich?« Ich starrte ihn an. Die Vorstellung, daß ich nur wegen Harry Jupps Tasche zum Bahnhof gebracht haben sollte, war tatsächlich aberwitzig.

»Genau! Aber nicht lange. Nachdem sie sich erst mal ein bißchen bei mir umgesehen hatten, ist ihnen ihr Irrtum schnell klar geworden.«

»Wieso?«

»Ganz einfach: Offensichtlich reicht mein Geldbeutel nicht! Nicht für das, was Jupp anzubieten hat. Bei weitem nicht.«

»Und was hat Jupp anzubieten?«

»Bücher.«

Beinahe hätte ich mich verschluckt. »Du machst Witze!«

»Keineswegs!« Harry lehnte sich zurück und genoß die Wirkung. »Alte Bücher, versteht sich, und – nun ja – daß sie ausgesprochen billig wären, kann man nun wirklich nicht behaupten.«

Ich kniff die Augen zusammen. »Billig« war ein relativer Begriff. Auch wenn er nicht mit Stephen King in einer Liga spielte, konnte sich Harry eine Menge Bücher leisten.

»Wir reden hier nicht über alte Perry-Rhodan-Hefte, oder?«

»Nein, wir reden über illuminierte Handschriften aus dem dreizehnten Jahrhundert, sechs oder sieben Stück, allesamt vollständig und gut erhalten, wie es heißt. Eine hübsche kleine Kollektion, wenn man etwas für mittelalterliche Buchmalerei übrig hat.«

Ich sagte nichts, das mußte ich erst einmal verdauen. Harry beugte sich vor. »Übrigens besitze ich eine nahezu vollständige Sammlung der ersten Jahrgänge von Perry Rhodan. Nur zu deiner Information.«

Jupp hatte also nicht übertrieben, als er von seinem letzten Geschäft gesprochen hatte, es ging um viel Geld. Ich setzte mich gerade hin und sah Harry an. Um sehr viel Geld. »Meine Güte, die müssen ja unbezahlbar sein!«

»Also – über den Preis können wir reden. Der Pfarrer hat zwar auch schon Interesse gezeigt, aber dir würde ich ein Freundschaftsangebot machen. Das ist doch selbstverständlich!«

»Vielen Dank, aber an Perry Rhodan habe ich gerade weniger gedacht. Vielleicht kannst du mir ja auch noch verraten, wie Jupp an Handschriften aus dem Mittelalter gekommen sein soll. Ausgerechnet Jupp!«

»Ich fand die Vorstellung auch etwas bizarr, das muß ich zugeben. Ich meine, wahrscheinlich hat er nicht mal als Kind Karl May gelesen, und ich wette zehn zu eins, daß er beim ›Buch der Bücher‹ höchstens an Bill Gates' Scheckheft denkt.« Harry seufzte leicht und schüttelte betrübt den Kopf. Der letzte Humanist in barbarischen Zeiten. »Darum geht es natürlich! Wie du sehr richtig bemerkt hast, gibt es bei solchen Büchern immer auch einen materiellen Aspekt. Ihr finanzieller Wert ist in der Tat nicht unbeträchtlich.«

»So könnte man es auch ausdrücken.«

»Was bedeutet, daß Jupp nicht etwa auf einmal unter die Leser gegangen, sondern nur in die sogenannte Kunstbranche eingestiegen ist. – Wenn man Marion und Julia Glauben schenken darf, heißt das. Die behaupten nämlich steif und fest, daß Jupp die Bücher im Gepäck hat und damit quasi hausieren geht. Bei mir zum Beispiel. Deshalb war ich anfangs ja auch so skeptisch! Aber wie es jetzt aussieht, stehen sie mit ihrer Meinung nicht allein da: Auch deine beiden Kanzler scheinen davon überzeugt zu sein, daß Jupp etwas Wertvolles mit sich herumträgt. Jedenfalls –« Er brach ab und gähnte herzhaft. »Entschuldige! Es ist etwas spät geworden heute morgen. Ich habe entschieden zu wenig geschlafen.«

»Ja, wenn man die Zwanzig erst einmal hinter sich hat!« warf ich ein, aber Harry brauchte kein Mitgefühl. Er nahm es nicht einmal zur Kenntnis. Nachdenklich musterte er die Stuckverzierungen an der Decke und zupfte an seinem Ohrläppchen.

»Jedenfalls würde das ihren Besuch bei dir erklären. Es könnte also wirklich etwas dran sein an der Geschichte.«

Ein halbes Dutzend Handschriften. Gut verpackt, dürften sie in eine Reisetasche passen. Auch das Gewicht kam ungefähr hin, wenigstens nahm ich das an. Ich hatte nicht so viel Erfahrung mit dieser Art von Büchern.

»Welche Geschichte?«

Harry ließ sich nicht lange bitten. Dieses Stichwort wirkt immer, so müde konnte er gar nicht sein. Er nahm die Tasse vom Kaminsims, setzte sich mir gegenüber in seinen alten Clubsessel und schlug die Beine übereinander.

»Nun, in gewissem Sinne hat das Ganze etwas mit dem Zusammenbruch des real-existierenden Sozialismus zu tun.«

»Aha.« Mit zwei Sätzen war die Sache also nicht erledigt.

»Seit dem Fall der Mauer nämlich tauchen hier im Westen massenhaft Kunstgegenstände mit zweifelhafter Herkunft auf. Nicht nur Bilder, Ikonen und Antiquitäten, sondern auch wertvolle alte Bücher. Sogar eine ganze Menge davon. In Polen, Rußland, der Tschechei, wahrscheinlich überall im Osten scheinen manche Bibliotheken regelrecht geplündert worden zu sein. Bücher haben ja den Vorteil, daß sie relativ leicht zu transportieren sind. Von Einzelfällen abgesehen, ist der Diebstahl wohl im großen Stil organisiert, was erst recht vom Schmuggel in den Westen gilt. Ein großer Teil der Ware erscheint gar nicht erst – dann entsprechend juristisch ›gereinigt‹ – auf dem offiziellen Markt, sondern geht direkt an Sammler, die über eine eventuell anrüchige Herkunft vornehm hinwegsehen.« Harry zupfte sein Hosenbein zurecht. »Vor allem, wenn sie angemessen im Preis berücksichtigt ist.«

»Wovon man auf dem grauen Markt wohl ausgehen kann.«

»Natürlich. Und du glaubst gar nicht, wie schwarz dieses Grau sein kann! Ich hatte vorher überhaupt keine rechte Vorstellung vom Ausmaß solcher Geschäfte, bis Marion und Julia mir dann einiges erzählt haben. Darüber recherchieren sie nämlich, über den grauen Kunstmarkt.«

»Klingt interessant.«

»Ist es auch. Interessant und skandalträchtig. Es soll die große Enthüllungsstory über den deutschen Kunstmarkt werden, und wenn ich sie richtig interpretiere, wollen sie damit außerdem noch ein paar Vorurteile gegen umgeschulte Komparatistinnen aus der Welt schaffen. In der Vergangenheit hat es wohl diesbezüglich einige Reibereien mit den Kollegen gegeben. Zunächst ließ sich auch alles gut an. So haben sie schnell herausgefunden, daß es offensichtlich eine regelrechte Ost-Connection für gestohlene Kunstgegenstände gibt, die über Hamburg läuft. Vermutlich nicht die einzige in ihrer Art, aber eine recht lukrative.«

»Über Hamburg?« Endlich kam Harry zur Sache. »Gehe ich recht in der Annahme, daß diese Connection etwas mit einem gewissen Hamburger Geschäftsmann zu tun hat, der –«

»Der unter anderem im Import- und Export-Geschäft tätig ist und früher mal Jupps Partner war? Bravo! – Welches Schweinderl hätten'S denn gern? Die Antwort ist ja, es geht um den ›Dicken‹. Sein bürgerlicher Name lautet übrigens Boysen. Er soll angeblich die Schlüsselfigur bei diesen Geschäften sein, der Mann, der das Geld scheffelt. An den wollen Marion und Julia heran. Bisher ohne Erfolg.«

»Das ist vielleicht besser so, es könnte sonst schnell ungemütlich für sie werden.«

»Ist es schon. Die Reifen von Marions Wagen sind aufgeschlitzt worden, und anschließend hat man ihr am Telefon nachdrücklich geraten, mit der Fragerei aufzuhören und sich doch lieber mit Kochrezepten zu beschäftigen. Allerdings war die Empfehlung eher kontraproduktiv, denn jetzt nehmen die beiden die Sache persönlich und klemmen sich erst recht dahinter. Mittlerweile haben sie gute Kontakte in der einschlägigen Szene geknüpft und hören allerhand, aber nicht genug, um irgend jemanden festnageln zu können. Seit einiger Zeit treten sie deshalb auf der Stelle und kommen nicht weiter. Überall wird gemauert. Die Leute haben offensichtlich Angst, und das nicht nur vor Verleumdungsklagen. Wie die aufgeschlitzten Reifen zeigen, geht es in dem Milieu manchmal auch handfester zu. Viel mehr als Vermutungen und Gerüchte können Marion und Julia bisher nicht vorweisen, Aussagen hinter vorgehaltener Hand, die vor Gericht niemand wiederholen würde. Was ihnen fehlt, sind belegbare Fakten, und ohne die würde natürlich kein Blatt so etwas drucken. Am Ende haben sie vor lauter Frust das Angebot ihres Redakteurs angenommen, etwas über den Kölner Karneval zu schreiben. – Mit spitzen Fingern, vermute ich, aus Angst, sich womöglich unter Niveau zu amüsieren.«

Harry unterdrückte ein Gähnen und verschränkte dann die Hände hinter dem Kopf. Sehr mit sich zufrieden grinste er mich an. »Eine snobistische Fehleinschätzung, die mittlerweile korrigiert sein dürfte.«

»Bestimmt ist sie das. Nur sehe ich immer noch nicht, welche Rolle Jupp spielt.«

»Darauf komme ich noch, eins nach dem anderen. Als sie mitten in ihren Recherchen steckten, haben sich Marion und Julia an eine ehemalige Studienkollegin erinnert und sich ausführlich mit ihr über deren Spezialgebiet unterhalten. Da gibt es nämlich gewisse Überschneidungen. Sie arbeitet über ein ähnliches Thema, das auch mit dem grauen Markt zu tun hat. Die Ost-Connection ist ja nur eine unter seinen vielen Quellen. Die Kommilitonin ist Kunsthistorikerin und hat ihre Doktorarbeit über sogenannte Beutekunst geschrieben. Jetzt forscht sie über das Schicksal von im Krieg angeblich verlorengegangenen Kunstgegenständen, die dann doch wieder auf dem Markt auftauchen, mitunter auf ziemlich abenteuerliche Weise. Auf diesem Gebiet ist sie Expertin. Sie hat den beiden von einem Fall erzählt, mit dem sie sich gerade beschäftigt. Ein interessanter Fall – wie sehr, hat sich erst später herausgestellt. In Texas ist vor kurzem auf einer Kunst-Auktion ein mittelalterliches Stundenbuch ausgelost worden. Es muß sich um ein prachtvolles Werk handeln, der Schätzpreis lag bei zweieinhalb Millionen. Dollar. Wobei das nicht viel besagt. Wenn die richtigen Bieter im Saal sitzen und sich ein Duell liefern, kann so ein Schätzpreis leicht übertroffen werden, sogar um ein Mehrfaches.

Ich habe so etwas selbst schon mal erlebt, vor ein paar Jahren hier in Köln, auf einer Auktion bei Venator. Da ging es um eine Erstausgabe von Buschs ›Max und Moritz‹. Sie war auf zwanzig- oder fünfundzwanzigtausend geschätzt worden. Dann kamen die Gebote, und als endlich der Zuschlag erteilt wurde, hatte das Buch für bescheidene zweihunderttausend den Besitzer gewechselt. Sicher eine extreme Differenz, aber so kann es gehen.«

»Für wieviel ist denn das Stundenbuch weggegangen?«

»Zu einer Versteigerung kam es gar nicht, der Einlieferer hat es zurückgezogen. Vermutlich um einen größeren Skandal zu verhindern. Zu dem wäre es nämlich gekommen, dafür hätten die Nachforschungen besagter Kunstexpertin schon gesorgt.«

»Das Buch gehört also zu den angeblichen Kriegsverlusten?«

»Das behauptet sie, aber die Meinungen darüber sind geteilt, der jetzige Besitzer streitet das natürlich empört ab. Und solange er niemanden an das Buch heranläßt – wozu er anscheinend nicht gezwungen werden kann –, ist der gegenteilige Verdacht kaum zu erhärten. Mehr als ein Verdacht ist es bisher ja noch nicht, und mehr soll es offensichtlich auch nicht werden, wenn es nach dem Besitzer geht. Also hat er das Buch wieder zu den anderen kostbaren Stücken seiner Sammlung in den Safe gesperrt und droht damit, jeden, der sein Besitzrecht öffentlich anzweifeln sollte, in Grund und Boden zu verklagen.«

»Trotzdem hat er es aus dem Verkehr genommen.«

»Das hat er, und das gibt zu denken, nicht wahr? Es scheint doch etwas faul zu sein im Staate Texas. Nur wird es schwer sein, das zu belegen. Immerhin gehört der Besitzer weitläufig zu einer der Öldynastien da unten, zu einem Zweig, der auch philanthropische und kulturelle Interessen pflegt und dabei unter anderem auch eine recht beachtliche Sammlung von Handschriften und alten Drucken zusammengetragen hat. Sehr respektabel, die Familie. Dagegen wiegt das Wort einer deutschen Kunsthistorikerin nicht viel. In Texas vermutlich gar nichts.«

»Gibt es denn überhaupt irgendwelche Beweise?«

»Nun ja, was heißt Beweis? In solchen Fällen ist die Sachlage immer verwickelt. Auf jede Expertise kommt eine zweite, die das Gegenteil behauptet.« Harry rührte beiläufig in seiner Tasse. »Aber es gibt Görings Liste.«

»Göring? Du meinst Hermann Göring?«

»Genau den meine ich, den ehemaligen Reichsmarschall und Reichsforstmeister des Großdeutschen Reiches: Hermann Göring. Auch wenn sein richtiger Vorname seit der ersten Bombe auf Berlin bekanntlich Erwin lautet.

Natürlich stammt die Liste nicht von ihm persönlich, sondern von einem seiner Handlanger. Während des Krieges hat Göring seine Leute ja die eroberten und besetzten Gebiete durchkämmen lassen, um überall Kunstgegenstände für das Reich sicherzustellen. Für das Reich und für ihn selbst, heißt das. Auf diese Weise hat er halb Europa geplündert, oder es wenigstens versucht. Dabei ist hier und da auch einiges für den Privatmann Göring abgefallen. Manche Sachen hat er sogar ganz legal gekauft, allerdings zu extrem günstigen Preisen, versteht sich.«

»Was ist mit der Liste?«

»Es handelt sich um eine Inventarliste, genauer gesagt um den noch erhaltenen Teil davon. Auf ihr war offenbar penibel der Bestand eines bestimmten Depots erfaßt, den Görings Stab im Lauf der Jahre zusammengepreßt hat. Viel Freude haben sie nicht daran gehabt. Bei einem Bombenangriff ist es schwer getroffen worden, und als in den letzten Kriegsmonaten die Reste in Sicherheit gebracht werden sollten – eigentlich eine absurde Vorstellung damals: In Sicherheit –, ist der Konvoi von einer amerikanischen Einheit gestoppt worden. Dabei muß es hart her gegangen sein, auf beiden Seiten scheint es ein paar Endsieger gegeben zu haben. Jedenfalls ist bei dem Feuergefecht der Lastwagen mit allen noch verbliebenen Stücken in die Luft geflogen und völlig ausgebrannt. Es war nur ein unbedeutendes Depot gewesen, verglichen mit dem, was Göring sonst noch alles zusammengerafft hat. Bis vor kurzem wußte man auch nur, daß es existiert hatte, aber nicht, was alles darin verwahrt worden war. Alle Unterlagen galten als verbrannt oder sonstwie verschollen.«

»Bis auf die Liste.«

»Falsch, von der wußte anscheinend auch niemand etwas. Fünfundvierzig Jahre lang hatte sich niemand um das verlorene Depot gekümmert. Ohne Material geht das ja auch schlecht. Tja, und dann kam die Wende. Das hat alles geändert. Auf einmal gab es Zugang zu bisher verschlossenen Archiven, vor allem in Rußland. Und hier ist unsere Expertin fündig geworden. Mehr oder weniger durch Zufall ist sie auf ein Dokument gestoßen, mit dem außer ihr niemand etwas anfangen konnte. Es war eine Inventarliste, und aufgrund bestimmter Merkmale glaubt sie, das Papier als Kopie der verlorenen Original-Liste von Görings Schatztruhe identifizieren zu können. Sollte sie mit ihrer Meinung richtig liegen, dann gibt es nun immerhin einen Hinweis darauf, was in dem Depot enthalten gewesen sein muß.«

»Wieso nur einen Hinweis? Ich dachte, die Liste sei detailliert?«

»Schon, aber sie ist unvollständig. Die Liste muß mehrere Blätter umfaßt haben, von denen leider nur das erste vorliegt.«

»Aha, und auf diesem ersten Blatt ist nun die texanische Handschrift aufgeführt.«

»Das glaubt die Expertin, ja. Neben einigen Gemälden ist dort nämlich auch ein ›Konvolut mittelalterlicher Handschriften, 11 Stück‹ verzeichnet. Offenbar gefolgt von einer genauen Auflistung der einzelnen Bücher mit einer eingehenden Beschreibung.«

»Was heißt ›offenbar‹?«

»Wie gesagt, leider ist die Liste nur ein Fragment. Nur der erste Posten findet sich noch auf der Seite, und auch das nur zum Teil. Es geht um ein Stundenbuch, wie du dir wohl denken kannst, und die noch erhaltenen Angaben und die Beschreibung passen auf das texanische Exemplar. So genau passen sie, daß zumindest die Kunsthistorikerin überzeugt ist: Es muß sich dabei um dasselbe Buch handeln.«

»Hieb- und stichfest scheint die Sache aber nicht zu sein.«

»Na ja, sein ›Ex libris‹ hat Göring nicht hineingeklebt, wenn du das meinst.«

»Das wäre in der Tat ein unstrittiger Beweis. Wie soll überhaupt eine alte Handschrift aus Görings Besitz in eine amerikanische Privatbibliothek kommen? Klingt ein bißchen weit hergeholt, oder gibt es dafür eine plausible Erklärung?«

»Ja, die gibt es, und das macht die Geschichte pikant.« Harry stellte die Tasse ab und lehnte sich zurück. »Der Vater des jetzigen Besitzers war so etwas wie ein Kriegsheld, jüngster Captain der Army, Kommandeur einer Panzereinheit, massenhaft Auszeichnungen und so weiter, und so weiter. Seit der Landung in Sizilien war er dabei und hat sich Seite an Seite mit General Patton durch halb Europa gekämpft. Bei Koblenz ist er als einer der ersten über den Rhein gesetzt. Danach ging es immer weiter quer durchs Reich bis kurz vor Prag. Schneidiger Bursche halt.«

»Laß mich raten: Es war seine Einheit, die damals den Transport aufgehalten hat.«

»Richtig, nur daß es noch dramatischer war. Er hat die Sache sozusagen im Alleingang erledigt. Er war gerade mit seinem Jeep auf Patrouille, als sie unvermutet dem Lastwagen begegneten. Anscheinend wurde sofort geschossen. Das Gefecht muß mörderisch gewesen sein. Von den Deutschen hat niemand überlebt, auch bei den Amerikanern gab es starke Verluste. Die beiden MG-Schützen auf dem Jeep sind gefallen, und der Captain wurde selbst verwundet. Trotzdem hat er noch versucht, seinen schwerverletzten Fahrer ins

Lazarett zu bringen, aber der Mann ist unterwegs gestorben. Es gab also nur einen einzigen Überlebenden des Aufeinandertreffens. Eine Handvoll Tote, ein explodierter Lkw, ein paar verbrannte Kunstschätze – das war alles, und es scheint damals niemanden sonderlich interessiert zu haben. So etwas kommt vor im Krieg. Nicht mal einen Orden hat es dafür gegeben.«

»Den wird der Captain nicht allzu sehr vermißt haben, nehme ich an. Ein mittelalterliches Stundenbuch im Gepäck kann einen über manches hinwegtrösten.«

»Das glaube ich auch. Welcher Orden läßt sich schon für zweieinhalb Millionen versteigern, nicht wahr?«

»Mit der Handschrift dürfte das jetzt womöglich auch etwas schwierig werden. Vermutlich sind die in Texas nicht besonders glücklich über das Auftauchen der Liste und die Nachforschungen von lästigen Kunsthistorikern und Journalisten.«

»Bis jetzt ist es ja nur ein Verdacht, nicht mehr. Auch wenn es die Liste gibt und man eine mögliche Verbindung von Görings Depot zu der texanischen Bibliothek konstruieren kann – beweisen läßt sich damit noch nichts. Daß sie das Buch unter Verschluß halten, sieht natürlich nicht gut aus, ist aber clever. So bleibt vorerst eben nur der Verdacht, und den sollte man besser nicht öffentlich äußern, das könnte teuer werden. Allerdings haben die juristischen Drohungen die Kunsthistorikerin nicht davon abhalten können, weiter nachzubohren. Dabei ist sie auf ein paar interessante Details gestoßen, die das Bild abrunden. Zunächst einmal gibt es keinen Katalog der texanischen Sammlung. Ich meine, keinen, der wissenschaftlich aufbereitet und allgemein zugänglich ist. Das ist ungewöhnlich, Büchersammeln hat viel mit Eitelkeit zu tun, und normalerweise präsentieren reiche Sammler ihre Schätze stolz der Öffentlichkeit.«

»Aber nicht so unser Kriegsheld.«

»Eben. Entweder war er nicht eitel genug, oder er wollte nicht, daß man einige seiner Kostbarkeiten genauer unter die Lupe nimmt, weil ihre Herkunft etwas anrüchig ist.«

»Möglich, aber vielleicht lohnt sich ein Katalog einfach nicht, weil die Sammlung zu unbedeutend ist. Außer dem Stundenbuch natürlich.«

»Nein, das kann nicht der Grund gewesen sein. Man weiß zwar

nicht genau, was alles in der Sammlung enthalten ist, aber man weiß immerhin, was daraus verkauft worden ist. Für einen Katalog hätte das allemal gereicht. Vor etwa zwanzig Jahren ist der Captain gestorben, und die Bibliothek ging an seinen Sohn über, der anscheinend so etwas wie das schwarze Schaf der Familie ist. Du kennst das ja. Jedenfalls scheint er seinen aufwendigen Lebensstil mit Verkäufen aus der Sammlung zu finanzieren. Seitdem er geerbt hat, tauchen immer wieder Bücher aus der Bibliothek auf amerikanischen Auktionen auf. Einmal aufmerksam geworden, ist die Expertin diesen Verkäufen nachgegangen. Neben kleineren Sachen sind in den letzten zwanzig Jahren immerhin neun Handschriften unter den Hammer gekommen. Keine von ihnen hatte das Kaliber des Stundenbuchs, aber auch so ist eine ordentliche Summe dabei herausgesprungen.«

»Kann ich mir vorstellen. Der Verkauf von neun Handschriften sollte für das Nötigste zum Leben reichen.«

»Vermutlich. Im schlimmsten Fall gibt es freitags halt nur Fisch. Interessant bei diesen Verkäufen ist Folgendes: In der Regel bringen die Auktionskataloge ausführliche Beschreibungen der angebotenen Bücher, die natürlich auch Verweise auf deren Provenienz enthalten, die Namen der Vorbesitzer, Daten und Orte früherer Verkäufe und so weiter. Bei fünf von den versteigerten Posten kann man das auch alles ordentlich nachlesen.«

»Bleiben noch vier übrig. Ich verstehe.«

»Bei den restlichen vier fehlen nähere Angaben über die Provenienz. Das ist unüblich. Ein seriöses Auktionshaus würde die Finger davon lassen, aber vielleicht sind die Amerikaner in solchen Dingen etwas laxer. Als Herkunft der Bücher wurde einzig die texanische Sammlung selbst angegeben. Wie sie dort hineingekommen sind, weiß niemand, und die Käufer scheint es auch nicht interessiert zu haben.«

Harry gähnte herzhaft. »Man braucht wohl kein Experte zu sein, um jetzt auf eine bestimmte Vermutung zu kommen.«

»Nein. Als damals bei dem Gefecht der Lastwagen hochgegangen ist, ist gar nicht alles verbrannt. Der Captain hat noch einen Teil retten können, zumindest einige Handschriften, vielleicht sogar das ganze Konvolut.«

»Du sagst es. Der Mann war schließlich selbst Sammler, es muß ihm in der Seele weh getan haben, als er merkte, was da verbrannte.

Also hat er gehandelt und versucht zu retten, was noch zu retten war. An sich eine lobenswerte Tat, wie es sich für einen Offizier und Gentleman gehört.«

»Nur daß er später davon nichts erwähnt, sondern sämtliche Kunstschätze als verloren gemeldet hat.«

Harry nickte. »Niemand ist vollkommen. Ich nehme an, daß die Versuchung einfach zu groß war, als ihm klar geworden sein muß, daß es keinerlei Zeugen mehr gab. Also hat er die Handschriften kurzerhand mitgehen lassen. Wahrscheinlich hat er sich gesagt, daß Göring auch kein größeres Anrecht darauf hatte. So hat nur ein Dieb den anderen beklaut.«

»Wenn sich die Geschichte tatsächlich so abgespielt haben sollte, dann könnten also außer dem Stundenbuch noch sechs weitere Handschriften übrig geblieben sein. Ein ganz schöner Posten.«

»Nicht wahr? Der nicht gerade schäbige Rest einer hübschen, privaten Kriegsbeute. Sein Wert dürfte immer noch gut und gern im zweistelligen Millionenbereich liegen. Besser gesagt: Dort hätte er gelegen.«

»Wenn nicht eine fleißige Kunsthistorikerin bei ihren Recherchen auf eine gewisse Liste gestoßen wäre.«

»So ist es. Das hat die Situation natürlich verändert. Vor allem weiß ja niemand, was weitere Nachforschungen noch alles zu Tage fördern werden. Vielleicht existieren in den noch nicht gesichteten Archiv-Beständen Belege, die für mehr als nur einen bloßen Verdacht hinreichen und definitiv beweisen können, daß das Stundenbuch und die restlichen Handschriften tatsächlich aus Görings Depot stammen.«

»Mit anderen Worten: daß sie gestohlen wurden. Gestohlen von einem Kriegshelden, dem Stolz der Familie und patriotischen Vorbild der amerikanischen Jugend. Peinlich, peinlich. Außerdem könnte es dann für den jetzigen Besitzer noch ein unangenehmes juristisches Nachspiel geben, denke ich mir. Zumindest dürfte man ihm seine schönen, kostbaren Handschriften wegnehmen. Vielleicht müßte er sogar für die schon verkauften haften. Richtig wäre es.«

»Haften? Wo denkst du hin?« Harry breitete mit einer theatralischen Geste die Arme aus. »Mein lieber Max, ich wünschte wirklich, ich könnte auch derart naiv durchs Leben gehen. Es muß herrlich sein!«

»Vielen Dank, nur kein Neid!«

Er ließ die Arme wieder sinken und nickte. »Im Grunde hast du natürlich recht, irgendeine Art von Sanktion sollte man schon erwarten dürfen. Aber es ist leider mehr als unwahrscheinlich, daß es dazu kommt. Kannst du dich noch an die Geschichte mit dem Quedlinburger Domschatz erinnern? Sie liegt ein paar Jahre zurück.«

»Dunkel.«

»Ging mir zunächst auch so, aber Marion und Julia haben mir auf die Sprünge geholfen. Es gibt auffallende Parallelen zu unserem Fall. Kurz vor Kriegsende ist dieser Domschatz nämlich verschwunden. Aus einem Bergwerksstollen im Harz, wohin man ihn gebracht hatte, um ihn vor den Bombenangriffen zu schützen. Das hat auch funktioniert, denn zerbombt wurde der Schatz nicht – nur verloren ging er irgendwie. Erst Jahrzehnte später, lange nach dem Krieg, tauchte das kostbarste Stück, ebenfalls eine mittelalterliche Handschrift, das ›Samuhel-Evangeliar‹, wieder auf. Merkwürdigerweise befand er sich nun in amerikanischem Privatbesitz und stand zum Verkauf an. So weit die Ähnlichkeiten, jetzt zum entscheidenden Unterschied: Von einem bloßen Verdacht auf illegalen Besitz kann hier keine Rede mehr sein, im Gegenteil. Es steht zweifelsfrei fest, daß ein amerikanischer Leutnant damals den Schatz gestohlen hat. Seine Erben haben ihn nämlich über verschiedene Händler öffentlich zum Kauf angeboten, einfach so. Allein für das Evangeliar wollten sie fünfzehn Millionen Dollar.«

»Wenn schon, denn schon! Nennt man so etwas nicht Hehlerei?«

»Dachte ich auch immer, aber dieses unschöne Wort scheint in diesem Zusammenhang niemand in den Mund genommen zu haben, nicht offiziell zumindest. Auch sonst ist niemandem etwas passiert weder den sogenannten ›Besitzern‹ des Domschatzes, noch den Händlern. Der einwandfrei bewiesene Diebstahl hat keinerlei rechtliche Konsequenzen nach sich gezogen. Die Erben mußten den Schatz nicht einmal zurückgeben. – So viel zu deinem Optimismus!«

»Eigentlich unglaublich!« Allmählich fielen mir wieder Einzelheiten der Affäre ein. »Aber am Ende ist das ›Samuhel-Evangeliar‹ doch wieder nach Quedlinburg zurückgebracht worden, oder?«

»Ja, allerdings erst, nachdem eine staatlich finanzierte deutsche

Stiftung ihn gekauft hat. Drei Millionen Dollar durften wir Steuerzahler dafür hinblättern.«

»Nun, gemessen an den ursprünglichen Preisvorstellungen könnte man da beinahe von einem Schnäppchen reden.«

»Stimmt, und es würde mich nicht wundern, wenn sich unser Botschafter dafür auch noch artig bei den generösen Erben bedankt haben sollte. Besser, man denkt gar nicht darüber nach.«

Harry zuckte mit den Achseln. »Aber wie dieser Fall zeigt, hat unser texanischer Erbe juristisch nicht allzuviel zu befürchten, selbst wenn sich beweisen ließe, daß sein Vater damals das Stundenbuch und die anderen Handschriften gestohlen haben sollte. Ein kleiner Skandal, ein bißchen Gerede, und damit hat sich die Sache. Niemand wird ihn deshalb gleich aus dem Country-Club werfen. Nein, etwas anderes dürfte ihm viel mehr Sorgen bereiten.«

»Die Aussicht, für seine Bücher demnächst vielleicht nur noch ein Fünftel des Wertes zu bekommen!«

»Genau, die Gefahr besteht nämlich. Schon der bloße Verdacht schlägt empfindlich auf die Preise. Und wer weiß, was die Historiker noch alles an Material ausgraben. Dann geht es nicht mehr nur um das Stundenbuch allein, sondern um das restliche Konvolut, das bisher noch unbelastet ist. Bei den Summen, um die es sich dreht, kommt da schnell ein riesiger Verlust zusammen.«

»Das kann man wohl sagen, es geht um Millionen.«

»Eben. Was macht der gute Mann also?« Harry stützte seine Ellbogen auf die Sessellehnen, legte die Hände flach zusammen und berührte mit den Fingerkuppen seine Nasenspitze. »Ich meine, was würdest du an seiner Stelle machen?«

»Sofort alles verkaufen, bevor am Ende noch die komplette Liste auftaucht und die Preise völlig verdirbt.«

»Guter Einfall!«

»Diskret natürlich, ohne öffentliches Aufsehen.«

Harry nickte.

»Über einen Experten auf diesem Gebiet. Jemanden der sich auskennt am grauen Markt.«

Harry nickte weiter. »Treffer!«

»Jemanden wie den ›Dicken‹ zum Beispiel.«

»Versenkt!«

»Und wenn ich dich richtig verstanden habe, wirst du mir gleich auch noch erzählen, daß es genau diese Handschriften sind, die Jupp angeblich an den Mann zu bringen versucht.«

»Angeblich oder nicht, Marion und Julia sind jedenfalls dieser Meinung. Und die Kanzler offensichtlich auch.«

Da hatte er nicht ganz unrecht. Ich tastete nach der Beule an meinem Hinterkopf. Was immer sie in Jupps Gepäck vermuteten, teuer war es bestimmt. Trotzdem hatte die Geschichte etwas Absurdes. »Wie kommen die Mädels gerade auf Jupp? Ich meine, die Verbindung – die mögliche Verbindung – des Texaners zum ›Dicken‹ mag ja noch einigermaßen plausibel sein, auch wenn sie weit hergeholt ist, sehr weit sogar. Aber wie paßt Jupp da hinein?«

»Nach dem, was ich gehört habe, war es eher umgekehrt. Der ›Dicke‹ scheint erst von Jupp ins Spiel gebracht worden zu sein.«

»Tatsächlich.«

»Ja. Wie ich bereits erwähnte, gilt der Erbe als schwarzes Schaf der Familie. Will sagen, er verdient kein Geld, sondern wirft es mit beiden Händen zum Fenster hinaus. Zu diesem gehobenen Lebensstil gehört natürlich auch eine Yacht irgendwo in Florida, auf der anscheinend ebenso rauschende wie berüchtigte Partys gefeiert werden.« Harry beugte sich etwas vor. »Partys, bei denen man unwillkürlich nach Kölnern unter den Stammgästen suchen würde.«

»Aha, es dämmert langsam.«

»Wurde auch Zeit. Solltest du jetzt an einen bestimmten Kölner denken, dann liegst du richtig.«

»Jupp!«

Harry nickte. »Wie es der Zufall will, ist Jupp mit dem Erben befreundet. Wenn man es so nennen will. Zumindest betrinken sie sich seit Jahren regelmäßig gemeinsam. Mal auf der einen, mal auf der anderen Yacht. Muß deprimierend sein.«

»Ein richtiges Hundeleben«, stimmte ich zu, war aber nicht ganz bei der Sache. Ich starrte Harry an. »Wenn die beiden sich kennen, paßt tatsächlich alles zusammen. Der Amerikaner wendet sich mit seinem kleinen Problem an Jupp, und der ist seinem alten Kumpel behilflich. Er kümmert sich um den Verkauf der Ware. Die nötigen Kontakte hat er ja noch von früher. Zum Beispiel den ›Dicken‹. Es ist wirklich kaum zu glauben, aber es paßt!«

»Finde ich auch. Dazu kommt noch etwas. Vor ungefähr einer Woche ist Jupp in Hamburg beim ›Dicken‹ aufgetaucht, und seitdem heißt es in der Szene, daß Handschriften im Angebot sind. Sicher, das könnte auch ein rein zufälliges Zusammentreffen zweier Ereignisse sein, die nichts miteinander zu tun haben. Aber Marion und Julia sind hellhörig geworden und haben Erkundigungen über Jupp eingezogen. Als sie dabei auf Jupps amerikanischen Freund gestoßen sind, haben sie sich natürlich an die Göring-Geschichte ihrer Kommilitonin erinnert und brauchten nur noch zwei und zwei zusammenzuzählen.«

»Also glauben sie jetzt, daß Jupp mit den Resten aus Görings Beute unterwegs ist. Und es könnte sogar stimmen, so merkwürdig es klingt. Göring und Jupp. Nicht zu fassen!«

Harry nickte bedeutend und sah unbestimmt über meinen Kopf hinweg. »Nun, wie der Lateiner so treffend sagt: ›Habent sua fata libelli‹.« Er ließ einen Augenblick gewichtiger Stille folgen, dann beugte er sich leicht zu mir und übersetzte für das einfache Volk. »›Bücher haben ihre Schicksale‹.«

Ich hielt ihm meine leere Tasse hin. »Manche sollen ja die klassische Übertragung des großen Goethe vorziehen: ›Auch Bücher haben ihr Erlebtes‹.«

»Angeber!«

»Goethe?«

»Der auch!«

Trotzdem schenkte er mir Kaffe nach. Den angebotenen Cognac lehnte ich dankend ab. »Um auf Marion und Julia zurückzukommen, Harry: Die beiden haben sich also in Hamburg an Jupps Fersen gehängt und sind ihm nach Köln gefolgt.«

»So ungefähr. Bis jetzt sind sie noch gar nicht richtig an ihn herangekommen. Sie hatten zwar bereits unter einem Vorwand einen Interview-Termin mit ihm vereinbart, aber als sie in sein Hotel kamen, war er schon abgereist. Ohne einen Zielort anzugeben. Also war klar –«

»Daß er den Braten gerochen haben muß. Auf den Kopf gefallen ist er ja nicht.« Mir fiel ein, daß Jupp gegenüber Martine etwas von lästigen Frauen erwähnt hatte. Damit mußten Marion und Julia gemeint gewesen sein.

»Ja, das geplante Treffen war ein Trick, er hat sie damit nur hingehalten, um in aller Ruhe zu verschwinden. Ein paar Journalisten als Zeugen sind wohl das letzte, was er bei seinem Geschäft gebrauchen kann.«

»Mit anderen Worten, sie haben Jupp verloren. Wie sind sie denn auf Köln gekommen? Nur auf den Verdacht hin, daß er sich bestimmt den Rosenmontagszug ansehen will?«

»Wäre doch keine schlechte Kombination! Aber es gibt noch einen besseren Grund: Sie haben unter der Hand gehört, daß die Handschriften angeblich nach Köln gehen sollen. Was gut möglich ist, es gibt hier ein paar Sammler von entsprechendem Kaliber. Und da sie sowieso hier zu tun haben wegen ihrer Auftragsgeschichte über den Karneval, sind sie auch nach Köln gefahren. Vom ›Geiger‹ wußten sie durch Jupps Vorgeschichte, und das war auch schon ihr einziger Anhaltspunkt. Also haben sie sich in eine Verkleidung geworfen und sind gewissermaßen undercover zum ›Geiger‹, in der Hoffnung, daß Jupp dort auftauchen würde.«

»Aber Jupp ist nicht gekommen.«

»Deshalb sind die beiden auch ein wenig frustriert. Solange sie Jupp nicht aufstöbern, stehen ihre Chancen auf eine Titel-Story alles andere als gut. Noch besser wäre es, wenn sie herausfänden, wer der Abnehmer ist, und sie die Übergabe der Bücher dokumentieren könnten.«

»Danach sieht es zur Zeit aber nicht aus.« Was ich nicht gerade bedauerte, auf ein Foto in der Zeitung konnte ich verzichten. Oder auf die fett gedruckte Bild-Unterschrift »Nazi-Beute kurz vor der Übergabe!«. Vor allem auf den dicken schwarzen Pfeil, der auf den Mann mit der Tasche hinwies. Für besonders fotogen habe ich mich noch nie gehalten.

»Nein, sie gehen im Moment ein bißchen unprofessionell an die Sache heran, fürchte ich, aber die beiden sind schließlich noch neu in ihrem Job.«

Ich nickte. Sonst hätten sie auch gewußt, mit wem der kleine Karl-Josef Erckens kurz nach dem Krieg die Schulbank gedrückt hatte. Eine Erinnerung war plötzlich aufgetaucht, an einen Abend im »Geiger«, der schon Jahre zurücklag.

Jupp hatte an der Theke gesessen und sich über einen Artikel im

Stadt-Anzeiger amüsiert. Ein stadtbekannter, schwerreicher Kunstmäzen hatte dem Wallraf-Richartz-Museum wieder einmal einen alten Meister aus seiner Sammlung gestiftet und wurde nun angemessen dafür beweihräuchert. Mit einem breiten Grinsen erzählte Jupp, daß dieser Ehrenbürger-Kandidat seinerzeit bei den üblichen Raufereien auf dem Schulhof ein nicht zu unterschätzender Gegner gewesen wäre, der immer ein paar besonders gemeine Tricks auf Lager gehabt hätte.

Vermutlich war für einen Bankierssohn dieses spezielle Talent nicht ganz so wichtig wie für Jupp, denn ihre Karrieren hatten später unterschiedliche Richtungen eingeschlagen. Ob die beiden heute noch Kontakt miteinander hatten, wußte ich nicht, aber es wäre bestimmt ein leichtes für Jupp, ihn wieder aufzufrischen. Und das hatte er getan, da war ich mir sicher. Es gab einen guten Anlaß dafür.

Sollte Jupp wirklich nach einem Käufer gesucht haben, mußte sein alter Schulkamerad die erste Adresse gewesen sein. Vielleicht war es von Anfang so geplant gewesen, und er war überhaupt nur in die Sache eingestiegen, weil er schon einen sicheren Abnehmer kannte. Ein halbes Dutzend alter Handschriften zu einem guten Preis, diese Gelegenheit würde sich kein Sammler entgehen lassen, Ehrenbürger hin oder her. Außerdem läßt sich über gewisse Geschäfte besser verhandeln, wenn man miteinander per du ist und hinterher noch bei einem Kölsch über gemeinsame Schultage plaudern kann. Nicht nur in Köln, aber hier gibt es eigens einen Begriff dafür.

Jetzt verstand ich auch, warum Jupp meine Hilfe gebraucht hatte. Wahrscheinlich war er sich nicht sicher gewesen, die lästigen Reporterinnen wirklich abgeschüttelt zu haben, und hatte sie nicht auf die Spur zu seinem Schulfreund bringen wollen. Deshalb die umständliche, aber sichere und anonyme Prozedur mit dem Schließfach. Deshalb der Botenjunge. Jupp hatte jeden persönlichen Kontakt zum Käufer vermeiden wollen. Für den wäre ein bloßes Gerücht schon Skandal genug.

Es hatte funktioniert, wenigstens zum Teil. Marion und Julia hatten ihn verloren und wußten nicht, wer der Käufer sein sollte. So weit war alles in Ordnung, trotzdem mußte irgend etwas schief gelaufen sein. Nicht nur, daß Jupp sich nicht meldete, um den Schlüssel abzuholen. Statt dessen tauchten auf einmal die Kanzler auf und suchten nach ihm.

»Zum Glück sind sie nicht die einzigen Amateure in diesem Spiel. Die Kanzler scheinen auch nicht zu wissen, wo Jupp steckt. Ich hoffe es jedenfalls.«

Harry nickte. »Das wäre ihm auch wirklich zu wünschen! Jupp dürfte auf ein Treffen mit ihnen wenig Wert legen, nehme ich an. Wenn sie schon bei dir gleich zuschlagen, werden sie sich bei ihm auch nicht wie beim Debütantenball aufführen.« Sein rechter Zeigefinger strich langsam über den Nasenrücken. »Ich sehe nur nicht, warum! Wenn die Kanzler für den ›Dicken‹ arbeiten, und der mit Jupp zusammen ein Geschäft durchzieht – warum sind dann auf einmal die beiden Schläger hinter Jupp her? Sie müßten doch eher zusammenarbeiten!«

»Vielleicht hat Jupp sich selbständig gemacht. Es geht immerhin um viel Geld.«

»Eben, da liegt ja das Problem! Jupp muß doch genau wissen, mit wem er es da zu tun hat. Wie ich Marion und Julia verstanden habe, ist der ›Dicke‹ niemand, den man bei einem Geschäft ausbooten sollte, bei dem es um viel Geld geht. Nicht, wenn man an seiner Gesundheit hängt.«

»Scharlie hat auch schon so etwas gesagt.« Ich räusperte mich. »Aber das ist wohl der Grund. Jupp hängt nicht an seiner Gesundheit.«

Harry sah mich verblüfft an. Er hatte gemerkt, daß ich es ernst meinte, und für einen Moment schien er nicht zu wissen, was er sagen sollte. Das kommt selten vor.

»Wovon redest du da, zum Teufel?«

»Daß Jupp nicht mehr viel Zeit hat. Er ist todkrank.« Ich erzählte von dem Tumor. »Deshalb macht er sich auch bestimmt keine großen Sorgen wegen des ›Dicken‹. Viel passieren kann ihm ja nicht mehr.«

»Da hast du wohl recht.« Harry nickte knapp. »Armer Kerl.«

Ein paar Minuten blieb es ruhig bis auf das gelegentliche Knistern des Feuers. Wir starrten beide in die Flammen und hingen unseren Gedanken nach. Sehr erbaulich waren sie nicht. Niemand kommt hier lebend heraus.

Harry räusperte sich. »Schon eine hinterhältige Sache, so ein Tumor.« Er hatte leise gesprochen, zögerlich und mich nicht angesehen.

»Ich meine, du fühlst dich kerngesund und merkst gar nicht, daß du schon längst dabei bist, vor dich hin zu sterben.«

Etwas in seiner Stimme störte mich. Ich sah ihn scharf an. »Sag mal, Harry, mit dir ist doch alles in Ordnung, oder? Du bist nicht etwa auch krank?«

»Natürlich nicht, ich erfreue mich bester Gesundheit! Schließlich praktiziere ich nicht umsonst täglich meine Übungen zur Stärkung der Ki-Kraft.« Er klang beinahe beleidigt. »Nein – um mich brauchst du dir keine Sorgen zu machen, mir geht es gut.«

Die merkliche Betonung auf dem »mir« gefiel mir nicht. »Willst du mir jetzt irgend etwas damit sagen?«

»Na ja, ich mußte gerade an Scharlie denken.«

»An Scharlie? Was ist denn mit ihm?«

»Du hast es also wirklich nicht gewußt?« fragte er und nickte bedächtig. »Das dachte ich mir. Nun: Scharlie leidet an schwerem Haarausfall! Schon seit langem.«

»Idiot!«

Geschickt wich er einem Kissen aus und hielt abwehrend die Hand vor sein Gesicht. »Ich – he, du wirst doch nicht etwa mit der Katze werfen!«

Ich hatte die unwillige Diva hochgehoben und setzte sie neben mich auf das Polster. Dann stand ich auf. »Nein, keine Angst, ich will nur telefonieren.«

Da hatte ich also ein halbes Dutzend alter Handschriften im Wert von mehreren Millionen zum Bahnhof getragen. Es war kaum zu glauben. Auf Bücher wäre ich bei Jupps »Geschäft« nie gekommen. Und deshalb die ganze Aufregung. Ich hatte mich schon mit einem Bein im Gefängnis gesehen, aufgeflogen als Drogenkurier oder noch Schlimmeres. Dabei war alles nur falscher Alarm, und es ging vermutlich gerade mal um so etwas wie ein Zollvergehen. Natürlich war ich erleichtert; aber daß Jupp mich nicht eingeweiht hatte, nahm ich ihm übel. Außerdem hätte ich gern einen Blick auf die Bücher geworfen.

Und es gab noch etwas, das mich störte.

Der Apparat stand im Flur. Genau wie ich hatte Harry bisher der allgemeinen Handy-Manie widerstanden. Unter Martines Nummer meldete sich nur ihr Anrufbeantworter, sie selbst mußte immer noch in der Eifel sein. Ich hinterließ ihr die dringende Bitte auf Band, mich sofort anzurufen. Einen Moment hielt ich den Hörer noch in der Hand und tastete mit der anderen an meiner Beule herum. Die Wirkung des Aspirins hatte längst nachgelassen.

Offensichtlich verlief Jupps Geschäft nicht ganz so glatt und diskret, wie er es geplant hatte. Wegen Marion und Julia machte ich mir keine großen Gedanken. Sicher, früher oder später würden sie auf Martine stoßen, auf ihre alte Verbindung zu Jupp und ihre jetzige Tätigkeit als Kunsthändlerin. Welche Schlußfolgerung sie daraus ziehen mußten, lag auf der Hand, auch wenn sie falsch war: Martine hatte mit der Sache zu tun. Ein Ergebnis, zu dem der »Dicke« schon längst gekommen war. Weshalb sonst sollte er bei ihr angerufen haben? Das machte mir viel mehr Sorgen, denn jetzt waren seine beiden Schläger unterwegs. Und die würden sich nicht mit einem Interview begnügen, wenn ihnen die Antworten nicht gefielen.

Ich legte langsam den Hörer auf und ging zurück in die Bibliothek. Martines Antworten würden ihnen nicht gefallen. Gut, daß sie weit weg in der Eifel war. Je mehr Distanz zwischen ihr und den Kanzlern lag, desto besser.

Harry lag malerisch in seine Sessel hindrapiert und war eingeschlafen. Auf seinem Bauch hatte sich Diva zusammengerollt und öffnete nun ein Auge, um mich mißtrauisch anzusehen. Die Botschaft war eindeutig. Also ließ ich den beiden ihre Ruhe. Den Schlaf schienen sie wirklich nötig zu haben.

Ich schrieb Harry eine kurze Notiz, daß ich ihn nicht hatte wecken wollen, und klemmte sie gut sichtbar unter seine Kaffeetasse. Dann machte ich mich auf den Heimweg nach Köln. Vielleicht war Jupp ja inzwischen wieder aufgetaucht.

SECHS

Zum »Geiger« gehörte ein kleiner Hof hinter dem Haus, angeblich gedacht als Parkplatz für die Belegschaft und entsprechend teuer in der Miete. Die Einstellflächen waren paßgenau geschnitten, und ihren Maßen lag offenbar die Vorstellung zugrunde, daß man gefälligst mit dem Schuhlöffel einzuparken hat. Mit einiger Mühe quetschte ich den VW zwischen Lisas Vespa, die sie bei nahezu jedem Wetter fuhr, und Scharlies makellos gepflegten 57er Opel Kapitän. Sogar aussteigen konnte ich, ohne einen Kratzer in dem weinroten Lack zu hinterlassen. Den hätte Scharlie mir nie verziehen.

Es war Samstag abend, und trotz des schlechten Wetters bevölkerten die Jecken die Straße. Allein, zu zweien oder in kleinen Gruppen, alle waren sie auf dem Weg zu irgendwelchen Feten. Ganz Köln schien zu feiern.

Vor dem Eingang zum »Geiger« geriet ich mitten in eine Gruppe fröhlicher Asiaten in Geschäftsanzügen. Japaner wahrscheinlich, die von Düsseldorf herübergekommen waren, um beim Karneval dabei zu sein. Erstaunlicherweise wirkten sie durch Pappnasen und Matrosenhütchen kaum verändert. Einer von ihnen hantierte mit der unvermeidlichen Videokamera herum und dirigierte mit der freien Hand die Aufstellung der anderen. Als sie endlich richtig postiert waren, mit den Domspitzen im Hintergrund, gab der Kameramann ein Kommando, und sie legten los mit einer flotten A-cappella-Version von »Dlink doch eeine mit!«, die sich wirklich hören lassen konnte. In jeder Karaoke-Bar in Tokio wären sie die Stars beim Kölschen Abend.

Ein paar einheimische Jecken waren stehengeblieben und applaudierten begeistert. Den Anfang der Zugabe – »Ich bin ene Läubel, dulch un dulch …« – bekam ich noch mit, während ich die Stufen zum Eingang hinunterging und mich fragte, ob die Japaner nicht doch eher aus China stammten.

Als ich die Tür aufzog, wogte mir eine entspannte Mischung aus Musik, Lachen und lautem Geplauder entgegen, die jedem Werbespot für Kölsch den letzten Schliff gegeben hätte. Wegen des Umsatzes brauchte ich mir keine Sorgen zu machen. Der »Geiger« war gut besucht, ohne daß sich die Leute schon auf den Füßen standen. Der Abend hatte ja gerade erst angefangen.

An einem Tisch weiter hinten entdeckte ich ein paar Samurai, die zu mir herüberriefen. Ich winkte zurück, ging aber nicht zu ihnen, sondern trat hinter die Theke. An der Musikanlage stand eine gut aufgelegte Lisa und suchte nach einer bestimmten CD. Sie schaute kurz hoch und begrüßte mich mit einem strahlenden Lächeln von der Art, die man später im Leben einfach nicht mehr so hinkriegt. Scharlie konnte ich nirgendwo entdecken.

»Im Keller!« rief mir Lisa auf meine Frage zu. »Irgend etwas stimmt nicht mit der Anlage.« Probehalber zog sie an einem Zapfhahn und ließ ihn wieder los, als Bier herausfloß. »Scheint aber wieder in Ordnung zu sein.« Sie nahm ein leeres Tablett und machte die Runde zu den Tischen.

Ich füllte Wasser und Pulver in die Maschine und brühte mir einen Espresso auf. Tasse und Untertasse in den Händen haltend lehnte ich mich gegen die Registrierkasse, trank den starken, schwarzen Kaffee in kleinen Schlucken und sah mir dabei das Treiben jenseits der Theke an.

Mit der größten Selbstverständlichkeit standen dort Vampire, Thekenluder und als Hippies verkleidete Althippies nebeneinander und kamen über das miese Wetter auf die Lokalpolitik zu sprechen, um dann beim 1. FC und einem tröstenden Kölsch zu landen. Nach einiger Zeit fiel es mir auf.

Es gab einen Unterschied zu Donnerstag: Obwohl fast alle Leute kostümiert waren, gingen sie so lässig damit um, daß kaum jemand verkleidet wirkte. Wir steckten mitten in der fünften Jahreszeit, und drei Tage permanenten Rummels hatten den Ausnahmezustand zur Routine werden lassen. Bis Aschermittwoch galten andere Regeln.

»Beinahe hätten wir hier auf dem trockenen gesessen! Und das an Karneval!« Scharlies Stimme riß mich aus meinen Gedanken. Aus dem Keller wieder zurück, wusch er sich die Hände im Spülbecken. »Gute Idee!« Mit dem Kinn zeigte er auf meine Tasse. »Ich könnte auch einen vertragen.«

Ich machte zwei neue Espresso und reichte ihm eine Tasse. »Jupp hat sich wohl noch nicht gemeldet, oder?«

»Nein, hat er nicht.« Die Antwort war knapp und klang nicht gerade freundlich.

»Was ist los? Stimmt etwas nicht?«

»Könnte man sagen, ja. Wir hatten vorhin Besuch.«

»Besuch?« Ich setzte die Tasse ab.

»Die beiden Hamburger waren wieder da. Es hat ein bißchen Ärger gegeben.« Er schluckte den letzten Rest Kaffee hinunter und senkte die Stimme. »Wir gehen besser nach hinten. Die Gäste müssen das nicht unbedingt mithören.«

Hinter der Theke lag ein winziges Büro, in dem ich normalerweise die Buchführung erledige. Der fensterlose Raum bot gerade genug Platz für zwei Regale, vollgestopft mit Ordnern und Geschäftspapieren, einen alten Schreibtisch aus Holz und einen kleinen Safe für die Tageseinnahmen. Scharlie schloß die Tür und lehnte sich mit dem Rücken dagegen.

»Also, was ist passiert?« Ich setzte mich auf den Drehstuhl.

»Es sollte wohl so ähnlich ablaufen wie bei dir gestern abend. Sie müssen draußen auf dem Hof auf mich gewartet haben. Wo Jupp wäre, wollten sie wissen. Und diesmal würden sie sich nicht länger hinhalten lassen, ich sollte endlich den Mund aufmachen.« Scharlie schüttelte den Kopf. »Die spinnen, die beiden! – Es war wie in einem schlechten Film. Ich hab ihnen gesagt, was sie mich mal könnten. Das kam nicht so gut an, ein Wort gab das andere, und dann ist auf einmal Lisa dazwischengegangen.«

»Lisa?«

»Tja, ungefähr so hat einer von ihnen auch reagiert, und ich schätze, das tut ihm jetzt noch leid. In der nächsten Zeit wird er wohl ein enthaltsames Leben führen.« Scharlie grinste zufrieden. »Natürlich fanden die beiden das nicht besonders lustig, aber bevor sie richtig böse werden konnten, sind drei von den Samurai auf der Bildfläche erschienen, genau zum richtigen Zeitpunkt. Sie waren unterwegs zum ›Geiger‹ und haben durch die offene Toreinfahrt zufällig mitbekommen, was im Hof ablief. Ihr überraschendes Auftauchen hat unsere Freunde doch merklich gehemmt, und als Lisa dann noch gerufen hat, jemand solle die Hunde holen, sind sie Leine gezogen.«

»Welche Hunde denn?«

»Dobermänner, Pitbulls, tollwütige Möpse – was weiß ich?

Hauptsache, die Typen haben es geschluckt! Wahrscheinlich halten sie zu Hause selbst solche Biester, als Arbeitsmittel sozusagen, und finden es ganz normal, sie auf Leute zu hetzen.«

»Bestimmt. War ein guter Einfall von Lisa!« Ich lehnte mich zurück. Daß Lara Croft bei uns als Kellnerin jobbte, gefiel mir.

Scharlie schien allerdings wirklich sauer über den Vorfall zu sein. Er kniff die Augen zusammen und stieß mit dem Zeigefinger Löcher in die Luft. »Die haben doch tatsächlich damit gedroht, meinen Kapitän zu demolieren! Das muß man sich mal vorstellen!«

»Nein! Wie furchtbar!« Da konnte ich mit einer ordinären Beule, noch dazu lediglich an meinem Kopf, natürlich nicht mithalten.

Er zog die Schultern hoch. »Na, ist doch wahr!« Etwas peinlich schien es ihm aber doch zu sein. »Sag mal, was macht eigentlich dein Kopf?«

»Halb so wild, solange ich nirgendwo anstoße. Gegen die Kopfschmerzen reichen ein paar Aspirin. Ist ja nicht mal ein Lackschaden.«

»Schon gut, schon gut.« Scharlie hob abwehrend seine Hände. »Trotzdem, Max – so geht das nicht! Ich habe eben mit Hamburg telefoniert. Wenn der ›Dicke‹ etwas mit Jupp zu klären hat, soll er das tun, aber uns gefälligst aus dem Spiel lassen und dafür sorgen, daß seine Leute nicht hier herumlaufen und den wilden Mann markieren!«

»Du hast mit dem ›Dicken‹ gesprochen?« fragte ich langsam. Scharlies Kontakte fingen an, mir etwas unheimlich zu werden. »Einfach so?«

»Natürlich! – Wo kommen wir denn hin, wenn man so etwas durchgehen läßt?«

»Und?«

»Er wollte auch wissen, ob ich eine Ahnung hätte, wo Jupp stecken könnte.«

»Sonst hat er nichts gesagt?«

»Nicht viel. Nur, daß er angeblich mit den Kanzlern nichts zu tun hat. Aber das kaufe ich ihm nicht ab.«

»Ich auch nicht.« Ich erzählte ihm, was ich von Harry über Jupps Abstecher in die Kunstbranche erfahren hatte. Sein Gesichtsausdruck wurde immer ernster, und als ich mit meiner Geschichte fertig war, pfiff er leise durch die Zähne.

»Meine Herren! So ist das also: ein richtiger Nazi-Schatz. – Kein Wunder, daß der ›Dicke‹ seine Jungs hinter Jupp herschickt. Wenn es um so viel Geld geht, läßt er sich nicht einfach mal eben kalt stellen. Der nicht. Daß Jupp sich ausgerechnet mit ihm anlegen muß ...«

Er ließ den Satz unvollendet und stolperte plötzlich einen Schritt nach vorne. Hinter ihm war schwungvoll die Tür geöffnet worden, und Lisa steckte ihren Kopf zu uns herein.

»Sorry, aber du wirst hier gebraucht, Scharlie! Jemand hat drei Tanten bestellt.« Der Kopf verschwand so schnell, wie er aufgetaucht war.

»Ja, ja, ich komme gleich.« Scharlie nickte flüchtig in die Richtung der nun wieder geschlossenen Tür und streckte vorsichtig sein Kreuz. Dann beugte er sich vor und stützte sich mit beiden Händen auf die Schreibtischplatte. Seine Augen unter der gerunzelten Stirn wirkten besorgt.

»Irgendwie paßt es zu ihm, auf seine alten Tage noch mal aufs Ganze zu gehen. Jupp war ja nie der Vollkasko-Typ. Aber daß er andere da mit hineinziehen muß, ist weniger schön. Und es sieht ja wohl so aus, als würden wir mit drinhängen, ob wir wollen oder nicht.«

»Solange wir den ›Dicken‹ nicht vom Gegenteil überzeugen können, ja.«

»Eben, und ich habe keinen Schimmer, wie wir das anstellen sollten! Unser Ehrenwort dürfte kaum reichen, fürchte ich. Wenn Jupp sich nicht bald wieder sehen läßt, kann es noch ungemütlich für uns werden. Diese beiden Kanzler haben ja gerade erst angefangen!« Er richtete sich auf und strich mit der Hand über seine Glatze. »Ich habe ein dummes Gefühl bei der Sache, Max. Ein ganz dummes Gefühl!«

Das hatte ich inzwischen auch. Scharlie ging zur Tür und verließ das Büro. Ich sah ihm nach, dann drehte ich mich um und öffnete den Safe. Die Schachtel mit meinen Reserveschlüsseln lag im untersten Fach. Sie waren alle noch da, auch der für das Schließfach am Bahnhof. Ich stellte sie zurück und verschloß den Safe wieder. Langsam stand ich auf. Davon hatte ich Scharlie noch gar nichts erzählt. Er regte sich auch so schon genug auf.

An der Bar versorgte mich Lisa mit Aspirin, und ich machte mich an die Arbeit. Es gab reichlich zu tun, die Jecken waren durstig. Eigentlich hatte ich vorgehabt, früh ins Bett zu gehen, aber Scharlies Tanten entfalteten nach und nach eine angenehm schmerzlindernde Wirkung, die mir genug Kraft gab, um den Abend durchzustehen. Auch konnte mein Verkleidungsdefizit durch ein liegengebliebenes Häschen-Kostüm wirksam gemildert werden. Die Ohren standen mir ausgezeichnet, wie ich des öfteren zu hören bekam. Natürlich drehte ich niemandem den Rücken zu.

Gegen vier Uhr trat ich zu Fuß den Heimweg an, und daß sich weder Jupp noch Carla im »Geiger« hatten blicken lassen, war mir da schon beinahe egal.

Der Mittag war schon lange vorbei, als ich am nächsten Tag aufwachte. Wieder mal zu spät für die Sonntags-Messe. Halb mechanisch setzte ich einen Kaffee auf und schlich ins Badezimmer. Der Spiegel über dem Waschbecken war viel zu grell ausgeleuchtet, trotzdem schaute ich hinein. Bald würde ich keine Verkleidung mehr brauchen. Was mir da entgegenstarrte, sah so schon fremdartig genug aus. Wenigstens war die Schwellung etwas zurückgegangen.

Mit der zweiten Tasse ging ich zum Telefon und wählte Martines Nummer, mittlerweile mußte sie wieder zu Hause sein. Diesmal hatte ich Glück. Nach dem vierten oder fünften Klingeln wurde der Hörer abgehoben. Eine winzige Pause trat ein, dann sagte eine Stimme: »Hallo?«

Unwillkürlich drückte ich die Gabel herunter. Dabei schwappte etwas Kaffee über das Telefon. Ich achtete nicht weiter darauf. Die Stimme hatte ruhig geklungen, abwartend, es war nichts Besonderes an ihr, überhaupt nicht. Nur gehörte sie nicht dorthin. Sie gehörte nicht Martine. Es war ein Mann, der gesprochen hatte.

Langsam und vorsichtig legte ich den Hörer auf. Meine Hand zitterte kaum. Ich richtete mich gerade auf und atmete ruhig und tief durch. Nach ein paar Zügen löste sich die Verkrampfung in meinem Magen wieder. Die Besorgnis blieb. Die Besorgnis, daß auch die Kanzler nur auf Martines Rückkehr gewartet hatten. Und daß sie schneller gewesen waren als ich.

Mit einem Schlag war ich hellwach. In Rekordzeit war ich angezogen und rannte die Treppen hinunter. Mein Wagen parkte immer noch hinter dem »Geiger«. Die Strecke dorthin schaffte ich in acht Minuten. Um nach Marienburg zu kommen, brauchte ich wesentlich länger. Wegen der Schull- und Veedelszöch hatte man mehrere Straßen für den Verkehr gesperrt. Zigtausende standen mit ihren dick eingepackten Kindern an den Zugwegen. Nur weil es ein bißchen regnete, blieben richtige Jecken nicht zu Hause.

Vorsichtig umrundete ich auf dem Barbarossa-Platz eine Gruppe Vermummter, die mitten auf der Straße ging, anscheinend ein versprengtes Überbleibsel des Geisterzuges von Samstag abend. Sie trugen weiße Umhänge, auf denen Skelette aufgemalt waren, und unter ihren Kapuzen sahen Totenmasken hervor. Einige von ihnen hatten große Sensen geschultert. Ohne sich um den Verkehr zu kümmern, trotteten sie dahin, als hätten sie ein bestimmtes Ziel.

Unterwegs war der Schneeregen immer dichter geworden und klatschte in dicken Flocken gegen die Windschutzscheibe. Die Wischerblätter kamen kaum nach. Auf der Bonner Straße wurde die Sicht so schlecht, daß ich das Tempo stark drosseln mußte. Aber das spielte mittlerweile keine große Rolle mehr, ich würde nicht zu spät kommen. Nicht deshalb.

Die fremde Stimme am Telefon ging mir nicht mehr aus dem Kopf. Sie paßte einfach nicht zu einem der Kanzler. Je länger ich grübelte, desto schwerer fiel es mir, einen Verdacht abzuwehren, der auf einmal aufgetaucht war. Auch wenn ich es mir nicht eingestehen wollte, ich ahnte, was mich erwartete. Und ich hatte Angst davor. Es war eine amtliche Stimme gewesen. Ein Polizist könnte so klingen.

In Marienburg wohnte immer noch genügend Geld, altes und neues, um bei Maklern einen hungrigen Gesichtsausdruck hervorzurufen. Langsam fuhr ich an den teuren und sehr teuren Häusern vorbei, bis ich endlich nur noch mit Schrittempo in Martines Straße einbog. Als erstes sah ich den Krankenwagen, der mit Blaulicht vor ihrem Haus stand. Dann die Polizeiautos dahinter. Die leise Hoffnung, mich vielleicht doch getäuscht zu haben, verflog. Es sah alles noch viel schlimmer aus.

Durch die vielen Wagen war die Straße restlos zugeparkt, was mich heute nicht im geringsten kümmerte. Ich setzte den VW einfach in eine Garageneinfahrt und stieg aus. Mit einem Stein im Magen näherte ich mich Martines Haus, einer hübschen und gut erhaltenen kleinen Villa aus der Gründerzeit.

Sie wohnte in den beiden oberen Stockwerken. Im Souterrain und Erdgeschoß lagen die Geschäftsräume, worauf ein schlichtes Messingschild »Antiquitäten« hinwies. Durch die Fenster konnte man in das Kaminzimmer eines englischen Landsitzes sehen. Zufällig war gerade kein Bewohner anwesend, nicht mal einer der Hunde. Wahrscheinlich fand irgendwo eine Fuchsjagd statt. Es gab keinen Hinweis auf Öffnungszeiten und selbstverständlich auch keine Preisangaben.

Auf dem Bürgersteig vor dem Haus hatte sich eine Handvoll Gaffer unter großen Regenschirmen häuslich eingerichtet und wartete auf das leibhaftige Erscheinen von Jack The Ripper. Ihre unverhüllte Sensationsgier fiel dem uniformierten Polizisten, der versuchte, sie auf Distanz zu halten, sichtlich auf die Nerven.

Während ich die Straße überquerte, wurde im ersten Stock die Balkontür geöffnet, und ein Mann trat hinaus. Er legte die Hände auf das eiserne Geländer und sah zu mir herunter. Ich blieb stehen und starrte ihn an. Wortlos erwiderte er meinen Blick. Die Selbstverständlichkeit, mit der dieser Fremde dort auf Martines Balkon stand, versetzte mir einen Stich. Ein gutes Omen sah anders aus.

Die Zuschauer hatten mich erst erwartungsvoll gemustert, aber dann schnell jedes Interesse an mir verloren, als sie merkten, daß ich nicht einmal vom Fernsehen kam. Ich drängte mich durch die Leute hindurch und ging auf den Eingang zu, bis mich der Polizist anhielt. Er hörte sich an, was ich zu sagen hatte, und drehte sich zu dem Mann auf dem Balkon um: »Hier will jemand zu Ihnen, Herr Ahlkamp!«

Der Mann hob kurz eine Hand hoch. »In Ordnung, lassen Sie ihn durch, ich komme herunter.«

Mit schweren Schritten ging ich durch den kleinen Vorgarten und stieg die Stufen zur Haustür hoch. Es waren nur ein halbes Dutzend, aber ich bin schon leichtfüßiger den Drachenfels hochgelaufen.

Die Tür war nur angelehnt. Ich drückte sie auf und durchquerte den Hausflur. Eine breite, geschwungene Holztreppe führte nach oben in Martines Privatwohnung. An ihrem Fuß blieb ich stehen und wartete auf den Mann, den der Polizist draußen mit Ahlkamp angeredet hatte. Er war schon auf halbem Weg nach unten und trat nun in den Schein der Lampe aus hellem Milchglas. Ein älterer Mann mit dichten weißen Haarstoppeln und Gesichtszügen, die genauso abgetragen aussahen wie sein grauer Anzug. Er schleppte einen soliden Bauch mit sich herum, was ihn nicht sonderlich zu stören schien.

Wieder fiel mir auf, wie gelassen sich dieser völlig Fremde hier bewegte, als hätte er jedes Recht dazu, in Martines Haus tun und lassen zu können, was er wollte. Wieder spürte ich den Stich.

Selbstverständlich war er Polizist, das mußte er sein, aber wie einer dieser smarten Fernsehkommissare wirkte er nicht. Eher wie jemand, der sich schon vor langer Zeit für Hosenträger entschieden hatte, Zigarren rauchte – egal, ob das nun gerade Mode war oder nicht – und der beim Skat viel zu oft ein verteufelt gutes Kontra-Blatt auf der Hand hatte.

Irritiert sah ich ihm entgegen. Auf einmal wußte ich, an wen er mich erinnerte: an meinen Großvater, der gestorben war, als ich noch ein kleiner Junge gewesen war, und an den ich seit Jahren nicht mehr gedacht hatte.

Er war noch ein paar Stufen entfernt, als ich ihn ansprach. Ich teilte ihm mit, wer ich war und daß ich mit Martine verabredet wäre. Dann wollte ich wissen, was los sei.

Der Mann nickte ruhig. Unten angekommen, gab er mir die Hand und stellte sich vor. »Ahlkamp, Hauptkommissar.« Und dann, nach einer winzigen Pause, fügte er noch hinzu: »Mordkommission.«

Er hatte ohne besondere Betonung gesprochen. Die war gar nicht nötig. Schlagartig verkrampften sich meine Muskeln. Ohne ein Wort zu sagen, sah ich ihn an und wartete.

Ahlkamp zögerte etwas, und als er weiterredete, klang seine Stimme müde. »Es tut mir leid, Ihnen das mitteilen zu müssen, Herr Cremer, aber Ihre Freundin ist tot.«

Ich mußte erst zweimal schlucken, bevor ich den Mund öffnen konnte. »Was ist passiert?«

»Eine Nachbarin mit einem Schlüssel zum Haus hat heute morgen die Leiche oben gefunden. Vermutlich wurde Frau de Saint-Clair gestern abend in ihrer Wohnung überfallen, und dabei muß es zur Tat gekommen sein. Genaueres wissen wir noch nicht.«

Es kam nicht mehr unerwartet, aber ein Schock war es doch.

Plötzlich begannen meine Beine unkontrolliert zu zittern. Bevor sie mir am Ende noch wegknickten, ließ ich mich auf eine Treppenstufe sinken. Mit einer Hand hielt ich mich am Geländer fest, die andere preßte ich auf meinen Magen. Mir war speiübel. Undeutlich hörte ich Ahlkamp etwas Bedauerndes murmeln. Mochte er doch von mir denken, was er wollte. Vor meinen Augen verschwamm das Muster der Bodenfliesen.

Oben wurde jetzt eine Tür geöffnet, und ich hörte Stimmen, dann laute Schritte. Ich sah hoch, zwei Sanitäter trugen vorsichtig eine Bahre die Treppe herunter. Mit dem Handrücken wischte ich mir über die Augen und stand auf, um sie vorbeizulassen. Auf der Bahre lag zugedeckt ein menschlicher Körper. Niemand brauchte es auszusprechen. Was da wie irgendein Stein unter der Plane lag, war gestern noch ein lebendiger Mensch aus Fleisch und Blut gewesen. Nun erinnerte es nur noch an Martine. Ich drückte mich mit dem Rücken gegen die Wand und konzentrierte mich darauf, den Brechreiz niederzukämpfen.

Eine übermüdet wirkende Frau im weißen Overall war den Sanitätern gefolgt, offensichtlich eine Ärztin. Sie zog Ahlkamp etwas zur Seite und redete halblaut auf ihn ein. Von ihrem Gespräch konnte ich nur Bruchstücke verstehen. Als das Würgegefühl endlich nachließ, hörte ich genauer hin.

»... Nein, ich habe nichts mehr gefunden. Außer den Blutergüssen an den Armen und im Gesicht gibt es keine weiteren Verletzungen.«

Ahlkamp kratzte sich am Hinterkopf. »Und woran ist sie Ihrer Meinung nach gestorben, doch nicht an den Schlägen?«

»Nein, sicher nicht. Nicht unmittelbar.«

»Was soll das heißen?«

»Ich nehme Herzversagen als Todesursache an.«

»Ist es das nicht immer, Doktor?«

»Ich habe schon über bessere Witze nicht gelacht. Herzversagen, hervorgerufen durch einen schweren Herzanfall. Natürlich ist das noch keine definitive Diagnose, aber ich bin mir ziemlich sicher.«

»Sie ist an einem Herzanfall gestorben? Also war es ein natürlicher Tod?«

»Das Opfer war nackt, ist geschlagen worden, und wir haben

Spermaspuren gefunden. Mit anderen Worten: Die Frau wird in ihrer Wohnung überfallen und vergewaltigt. Dabei stirbt sie an Herzversagen. – Ja, gewisse Rechtsanwälte würden das wohl als ›natürlichen Tod‹ bezeichnen.«

»Schon gut, der Punkt geht an Sie. Damit wären wir quitt.«

»Tut mir leid, Ahlkamp, war nicht so gemeint. Aber eine Leiche an Karneval stimmt nicht gerade sanftmütig, wissen Sie.« Der Sarkasmus war verflogen, ihre Stimme klang nur noch bitter. »Ich verstehe schon, was Sie sagen wollen, und Sie haben recht. Wir müssen nicht unbedingt von einem vorsätzlichen Mord ausgehen. Der Täter wollte sie vielleicht gar nicht umbringen, ihr Tod war möglicherweise nur so etwas wie ein Betriebsunfall.«

»Sie hat den Schock nicht verkraftet und ist daran gestorben, meinen Sie?«

»Ja, das ist möglich, vermutlich hätte schon viel weniger ausgereicht, um bei ihr einen Herzanfall auszulösen.« Die Ärztin griff in eine ihrer Taschen und holte eine angebrochene Tablettenpackung heraus. »Die hier lagen in ihrem Arzneischrank. Wenn sie die wirklich gebraucht hat, muß die Frau ernsthaft herzkrank gewesen sein.«

Ahlkamp sah sich die Tabletten an und gab sie zurück. »Placebos sind das jedenfalls nicht.«

»Nein. Sobald Ihre Leute herausfinden, wer ihr behandelnder Arzt gewesen ist, geben Sie mir bitte Bescheid, ich würde gerne mit dem Kollegen reden.« Sie war einen Schritt näher an mich herangetreten und warf mir nun einen prüfenden Blick zu. »Ist mit Ihnen alles in Ordnung?«

Nichts war in Ordnung, aber ich nickte nur. »Danke, es geht schon.«

»Wenn Sie es sagen.« Mit einem Achselzucken wandte sie sich wieder an Ahlkamp. »In den nächsten Tagen haben Sie meinen Bericht, dann wissen wir mehr.« Sie hob grüßend die Hand und folgte den beiden Sanitätern durch den Vorgarten zum Krankenwagen.

»Scheußliche Sache, man gewöhnt sich nie daran.« Ahlkamp war neben mich getreten. Ich sagte nichts. Die Sanitäter schoben die Bahre in den Wagen und schlossen die Tür hinter der Ärztin, die mit eingestiegen war. Bevor sie losfuhren, stellten sie das Blaulicht ab. Niemand von ihnen hatte es jetzt noch besonders eilig.

Ich sah dem Krankenwagen nach, bis er um die Ecke bog und verschwand. Es war ein schreiend falscher Abschied. Von ihrer Krankheit hatte Martine mir kein Wort gesagt. Ich fragte mich, warum. Ahlkamp unterbrach mein Grübeln und bat mich, einen Blick in ihre Wohnung zu werfen.

»Wir haben da ein kleines Problem. Vielleicht können Sie uns helfen.«

Langsam stieg ich hinter ihm die Treppe hinauf. Vorbei an den gerahmten Hüllen von Martines Schallplatten, mit denen das Treppenhaus dekoriert war. Ihre eigene private »Hall of Fame«, wie sie es scherzhaft genannt hatte; alles müsse man selbst machen. Vor ihrer letzten Aufnahme blieb ich stehen und sah auf das Platten-Cover.

Martine wurde von einem Spot angestrahlt, der Rest der Bühne verschwand im Halbdunkel, aus dem nur ein Saxophon silbrig hervorschimmerte. Sie hielt das Mikrofon mit beiden Händen, den Kopf leicht vorgeneigt, die Augen geschlossen. Auf dem Foto wirkte sie sehr jung und sehr zerbrechlich, wie immer bei ihren Auftritten. Aber wenn sie dann mit ihrer kühlen, überraschend vollen Stimme »Corcovado« gesungen hatte, waren schnell die Gespräche im Raum verebbt, und jeder schien nur noch seinen eigenen traurigen Gedanken nachzuhängen. Wieder spürte ich den Kloß in meinem Hals.

»Eine beachtliche Sammlung.« Ahlkamp hatte oben auf mich gewartet. »Frau de Saint-Clair muß eine gute Stimme besessen haben.«

»Ja, sie war gut«, sagte ich leise, »sehr gut sogar.« Und das war die reine Wahrheit. Für eine Kaschemme wie den »Geiger« viel zu gut. Mit steifen Bewegungen folgte ich dem Kommissar in die Wohnung.

In der Diele versperrte eine umgestoßene Vitrine den Weg. Wie Mosaiksteinchen lagen auf dem Boden zerstreut die Trümmer der chinesischen Porzellansammlung, an der Martine so sehr gehangen hatte. Ich erinnerte mich noch gut daran, wie begeistert sie mir einmal eine Vase aus der Ming-Zeit als besonders kostbare Neuerwerbung präsentiert und ich mich nur über ihren rührenden Besitzerstolz lustig gemacht hatte. Meine Reue kam etwas spät.

Vorsichtig stieg ich über die teuren Scherben und ging weiter durch die angrenzenden Räume. Alle waren sie durchwühlt worden, und dabei hatten nicht nur die Chinoiserien gelitten. Nicht, daß es darauf noch ankam, Martines Herz würde es nicht mehr brechen können.

Über die Wohnung verteilt waren Polizisten bei der Arbeit. In ihrer weißen Schutzkleidung sahen sie beinahe kostümiert aus. Was sie genau taten, konnte ich nicht erkennen und achtete auch nicht darauf, vermutlich sicherten sie irgendwelche Spuren. Von mir nahmen sie keine Notiz.

Ahlkamp hatte mich gebeten, mich einmal umzuschauen. Er wollte wissen, ob etwas Wertvolles fehlte. Etwas, das möglicherweise ein Motiv für den Überfall abgeben konnte. Stumm sah ich mir ein Zimmer nach dem anderen in den beiden Etagen an, ohne wirklich bei der Sache zu sein. Nach einem Motiv brauchte ich nicht erst zu suchen. Alles paßte nur zu gut.

Ich fing an, mich in der Wohnung wie ein Fremdkörper zu fühlen. Für die Polizisten war es ein Tatort wie viele andere auch, nichts weiter. Sie hatten nie plaudernd hier gesessen und mit einer lachenden Martine Kaffee getrunken, und ich würde es auch nicht mehr. Es war mein letzter Besuch, ich hatte nichts mehr hier verloren.

Erst jetzt kam mir endgültig zu Bewußtsein, daß sie tot war, und es traf mich wie ein ansatzlos geschlagener Haken in den Magen. Auf einmal hatte ich genug und drehte mich um. Ich wollte nur noch ins Freie, weg von hier. Martine war umgebracht worden, und ich wußte ziemlich sicher, von wem. Auch wenn ich keinen Beweis dafür hatte.

Der Kommissar war im Wohnzimmer geblieben und bewunderte anscheinend einen kunstvoll gearbeiteten Art-déco-Schrank von Paul-Louis Mergier, der neben der Tür stand. Als ich eintrat, sah er zu mir auf.

»Man sollte doch meinen, daß es hier für einen Dieb reichlich Beute gibt, nicht wahr?« Er wies auf das tadellos erhaltene Möbelstück. »Den hier, zum Beispiel – also, ich glaube nicht, daß man den bei Ikea kaufen kann. Natürlich bin ich kein Experte, aber hier muß ein Vermögen herumstehen!«

Da hatte er recht. Ich sah mich um, über die Jahre hatte Martine ein seltsames Allerlei zusammengetragen. Der große Raum war vollgestopft mit Antiquitäten, Kunstgegenständen und persönlichen Erinnerungsstücken. Es gab keine bestimmte Ordnung, was der

Sammlung einen lässigen Charme verlieh. Indien-Nippes aus der Hippiezeit stand neben einem Leuchterpaar von Lalique, zwischen Urlaubsfotos hingen afrikanische Masken, und an der Kaminwand flankierten signierte Grafiken von Matisse ein großes Original-Plakat von »Rio Bravo«, um das ich sie immer beneidet hatte.

Die Unbekümmertheit von Martines Umgang mit ihnen nahm den wirklich wertvollen Stücken jeden gravitätischen Pomp. Es war kein Ausstellungsraum, sondern ein angenehmes Wohnzimmer ohne Bügelfalten. Und es stimmte: Sah man von den Kuriosa ab, so blieb noch genug übrig, was jederzeit einen Einbruch lohnen würde.

Falls man nicht gerade hinter einer Tasche mit mittelalterlichen Handschriften her war. Im Verhältnis dazu gab es hier sonst nur Peanuts. Mir war klar, worauf Ahlkamp hinaus wollte.

»Die ganze Wohnung ist durchwühlt worden. Es sieht so aus, als hätte jemand etwas Bestimmtes gesucht. Aber was? Auf den ersten Blick jedenfalls scheint nicht allzuviel zu fehlen.« Fragend sah er mich an. »Oder haben Sie etwas bemerkt?«

»Nein, mir ist nichts aufgefallen, aber das heißt nicht viel. Wenn sie etwas gekauft hatte, was ihr besonders gut gefiel, hat Martine es oft hier oben aufbewahrt, bis sie sich entscheiden konnte, ob sie es behalten sollte oder nicht. Vieles ist dann nach einiger Zeit in den Laden gewandert. Es gibt übrigens eine Geschäftsführerin, die den Bestand sicher genau kennt. An die sollten Sie sich wenden.«

»Das haben wir schon versucht, aber die Dame macht gerade Ferien auf den Malediven. Scheint vor dem Karnevalstrubel ausgerissen zu sein. Nein, im Augenblick sind Sie der einzige, an den wir uns halten können. Danke, daß Sie es versucht haben!«

Ich sagte nichts. Langsam strich Ahlkamp mit der Hand über seine Haarstoppel. Eine nachdenkliche Geste, die er sicher nicht zum ersten Mal machte. »Das ist schon merkwürdig, eine Antiquitätenhändlerin wird überfallen, ihre Wohnung durchsucht, und obwohl es vor Kunstgegenständen nur so wimmelt, wird kaum etwas gestohlen. Nur Bargeld haben wir keins gefunden und auch keinen Schmuck. Es ist natürlich möglich, daß der Täter nichts von Kunst verstanden hat, aber ...« Er ließ den Satz unvollendet und zuckte mit den Achseln.

»Auf jeden Fall ist das wertvollste Stück noch da, eine Landschaft von Winslow Homer. Sie hängt im gelben Zimmer. Martine hätte sie nie verkauft.«

Ahlkamp hob irritiert die Brauen. »Im gelben Zimmer?«

Wenn man es vom Flur aus betrat, wurde der Name verständlich. Wände und Decke waren in einem intensiven Safranton gestrichen. Ursprünglich hatte es als großer Erker zur geräumigen Küche gehört, aber Martine hatte in den Durchgang eine doppelflügelige Glastür setzen lassen und den sonnigen Raum als Wintergarten genutzt. Auf dem flaschengrün gefliesten Boden standen ein paar bequeme, schon etwas abgewetzte Rattanmöbel. Vor direktem Sonnenlicht geschützt hing der Homer an der Stirnwand und beherrschte das Zimmer.

Eine unspektakuläre Gartenmauer auf den Bahamas. Hinter einer grauen Wand ahnte man mehr, als daß man sie sehen konnte die prachtvolle Pflanzenfülle eines tropischen Gartens. Ein tiefblauer Streifen Meer am Horizont, die blendend weißen Segel eines Schoners in weiter Ferne. Es war ein rasch ausgeführtes Aquarell, mit dem Homer einen magischen Augenblick auf vollkommene Weise festgehalten hatte.

Natürlich hatte Martine gewußt, was das Bild auf dem Markt wert war, hatte aber nie viel Aufheben davon gemacht. Nicht deshalb hing es hier, sondern weil es für sie den Zauber ihrer fernen Heimat ausstrahlte.

Wie oft hatte ich schon hier vor ihm gesessen mit einem Cocktail in der Hand und war über das leise Klingeln der Eiswürfel ins Träumen geraten? Wenn im Hochsommer die Sonne durch die schräggestellten Holzlamellen der Jalousien schien und der wilde Wein vor den Fenstern bewegliche Schattenkringel auf die grünen Fliesen malte, brauchte man nicht mehr allzuviel Phantasie, um den Schrei von exotischen Vögeln zu hören oder ferne Reggae-Klänge.

»Hübsch. Sehr hübsch sogar.« Ahlkamp hielt den Kopf schief und sah sich das Aquarell eine Weile an. »So teuer sieht es eigentlich gar nicht aus. Der Maler hieß Homer, richtig? Ich muß gestehen, den Namen höre ich zum ersten Mal.« Er drehte sich halb zu mir um. »Sagen Sie es ruhig: Was Kunst angeht, bin ich ein Banause – das höre ich von meiner Frau auch immer. Aber das Bild gefällt mir.«

Sein harmloses Geplauder nahm ich ihm nicht ganz ab. Ich stützte mich auf einen der Sessel und musterte ihn. Ahlkamp mußte kurz vor der Pension stehen, sah aber älter aus. Er hätte dem Albtraum eines Beamtenbund-Funktionärs entsprungen sein können: sein Leben lang gearbeitet und mit fünfundsechzig immer noch im Dienst. Ganz sicher war er nicht auf den Kopf gefallen.

»Da ist noch etwas.« Er drehte sich ganz zu mir. »Wir haben nicht nur kein Bargeld gefunden, es fehlt auch noch ein Wagen. In der Doppelgarage steht nur ein Lieferwagen, der zweite Platz ist leer. Es ist durchaus möglich, daß der Täter den Wagen mitgenommen hat. Ich nehme nicht an, daß Frau de Saint-Clair einen Kadett gefahren hat?«

Ich schüttelte den Kopf. »Nein, es ist ein alter Jaguar, ein wunderschönes Auto.« Ich zögerte nur einen kurzen Moment, er würde es sowieso erfahren. »Aber der ist nicht gestohlen worden.«

»Was Sie nicht sagen!« Ahlkamp holte ein Notizbuch aus seiner Jackettasche, während ich ihm berichtete, daß sich ein alter Freund von Martine den Wagen ausgeliehen hatte. Mit Jupps Namen schien er mehr anfangen zu können als mit Winslow Homer.

»Warten Sie«, nachdenklich tippte er sich mit dem Kugelschreiber gegen die Nase, »Erckens, Erckens – ich kannte mal einen Jupp Erckens, ist allerdings schon eine halbe Ewigkeit her. Damals war er eine mittelgroße Nummer hier im Kölner Milieu und hat auch noch anderswo ein bißchen mitgemischt. Irgendwann habe ich ihn dann aus den Augen verloren. Es hieß noch, er hätte sich zur Ruhe gesetzt in Südamerika.« Er verzog den Mund zu einem freudlosen Lächeln. »Ein schönes Beispiel dafür, daß sich Verbrechen eben nicht auszahlt.« Mit einem Achselzucken fuhr er fort, und es klang eine Spur zu beiläufig. »Na, es wird sich wohl kaum um dieselbe Person handeln.«

»Karibik«, sagte ich, »Jupp lebt jetzt in Florida und in der Karibik, nicht in Südamerika. Der Rest dürfte stimmen.«

»So, so – also doch: der lange Erckens!« Ahlkamp steckte sein Buch wieder ein und kniff die Augen zusammen. »Aber das ist gut und gerne dreißig Jahre her, das muß weit vor Ihrer Zeit gewesen sein!«

»Ja, das stimmt. Als ich Jupp kennenlernte, war er schon seit längerem nicht mehr ... aktiv.« Eine harmlosere Formulierung fiel mir nicht ein.

Ahlkamp nickte mehrmals langsam und sah mich dabei ruhig an. Mir gefiel die Wendung nicht besonders, die unser Gespräch genommen hatte, aber daran ließ sich wohl nichts ändern. Er mußte natürlich von den Kanzlern erfahren, ich wußte nur noch nicht, wie ich das anstellen sollte, ohne ihm zu viel von Jupps Geschäft zu erzählen und meiner Rolle dabei. Genau darüber dachte der Kommissar gerade nach. Ich konnte förmlich sehen, wie er für mich eine passende Schublade suchte.

»Was machen Sie beruflich, Herr Cremer?«

»Gastronomie. Mir gehört die Hälfte vom ›Franken-Eck‹.«

»›Franken-Eck‹ ... Der Name kommt mir irgendwie bekannt vor.«

»Das kann ich mir vorstellen, früher hatte es einen gewissen Ruf. Vielleicht sagt Ihnen der ›Einarmige Geiger‹ mehr.«

»Der ›Geiger‹, richtig! Den gibt es also immer noch! Das überrascht mich etwas, ich habe seit Jahren nichts mehr von ihm gehört.«

»Das sollten Sie auch nicht. Unsere Geschäftspolitik hat sich sehr geändert. Mittlerweile sprechen wir ein anderes Publikum an.«

Ahlkamp spitzte amüsiert seine Lippen. »Aha, also keine Polizisten mehr.«

»Nicht dienstlich.«

»Und das in Erckens' alter Kneipe! Wer hätte das gedacht! Aber vermutlich gehört sie ihm gar nicht mehr, oder?«

»Nein, schon lange nicht mehr. Es war sein Anteil, den ich damals gekauft habe. Daher kenne ich ihn überhaupt.« Das entsprach immerhin fast der Wahrheit.

»Verstehe. Und was sagten Sie, in welcher Beziehung Erckens zu der Toten steht?«

Ich brauchte einen Moment, bis ich begriff, daß er Martine meinte und daß man jetzt immer so von ihr sprechen würde, von einer Toten eben. »In welcher Beziehung? In einer ehemaligen! Jupp und Martine waren eine Zeitlang zusammen – ein Paar, nichts weiter. Sie haben sich schon vor Jahren getrennt, und –«

»War das schon nach oder noch während seiner – wie haben Sie sich doch gleich ausgedrückt – aktiven Zeit?« unterbrach mich Ahlkamp.

»Was wollen Sie damit sagen?«

»Vielleicht war die Beziehung gar nicht so privat. Und bei einer solchen Vergangenheit der Toten könnte der Grund für das hier -«

»Das ist doch völlig absurd!« Diesmal fiel ich ihm ins Wort. »Mit Erckens' Geschäften, oder wie immer man das nennen will, hatte Martine nie etwas zu tun, nicht das geringste! Es gibt bei ihr keine ›Vergangenheit‹, wie Sie sie gerade andeuten!«

»Na, na, junger Mann – nun beruhigen Sie sich mal wieder!« brummte Ahlkamp nicht unfreundlich. »Bei einem Tötungsdelikt müssen wir alles Mögliche in Erwägung ziehen. Und wenn dann auf einmal eine Figur wie Erckens auftaucht ...«

Er ließ den Satz unvollendet, holte bedächtig eine Zigarre aus der Innentasche seines Jacketts und zog sie schnuppernd unter seiner Nase vorbei. Ich hatte mich also nicht geirrt.

Als er jetzt weitersprach, drehte er die Zigarre zwischen Daumen und Zeigefinger und sah sie dabei prüfend an. »Wissen Sie, ich kann mich recht gut an Erckens erinnern, er muß ja ungefähr mein Jahrgang sein. Damals ging alles noch etwas familiärer zu, jeder kannte jeden. Auf seine Art war Erckens gar kein übler Kerl, aber eins sollten Sie nicht vergessen: Er war ein Ganove! Und das ist er immer noch. Darauf halte ich jede Wette.«

Ahlkamp schien halb zu sich selbst gesprochen zu haben. Ein müder alter Mann, der sein ganzes Leben an der Grenze gestanden hatte. Der sich noch an »Ganoven« erinnern konnte zu einer Zeit, in der Zwölfjährige auf dem Schulhof mit Messern aufeinander losgingen und Politiker regelmäßig in die Schweiz pilgerten.

»Mag sein, aber auf Martine trifft das nicht zu, und ganz sicher hat Jupp sie nicht umgebracht.«

»Das habe ich ja auch nicht behauptet«, stimmte er mit einem kleinen Lächeln zu und ließ die Zigarre mit einem bedauernden Seufzer wieder verschwinden. »Aber jemand hat es getan! Meine Aufgabe ist es, diesen Jemand zu finden, und ich muß allen Spuren nachgehen. Deshalb will ich mit Erckens reden. Wissen Sie, wo ich ihn finden kann?«

»Nein, aber falls ich ihn sehe, werde ich es ausrichten.«

»Hoffentlich sehen Sie ihn bald.« Er steckte seine Hände in die Hosentaschen und legte den Kopf schief. »Und wenn Ihnen sonst noch irgend etwas einfällt, was mir weiterhelfen könnte, dann sollten Sie es mir sagen!« Wieder hatte seine Stimme diesen beiläufigen Ton angenommen.

Ich nickte knapp. Draußen im Treppenhaus fragte jemand laut nach dem Chef. Ahlkamp sah mich noch einen kurzen Moment abwartend an, dann drehte er sich zur Tür und rief etwas. Ich mußte mich entscheiden.

Martine hatte genauso wenig eine kriminelle Vorgeschichte wie ich, und doch lag Ahlkamp mit seiner Überlegung nicht völlig falsch. Nur, daß es Jupps Vergangenheit war, um die es ging. Sie hatte ihn in Gestalt der beiden Kanzler eingeholt, und nicht nur ihn allein. Scharlie und mir war nicht viel passiert dabei. Aber Martine hatte es mit ihrem Leben bezahlen müssen. Ausgerechnet sie.

Es war mehr als eine Vermutung. Auch ohne einen konkreten Beweis gab es für mich keinen Zweifel. Ich wußte, wer sie getötet hatte, und warum. Wenn ich die Polizei auf die Spur des »Dicken« und seiner beiden Schläger setzen wollte, mußte ich reden. Über den Auftritt der Kanzler im »Geiger«, ihre hartnäckige Suche nach Jupp; darüber, daß sie vor Martine erst bei mir gewesen waren. Und erklären, warum ich den Einbruch nicht angezeigt hatte, obwohl ich die Täter erkannt hatte. Das würde den Kommissar besonders interessieren.

Eins mußte zum anderen führen, und am Ende würde ich über Jupps Tasche reden müssen und noch dazu mitten in einem Mordfall hängen. Aber es gab keine andere Wahl, diesmal konnte ich mich nicht heraushalten. Sie hatten Martine umgebracht, damit durften sie nicht durchkommen. Niemand durfte das. Ich mußte reden.

Bevor ich etwas sagen konnte, wurde die Küchentür aufgestoßen. Einer von Ahlkamps Mitarbeitern sah sich suchend um und kam dann hastig zu uns in den Wintergarten. Er nickte mir flüchtig zu.

»Chef, wir haben vielleicht einen Augenzeugen! Ein Nachbar hat sich gerade gemeldet. Er wohnt gegenüber und hat gesehen, wie gestern abend zwei Männer hier ins Haus gegangen sind. Ungefähr zur Tatzeit.«

»Sehr gut! Haben wir auch eine Beschreibung?«

»Ja und nein.«

»Was soll denn das heißen?«

»Es waren zwei Männer. Beide groß, mindestens eins neunzig,

und beide schwer, sicher über zwei Zentner. Der eine trug Turnschuhe, Jogginghosen und eine silberne Sportjacke, der andere Cowboystiefel und einen dunklen Lederanzug. Der Zeuge meint, sie hätten bedrohlich gewirkt.«

»Hm, jedenfalls scheint er sie sich genau angesehen zu haben. So etwas kommt selten vor. Was ist mit den Gesichtern?«

»Fehlanzeige, es gibt keine. Ich meine, sie trugen Karnevalsmasken – Sie wissen schon, solche Gummiteile, die man sich über den Kopf zieht. Übrigens beide die gleichen, und nun raten Sie mal, welche!«

Es hätte mein großer Auftritt werden können, aber ich reagierte nicht auf das Stichwort. Ahlkamp runzelte nur ungeduldig die Stirn. Der andere Polizist beeilte sich, fortzufahren.

»Die beiden liefen mit dem Gesicht von Alt-Bundeskanzler Helmut Kohl herum.«

»Das muß wirklich ein seltsamer Anblick gewesen sein.« Ahlkamp schüttelte leicht den Kopf. »Zwei Kirmes-Catcher mit Kohl-Masken. Kein Wunder, daß sich der Zeuge so genau an sie erinnern kann.«

»Vor allem, wenn man bedenkt, daß sie vormittags schon einmal da gewesen waren! Gegen elf Uhr. Der Zeuge hat gesehen, wie sie hier bei dem Opfer mehrmals geklingelt haben. Anscheinend war niemand zu Hause, die Tür wurde nicht geöffnet. Sie haben ein paar Minuten gewartet und sind dann wieder weggefahren.«

»Sie waren zweimal da, und er hat sie beide Male beobachtet? Wird mir langsam unheimlich, der Mann.«

»Er sagt, daß sie jedesmal seine Einfahrt zugeparkt haben.«

»Ach so.« Ahlkamp nickte und wartete. Der andere hatte noch etwas in petto, das war nicht zu übersehen.

»Mit einem Porsche, Chef! Einem roten Porsche.«

»Das hat mir gerade noch gefehlt!« Ahlkamp seufzte und fuhr mit den Fingern durch seine Haarstoppeln. »Dieser Unfall mit Fahrerflucht gestern nacht auf der Severinsbrücke – gab es da nicht auch einen Porsche und zwei Kohls?«

»Genau, daran mußte ich auch sofort denken, Chef. Die Beschreibung paßt genau auf die beiden Männer. Auch der Wagen stimmt. Es könnten dieselben Personen sein.«

»Ja, schon möglich, und ich kann nicht sagen, daß mir das gefällt! Ist die Leiche mittlerweile gefunden worden?«

»Ich habe noch nichts gehört. Bei dem Hochwasser und der starken Strömung scheint die Bergung schwierig zu sein.«

»Es gibt noch einen Toten?« Ich starrte die beiden an und versuchte, nicht an Jupp zu denken. »Was ist passiert?«

»Es hat einen etwas merkwürdigen Verkehrsunfall auf der Severinsbrücke gegeben. Eine junge Frau ist angefahren und dabei über das Geländer in den Rhein geschleudert worden.« Ahlkamp hob bedauernd die Schultern. »Mit ziemlicher Sicherheit dürfte sie es nicht überlebt haben.«

»Der Porsche hat sie angefahren?«

»Nein, nein, sie scheint sogar in dem Wagen gesessen zu haben. Zeugen haben gesehen, wie der Porsche plötzlich mitten auf der Brücke bremste, die junge Frau heraussprang und weglief. Es sah sehr nach einer Flucht aus. Der Fahrer soll dann versucht haben, ihr zu folgen. Ein großer Mann mit einer Kohl-Maske. Genau wie der zweite Mann im Wagen. Die Frau ist über die Fahrbahn in den Gegenverkehr gerannt, und dabei ist es dann passiert. Ein Lieferwagen konnte nicht mehr rechtzeitig ausweichen. Dann sind auch noch zwei nachfolgende Fahrzeuge aufgefahren, nichts Ernstes – aber als der erste Schreck sich gelegt hatte, gab es von dem Porsche keine Spur mehr. Er soll ein Hamburger Kennzeichen gehabt haben, aber die genaue Nummer hat sich niemand gemerkt.«

»Da ist unser Zeuge aus anderem Holz, Chef. Die Nummer der beiden Besucher von gestern haben wir nämlich. Der Mann schreibt jeden auf, der in seiner Einfahrt parkt.«

»Wo ist er jetzt?«

»Wartet unten im Eingang, Meier ist bei ihm.«

Ahlkamp nickte. »Ich rede kurz mit ihm. Wenn Sie mich bitte einen Moment entschuldigen würden, Herr Cremer. Es dauert nicht lange.«

Ohne meine Reaktion abzuwarten, drehte er sich um und ging durch die Küche zum Flur. Sein Kollege folgte ihm. Ahlkamp erteilte ihm Anweisungen.

»Schön, Gregor, an die Arbeit! Rufen Sie gleich die Zentrale an, wir müssen alles über diesen Unfall wissen. Und geben Sie ihnen das

Kennzeichen durch. Wenn wir Glück haben, ist es sogar echt. Die beiden Besucher haben sich ja nicht gerade unauffällig verhalten. Es war ihnen anscheinend egal, ob sie gesehen wurden oder nicht.«

»Glauben Sie, daß es einen Zusammenhang zwischen den beiden Vorfällen gibt?«

»Das müssen wir herausfinden, und zwar schnell, bevor noch etwas passiert. Das wäre ein gefundenes Fressen für die Presse. Die passenden Schlagzeilen kann ich mir schon lebhaft vorstellen.«

Die Stimmen verloren sich in einem undeutlichen Gemurmel, als die Polizisten die Treppe hinunterstiegen. Ich blieb allein zurück.

Allein mit Winslow Homer. Draußen fiel wieder dünner Regen und lief in langen Streifen die Scheiben hinunter. Dem Zimmer fehlte jetzt jede Spur von einem karibischen Sommer. Ein letztes Mal sah ich mir das Bild an. Das Gartentor war verschlossen. Homer hatte einige Blätter so gemalt, daß sie aussahen wie Scherben, die man zum Schutz gegen Einsteiger auf die Mauer gemörtelt hatte. Der Garten Eden, von außen betrachtet.

Ich wandte mich ab und starrte in den fahlen Winterhimmel über Köln. Längst hatte ich angefangen zu frieren.

Die Gaffer vor dem Haus hatten sich verzogen. Auch der Polizist war verschwunden. Es gab kein Blaulicht mehr, keine Ambulanz, keine Streifenwagen – die naßglänzende Straße lag da, als sei nichts geschehen. Keine Leiche. Der Regen schien alles fortgespült zu haben. Ich warf einen letzten Blick zurück auf Martines Haus und sah nichts als Kälte und Tod. Aber das war natürlich Unsinn.

Niemand außer mir würde einen Unterschied zur Nachbarschaft bemerken. Die schmucken Villen strahlten die gleiche ruhige Sicherheit großbürgerlichen Wohlstands aus wie sonst auch. Sehr lange konnte es nicht dauern, bis die ersten Makler auftauchten.

Ich knöpfte meine Jacke zu und ging über die Straße zu meinem Wagen. Unter dem Scheibenwischer steckte ein Protokoll. Mich brauchte Big Brother also nicht mehr aufzuschreiben.

Ahlkamp hatte mich gehen lassen, ohne weiter auf Martines Bekanntschaft mit Jupp herumzureiten. Oder meiner eigenen. Für ihn gab es jetzt Wichtigeres als eine fast vergessene Gestalt aus der Kölner Halbwelt, die vielleicht mit seinem Fall zu tun haben könnte. Er hatte einen Zeugen, einen Wagen und zwei Verdächtige – jede Menge Arbeit.

In meiner Jackentasche steckte seine Karte, für den Fall, daß mir noch etwas einfiele. Das würde es nicht. Ich hatte ihm nichts erzählt, weder von Jupps Tasche noch von den Auftritten der Kanzler bei mir und im »Geiger«.

Ganz wohl fühlte ich mich zwar nicht dabei, aber Ahlkamp war auch ohne meine Hilfe auf die Kanzler gestoßen, und viel mehr hätte ich ohnehin nicht tun können. Mein Verdacht war letztlich nur auf Vermutungen gegründet. Dank des Nachbarn hatte die Polizei jetzt etwas Besseres in der Hand. Es gab eine konkrete Spur, der Fahndungsapparat lief.

Allerdings machte ich mir nichts vor, Ahlkamp würde sich wieder bei mir melden.

SIEBEN

Für den Rückweg ließ ich mir Zeit. Niemand wartete auf mich. Der Wagen schien fast von allein zu fahren. Wie ein Automat saß ich hinter dem Steuer, in Gedanken weit weg. Sehr weit. Die Heizung lief auf Hochtouren, aber gegen die Kälte half es nicht viel.

Sie hatten Martine getötet, einfach so. Ich sagte es mir wieder und wieder, und doch konnte ich es immer noch nicht fassen, daß dies wirklich geschehen war. Martines Tod paßte in meine Welt ungefähr so gut hinein wie eine Invasion vom Mars.

Ich hatte mir mein Leben recht passabel eingerichtet. Meine Arbeit hielt sich in Grenzen und machte mir Spaß, auch wenn ich damit weder reich noch berühmt werden würde. Niemand sagte mir, was ich zu tun hatte. Ich wohnte in meinen eigenen vier Wänden und fühlte mich wohl dort. Es gab genug Bücher und Filme, ein paar gute Freunde und eine Exfrau. Ich konnte mich nicht beklagen.

Seitdem Jupp an Altweiber mit seiner Tasche bei mir aufgetaucht war, stimmte nichts mehr. Martines Tod paßte nicht in den Spitzweg. Aber er paßte zu Jupp. Zu einer Seite von ihm, die ich vielleicht nicht direkt verdrängt hatte, das nicht, sondern eher etwas stilisiert. Mit der Zeit hatte er so das Flair einer Figur angenommen, die Marlowe vom Sehen kannte. Nur war Jupps Vergangenheit keine Geschichte, die Chandler irgendwo erzählt hatte, sie war echt.

Einen Ganoven hatte Ahlkamp ihn genannt. Das klang so hübsch altmodisch, beinahe familiär, und doch hatte er nicht mit den Augen gezwinkert. Wir wußten beide, was damit gemeint war: eine Menge Schmutz, der sich unter keinen Teppich kehren ließ.

Mittlerweile bekam ich eine Vorstellung von dem, was ich alles nicht hatte wissen wollen. Leute wie die Kanzler waren früher auch von Jupp losgeschickt worden, um die Drecksarbeit zu erledigen. Auch wenn das alles schon sehr lange her sein mochte, lag es mir nun schwer im Magen.

Der Regen hielt an. Als ich das Belgische Viertel erreichte, waren die Schull- und Veedelszöch schon vorbeigezogen, und die Reinigungskolonne der Stadtwerke ging ohne große Schunkelei ihrer Arbeit nach. Außer ihnen war kaum noch jemand auf der Straße. Ich fand sogar einen Parkplatz direkt vor meinem Haus.

Bevor ich ausstieg, blieb ich noch einen Moment hinter dem Steuer sitzen. Der Regen überzog die Scheiben mit einem Schleier. Es hatte immer eine Grenze gegeben, die Jupps Welt von meiner trennte. Bis jetzt. Die Kanzler hatten diese unsichtbare Linie überschritten. Und eins wußte ich sicher: Es war noch nicht zu Ende.

In meiner Wohnung drehte ich als erstes die Heizung höher und ließ heißes Wasser in die Wanne einlaufen. Dann ging ich zum Telefon. Harry meldete sich nicht. Beim »Geiger« hatte ich mehr Glück, Scharlie nahm ab.

Das Sprechen fiel mir schwer. In knappen Worten berichtete ich ihm, was passiert war. Schockiert hörte er zu. Ich war selbst erstaunt, wie lapidar das Ungeheuerliche über meine Lippen kam. Es klang beinahe wie eine Meldung im Radio. Scharlie blieb eine ganze Weile stumm. Im Hintergrund waren Stimmen und lautes Lachen zu hören, der normale Karnevalsbetrieb. Lisa hatte die Höhner aufgelegt. Die Karawane zog weiter, der Sultan hatte Durst. Ich kam mir wie ein Alien vor und legte auf.

Nach dem Bad fror ich immer noch. Ich wickelte mich in meinen Bademantel und kümmerte mich um die Wärme von innen. Ich gab Kandiszucker, Zitronensaft und braunen Rum in ein Glas und füllte es mit kochendem Wasser auf. Nicht zuviel Wasser – ein guter Grog muß sich anzünden lassen. Mit einem langen Löffel verrührte ich sorgfältig den Zucker, bis er sich auflöste. Die Flüssigkeit im Glas dampfte, und ich sah zu, wie sich die wirbelnde Bewegung langsam beruhigte. Ich dachte an nichts Bestimmtes dabei.

Vorsichtig trug ich das Glas hinüber zum Sofa. Nach den ersten Schlucken setzte die Wirkung des heißen Alkohols ein, und mit einem Ächzen ließ ich mich in die Kissen sinken. Ein Kanalschwimmer auf den letzten Metern hätte nicht erschöpfter sein können. Ich schaffte es gerade noch, das Glas zu leeren, bevor mir die Augen zufielen.

Zwei Stunden später wurde ich nachdrücklich aus einem tiefen, traumlosen Schlaf geklingelt. Es klang ganz nach Harry. Ich brauchte ein paar Sekunden, um halbwegs wach zu werden. Der Schlaf hatte nicht viel geholfen. Mein Kopf dröhnte mehr als vorher, die verkrampften Muskeln schmerzten bei der kleinsten Bewegung, und ich wollte mir gar nicht erst ausmalen, was diesen ekligen Geschmack auf meiner Zunge hinterlassen haben könnte. Ich fühlte mich, als wäre ich aus einer Narkose aufgewacht, bei der ein gelangweilter Anästhesist mal etwas Neues ausprobiert hatte.

Draußen fing Harry an, meinen Namen zu rufen und dabei gegen die Wohnungstür zu klopfen. Ich stand schwerfällig auf, ging steif durch den Flur und schloß die Tür auf. Ohne ein Wort zu sagen, drehte ich ihm den Rücken zu, ging wieder zum Sofa zurück und ließ mich hineinfallen.

»Stimmt das wirklich? Martine ist tot?« Harry war mir gefolgt, warf achtlos seinen Mantel über den Sessel und baute sich vor mir auf. »Ich komme gerade vom ›Geiger‹, Scharlie hat es mir gesagt. Zum Teufel, Max, was ist denn passiert?«

»Es stimmt wirklich.« Ich rieb mir über das Gesicht, öffnete die Augen weit genug und sah ihn an. Harry war ganz in Schwarz. Schwarze Turnschuhe, schwarze Jeans, schwarzer Rollkragenpullover, schwarze Baskenmütze. Sogar das Gesicht hatte er zur Tarnung geschwärzt, soweit es unter der schmalen schwarzen Augenmaske zu sehen war. Bestimmt steckte in einer seiner Taschen auch noch ein weißer Handschuh.

Das Kostüm kannte ich natürlich. Sir Charles Lytton (alias das »Phantom«) in voller Arbeitsmontur und bereit, sich den Rosaroten Panther unter den Nagel zu reißen. Und doch wirkte Harrys Maskerade in dieser Umgebung nur halb so grotesk wie das, was ich ihm zu sagen hatte.

Müde nickte ich. »Martine ist gestern ermordet worden, jedenfalls läuft es darauf hinaus. Sie wurde in ihrer Wohnung überfallen und vergewaltigt. Anscheinend hat sie dabei einen Herzanfall bekommen und ist daran gestorben. Es müssen die beiden Kanzler gewesen sein. Ein Nachbar hat sie ins Haus gehen sehen.«

Harry setzte sich langsam. Ich erzählte ihm auch den Rest, erzählte von Ahlkamp, von der Bahre im Flur, von einem kalten, verlassenen Haus in Marienburg. Nachdem einmal ein Anfang gemacht war, fiel mir das Sprechen leichter. Es war immer noch schlimm genug.

Harry blieb eine ganze Weile still. So hatte ich ihn selten erlebt. Schließlich schüttelte er den Kopf. »Das darf doch alles nicht wahr sein!«

Ich sagte nichts.

»Es tut mir sehr leid, Max!« fuhr er leise fort. Seine Stimme klang gepreßt. »Martine, sie war so ... so ...« Hilflos zuckte er mit den Schultern, dann nahm er langsam seine Maske ab. Ich habe nie eine Bewegung gesehen, in der mehr Traurigkeit lag. »Sie wird mir fehlen.«

»Ich weiß.«

Über mich hatte Harry vor Jahren Martine kennen gelernt. Wir drei waren öfter zusammen unterwegs gewesen, und die beiden hatten sich auf Anhieb gut verstanden. Sie hatte seinen Humor gemocht, was Harry ganz reizend fand. Es war ihm immer leicht gefallen, sie zum Lachen zu bringen. Allerdings war das keine große Kunst, Martine hatte sogar über mich gelacht. Mir würde sie auch fehlen.

»Es ist meine Schuld, Harry. Ich bin zu spät gekommen.«

»Was soll denn das jetzt heißen?«

»Daß Martine in Gefahr war, und ich das wußte. Ich habe es gewußt und trotzdem nichts unternommen. Ich habe einfach unterschätzt, wie groß die Gefahr wirklich war, dabei hätte ich es besser wissen müssen. Spätestens, seitdem klar ist, worum es in der ganzen Geschichte überhaupt geht.«

»Du meinst die Handschriften.«

»Natürlich. Meine Güte, Martine hat mit solchen Sachen gehandelt! Sie war Kunsthändlerin, und sie war eine alte Freundin von Jupp! Und das war kein Geheimnis, jedenfalls wußte der ›Dicke‹ davon. Deshalb hatte er ja mit ihr telefoniert. Noch deutlicher geht es nicht! Es war nur eine Frage der Zeit: Früher oder später mußten die Kanzler bei Martine auftauchen. Ich hätte sie warnen müssen, Harry!«

»Ich denke, du hast bei ihr angerufen?«

»Schon, aber sie war nicht da, nur der Anrufbeantworter. Ich habe auf ihr Band gesprochen. Mehr nicht.«

»Mehr blieb dir auch kaum übrig, oder? Daß sie nicht zu erreichen war, ist nicht deine Schuld.«

»Das nicht, nein. Aber wenn ich gestern abend schon zu Martine gefahren wäre, statt nur anzurufen ...« Ich legte den Kopf zurück und fragte mich, wie oft ich mir das jetzt schon vorgeworfen hatte. Und wie oft ich es in Zukunft noch tun würde.

Harry sah mich an, die Augenbrauen hochgezogen. »Ja?« half er nach.

»Ungefähr um die Zeit müssen auch diese Schweine bei ihr gewesen sein. Vielleicht wäre ich noch rechtzeitig gekommen.«

»Und dann?«

Ich gab keine Antwort. Im Grunde wußte ich auch gar keine.

Harry schien nichts anderes erwartet zu haben. Er breitete seine Arme aus. Es sah ziemlich theatralisch aus, und das sollte es auch. »Aha, die große John-Wayne-Nummer. Max räumt auf, wie?«

Sein Sarkasmus war nicht ganz die Art von Trost, die ich mir gewünscht hätte, wirkte aber. Vermutlich, weil er recht hatte. Ich verzog das Gesicht. »So ähnlich. Allerdings hatte ich dabei eher an Bruce Willis gedacht.«

»Auch das noch. Ich fürchte, du siehst dir die falschen Filme an.« Er schüttelte übertrieben nachdrücklich den Kopf und ließ die Arme wieder fallen. »Mein Lieber, du spinnst! Auch wenn ich dir in einem Punkt natürlich zustimme: daß diese Typen bei Martine aufkreuzen würden, war wirklich abzusehen. Das ist richtig. Aber daß es gleich so böse ausgehen würde – damit konnte doch niemand rechnen! Kein Mensch, auch du nicht! Also hör auf, dir irgendwelchen Unsinn einzureden!«

Harry wartete auf eine Reaktion, und als keine kam, beugte er sich vor. »Warum sollten sie Martine denn umbringen wollen? Noch dazu quasi in der Öffentlichkeit? Indem sie gleich zweimal vorfahren und jedesmal ihren Wagen auch noch direkt vor dem Haus parken? Warum nicht gleich ihre Visitenkarte dalassen? Die beiden mögen ja nicht die hellsten sein, aber so blöde können sie gar nicht sein. Nein, geplant war das bestimmt nicht. Ich nehme an, das Ganze sollte genauso harmlos ablaufen wie bei dir.«

»Schon möglich.« Nur war es katastrophal ausgegangen.

»Vermutlich haben die Kanzler geglaubt, daß Martine Bescheid wußte über Jupps Pläne, vielleicht sogar daran beteiligt war und etwa den Verkauf der Bücher organisiert hat. Der Gedanke ist gar nicht mal so abwegig, wenn man bedenkt, daß sie Martine ja nicht gekannt haben. Also wollten sie von ihr wissen, wo Jupp ist, oder die Bücher.«

»Oder auch das Geld, falls der Handel schon gelaufen wäre.«

»Genau, damit wären sie wohl auch zufrieden gewesen. Aber Martine hatte mit der Sache überhaupt nichts zu tun. Sie konnte ihnen nichts sagen, weil sie von nichts gewußt hat.« Fragend sah er mich an. »Sie hat doch von nichts gewußt?«

»Sicher nicht.«

»Ja, dumme Frage. Nur haben sie ihr das nicht geglaubt.«

»Nein.«

Eine Zeitlang fiel kein Wort. Wir saßen da und starrten Löcher in die Luft, bis Harry sich schließlich räusperte.

»Diese Dreckschweine!« sagte er leise. »Man darf gar nicht darüber nachdenken! Wahrscheinlich ist das Ganze für die nicht mehr als ein dummer Betriebsunfall: Die Frau hat eben einfach Pech gehabt, tut uns wirklich sehr leid, aber so etwas passiert halt. C'est la vie!«

Bevor ich etwas sagen konnte, hob er abwehrend die Hand. »Ja, ja, das macht es nicht besser, natürlich nicht – aber ich glaube kaum, daß du irgend etwas hättest verhindern können, Max. Bilde dir da nur nichts ein! Und da wir schon mal bei Vorwürfen sind: Die sollte sich lieber jemand anders machen, und nicht zu knapp!«

»Du meinst Jupp.«

»Wen sonst? Wenn einer Schuld hat, dann Jupp! Die Kanzler sind doch hinter ihm her, und das muß er auch gewußt haben. Man kann sich nicht mit dem ›Dicken‹ anlegen und dann erwarten, daß der das so einfach schluckt und nichts unternimmt. Irgend etwas in der Art mußte kommen. Schön, Jupp mag das ja egal sein, was kann ihm noch großartig passieren? Aber er hätte wissen müssen, daß er auch andere in Gefahr bringt. Martine da mit hineinzuziehen, war völlig unverantwortlich!«

Natürlich hatte Harry recht. Jupp hätte an Martine denken müssen.

»Dasselbe gilt übrigens für dich, Max. Jupp hätte nie so ohne weiteres bei dir auftauchen dürfen! Immerhin hätte es auch bei dir anders ausgehen können. Du hast nur mehr Glück gehabt. Bis jetzt, heißt das. Wer sagt denn, daß die Kanzler es nicht noch einmal bei dir versuchen? Ich will dich ja nicht beunruhigen, aber meine erste Wahl wärst du. Die suchen garantiert weiter nach Jupp, und solange er verschwunden bleibt, kann alles Mögliche passieren. Du bist noch lange nicht aus dem Schneider!«

»Ich weiß, deshalb frage ich mich auch, warum er sich immer noch nicht meldet. Das sieht ihm nicht ähnlich.«

Harry zuckte mit den Achseln. »Was meint denn die Polizei zu der Geschichte? Du hast ihnen doch von Jupp und den Handschriften erzählt, und daß die Kanzler nur deswegen zu Martine gekommen sind?«

Als ich nicht direkt antwortete, lehnte er sich langsam zurück und sah mich erstaunt an. »Du hast es ihnen nicht erzählt!«

»Nein, habe ich nicht. Nach der Aussage des Nachbarn schien es mir nicht mehr unbedingt nötig zu sein. Ich habe nur erwähnt, daß Jupp mit Martines Jaguar unterwegs ist, und dieser Kommissar Ahlkamp ist ziemlich hellhörig geworden. Es hat ihm nicht besonders gefallen. Er konnte sich noch von früher an Jupp erinnern, und irgendeinen Zusammenhang wird er schon herstellen, da bin ich mir sicher. Aber das spielt keine große Rolle. Entscheidend ist doch, daß die Polizei nach den Kanzlern fahndet, und das tut sie. Mit Nachdruck sogar. Es geht ja nicht nur um Martine allein, sondern auch um das zweite Opfer, eine –«

Mit einem Ruck setzte Harry sich auf. »Moment mal! – ›Das zweite Opfer‹? Wo kommt denn das auf einmal her? Davon höre ich zum ersten Mal! Und damit rückst du erst jetzt heraus?«

»Da gibt es nicht viel zu erzählen.« Ich berichtete ihm knapp, was ich über den Vorfall auf der Severinsbrücke gehört hatte. »Ahlkamp schien selbst nichts Näheres zu wissen, und ich wollte auch nicht zu sehr nachfragen. Bestimmt steht morgen alles detailliert im Express.«

Harry starrte mich an. »Herrgott noch mal, Max, was läuft hier eigentlich? Zwei Tote! – Die müssen doch verrückt sein!« Es hielt ihn nicht länger in seinem Sessel. Er sprang auf und marschierte hin und her. »Eine junge Frau. Weiß man denn, wer sie ist?«

»Nein, offenbar nicht. Bis jetzt haben sie nicht einmal die Leiche bergen können. Das Hochwasser ist zu stark.«

»Entweder sind diese Kerle völlig durchgeknallt, oder es muß eine Verbindung zwischen Jupp und der Frau geben!«

Der Gedanke war mir selbst schon gekommen. »An einen bloßen Zufall glaube ich auch nicht. Als Jupp am Donnerstag hier war, hat er einen Anruf bekommen. Von einer Frau. Jupp war ziemlich begeistert. Sie haben sich verabredet, er wollte sie nachmittags vom Bahnhof abholen.«

»Und – hat er nichts weiter über sie gesagt?«

»Nein. So genau habe ich aber auch nicht hingehört, Jupp hat sich aufgeführt wie ein liebeskranker Kater. Dean Martin war nichts dagegen. Mit meinem Namen und dem ›Geiger‹ schien sie aber etwas anfangen zu können. Jupp hatte ihr meine Nummer gegeben.«

»Sie ist also nach Köln gekommen.« Harry war stehengeblieben und stützte sich auf die Sessellehne.

»Das nehme ich an.«

»Und Jupp hat sie abgeholt.«

»Oder jemand anders.«

»Oder jemand anders, genau«, wiederholte er bedächtig und runzelte die Stirn. Es war nicht allzu schwer, seine Gedanken zu erraten.

Liebend gern hätte ich sie nur der professionell arbeitenden Phantasie des Autors von »Tödliche Falle auf Delta Vier – Mark Connellys gefährlichster Auftrag« zugeschrieben, aber mittlerweile hatte ich selbst schon mit solchen Überlegungen angefangen. In den letzten Tagen war einfach zu viel passiert. Ich zuckte mit den Schultern.

»Dann treibt sie jetzt vielleicht als Leiche den Rhein herunter, schon möglich. Aber ebensogut kann sie quicklebendig sein und gerade irgendwo mit Jupp auf den Karneval anstoßen. Wer weiß?«

»Stimmt, das ist alles reine Spekulation und bringt nichts. Wir werden es schon noch früh genug erfahren.« Harry steckte die Hände in die Hosentaschen und sah auf mich hinunter. »Hast du eine Idee, was wir jetzt machen sollen?«

»Nein, außer darauf warten, daß Jupp sich endlich meldet.«

»Hm, und wenn er sich nicht meldet?«

»Keine Ahnung.«

Harry sagte nichts und nahm seine Wanderung wieder auf. Es schien ihm genausowenig zu gefallen wie mir. Vor dem Foto von Martine und Jupp machte er schließlich Halt. Ohne zu mir herüber zu sehen, sagte er betont beiläufig: »Wozu hat sich Jupp wohl Martines Wagen ausgeliehen?«

Langsam stand ich auf. Martines Landhaus. Dafür brauchte man einen Wagen. Jupp hatte es schon früher ab und zu als Jagdhütte benutzt. Jetzt mußte es da oben lausig kalt sein, aber für ein romantisches Wochenende im Schnee war es genau das Richtige. Und davon hatte Jupp am Telefon gesprochen, die Passage mit dem Schnee und Rodeln fiel mir wieder ein. Das paßte. Am lodernden Kaminfeuer würde Jupp einer hingegossenen Schönen von seinen Abenteuern erzählen. Wie er einmal in kurzen Hosen am Südpol Eisbären gejagt hatte. Etwas in der Art.

»Du hast absolut recht, Harry!« Ich ging zu ihm und tippte mit dem Finger auf das Foto. »Dort könnte er sein, tatsächlich! Warum bin ich nicht schon eher darauf gekommen?«

»Willst du wirklich eine Antwort hören?«

»Nein. Wahrscheinlich ist er schon am Donnerstag hinausgefahren, um alles vorzubereiten. Gleich von Martine aus. Er mußte ja heizen, die Betten machen und den Champagner kalt stellen.«

»Dann hat er sein Mädel am Bahnhof eingeladen, ist ab in die Berge mit ihr und ward seitdem nicht mehr gesehen. Ein letzter zweiter Frühling gewissermaßen. Der lange Après-Ski.«

»Deshalb haben wir die ganze Zeit nichts von ihm gehört.«

»Tja, er ist eben mit wichtigeren Dingen beschäftigt. Und angenehmeren vermutlich.«

»Was bedeutet, daß Jupp vielleicht noch gar nichts von den Kanzlern weiß! Jedenfalls nicht, daß sie wie wild hinter ihm her sind und dabei über Leichen gehen.«

Harry nickte. »Das wäre auch die einzige noch halbwegs akzeptable Entschuldigung für seine Funkstille.«

»Stimmt, aber so geht das nicht weiter. Er muß unbedingt erfahren, was mit Martine passiert ist. Und er muß etwas unternehmen. Wenn einer diese zwei Verrückten noch aufhalten kann, dann Jupp. Er muß sich irgendwie mit dem ›Dicken‹ arrangieren, so schnell wie möglich. Bevor es noch eine dritte Leiche gibt.«

»Die übrigens leicht Max Cremer heißen könnte. Also –«

»Also sollten wir zur Hütte rausfahren und ihm einen Besuch abstatten.«

»Brillant, mein lieber Watson, wirklich brillant! Der Groschen ist also endlich gefallen. Ich habe mich schon gefragt, wie lange du wohl dafür brauchst.«

»Danke.« Ich starrte auf das Foto, ohne es richtig wahrzunehmen. Etwas hatte ich übersehen, ich konnte es deutlich fühlen. Etwas, das nun irgendwo an den Rändern meines Bewußtseins herumgeisterte und darauf drängte, wieder erinnert zu werden. Als es mir plötzlich einfiel, mußte ich schlucken. Viel half es nicht. Meine Kehle fühlte sich auf einmal wie ausgetrocknet an.

»Was hast du denn?« Harry sah mich von der Seite an.

»Wir müssen uns beeilen!«

»Selbstverständlich. Ich bin längst fertig, von mir aus kann es sofort losgehen. Den Bademantel darfst du ruhig anbehalten.«

»Ich meine es ernst, Harry! – Da ist noch etwas.«

»Was denn?«

»Kannst du dich an die alte Wanderkarte erinnern, noch aus den zwanziger Jahren, mit der hübsch gezeichneten Ansicht des damaligen Forsthauses auf dem Umschlag? Gleich links neben der Dufy-Skizze an Martines Kaminwand?«

»Nein, ich glaube nicht«, sagte er gedehnt. »Aber ich ahne schon, was jetzt kommt.«

»Sie hängt nicht mehr da!«

»Ich wußte es. Und ich kann nicht behaupten, daß mir das gefällt.« Er atmete einmal tief durch. »Bist du sicher?«

»Ja. Es ist mir natürlich nicht weiter aufgefallen, als ich heute nachmittag dort war. Ich habe einfach keinen Zusammenhang gesehen und nicht darauf geachtet. Es ist mir gerade erst wieder eingefallen, beinahe hätte ich es völlig vergessen. Aber ich bin mir absolut sicher: Die Karte ist weg!«

»Das könnte auch ein Zufall sein.«

»Nach allem, was passiert ist? Das glaubst du doch selbst nicht!«

»Oder Martine ist auch darauf gekommen, wo Jupp sich aufhalten könnte, und hat den Kanzlern von ihrem Landhaus erzählt. Ihr blieb ja nichts anderes übrig, auch wenn es ihr nicht viel genützt hat.«

»Also werden die Kanzler dort nach ihm suchen. Falls sie es nicht schon getan haben.«

»Wenn Jupp wirklich dort ist …« Harry ließ den Satz unvollendet und sah auf das Foto. »Vielleicht sollten wir die Polizei benachrichtigen, Max.«

»Meinst du etwa, die schicken auf der Stelle eine SEK-Einheit heraus, nur weil eine alte Wanderkarte nicht mehr an ihrem Platz hängt? Nein, wir müssen selbst hinfahren! Am besten sofort!« Ich drehte mich um und marschierte zur Treppe. »Gib mir nur eine halbe Minute zum Anziehen.«

Harry wartete auf mich in der Diele. Ihn schien es genauso gepackt zu haben wie mich. Als ich die Treppe heruntersprang, hörte er auf, unruhig auf und ab zu laufen, und gab sich cool, was gut zu der Augenmaske paßte, die er wieder übergezogen hatte.

Ich behielt meinen Kommentar für mich. Sein Kostüm war genau der richtige Tarnanzug für unser Vorhaben. In einer verschneiten Landschaft würde er damit nicht mehr auffallen als ein Feuerwehrauto mit Blaulicht.

Mit unbewegter Miene hielt er mir die Tür auf. »Der Wagen steht gleich um die Ecke.«

»Gute Arbeit, Harry.«

Es gab wenig Verkehr auf den Straßen, meistens Taxis, die jetzt in der fünften Jahreszeit ihre Hauptsaison hatten. Aber auf den Bürgersteigen herrschte Betrieb. Ich sah kaum jemanden ohne Verkleidung. Trotz Kälte und Schneeregen waren die Jecken unterwegs und bildeten vor den Kneipen skurrile Warteschlangen. Unter den biederen Wintermänteln steckten hier und da nicht ganz so seriöse Abend-Garderoben. Niemand achtete auf einen Juwelendieb auf dem Weg zur Arbeit.

Harry fuhr schnell und konzentriert. Und er hielt den Mund, was mich etwas wunderte. Anscheinend war auch ihm nicht nach Reden zumute. Er versuchte, sich nichts anmerken zu lassen, trotzdem konnte ich seine Anspannung spüren. Wahrscheinlich war er genauso nervös wie ich. Grund genug gab es.

Ich drehte das Radio an, um vielleicht etwas Neues über den Unfall auf der Severinsbrücke zu erfahren, hatte aber Pech. Sie brachten nur einen karnevalistischen Partykracher nach dem anderen. Es klang nach einem Endlosband. Schweigend hörten wir zu und rasten dabei über die fast leere Autobahn ins Bergische.

Ahrenfels lag nicht direkt auf der Strecke, aber es war kein großer Umweg. Harry hatte auf dem Abstecher bestanden, weil er nicht so völlig nackt zu Martines Landhaus fahren wollte. Es würde nicht lange dauern.

Ich wartete im Wagen auf ihn. Was er mit seiner etwas kryptischen Andeutung gemeint hatte, konnte ich mir denken. Es war immerhin möglich, daß wir da oben nicht nur auf Jupp trafen.

Harry hielt sein Versprechen und beeilte sich. Als er die Wagentür öffnete, um sich wieder hinter das Steuer zu setzen, war seine Manteltasche merklich ausgebeult. Ich verkniff mir den alten Mae-West-Witz und sah ihn nur fragend an.

Er griff in die Tasche und holte einen Revolver heraus. »Den brauchen wir vielleicht noch. Man weiß ja nie.«

Es war ein 38er mit kurzem Lauf. Sein Stahl schimmerte matt im Licht der Innenbeleuchtung. Er sah ein wenig altmodisch aus, als gehöre er zu einer längst verflossenen Ära geschwungener Kotflügel, Trenchcoats und weichen Filzhüten. Trotzdem konnte man solide Löcher mit ihm schießen. Ich hatte es selbst schon ausprobiert.

»Nur einer? Was ist mit mir, für mich hast du nichts?«

»Nein.« Harry steckte die Waffe wieder in die Tasche, zog die Wagentür zu und ließ den Motor an. »Zu gefährlich. Das wäre ein unnötiges Risiko.«

»Nur, weil ich dir mal eine Fensterscheibe eingeschossen habe? Ich hätte nicht geglaubt, daß du so nachtragend bist.«

»Bin ich auch nicht, die paar Scherben sind mir egal. Aber das Fenster war über zwei Meter von der Zielscheibe entfernt. Einer Zielscheibe wohlgemerkt, die praktisch vor deiner Nase gestanden hat.«

»Jetzt übertreibst du aber!«

»Du hast gut reden, mein Lieber, dir kann ja auch nicht viel passieren mit einer Knarre in der Hand. Aber ich muß auch an mich denken. Wenn du erst einmal anfängst zu schießen, ist niemand mehr sicher, nicht mal hinter deinem Rücken. Und das nenne ich eben ein unnötiges Risiko. Es reicht also vollkommen, wenn nur einer von uns so ein Ding mit sich herumträgt. Jemand, der damit auch umgehen kann.«

»Verstehe.« Mir kam flüchtig der Verdacht, daß er schon seit Jahren auf eine solche Gelegenheit gewartet hatte, und nun beinahe Gefallen daran fand. Endlich passierte hier und jetzt wirklich etwas von dem, was er sonst nur seinen Helden auf weit entfernten Planeten erleben ließ. »Du meinst, jemand wie Mark Connelly?«

»Genau.«

Rasant bog Harry aus der Einfahrt und lenkte den Wagen über gerade noch asphaltierte Seitenwege zurück zur Landstraße. Rein zufällig kamen wir unterwegs an einer verkohlten Brandruine vorbei. Ich fragte gar nicht erst nach. Es konnte sich nur um die traurigen Überreste dessen handeln, was einmal des Bürgermeisters ganzer Stolz gewesen sein mußte. Die »Freiwillige Feuerwehr Ahrenfels« hatte ganze Arbeit geleistet.

Es war kurz vor Mitternacht, und außer uns schien weit und breit niemand mehr unterwegs zu sein. Mittlerweile hatten sich die schweren Wolken verzogen und den Blick auf einen klaren Sternenhimmel freigegeben. Noch nie war mir ein Vollmond so groß vorgekommen. Die riesige Scheibe hatte fast schon etwas Unnatürliches. Ein bleicher Schimmer lag auf der verschneiten Landschaft und ließ sie seltsam fremd wirken.

Auch Harry schien den Bann zu spüren und blieb wieder schweigsam, was mir ganz lieb war. Ich hatte eine Karte aus dem Handschuhfach genommen, um unsere Route zu kontrollieren. Gelegentlich gab ich ihm knappe Anweisungen, welche Abzweigung er zu nehmen hatte, ansonsten verlief die Fahrt recht einsilbig.

Was machten wir hier eigentlich, fragte ich mich und wurde unsicher. Was, wenn wir uns getäuscht hatten? Unsere Erwartung, Jupp in Martines Landhaus anzutreffen, ruhte doch auf ziemlich wackligen Beinen. Es war genausogut möglich, daß er sich hier oben überhaupt nicht hatte blicken lassen und wir völlig umsonst unterwegs waren. Nichts weiter als blinder Aktionismus von zwei Pfadfindern in den besten Jahren.

Unvermittelt lachte Harry auf einmal leise auf. »Das glaubt uns kein Mensch, Max!« Als hätte er gerade ganz ähnliche Überlegungen angestellt.

»Wahrscheinlich nicht, da hast du recht.« Ich sah von der Karte auf. »Nun, das wäre wenigstens für einen von uns eine neue Erfahrung. Übrigens kann es nicht mehr weit sein, irgendwo hier müssen wir abbiegen.«

»Ja, die Gegend kommt mir auch bekannt vor. Sag mal, wie darf ich denn deine letzte Bemerkung verstehen? Du weißt schon, die mit –«

Bevor er richtig loslegen konnte, fiel ich ihm jäh ins Wort. »Halt an, Harry!«

Er bremste scharf und fuhr an den Straßenrand. »Was ist denn los?«

»Wir sind da.«

Ich zeigte nach vorne. Die Scheinwerfer beleuchteten ein kleines, verwittertes Holzschild, dessen Aufschrift in Fraktur sich nur noch mit Mühe entziffern ließ. »Zum Forsthaus« stand dort, und darunter wies ein teilweise abgeblätterter Pfeil auf einen befahrbaren Feldweg hin, der ein paar Meter vor uns von der Landstraße in den Wald abbog. Er würde ungefähr einen Kilometer in steilen Serpentinen über den Berg in ein enges Tal führen und beim ehemaligen Forsthaus enden. Es gab nur diesen einen Weg und keine Nachbarn. Wir hatten die Zufahrt zu Martines Landhaus erreicht.

Aber das war nicht der Grund, weshalb wir angespannt sitzenblieben und durch die Scheiben starrten. Jedenfalls nicht der einzige. Die Reifenspuren waren nicht zu übersehen. Wer immer diesen Weg hochgefahren war, hatte zu Martines Haus gewollt.

Ein paar Sekunden blieb es still, dann räusperte Harry sich und nickte langsam, ohne mich dabei anzusehen. »Da hatte wohl jemand den gleichen Einfall wie wir.«

»Sieht ganz so aus.« Also hatte ich richtig gelegen mit der fehlenden Wanderkarte. »Die Abdrücke müssen von den Kanzlern stammen.«

»Das nehme ich auch an. Von wem sonst? Selbst in der Hochsaison dürften sich Sonntagsausflügler kaum in diese Gegend verirren.« Er beugte sich vor und sah den steil ansteigenden Weg hoch. »Irgendwo da oben müssen sie sein.«

»Oder sie sind längst schon wieder weg, und wir kommen zu spät.«

»Schon möglich. Vielleicht sollte ich mir die Spuren mal etwas genauer anschauen.«

Er stieg aus und stapfte hin und her über den schneebedeckten Feldweg, den Blick auf den Boden gerichtet. Schließlich ging er sogar in die Hocke. Es sah verdächtig nach Sherlock Holmes bei der Arbeit aus.

Und es zog sich in die Länge. Ich kurbelte mein Fenster herunter. »Brauchst du eventuell noch eine Lupe?«

»Nein, vielen Dank.« Er richtete sich auf und kam zurück. Als er wieder einstieg, wirkte er leicht unzufrieden. »Also: Auf diesem Weg ist ein Wagen gefahren, und zwar vor nicht allzu langer Zeit. So viel steht fest.«

»Großartig! Das hätte man unmöglich von hier aus erkennen können. Und weiter? Mach es nicht so spannend! Oder war das etwa schon alles?«

»Selbstverständlich nicht!« Harry bedachte mich mit einem betont herablassenden Blick. Darin war er gut. »Was willst du denn hören? Der Fahrer ist übergewichtig, Mitte Fünfzig, überzieht notorisch sein Konto und sammelt seit frühester Jugend Briefmarken. Vermutlich Eisenbahn-Motive.«

»Aha, deshalb hat ihn auch seine Frau vor zwei Jahren verlassen, um dann mit ihrem Frisör in Paderborn ein neues Leben anzufangen.«

»Guter Versuch, mein Lieber, aber wie immer völlig abwegig! Niemand fängt in Paderborn ein neues Leben an. Außerdem war der Mann gar nicht verheiratet. Das liegt doch auf der Hand!«

»Na schön, wenn du es sagst.«

»Eben!«

Das alberne Geplänkel sollte natürlich nur unsere Nervosität überspielen. Wir wußten beide, daß es nicht funktionierte. Es gab eine Frage, die gestellt werden mußte. Um sie zu überprüfen, war Harry ausgestiegen.

»Ich bin mir nicht sicher«, antwortete er und rieb sich das Kinn. Als er langsam weitersprach, hatte seine Stimme alles Verspielte abgelegt. »Es ist nur eine einzige Fahrspur, aber ich könnte beim besten Willen nicht sagen, in welche Richtung sie führt.«

»Allzu viele Alternativen stehen ja nicht zur Auswahl.«

»Das ist richtig. Falls sie schon auf dem Rückweg waren, können wir nur hoffen, daß wir uns alle getäuscht haben, und Jupp sich nicht hier draußen einquartiert hat. Denn in dem Fall hätten wir sie knapp verpaßt.«

Wir wären so oder so zu spät gekommen, aber daran wollte ich nicht denken. »Es gibt noch die zweite Möglichkeit.«

Harry nickte. »Ja, die gibt es wohl«, sagte er ruhig.

Wir sahen uns an. Wenn die Kanzler zum alten Forsthaus hochgefahren waren, mußten sie jetzt immer noch dort sein.

»Wir sollten den Wagen besser hier unten lassen, die Scheinwerfer sind nicht gerade unauffällig. Was hältst du von einem kleinen Spaziergang?«

»Einverstanden!« Harry zog seine Mütze tiefer in die Stirn. »Deshalb sind wir doch gekommen, oder?«

Niemand würde hier Strafzettel verteilen. Ich bog ein paar Meter in den schmalen Weg ein und parkte den Wagen so, daß er die Einfahrt blockierte. Und auch die Ausfahrt.

Wir stiegen aus. Einen Augenblick lang standen wir dumm herum und lauschten in die plötzlich eingetretene Stille hinein. Nichts war zu hören. Ein leichtes Frösteln ließ mich erschauern. Ich trat ein paar Mal auf der Stelle und schlug die Arme übereinander. Hier draußen war es merklich kälter als in Köln.

»Tja, vernünftige Leute tragen jetzt Pappnasen und tanzen auf den Tischen.« Harry hatte tatsächlich einen silbernen Flachmann aus der Tasche gezogen und schraubte den Deckel ab. Sein leichtes Grinsen wirkte etwas gezwungen. »Aber wie heißt es doch so treffend: Jeder Jeck ist anders!«

Wir nahmen einen Schluck gegen die Kälte, einen für unterwegs und noch einen für alle Fälle. Dann machten wir uns an den Aufstieg.

Auf den ersten Metern war es noch hell genug. Wir konnten ohne große Schwierigkeiten den Reifenspuren folgen. Das änderte sich schnell, als wir nun tiefer in den Wald eindrangen und die Baumkronen öfter den Mond verdeckten. Es wurde zwar nicht richtig finster, aber es reichte, um immer mal wieder über eine der Wurzeln zu stolpern, die sich quer über den Weg zogen. Glücklicherweise hatte Harry an alles gedacht und ließ seine Taschenlampe ab und zu aufleuchten.

Wer weiß, was er noch alles in seinem Mantel mit sich herumtrug. Bestimmt hätte Baden-Powell seine Freude an ihm gehabt.

Längst hatte ich aufgehört zu frieren, dafür sorgte das steile Gelände. Jede Biegung führte uns ein gutes Stück höher den Berg hinauf. Harry hatte ein zügiges Tempo angeschlagen und marschierte wortlos voran. Bis auf ein gelegentliches Knacken im Unterholz waren nur unsere Atemzüge zu hören und das saugende Geräusch der Schritte. Durch den Schnee schien alles wie mit Watte gedämpft zu sein.

Nach einer Weile setzte ich meine Schritte halbwegs automatisch und stapfte achtlos hinter Harry her. Ich versuchte mich daran zu erinnern, wann ich das letzte Mal mit Martine hier gewesen war. Es mußte schon zwei oder drei Jahre her sein, genau wußte ich es nicht mehr, und das lag mir schwer im Magen. Wie hatte ich das nur so einfach vergessen können? Als Harry jetzt plötzlich stehenblieb, wäre ich fast in ihn hineingelaufen.

»Still!« zischte er und hob die Hand, dann verharrte er reglos. Er hatte sich leicht gebückt und schien angestrengt nach vorne zu starren. Ungefähr zehn Meter vor uns machte der Weg seine nächste Kehre. Irgend etwas mußte dort sein. Aber außer einem größeren Holzstapel konnte ich zunächst nichts erkennen. Schon wollte ich mich bei Harry beschweren, daß er mir so einen Schrecken eingejagt hatte, als ich es auch sah. Im Gebüsch hinter dem Holz hatte sich eine schattenhafte Gestalt bewegt.

In diesem Moment flammte die Lampe auf und erfaßte mit ihrem Lichtkegel ein Reh, das uns aus großen Augen anschaute. Erleichtert stieß Harry seinen angehaltenen Atem aus und löschte das Licht wieder. Sofort brach das flüchtende Tier durch das Unterholz und verschwand. Nach ein paar Sekunden war nichts mehr von ihm zu hören.

Harry richtete sich auf und drehte sich zu mir herum. »Nur ein Reh! Da haben wir ja noch mal Glück gehabt!«

»Was hast du denn erwartet, etwa den legendären bergischen Schneetiger? Ich meine, wir mögen ja hier in der tiefen Provinz sein, aber es ist trotzdem nicht gerade Sibirien, oder?«

»Wie recht du hast!« Bedächtig zog er einen Handschuh aus und angelte nach dem Flachmann. »Deinen Worten entnehme ich, daß du noch nie Auge in Auge einer Rotte schlecht aufgelegter Wildschweine gegenübergestanden hast. Und von denen gibt es eine Menge hier, die Gegend ist berühmt dafür. Martine hat mal so etwas erzählt.«

Das fehlte gerade noch. Instinktiv sah ich mich um.

Harry nahm einen ausgiebigen Schluck. »Ich glaube, sie erwähnte auch, daß einige von den Keilern mitunter allergisch auf Städter reagieren. Soll angeblich am Geruch liegen.«

»Dann brauchst du dir keine Sorgen zu machen, ich habe seit Wochen nicht mehr gebadet. Die merken bestimmt keinen Unterschied!« Bevor sie wieder in seiner Tasche verschwinden konnte, schnappte ich mir die Flasche. Dann folgte ich ihm um die nächste Biegung. Allzuweit durfte es nicht mehr sein.

Nach zwei weiteren Serpentinen ließ die Steigung nach. Kurz darauf überschritten wir den Bergkamm. Auf der anderen Seite traten die Bäume auseinander und gaben den Blick auf ein kleines Tal frei. Ungehindert schien der Mond herab auf Martines ländliches Refugium und tauchte es in ein bleiches Licht.

Das ehemalige Forsthaus lag oberhalb einer großen Wiese. Ein geräumiger Bau aus Bruchsteinen mit einer aufgesetzten Fachwerkkonstruktion, die landesüblich verschiefert war. Da man es halb in den Hang hineingebaut hatte, führte der Weg zur Haustür über eine große, vorgesetzte Veranda.

Hier hatten wir manchmal in der Sonne gesessen, Martine und ich, hatten Eiskaffee getrunken und über Gott und die Welt geschwätzt, während ringsum die Luft voll war vom Summen der unzähligen Hummeln, die sich in der Blumenwiese vor dem Haus wie im Paradies fühlen mußten.

Jetzt lag alles unter einer hellen Schneedecke, durch die sich wie ein schwarzes Band ein Bach schlängelte. Etwas weiter talabwärts staute er sich zu einem kleinen Weiher, der noch nicht vollständig zugefroren war. An seinem Ufer, halb verdeckt durch eine Trauerweide, stand ein winziges Blockhaus, Martines Sauna.

Wir blieben am Waldrand stehen, im Schutz der letzten Bäume, und sahen hinunter auf das Anwesen. Im Mondschein wirkte das Tal friedlich und anheimelnd. Allerdings fehlte uns für das Idyllische der Szenerie im Moment jeglicher Sinn. Wir waren nicht allein.

Im Haus brannte Licht. Deutlich hoben sich die hellen Rechtecke der Fenster von den dunklen Wänden ab. Falls wir noch irgendwelche Zweifel gehabt hätten, wären sie nun endgültig ausgeräumt worden.

Neben mir pfiff Harry tonlos durch die Zähne. »Volltreffer, würde ich sagen.« Unwillkürlich hatte er geflüstert, obwohl uns hier oben niemand hören konnte. »Jupp muß wirklich die ganze Zeit hier gewesen sein. Sieh dir den Wagen da an!«

Ich hatte ihn auch schon bemerkt. Er stand ungefähr zwanzig Meter vom Haus entfernt. Offensichtlich war er seit Tagen nicht mehr benutzt worden, denn auf Dach, Motorhaube und Windschutzscheibe lag Schnee. Harry hatte recht, es konnte sich nur um Martines Jaguar handeln. Aber die Reifenspuren, denen wir gefolgt waren, stammten nicht von ihm.

Der zweite Wagen parkte seitlich unterhalb der Veranda direkt vor dem Haus, und selbst über die Distanz hinweg ließ er sich mühelos als Porsche identifizieren. Seine Farbe konnte ich zwar nicht erkennen, aber ich war mir sicher, daß er rot sein mußte. Auch die Kanzler hatten Jupp aufgespürt. Noch vor uns.

Ich starrte auf das Haus. Es sah nicht gut aus. Die hell erleuchteten Fenster störten mich. Es waren viel zu viele. Die Festbeleuchtung schien auch Harry nicht zu gefallen.

»Macht nicht gerade den Eindruck, als säßen die da unten gemütlich bei einer Feuerzangen-Bowle zusammen.«

»Das glaube ich auch nicht. Wir müssen etwas unternehmen!«

»Was schlägst du vor?«

»Näher ran zu gehen. Wir müssen wissen, was da unten los ist. Dann sehen wir weiter. Es könnte allerdings gefährlich werden, nicht nur für Jupp.«

»Ich bin dabei. Falls die Kanzler ihn gerade in die Mangel nehmen, dürfte Jupp über jede Hilfe froh sein, die er kriegen kann. Außerdem ...« Er sprach nicht weiter, und das war auch nicht nötig.

»Ja, ich weiß. Hoffentlich kommen wir wenigstens diesmal noch rechtzeitig!«

Wir verließen den gewundenen Fahrweg und arbeiteten uns im Laufschritt querfeldein näher an das Haus heran. Harry hatte wieder die Führung übernommen. Das Gelände bot nur wenig natürlichen Schutz, aber geschickt nutzte er jeden Strauch und jeden noch so kleinen Erdhügel aus. So hatten wir es damals bei den Pfadfindern gelernt, und bei ihm schien eine Menge davon hängengeblieben zu sein.

Ich folgte ihm dicht auf den Fersen, wenn auch nicht in derselben professionellen Haltung. Denn trotz Harrys Tarnanzug würde uns wohl kaum jemand aus einem hellen Zimmer heraus hier draußen sehen können.

Ein Stück unterhalb des Hauses beschrieb der Bachlauf einen ausgeprägten Bogen. Auf der kleinen Halbinsel hatte jemand vor langer Zeit einen Haselnußstrauch gepflanzt, der sich zu einem mächtigen Gebüsch entwickelt hatte. Es war ein idealer Ruheplatz, wie geschaffen für einen heißen Sommernachmittag, wenn man nur noch angenehm im Halbschatten vor sich hin dösen und dabei bequem die Füße im Wasser baumeln lassen wollte. Jetzt würde er eine gute Deckung bieten.

Nach einem Endspurt über die freie Wiesenfläche erreichten wir unbehelligt den Bach und hockten uns auf den Boden, um wieder zu Atem zu kommen. Der Busch schirmte uns vollständig ab. Ich schob einige Zweige auseinander und sah zum Haus hinüber. Drüben tat sich nichts. Noch schien niemand Notiz von uns genommen zu haben. Das konnte sich jederzeit ändern.

Seitlich von uns stand der schneebedeckte Wagen, nahe genug, um ihn deutlich erkennen zu können. Es war tatsächlich Martines Jaguar, und irgend etwas stimmte nicht mit ihm. Ich wußte nicht genau, was mich so irritierte. Es war nur ein vages Gefühl, mehr nicht, aber ich hatte es schon gespürt, als ich den Wagen vorhin zum ersten Mal gesehen hatte, und jetzt wurde es immer stärker. Vielleicht lag es am Standort. Warum war er hier geparkt, so weit weg vom Haus, und nicht direkt vor der Veranda?

Dafür mußte es einen Grund geben, und ich wollte ihn wissen. Ich stieß Harry kurz an, zeigte mit dem Kinn hinüber zum Jaguar und lief los. Drüben duckte ich mich hinter den Kotflügel und wartete einen Moment. Nichts passierte. Schnell bewegte ich mich zur Fahrerseite und warf einen Blick in das Wageninnere.

Mein Gefühl hatte mich nicht getäuscht.

Er rührte sich nicht. Eine Hand hielt noch das Lenkrad gepackt. Sein Oberkörper war seitlich weggerutscht und lag auf dem Beifahrersitz. Als hätte er nur schnell ein kleines Nickerchen machen wollen, aber seine Augen standen weit offen, und er blinzelte nicht. Es war der große Schlaf.

Ich ging in die Hocke und lehnte mich mit dem Rücken gegen die Tür. Es war meine zweite Leiche an diesem Tag.

»Was ist denn los?« Harry kauerte sich neben mich.

»Jupp liegt im Wagen.«

Er starrte mich an und schluckte hörbar. Dann richtete er sich etwas auf und sah durch die Scheibe. Mit einem leisen Fluch kam er wieder herunter. »Meine Güte, Max: Er ist tot!«

»Ja. Ich glaube aber nicht, daß es die Kanzler waren.«

Harry nickte. »Es sieht nicht so aus. Rück mal ein Stück zur Seite.«

Bevor ich etwas sagen konnte, hatte er den Griff gepackt und die Fahrertür aufgezogen. Aber die Schrecksekunde ging vorüber, die Innenbeleuchtung blieb dunkel.

Jupp war steif und kalt. Er mußte schon länger hier draußen liegen. Weder auf seiner Kleidung noch sonst irgendwo im Wagen sahen wir Blut. Es gab auch keinerlei Spuren von Gewalt, Jupp schien völlig unverletzt zu sein. Er lebte nur nicht mehr.

Harry zeigte auf die Wagenschlüssel. Sie steckten noch im Schloß, und die Zündung war eingeschaltet. Laut Anzeige hätten die Scheinwerfer mit Fernlicht brennen müssen. Die Batterie schien völlig leer zu sein.

»Was hältst du davon?«

»Es muß schon bei seiner Ankunft hier passiert sein, am Donnerstag. Deshalb konnte er sich nicht mehr melden.«

Harry nickte langsam. »Wir haben ihm wohl etwas Unrecht getan, fürchte ich. Er hätte nichts mehr verhindern können.«

»Nein, er ist einfach gestorben.«

»Ja. Damit war irgendwann zu rechnen. Auch wenn ich keine Ahnung habe, wie sich ein Hirntumor letztlich auswirkt.«

»Ich auch nicht. Vielleicht hat er einen Hirnschlag bekommen. Wer weiß? Auf jeden Fall hat es hier keinen Kampf gegeben. Es muß ein natürlicher Tod gewesen sein.«

»Ja, so nennt man das wohl.« Harry drückte vorsichtig die Wagentür wieder ins Schloß. »Wenigstens sind wir diesmal nicht zu spät gekommen. Es gibt keinen Grund, sich Vorwürfe zu machen, Max, niemand hätte ihm helfen können.«

Ich drehte mich um und schaute über das stille Tal. Es war kein schlechter Ort, um zu sterben. Vermutlich wäre auch Jupp mit ihm einverstanden gewesen, nur der Zeitpunkt hätte ihm nicht gefallen.

Aus dem Abgang in Saus und Braus war nichts geworden, der Rosenmontagszug würde jetzt ohne ihn auskommen müssen. Nicht einmal sein letzter Wunsch hatte sich erfüllt.

Aus diesem Grund brannte drüben Licht. Die Kanzler würden das ganze Haus auf den Kopf stellen, um die Tasche mit den Handschriften zu finden. Es war ihre letzte Chance, wo sollten sie sonst noch suchen?

»Zum Teufel, was gäbe ich jetzt nicht alles für ein Handy!« Harry starrte auf die hellen Fenster. Er schien ähnliche Überlegungen angestellt zu haben. Nach kurzem Zögern öffnete ich noch einmal die Wagentür und klopfte Jupps Taschen ab. In der Innentasche seines Mantels steckte ein Handy. Ich zog es heraus und tippte die Notrufnummer ein. Nichts passierte, das Gerät war genauso tot wie Jupp.

Harry hatte mir zugesehen. »Was sollen wir jetzt machen?«

»Wir müssen zurück und irgendwo ein Telefon suchen. Wenn wir uns beeilen und Glück haben, könnte die Polizei noch rechtzeitig hier sein.«

»Und wenn nicht? Dann haben sich unsere Freunde hier längst in aller Ruhe wieder verabschiedet! Das gefällt mir nicht, überhaupt nicht.«

»Denkst du etwa, mir? Wenn du einen besseren Vorschlag hast, raus damit!«

»Wie wäre es mit: ›Männer, stürmt das Blockhaus!‹?« Er stieß heftig den Atem durch die Nase aus. Es klang bedauernd. »Nein, du hast selbstverständlich recht, wir müssen versuchen, die Polizei zu holen. Vielleicht sind sie ja schnell genug. Komm, laß uns von hier verschwinden.« Er setzte zum Gehen an, stoppte aber plötzlich mitten in der Bewegung. »Warte mal! Mir fällt da gerade etwas ein!«

Ohne auf meine Reaktion zu achten, huschte er davon. Ich sah ihm hilflos hinterher, wie er gebückt zum Haus hinüberrannte, und hielt unwillkürlich die Luft an. Auf der Strecke gab es sogar für Harry keinerlei Deckung mehr. Dann hatte er es geschafft und tauchte in den Schatten der Veranda. Jetzt hätte man ihn aus dem Haus heraus nicht mehr sehen können. Alles blieb ruhig. Erleichtert atmete ich aus. Ich wußte nur nicht, welchen Sinn die Aktion haben sollte.

Harry lief weiter zur linken Seite der Veranda. Dort stand der Porsche. Auf einmal ahnte ich, was er vorhatte. Es konnte sogar funktionieren. Mit zwei, drei schnellen Schritten war er beim Wagen und duckte sich dahinter, fort aus meinem Blickfeld. Unruhig wartete ich darauf, daß er wieder auftauchen würde, aber es dauerte und dauerte. Wozu brauchte er nur so lange?

Ich überlegte gerade, ob ich ihm nicht lieber helfen sollte, als er endlich wieder zum Vorschein kam. Aber anstatt sofort zurückzukehren, schlich er um das Heck herum zur anderen Seite des Porsche. Das war typisch für ihn. Wenn er etwas machte, dann gründlich. Bis jetzt war alles gut gegangen, nur konnte man den Bogen auch überspannen.

Seine Glückssträhne endete jäh, als plötzlich die Haustür aufgezogen wurde und ein Mann auf die Veranda hinaustrat. Ich wußte, daß er mich hinter den dunklen Wagenscheiben nicht sehen konnte, trotzdem verkrampfte ich mich auf der Stelle. Unfähig zur kleinsten Bewegung, starrte ich ihn an. Die Maske fehlte, aber die Gestalt stimmte. Es war ganz sicher einer der Kanzler. Keine zwanzig Meter entfernt stand mir einer von Martines Mördern gegenüber.

Durch die Türöffnung fiel ein heller Lichtstrahl auf den Porsche – und auf Harry, der regungslos vor dem hinteren Kotflügel kauerte.

Anscheinend hatte der Mann ihn noch nicht bemerkt. Gähnend reckte er seine Arme über den Kopf. Dann ging er über die Veranda und stützte sich mit beiden Händen auf das Geländer. Ein zufälliger Blick nach unten, und Harry wäre entdeckt. Aber der Kanzler mußte sich auf etwas anderes konzentrieren. Er räusperte sich laut und ausgiebig, und als er endlich ausspuckte, kam es einem Looping ziemlich nahe. Natürlich nicht ganz, das schaffte nur Lukas, der Lokomotivführer.

Wir waren ein undankbares Publikum, es gab keinen Applaus. Harry rührte sich nicht. Jetzt war seine dunkle Kleidung von Vorteil, vor dem Wagen hob sie sich kaum ab.

Im Haus rief jemand etwas, das ich nicht verstehen konnte.

»Ja, ja, ich komme schon!« antwortete sein Kumpel laut, machte aber keine Anstalten, ins Haus zu gehen. Im Gegenteil, der Mann schien alle Zeit der Welt zu haben. Er zog eine Packung Zigaretten aus seiner Tasche und zündete sich eine an. Das brennende Streichholz schnippte er in hohem Bogen über die Verandabrüstung. Es landete genau vor Harrys Füßen.

Vor Überraschung grunzte der Kanzler unartikuliert, aber dann reagierte er erschreckend schnell. Er ließ die Zigarette fallen und zog gleichzeitig mit einer fließenden Bewegung eine Pistole unter seiner Jacke hervor.

»Aufstehen!« befahl er knapp. »Schön langsam!«

Sein ausgestreckter Arm mit der Waffe war auf Harry gerichtet. Ohne ihn aus den Augen zu lassen, drehte er den Kopf etwas nach hinten und rief über seine Schulter ins Haus hinein. »Mike! Komm mal raus! Schnell! Wir haben Besuch!«

Harry war langsam aufgestanden.

»Hände nach oben!« Mit seiner freien Hand machte der Kanzler eine auffordernde Geste. »Und keinen Mucks jetzt!«

Harry hob seine Hände und machte keinen Mucks. Ich auch nicht.

Wir warteten auf Mike. Lange dauerte es nicht. Nach ein paar Sekunden tauchte der zweite Kanzler in der Tür auf. Seine bullige Figur warf einen grotesken Schatten auf die Veranda. »Was ist denn los? Warum –« Dann sah er die Waffe und Harry. »Na sieh mal einer an, das ist aber eine Überraschung! Wer ist der Kerl?«

»Keine Ahnung, der Typ schnüffelt hier herum. Ein merkwürdiger Zufall, findest du nicht auch? Ich möchte wissen, was der hier zu suchen hat!«

»Tja, dann fragen wir ihn doch einfach mal!« Mike stieg die Stufen herunter und ging auf Harry zu. Dabei achtete er sorgfältig darauf, aus der Schußlinie zu bleiben. Sie ließen ihm keine Chance.

»Also, wen haben wir denn da?«

Mike war noch auf dem Weg, als er plötzlich anfing, wild zu fluchen. »Verdammte Scheiße! Der Reifen ist platt!« Er lief um den Wagen herum. »Der hier auch! Das Arschloch muß die Luft rausgelassen haben!«

Deshalb hatte Harry auch so lange gebraucht. Zwei platte Reifen – das sollte reichen, selbst ein Porsche dürfte nicht mehr als ein Reserverad haben. Der Jaguar fiel auch aus, jetzt saßen die Kanzler fest. Es war wirklich eine gute Idee von ihm gewesen, im Prinzip jedenfalls. Nur hätte er sich besser nicht dabei erwischen lassen sollen. Denn auch Mike erfaßte die Situation. Voller Wut schlug er zu.

Harry versuchte, sich zu decken, aber es half nicht viel. Er wurde nach hinten gegen den Wagen geschleudert und rutschte unter den Schlägen zu Boden. Immer noch fluchend setzte Mike mit zwei, drei Fußtritten nach. Der andere Kanzler war von der Veranda heruntergesprungen und lief zum Auto, um sich selbst die Bescherung anzusehen. Er schien die Sache ähnlich zu beurteilen wie sein Kumpel und trat zu. Einmal nur, aber mit Bedacht. Harry stöhnte auf und krümmte sich vor Schmerz.

Hilflos sah ich alles mit an. Zum ersten Mal in meinem Leben verspürte ich Mordgelüste, aber ich blieb in Deckung. Im Moment konnte ich nichts tun, um Harry zu helfen.

Nachdem sie mit ihm fertig waren, ließen sie ihn schwer atmend auf dem Boden liegen und wandten sich wieder dem Porsche zu. Mike stemmte die Arme in die Hüfte und stieß mit seinem Cowboystiefel ein paarmal gegen den eingesunkenen Hinterreifen.

»Den Wagen können wir glatt vergessen, Tommy!« Er trat noch einmal zu. Ein Mann, der seinen Stil gefunden hatte. »Verfluchte Sauerei! Bei diesem Job läuft aber auch wirklich alles schief!«

»Das kannst du laut sagen!« Tommy schlug mit der flachen Hand auf das Wagendach. »Wir sollten längst in der Sonne liegen und Scheine zählen! Und was ist? Erckens tot, keine Spur von den Büchern, diese dämliche Tussi kratzt auch einfach mittendrin ab, der Porsche ist futsch, und wir frieren uns hier noch den Arsch ab! Verdammt!« Diesmal nahm er die Faust und dellte das Dach ein, darauf kam es schließlich auch nicht mehr an. Ruhiger geworden, drehte er sich um. »Na ja, ist jetzt nicht mehr zu ändern.«

»Wir sitzen ganz schön in der Scheiße, Tommy!« Auch der Kotflügel erhielt ein neues Design. »Hast du eine Ahnung, wie wir hier wieder wegkommen sollen? Ich hab keine Lust, hier zu warten, bis die Bullen auftauchen.«

»Keine Sorge.« Sein Partner zeigte mit dem Kinn auf Harry herunter. »Wir nehmen erst einmal seine Karre. Unser Freund hier wird ja wohl kaum zu Fuß gekommen sein. Sein Wagen muß irgendwo in der Nähe geparkt sein, und er wird uns auch bestimmt erzählen, wo. Da bin ich mir ganz sicher, wir müssen ihn nur nett genug fragen.« Er steckte die Pistole wieder weg und ging zur Treppe. »Bringen wir ihn erst mal ins Haus!«

Mike zog Harry auf die Beine und schubste ihn vor sich her. Harry hielt die Hände gegen seinen Bauch gepreßt und bewegte sich mit wackligen Schritten auf die Veranda zu. Auf den Stufen stolperte er und wäre beinahe abgerutscht. Mike gab ihm einen aufmunternden Klaps in den Nacken, der ihn nach vorne torkeln ließ.

»Nicht schlapp machen, Freundchen! Wir sind noch lange nicht fertig!«

Die seltsame Prozession überquerte die Veranda. Dabei vermied es Harry, in meine Richtung zu sehen. Mit einer leichten Verbeugung hielt Tommy die Tür auf und versuchte sich in Sarkasmus.

»Nur hereinspaziert in die gute Stube! Fühl dich ganz wie zu Hause!«

Harry folgte der Einladung etwas steif, hielt sich aber wieder einigermaßen aufrecht. Ich sah kein Blut, also hatte er wenigstens seinen Kopf schützen können. Auch die restliche Behandlung von vorhin schien er halbwegs weggesteckt zu haben, was mich nicht so sehr überraschte. Harry besaß Nehmerqualitäten, sein harmloses Äußeres konnte da leicht täuschen.

Über den tollen Witz kichernd dirigierte Mike ihn durch die Tür. Der andere Kanzler blieb auf der Schwelle stehen und drehte sich noch einmal um. Für einen kurzen Moment hatte ich das bohrende Gefühl, als fixierte er mein Versteck und wüßte genau, daß ich hinter dem Jaguar hockte. Aber nichts passierte, er warf nur einen letzten Blick in die Runde. Auf den Gedanken, daß Harry möglicherweise nicht allein da draußen herumschleichen könnte, waren sie anscheinend nicht gekommen. Noch nicht.

Regungslos sah ich zu, wie Tommy endlich ins Innere verschwand. Als er die Tür hinter sich zuwarf, klang es in meinen Ohren wie ein Donnerschlag. Dann war der Spuk vorbei. Sie hatten Harry einkassiert.

ACHT

Meine Beine fingen an zu zittern und gaben nach. Langsam sackte ich mit den Knien in den Schnee. Ein leises Keuchen war jetzt zu hören, und ich wußte, daß es von mir stammen mußte. Jeder Atemzug fiel mir auf einmal schwer.

Ungläubig starrte ich zum Haus hinüber und konnte es nicht fassen. Das durfte alles nicht wahr sein! So etwas passierte doch nicht wirklich! Nicht hier, nicht mitten im Bergischen Land, und nicht uns! Es mußte einfach nur ein schlechter Traum sein! Eine Tante zuviel, gestern abend, weiter nichts.

Natürlich funktionierte es nicht, das konnte es gar nicht, ich wußte es ja besser. Die Regeln hatten sich geändert. Nicht erst seit heute, seit sie Martines Leiche an mir vorbeigetragen hatten; auch das war mir klar. Es hatte schon angefangen, als Jupp an Weiberfastnacht bei mir aufgetaucht war.

Und jetzt das. Ein niedliches Häuschen wie aus dem Bastelbogen mitten in einer Landschaft aus Zuckerwatte. Nur, daß Harry dort festsaß, störte den pittoresken Zauber empfindlich. Harry allein mit den Kanzlern. Gegen ihn hatte ich das große Los gezogen.

Auch wenn die beiden nur dumpfe Schläger aus dem Milieu sein mochten, Comic-Figuren im Grunde genommen – sie hatten Martine umgebracht, und sie schienen keine Therapie nötig zu haben, um darüber hinwegzukommen. Zwei richtig harte Kerle eben, wie es sich gehörte. Sie würden kaum bei Harry halt machen. Auf einen Toten mehr oder weniger kam es jetzt auch nicht mehr an.

Wie es aussah, hatte Harry nur eine einzige Chance, wieder einigermaßen heil aus der Sache herauszukommen. Ich mußte mir etwas einfallen lassen.

Viel zu überlegen gab es nicht, ich war allein hier draußen und völlig auf mich selbst gestellt. Niemand anderes würde die Kavallerie rufen, und ich selbst konnte es auch nicht. Bis ich den Wagen erreicht und im nächsten größeren Ort die Polizei zusammengetrommelt hätte, konnten Stunden vergangen sein. So viel Zeit hatte Harry vielleicht nicht mehr.

Mir blieb keine andere Wahl. Ich mußte ihn da herausholen, und zwar schnell. Ich mußte das Blockhaus stürmen.

Als die Entscheidung gefallen war, löste sich endlich der Druck in meinem Magen, und meine Beine hörten auf zu zittern. Ich atmete tief durch und stand auf. Der Puls ging beinahe normal. Ich hatte vor, mich mit zwei Killern anzulegen, keine große Sache. Noch vor ein paar Tagen hätte ich über den müden Scherz nicht einmal gegrinst, aber ein paar Tage konnten eine Menge verändern.

Behutsam klopfte ich mir den Schnee von der Hose. Max Cremer war zurück im Ring, und diesmal würde niemand das Handtuch werfen.

Allerdings wußte ich noch nicht, wie ich vorgehen sollte. Ich brauchte einen Plan. Hastig überschlug ich die Möglichkeiten, die sich überhaupt anboten. Das Ergebnis war nicht sehr ermutigend. Mit einem Revolver in der Hand hätte ich mich jetzt entschieden wohler gefühlt. Es stimmte zwar, mir fehlte das Zeug zum Schützenkönig, aber das brauchte ja niemand den Kanzlern zu erzählen. Leider hatte ihnen Harry den Revolver bereits hübsch auf dem Silbertablett serviert, und eine zweite Waffe gab es nicht. Aus einer sicheren Entfernung heraus konnte ich also nichts ausrichten. Daran ließ sich nichts ändern, es mußte halt anders gehen. Mir blieb nur die kurze Distanz.

Noch ahnten die Kanzler nichts von mir, das war immerhin ein Vorteil, wenn auch mein einziger. Den galt es auszunutzen. Mein Plan war, so lange wie möglich unentdeckt zu bleiben, um dann im entscheidenden Moment das Überraschungselement auszuspielen. Wie, wußte ich noch nicht, aber wenn ich mich nur nahe genug an sie heran arbeiten konnte, dann stünde es immerhin zwei gegen zwei. – Falls ich nicht zu spät käme.

Diesen Gedanken schob ich einfach beiseite, ich mußte es eben versuchen, und ich mußte es schnell versuchen, die Zeit lief mir davon.

Die erste Schwierigkeit bestand darin, ins Haus hineinzukommen, ohne daß die Kanzler davon etwas merkten. Das zählte noch zu den kleineren Problemen. Es war nicht ganz ungefährlich, aber machbar. Ich wußte auch, wie. Und wenn ich erst einmal drinnen war, würde sich der Rest schon finden.

Es war nicht gerade ein Manstein-Plan, trotzdem mußte er reichen. Etwas Besseres fiel mir nicht ein.

Ich sprintete los. Nicht zum Haus, sondern in die andere Richtung, hinunter zum Weiher. Mein Ziel war die Sauna. Ich nahm den kürzesten Weg und versuchte gar nicht erst, irgendwo Deckung zu suchen. Davon gab es auf dem offenen Gelände auch nicht viel.

Jemand war bereits vor mir da gewesen. Als ich die kleine Blockhütte erreichte, fand ich die Tür aufgebrochen. Offensichtlich hatten sich die Kanzler hier schon umgesehen. Der Schnee vor dem Eingang war festgetreten, und jetzt sah ich auch die Fußspuren, die am Bach entlang in Richtung Haus führten. Den Schlüssel hatten sie hoffentlich nicht gefunden.

Einer der Trittsteine in der Eingangsstufe saß nur lose. Es war natürlich der letzte, den ich ausprobierte. Mit einer Hand hob ich ihn an und tastete mit der anderen nach einer Vertiefung im Mörtelbett. Ich hatte Glück, der Schlüssel lag noch in seinem Versteck. Vor Jahren hatte Martine ihn hier deponiert, für Notfälle, wie sie sagte. Vermutlich wurde er heute zum ersten Mal gebraucht.

Ich zog den Schlüssel unter dem Stein heraus und rannte zurück zum Wagen. Noch lag ich gut in der Zeit, länger als ein paar Minuten konnte das Ganze nicht gedauert haben. Mein Atem ging keuchend, aber für eine Pause war keine Zeit. Angespannt sah ich zum Haus hinüber.

Drüben war alles still, es gab keine Geräusche, keine Schreie, keine Schüsse. Das Gebäude stand einfach da. Kein Mensch zeigte sich an den erleuchteten Fenstern. Das konnte sich jederzeit ändern, auch die Stille. Ich mußte los.

Leicht geduckt lief ich über die letzten Meter und preßte mich gegen den Vorbau. Niemand schien mich bemerkt zu haben, und jetzt hätte man schon auf der Veranda stehen müssen, um mich sehen zu können. Schnell ging ich weiter an der Front entlang und bog um die Ecke. Die kleine Treppe lag im Schatten.

Auf der Talseite ragte das Kellergeschoß ein gutes Stück über den Erdboden hinaus. Also hatte man die Gelegenheit genutzt und seitlich einen separaten Außeneingang eingefügt. Den dazugehörigen Schlüssel hielt ich in der Hand.

Leise stieg ich die Stufen hinunter. Das Schloß war etwas eingerostet. Der Schlüssel paßte zwar, ließ sich aber nur schwer drehen. Und dann klemmte auch noch die Tür. Ich mußte mich mit meinem ganzen Gewicht gegen sie stemmen, um sie Zentimeter für Zentimeter aufzudrücken. Sie quietschte, anscheinend hatte Martine die Scharniere seit Jahren nicht mehr geölt. Das Geräusch erinnerte mich an eine Kreissäge und war auch beinahe so laut. Jedenfalls kam es mir so vor.

Endlich war der Spalt breit genug. Ich quetschte mich hindurch. Einen Augenblick blieb ich reglos stehen und horchte konzentriert. Von oben war nichts zu hören, und ich nahm das als gutes Zeichen. Die erste Hürde hatte ich genommen, ich war im Haus.

Durch ein kleines Fenster neben der Tür fiel etwas Mondlicht in den Keller. Es war dunkel hier unten, aber nicht völlig finster. Ich sah mich kurz um. Jemand hatte sich hier ausgetobt.

Einige der Regale waren umgekippt worden und versperrten den Weg. Ihr Inhalt lag verstreut auf dem Boden, das übliche Sammelsurium, überwiegend Gartenwerkzeug. In der Luft hing ein intensiver, leicht säuerlicher Geruch. Ein Teil von Martines Wein-Vorräten mußte zu Bruch gegangen sein, als die Kanzler ihrem vor lauter Frust angestauten Ärger freien Lauf gelassen hatten. Leise vor mich hin fluchend stieg ich über das Gerümpel hinweg zur Tür. Den Gartenspaten aus solidem Edelstahl hatte ich übersehen, obwohl er mir den Weg versperrt hatte, die scharfe Kante genau in Schienbeinhöhe.

Hinter der Tür lag ein schmaler Gang. Er führte noch an zwei weiteren Kellerräumen vorbei, bis er an der Treppe endete. Schattenhaft sah ich sie vor mir. Oben schimmerte Licht durch den Türspalt.

Die dicken Holzstufen knarrten nur wenig. Vor der Tür wartete ich einen Augenblick. Nichts rührte sich auf der anderen Seite, auch durch das Schlüsselloch war nichts zu sehen. Niemand schien sich in der Diele aufzuhalten. Langsam drückte ich die Klinke herunter und hatte Glück, es war nicht abgeschlossen.

Die nahezu quadratische Diele war tatsächlich leer, aber ich konnte mehrere Stimmen hören, leise und undeutlich. In allen vier Wänden gab es Türen. Mir gegenüber lag der Eingang zur Küche. Links führte eine große, zweiflügelige Tür zum Windfang, ihr Gegenstück auf der anderen Seite zum großen Wohnzimmer. Von dort kamen die Stimmen.

Mit zwei schnellen Schritten durchquerte ich die Diele und ging neben der Tür in die Hocke. Ein Flügel war nur angelehnt. Ich zog ihn etwas weiter auf und steckte vorsichtig den Kopf durch den Spalt. Es war noch nicht zu spät.

Der Wohnzimmer nahm fast das ganze Erdgeschoß ein und war im Grunde zu groß für das Haus. Eine Kombination von Halle und Jagdzimmer, die tausendjährigen Geschmack konservierte. Von Martine wußte ich, daß in den dreißiger Jahren ein kleiner Nazi-Bonze das ehemalige Forsthaus mehr oder weniger konfisziert und es als Jagdhütte benutzt hatte. Nach dem Krieg war er einfach in der Politik geblieben, und der christliche Schwenk hatte sich weder auf seinen Geschmack noch auf sein liebstes Hobby ausgewirkt. Er schoß weiterhin Tiere ab und dekorierte mit ihnen die Wände.

Martine hatte die Einrichtung in ihrem ursprünglichen Zustand belassen, fasziniert von dem bombastischen Schwulst. Lachend hatte sie stets ihr eigenes »Karinhall« als Originaldokument des Zeitgeistes gegen jede ästhetische Kritik verteidigt.

Tatsächlich konnte ich mir unseren weiland Reichsforstmeister Göring gut in dieser Umgebung vorstellen. An einer Kette hing ein riesiges Hirschgeweih von der Decke und diente als Kronleuchter. Die Wände waren bis in Brusthöhe mit Eiche getäfelt, darüber bis zur Decke hoch mit Jagdtrophäen und Waffen übersät. Ich hatte noch nie so viele abgeschnittene Tierköpfe auf einem Haufen gesehen.

Über den ganzen Raum verteilt standen Sessel und Sofas herum, und vor dem überdimensionierten Kamin prunkte stilecht eine schwere, »altdeutsche« Sitzgruppe. Eine breite Treppe führte über Eck nach oben zu den Schlafzimmern.

Unwillkürlich fühlte ich mich jetzt an ein Bühnenbild erinnert, was wohl auch an der spärlichen Beleuchtung lag. Als einzige Lichtquelle reichte der Kronleuchter nicht aus für den großen Raum. Die Wände und Ecken ließ er in einem theatralischen Halbdunkel, aus dem hier und da ein totes Auge hervorschimmerte.

Nur die Akteure waren gut ausgeleuchtet.

Sie hatten Harry in einen der Sessel am Kamin verfrachtet und sich vor ihm aufgebaut. Er machte einen etwas blassen Eindruck, aber bis jetzt schien ihm noch nichts Ernstes passiert zu sein. Jedenfalls nichts, was ihn vom Reden abhalten konnte. Es war seine Stimme, die ich eben gehört hatte.

Ich sah mir die beiden Kanzler genauer an. Sie paßten perfekt in die Kulisse. »Tommy« mußte ein Spitzname sein. Mit seiner spack sitzenden Lederkluft und der blonden Minipli-Frisur wirkte er wie ein aus der Fasson geratener Showmaster. Auch der andere, Mike, konnte sich sehen lassen. Er war kahlgeschoren, machte das aber durch seinen Walroß-Schnauzer wieder wett. Sein silberner Nylonblouson glänzte bis zu mir herüber. Garantiert verpaßte er keine Wrestling-Übertragung auf dem Sportkanal.

Mit Masken hatten sie entschieden besser ausgesehen.

Tommy schien bei ihnen das Sagen zu haben. Er stemmte seine Arme in die Seiten und sah auf Harry hinunter. »Also noch mal, wo sind die Bücher?«

Die beiden standen mit dem Profil zu mir, und das war gar nicht gut. Wenn ich die Tür weiter öffnete, mußten sie mich sofort bemerken. Wie sollte ich jetzt näher an sie herankommen? Ich hing fest, es mußte schnell etwas passieren. Allzu lange würden die beiden sich mit Harry nicht aufhalten.

Im Moment versuchte er, Zeit herauszuschinden und spielte den harmlosen Trottel. Eine Rolle, die er sogar im Schlaf beherrschte.

»Welche Bücher denn? Wie oft soll ich es Ihnen denn noch sagen: Ich habe keine Ahnung, wovon Sie überhaupt reden! Ich habe nichts zu tun mit irgendwelchen Büchern, glauben Sie mir!« Harry zog die Schultern zusammen und spreizte abwehrend die Arme. Mit weit aufgerissenen Augen sah er abwechselnd von einem zum anderen. »Sie müssen mich mit jemandem verwechseln!«

Er machte seine Sache richtig gut, die Nervosität wirkte ziemlich echt.

»So, müssen wir das?« Tommy beugte sich vor und stützte sich rechts und links auf die Armlehnen von Harrys Sessel, das Gesicht nur wenige Zentimeter von seinem entfernt. »Du hältst uns wohl für bescheuert! Wenn du wirklich nichts mit der Sache zu tun hast, dann erklär mir doch mal, was du hier machst?«

»Ja, genau! Das würde mich auch interessieren«, assistierte ihm Mike und ließ sich in einen Sessel fallen.

Das war meine Chance, beide wandten mir jetzt den Rücken zu.

Ich schlüpfte in die Halle und ging hinter einer großen Standuhr in Deckung. Ein dicker Läufer hatte jedes Geräusch geschluckt. Es war gut gegangen, anscheinend hatten die Kanzler mich nicht bemerkt. Sie waren weiter mit Harry beschäftigt und schauten nicht in meine Richtung.

Aber Harry mußte mich gesehen haben, da war ich mir sicher. Er wußte nun, daß Hilfe unterwegs war, und vermutlich konnte er jede moralische Unterstützung gut vertragen. Ich hätte selbst etwas davon gebrauchen können. Mir wurde schlagartig klar, daß es jetzt kein Zurück mehr gab.

Ich sah mich nach einer geeigneten Waffe um. Daran mangelte es hier wirklich nicht. An der Wand hing alles, was ich mir nur wünschen konnte: Lanzen, Messer, Gewehre. Sogar etwas, das wie ein zweihändiges Langschwert aussah und bestimmt nicht zur Hasenjagd benutzt wurde. Trotzdem schied das gesamte Arsenal aus, weil mir die Kanzler im Weg standen. Es mußte ohne gehen.

Wenn wir überhaupt eine Chance haben wollten, mußte ich gleich mit der ersten Aktion einen der beiden ausschalten. Mit dem anderen würden wir dann schon gemeinsam fertig werden, Harry und ich. Solange nicht geschossen wurde. Wenn ich nahe genug an die Kanzler herankäme, könnte es gehen.

Nur gab es da ein Problem. Die Sitzgruppe vor dem Kamin lag am anderen Ende der Halle, gut zwölf Meter entfernt. Zwölf Meter quer durch den Raum, immer näher auf die Kanzler zu, und außer ein paar großen Ohrensesseln nichts, hinter dem ich mich verstecken konnte. Nichts sonderlich Aufregendes für einen Ninja, aber ich spürte mehr als nur ein flaues Gefühl im Magen. Denn auch wenn es nicht allzu hell im Raum war, die beiden mußten mich einfach dabei sehen. – Es sei denn, sie wären abgelenkt, ihre Aufmerksamkeit so gefesselt, daß sie für nichts anderes mehr Augen und Ohren hätten!

Und das war Harrys Aufgabe! Ich mußte einfach darauf vertrauen, daß er die Situation richtig einschätzte und irgend etwas auf die Beine stellte. Mir fiel der alte Oben-ohne-Trick von Modesty Blaise ein, aber den konnte er schlecht anbringen.

Harry konnte nur reden, und er war schon dabei.

»Was ich hier mache? Das will ich Ihnen gerne erklären, kein Problem! Es handelt sich um einen reinen Zufall! Das heißt, nicht ganz.

Aber jetzt muß ich ein bißchen weiter ausholen: Schuld daran ist natürlich Koslovski! Wahrscheinlich kennen Sie ihn nicht, und offen gesagt, haben Sie da auch nicht viel verpaßt. Paul A. Koslovski – wofür das ›A‹ steht, habe ich nie herausbekommen, aber sicher nicht für ›Adonis‹! Wissen Sie, selbst seine eigene Mutter –«

Weiter kam er nicht, Tommy unterbrach ihn. »Du hast mich wohl nicht richtig verstanden! Ich habe dich etwas gefragt: Was – willst – du – hier?« Rhetorisch geschickt, verlieh er mit einem scharfen Schlag auf Harrys Backe jedem einzelnen Wort den nötigen Nachdruck.

»Eulen!«

Wenn es denn unbedingt sein mußte, konnte Harry sich auch kurz fassen. Den ersten Sessel hatte ich erreicht und schlich weiter.

»Eulen.« Tommy richtete sich auf. »Aha.«

»Sehen Sie, ich wußte ja, daß sich alles aufklären würde! Ein schreckliches Mißverständnis, weiter nichts! Selbstverständlich bin ich nur wegen der Eulen hier, präziser ausgedrückt: Es geht um den ›Bubo maximus‹. Aber das brauche ich ja wohl nicht eigens zu betonen, nicht wahr!«

Tommy sagte nichts.

Harry streckte sein Kinn vor und schlug einen feierlichen Ton an. »Meine Herren, ich versichere Ihnen, daß meine Anwesenheit hier ausschließlich ornithologische Gründe hat!«

Mikes Unterkiefer sackte herunter. »Orni … – was?«

»›Ornithologisch‹, guter Mann, das kommt aus dem Griechischen und meint so viel wie ›die Vogelkunde betreffend‹. Ich bin nämlich Vogelkundler, müssen Sie wissen, genau wie Koslovski. Das behauptet er jedenfalls. Und ausgerechnet dieser Koslovski nun, dieser angebliche ›Vogelkundler‹, will hier in der Gegend einen ›Bubo maximus‹ gesehen haben! Was sagt man dazu? Er hat sogar für die ›Heimische Vogelwelt‹ darüber geschrieben, einen seiner üblichen reißerischen Artikel – und die haben diesen Mist auch noch gedruckt! Das können Sie alles schwarz auf weiß nachlesen in der Januar-Ausgabe.«

Harry lehnte sich zurück und verschränkte die Arme über seiner Brust. »Das muß man sich einmal vorstellen: Einen ›Bubo‹! Hier! Einfach lachhaft!«

Niemand lachte. Die beiden starrten ihn nur an.

Hastig schob Harry eine Erklärung nach. »Es ist doch allgemein bekannt, daß der ›Bubo‹ hier oben seit Jahrzehnten ausgestorben ist!« Eindringlich fixierte er Mike und beugte sich leicht nach vorne. »Jedes Kind weiß das!«

Mike nickte mechanisch.

Vermutlich hätte Harry jederzeit sein Glück mit Gebrauchtwagen machen können. Ich duckte mich hinter den nächsten Sessel, mehr als die Hälfte der Strecke hatte ich schon geschafft.

»Nein, nein«, plapperte Harry weiter, »da ist wohl seine Phantasie mit ihm durchgegangen! Hat einfach den ›Bubo maximus‹ mit dem ›Asio otus‹ verwechselt, also den großen Uhu mit der gemeinen Waldohreneule. Ich gebe ja gerne zu, daß die zwei sich ähnlich sehen – ich meine, beide haben schließlich Flügel, nicht wahr? Ha, ha, kleiner Scherz, meine Herren! –, nur ist der ›Bubo‹ eben wesentlich größer! Genausogut könnte man – eh – eine Hauskatze mit einem Tiger verwechseln! Aber wer tut das schon?«

Ich hätte schwören können, daß er voll akademischer Entrüstung eine Zweistärkenbrille zurechtrückte, bevor er sich nun offen fraternisierend an Mike wandte und dabei seine Stimme zu einem vertraulichen Ton senkte. »Allerdings scheint diese Art von Irrtum typisch für Koslovski zu sein. Dreimal dürfen Sie raten, worauf das zurückzuführen ist! Seine Frau hat mal so etwas angedeutet ...«

Mike nickte immer noch, dann klappte er auf einmal seinen Mund zu und schluckte. »Sag mal, will der Typ hier uns etwa verscheißern?« fragte er ungläubig seinen Partner, ohne den Blick von Harry abzuwenden.

Auch Tommy starrte ihn an. Bis jetzt hatte es funktioniert, so dick Harry auch auftrug. Jemand wie er war ihnen wohl noch nicht untergekommen. Unbemerkt schlich ich weiter nach vorne.

»Du merkst aber auch alles!« Tommy seufzte und beugte sich wieder zu Harry hinunter. »Das ist ja alles hochinteressant, wirklich eine schöne Geschichte. Ein ›Bubo maximus‹, so, so, und deshalb laufen wir auch mit einem geladenen 38er durch die Gegend, schon klar. Aber ich verstehe immer noch nicht, warum der Herr Professor unseren Porsche lahmgelegt hat. War das auch rein wissenschaftlich?«

Er hatte ausgesucht freundlich gesprochen, und es klang sehr ungemütlich. Jetzt wurde es knapp. Schnell tauchte ich hinter den nächsten Sessel. Es war der letzte, einen weiteren Schutz gab es nicht mehr.

Ich sah mich ein letztes Mal nach einer Waffe um. Der große Kamin lag schräg vor mir, und neben der gemauerten Feuerstelle hing das Kaminbesteck an der Wand. Nicht gerade meine Traumlösung, aber der eiserne Schürhaken machte einen soliden Eindruck. Außerdem konnte ich einigermaßen damit umgehen.

Die Kanzler und der Kamin waren ungefähr gleich weit von mir entfernt, vielleicht drei, vier Meter. Zwei schnelle Schritte, den Schürhaken gepackt und dann los. So schwierig konnte das doch nicht sein, ich mußte es nur tun.

»Äh, nein, so direkt hat das mit Vogelkunde nichts zu tun, fürchte ich. Das heißt, irgendwie natürlich schon.« Harry hatte mich gesehen und mühte sich weiter mit seinem Ablenkungsmanöver. Er klang jetzt deutlich nervös. Lange konnte er sie nicht mehr hinhalten. »Hören Sie, ich kann ja Ihren Ärger verstehen, und das ist wirklich meine Schuld, aber bitte glauben Sie mir, es war nicht persönlich gemeint!«

»Aber nein, natürlich nicht!« Tommy richtete sich wieder auf. »Hast du gehört, Mike? Nicht persönlich!«

»Na, toll!«

»Stimmt, da sind wir doch wirklich froh! Nicht persönlich – ja, und wie war es dann gemeint? Das möchten wir schon gerne wissen! Nicht wahr, Mike?«

»Allerdings!«

»Nun ja, es ist – wie soll ich das sagen? – eine Frage des Prinzips. Ich mache das immer, wenn ich ein Auto sehe. Um ein Zeichen zu setzen, verstehen Sie, ein Signal sozusagen.« Harry räusperte sich. »Der Preis für eine saubere Umwelt verlangt eben von uns allen gewisse Opfer!«

Sie brauchten einen Augenblick, um das zu verdauen. Dann explodierte Tommy.

»Jetzt hab ich aber genug, verdammt!« Er riß Harrys Revolver aus der Tasche und preßte ihn gegen dessen Knie. »Zum letzten Mal: Wo sind die Bücher? Und komm mir bloß nicht wieder mit Koslovski!«

Es war kein Scherz, das wußte auch Harry.

Für den Haken war es jetzt zu spät, ich hatte zu lange gezögert. Jetzt hieß es alles oder nichts. Ich sprang hoch und stürmte los.

Tommy reagierte schnell. Aus den Augenwinkeln heraus mußte er meine Bewegung wahrgenommen haben und fuhr zu mir herum. Die Überraschung ließ ihn einen winzigen, allerdings entscheidenden Moment zögern, dann riß er den Arm mit der Waffe hoch. Aber da war ich auch schon bei ihm.

Bereits im Sprung schwang ich das rechte Bein herum und trat mit der Fußinnenkante gegen seine Hand. Donnernd löste sich ein Schuß. Irgendwo oben an der Wand wurde ein Eber zum zweiten Mal erlegt. Noch eine Chance hatte Tommy nicht, der Revolver flog ihm aus der Hand und landete hinter dem Sofa. Von meinem Schwung wurde ich einmal um meine eigene Achse geführt und erwischte ihn während der Drehung mit der linken Ferse.

Der Treffer in den Bauch ließ ihn grunzend zwei, drei Schritte zurücktorkeln. Das war alles, er ging nicht etwa zu Boden oder so. Der Tanz fing gerade erst an.

Ich riskierte einen schnellen Blick zur Seite. Harry war schon auf den Beinen und nahm Mike aufs Korn. Bevor der sich ganz aus seinem Sessel hochwuchten konnte, trat Harry ihm in den Unterleib, gezielt, mit Kraft und ohne jedes Bedauern. Mike zeigte die normale Reaktion. Er schnappte nach Luft und knickte zusammen. Der Kniestoß brach ihm die Nase und warf ihn zurück in den Sessel.

Sofort setzte Harry nach und punktete sauber mit einer Links-Rechts-Kombination wie aus dem Lehrbuch. Mike wirkte jetzt angeschlagen, und Harry tat das einzig Richtige: Er blieb weiter am Mann und arbeitete.

Er machte eine gute Figur dabei. Mit Sicherheit eine bessere als ich.

Tommy brauchte nämlich nur zwei Sekunden, um sich wieder zu fangen, und angeschlagen wirkte er kein bißchen. Mit einem Fluch ging er auf mich los, aber viel zu wild und unkontrolliert. Ich wich ihm seitlich aus und schlug ihm eine Dublette auf die kurzen Rippen. Die Wucht seines Angriffs trieb ihn an mir vorbei, bevor er die Bewegung stoppen konnte und sich wieder umdrehte.

Ich hatte ihn dreimal gut getroffen, und er zeigte keinerlei Wirkung. Meine Schläge schienen ihn nicht im mindesten zu beeindrucken, damit konnte ich ihn höchstens ärgern. Ich fing an, mir ernsthaft Sorgen zu machen.

Mir fiel Harrys 38er ein, mit ihm sähe die Sache schon anders aus. Irgendwo hinter dem Sofa mußte er liegen. Ich flankte über die Lehne, hatte aber kein Glück. Von der Waffe war nichts zu sehen, und für mehr als einen flüchtigen Blick blieb keine Zeit. Tommy war wieder im Anmarsch.

Das Sofa zwischen uns würde ihn mir nicht lange vom Leib halten können, vermittelte aber wenigstens die Illusion von Schutz. Auf einen Clinch mit ihm durfte ich mich gar nicht erst einlassen. Wenn er mich zu fassen bekam, war es vorbei, das wußte ich. Er brachte gut und gerne vierzig Kilo mehr auf die Waage, und davon war beileibe nicht alles Fett. Einen Augenblick standen wir uns lauernd gegenüber. Er schien begriffen zu haben, daß ich auf den Revolver aus war.

Wir entdeckten ihn gleichzeitig, er war ein Stück weit über den Boden geschliddert und lag neben einem der Sessel, vielleicht vier Meter von uns entfernt. Ich hatte Pech, mein Weg war länger. Tommy setzte sich sofort in Bewegung, wurde aber gestoppt, als ich ihm das Sofa mit aller Kraft gegen die Beine stieß. Er kam ins Stolpern, mußte auf die Knie und ließ sich mit ausgestrecktem Arm nach vorne fallen, griff aber zu kurz.

Mit zwei schnellen Sprüngen war ich bei ihm und konnte den Revolver gerade noch wegtreten, bevor Tommy ihn in die Finger bekam. Mit einer Hechtrolle brachte ich mich dann selbst außer Reichweite, keinen Augenblick zu früh. Tommy rollte sich zur Seite und kam schnell wieder hoch, viel zu schnell, und sehr wütend. Er griff sofort an.

Diesmal war ich zu langsam. Er erwischte mich halb mit einer linken Geraden, die an meinem Kiefer nicht mehr viel heil gelassen hätte. Mit Mühe und Not hatte ich sie gerade noch abblocken können, und sie traf nur die rechte Schulter. Das war schlimm genug, mein Arm fühlte sich auf der Stelle taub an. Er ließ eine schwere Rechte folgen, aber ich duckte mich ab und schlug im Hochkommen einen linken Cross gegen seinen Hals.

In dem Schlag lag alles, was ich hatte, und zum ersten Mal zeigte Tommy so etwas wie Wirkung. Er taumelte einen Schritt zurück und räusperte sich keuchend. Mit beiden Händen tastete er seinen Hals ab und fixierte mich mit einem Blick, in dem vielleicht etwas Erstaunen lag, hauptsächlich aber blanke Wut.

Natürlich hätte ich jetzt nachsetzen müssen, so eine Chance gab es vielleicht nicht wieder. Statt dessen brachte ich einen Sessel zwischen uns und rieb mir die Schulter. Mein Arm war immer noch gefühllos. Tommy ließ mir nicht viel Zeit, der verpaßten Gelegenheit nachzutrauern.

Er fegte den Sessel einfach beiseite und kam brüllend auf mich zugestürzt. Seiner Masse konnte ich nicht viel entgegensetzen, der Angriff warf mich beinahe um. Ich stolperte ein paar Schritte zurück, kam aber nicht frei von ihm.

Er hatte kurzerhand meine Oberarme gepackt und preßte sie gegen meinen Körper. Gegen seine Kraft war ich machtlos. Zwar kam er so selbst nicht zum Schlag, aber das brauchte er auch gar nicht. Scheinbar mühelos stemmte er mich eine Handbreit vom Boden hoch und rammte mich mit dem Rücken gegen die Wand.

Natürlich schlug ich mit dem Hinterkopf auf, die Beule war ja immer noch groß genug. Einen Moment wurde mir schwarz vor Augen. Dann sah ich die Faust. Tommy hatte mich losgelassen und holte mit der Rechten aus. Er wollte die Sache beenden, und mit diesem Schlag hätte er das auch.

Aber noch funktionierten meine Reflexe. Im letzten Augenblick tauchte ich unter seinem Arm weg, und der gewaltige Schwinger krachte gegen die Wandvertäfelung. Das Holz gab splitternd nach. Ich kam wieder hoch, schlug noch einmal den linken Haken gegen seinen Hals und setzte mich ab. Tommy heulte auf, wohl mehr vor Wut als vor Schmerz, aber er ließ nicht locker. Sofort drehte er sich herum und kam schon wieder auf mich zu.

So einen Schlag durfte ich auf keinen Fall kassieren. Hastig wich ich zurück, eine bessere Taktik fiel mir nicht ein. Von Harry war keine Hilfe zu erwarten. Der lag am anderen Ende des Raumes in einem verbissenen Clinch mit seinem Gegner und schien selbst genug Probleme zu haben. Ich mußte allein klar kommen, und während Tommy mich vor sich hertrieb, überlegte ich fieberhaft, was ich machen sollte.

Er rückte immer näher, nicht weniger bedrohlich als vorhin, aber nicht mehr so ungestüm. Vielleicht hatte er sich an der Wand die

Knöchel verstaucht. Ganz sicher war es nicht Respekt vor meinen Treffern, was ihn zügelte. Irgend etwas stimmte nicht.

Wie richtig ich mit meiner Befürchtung lag, merkte ich, als ich mit dem Rücken gegen die Eingangstür stieß. Der Türflügel gab hinter mir nach, und ich stolperte rückwärts in die Diele. Jetzt saß ich in der Falle, und nur darauf schien Tommy gewartet zu haben. Sofort sprang er auf mich zu. Er hatte mich, und das wußte er.

Durch einen Tritt konnte ich ihn nicht mehr stoppen, er würde mich einfach über den Haufen rennen. Mir blieb nur noch eine Möglichkeit, ich mußte mitgehen. Als er mich packte, krallte auch ich meine Finger in seine Jacke und ließ mich nach hinten auf den Rücken fallen. Dabei riß ich die Beine hoch und stemmte meine Füße in seinen Bauch.

Damit hatte er nicht gerechnet. Der Angriff lief ins Leere, und sein Schwung trug ihn über mich hinweg. Jetzt war ich es, der seine Bewegung führte. Einen kritischen Augenblick lang hing er über mir in der Luft, und ich sah seinen verblüfften Gesichtsausdruck, als er merkte, daß er die Kontrolle verloren hatte. Meine Beine drohten unter seinem Gewicht einzuknicken, aber dann ließ die Belastung nach, ich hatte es geschafft. Mit seinen zweieinhalb Zentnern donnerte Tommy gegen die Kellertür und brach sie aus den Angeln. Grunzend verschwand er in der Öffnung.

Es war ein klassischer Überwurf, effektiv und nicht ohne Eleganz in der Ausführung. Nur gab es einen Schönheitsfehler: Tommy ließ mich nicht los. Ich wurde mitgerissen und schrammte mir böse die Schulter am Türrahmen, bevor es kopfüber die Treppe hinunterging.

Auf einmal schien die Welt nur noch aus scharfen Kanten zu bestehen. Uns wild überschlagend stürzten wir die Stufen herab. Instinktiv versuchte ich, meinen Kopf zu schützen. Dafür rollte Tommy mit seinem ganzen Gewicht über mein Bein und quetschte es übel. Als wir endlich unten ankamen, fühlte ich mich wie gerädert. Dabei hatte ich noch Glück gehabt, wenigstens war er nicht auf mir gelandet.

Mühsam zog ich mich eine Stufe hoch und stöhnte auf, als ich mich dabei auf meinen rechten Arm stützen wollte. Ich konnte nur hoffen, daß die Schulter bloß verstaucht war. Nicht, daß es einen großen Unterschied machte, so oder so, gegen Tommys nächste Aktion würde ich nicht mehr viel ausrichten können.

Aber die ließ auf sich warten. Von oben fiel Licht durch die Türöffnung. Tommy lag ungefähr einen Meter von der Treppe entfernt und regte sich nicht. Anscheinend hatte der Sturz ihm noch mehr zugesetzt als mir. Mein Mitleid hielt sich in Grenzen.

Dann sah ich in seine Augen, die meinen Blick nicht erwiderten, obwohl sie weit offen standen. Mir fiel auf, wie blau sie waren. Der Ladykiller vom Kiez. Damit war es nun vorbei. Tommy konnte nicht mehr aufstehen.

Niemand konnte das, nicht mit einem gebrochenen Genick.

Mein unverletztes Bein fing an zu zittern, das andere tat nur weh. Am liebsten wäre ich einfach dort sitzengeblieben. Ich fühlte mich so zerschlagen und ausgepumpt, daß mich nicht einmal der Tote sonderlich berührte. Aber es war noch nicht vorbei, oben ging der Kampf weiter, und je länger er dauerte, desto schlechter sah es für Harry aus. Am Ende mußte sich schließlich die schiere Masse Mikes durchsetzen. Allein hatte Harry kaum eine Chance gegen ihn.

Ich kroch zu Tommy und beugte mich über ihn. Er war tot, daran gab es keinen Zweifel. Kein Lebender hätte seinen Kopf so weit abdrehen können. Ich versuchte, den starren Blick zu ignorieren, und tastete seine Taschen ab. Ich hatte Pech. Sie war nicht da, und sie lag auch nicht in der Nähe auf dem Boden. Sie mußte ihm irgendwann im Lauf des Kampfes aus der Tasche gefallen sein. Wahrscheinlich hatte er es nicht einmal bemerkt. Um mit jemandem wie mir fertig zu werden, hatte er keine Pistole nötig. So etwas machte er mit links.

Mir blieb keine Zeit für eine lange Suche, Harry brauchte meine Hilfe. Ich konnte ihm zwar nicht allzu viel anbieten, aber drei Arme waren immerhin besser als zwei. Mit zusammengebissenen Zähnen kletterte ich die Treppe wieder hoch, durchquerte die Diele und blieb an der Tür zur Halle stehen.

Zunächst konnte ich sie nur hören, und es klang nicht gut. Es war allein Mikes Stimme. Hastig humpelte ich weiter in den Raum hinein. Dann sah ich sie hinter dem großen Sofa, und mein Magen verkrampfte sich. Es war noch schlimmer, als ich befürchtet hatte.

Zwischen ihnen mußte es mörderisch zugegangen sein. Sie hatten sich nichts geschenkt, aber die Entscheidung war gefallen. Harry lag blutend auf dem Boden und wehrte sich kaum noch. Er schien am Ende seiner Kräfte zu sein. Auf seiner Brust kniete Mike und drückte ihm mit beiden Händen die Kehle zu. Auch er war schwer gezeichnet. Aus seiner Nase und mehreren Platzwunden lief ihm Blut über das Gesicht und tropfte herunter auf Harrys Jacke.

Es ging um Sekunden. Harrys Gesicht war schon dunkel angelaufen, er konnte jeden Moment das Bewußtsein verlieren. Mike würgte ihn immer weiter. Dabei brüllte er in einem fort: »Ich bring dich um, du verdammtes Schwein! Ich bring dich um!«

Offensichtlich meinte er es ernst.

Ich achtete nicht auf den stechenden Schmerz in meinem Bein und rannte los. Mike war so gefangen in seinem Rausch, daß er mich nicht kommen sah. Auch mein heiseres Schreien überhörte er. Aber meinen Fuß spürte er ganz sicher. Ich hatte aus vollem Lauf zugetreten, so gut es mein Bein zuließ, und selbst sein Gewicht nützte Mike nicht viel. Es riß ihn zur Seite, herunter von Harry, und das war die Hauptsache.

Diesmal machte ich nicht noch einmal den gleichen Fehler und setzte sofort nach. Ich wußte, daß es nur diese eine Chance gab. Mit einem schnellen Schritt stieg ich über Harry weg und trat noch einmal zu. Wieder erwischte ich ihn in der Seite, aber schon mitten in seiner Ausweichbewegung und längst nicht mehr so fest. Mike rollte sich von mir weg und kam wieder hoch. Ich folgte ihm, und bevor er wieder ganz sicher auf den Beinen stand, traf ich ihn noch einmal von vorne. Der Tritt warf ihn zurück, er prallte gegen einen Sessel und kippte mit ihm nach hinten um.

Es sah gut aus, aber damit war mein Pulver auch schon verschossen. Ich knickte in den Beinen ein und stützte mich an einer Sessellehne ab, um den gequetschten Muskel zu entlasten. Hinter mir hörte ich ein würgendes Keuchen und drehte mich halb um.

Harry rieb vorsichtig seinen Hals und gab seltsame Geräusche von sich, eine Kombination von Husten und Krächzen. Aber er hatte es überstanden und war bereits wieder auf den Knien. Jetzt richtete er sich sogar schwankend auf und nickte mir zu. Harry war wieder im Rennen, sollte das wohl bedeuten, und der gute Wille zählte. Vorerst schien er allerdings noch genug damit zu tun zu haben, sich überhaupt auf den Beinen zu halten. Wie ein Herausforderer wirkte er nicht gerade.

Auf Mike anscheinend auch nicht, denn der konzentrierte sich nun eindeutig auf mich. Drei Treffer hatten mir vielleicht einen gewissen Respekt verschaffen können, aber nicht ausgereicht, um ihn auszuschalten. Und jetzt war er am Zug. Er kam wieder auf mich zu, die linke Hand gegen seine Seite gepreßt. Wahrscheinlich hatte ich ihm ein paar Rippen gebrochen. Es hielt ihn nicht davon ab, mich anzugreifen, doch war er etwas vorsichtiger geworden. Was er in seiner rechten Hand hielt, sah aus wie mein Schürhaken.

Er wollte mich umbringen, und er hatte es eilig damit.

Das Eisen zischte knapp an meinem Kopf vorbei. Ich war gerade noch rechtzeitig einen Schritt zur Seite gesprungen. Zu einem Konter kam ich gar nicht erst, denn noch aus der Drehung ließ er einen zweiten Schlag folgen, der meine Jacke aufriß. Mit einem wackligen Sprung brachte ich mich außer Reichweite und wich weiter zurück. Mike folgte mir und schwang dabei den Schürhaken im Halbkreis vor sich her. Damit konnte er mich auf Distanz halten. Er hatte noch nicht begriffen, daß das nicht nötig war. Was hätte ich schon noch machen können?

Ich bewegte mich weiter rückwärts, weg von ihm und weg von Harry. Das war unsere einzige Chance: ihn von zwei Seiten in die Zange zu nehmen. Ich mußte ihn mir nur so lange vom Leib halten, bis Harry wieder etwas unternehmen konnte. Vorerst achtete Mike nicht auf ihn, schien aber die Taktik verstanden zu haben und verschwendete keine Zeit mehr. Plötzlich machte er einen großen Ausfallschritt nach vorne und schlug zu.

Die Bewegung war kraftvoll, aber zu weit und deshalb leicht auszurechnen. Ich tauchte unter dem Schlag weg. Er zertrümmerte nur ein Stück des Kaminsimses. Bevor ich mich absetzte, versuchte ich es noch einmal mit einem Cross, erwischte aber nur sein Ohr, und das ohne allzuviel Dampf. Damit konnte ich Mike nicht aufhalten, und ich wußte auch nicht, womit sonst noch. Wo zum Teufel blieb Harry? Es sah schlecht für mich aus.

Mittlerweile schien das auch Mike mitbekommen zu haben. Er kümmerte sich nicht mehr um seine Deckung, sondern holte zu einem neuen Angriff aus. Ich wich weiter zurück, schneller diesmal, und ließ kein Auge von ihm. Das war ein Fehler. Den schweren Kasten mit dem Kaminholz hinter mir bemerkte ich nämlich erst, als ich mit dem falschen Bein dagegen stieß und hängenblieb. Zwei, drei Schritte stolperte ich noch zurück, bevor ich mit Schwung zu Boden stürzte. Ich landete auf dem Rücken, rutschte ein Stück über die glatten Holzdielen und prallte mit der rechten Schulter gegen die Wand hinter mir.

Für einen Augenblick war ich vor Schmerz wie gelähmt. Dann stand Mike auch schon bei mir. Ich drehte mich zur Seite und hörte ein lautes Krachen. Wo gerade noch mein Kopf gelehnt hatte, fehlte nun ein Stück der Wandvertäfelung. Der Schlag war so wuchtig gewesen, daß der Schürhaken sich im Holz verkantet hatte. Wild zerrte Mike daran herum. Ich rutschte weg von ihm und versuchte schwerfällig, wieder auf die Beine zu kommen. Daraus wurde nichts, diesmal traf er mich. Der Tritt war weder sauber plaziert noch besonders kräftig, reichte aber, um mich umzuwerfen.

Mike stemmte jetzt den Fuß gegen die Wand, setzte sein ganzes Gewicht ein und riß mit einem Fluch den Haken wieder aus dem Holz heraus. Dabei verlor er das Gleichgewicht, taumelte einen Schritt zurück, und mein kraftloser Tritt gegen sein Knie ging ins Leere. Es war mein letzter Versuch. Dann hatte er seinen Stand wiedergefunden und holte mit dem Eisen weit über seinem Kopf aus, beidhändig diesmal. Es gab keine Möglichkeit mehr, dem Schlag auszuweichen. Es war vorbei.

»Hey, Schweinebacke!«

Harry hatte sich wirklich Zeit gelassen. Es war nicht viel mehr als ein heiseres Krächzen gewesen, aber etwas in seinem Ton mußte Mike alarmiert haben. Er ließ den Haken sinken und drehte sich um, um zu sehen, was da in seinem Rücken vorging.

Harry stand wieder sicher auf den Beinen. Die Augen in seinem blutverschmierten Gesicht blickten klar, zumindest das geöffnete. Seine Haltung wirkte zugleich locker und sehr konzentriert. In der Hand hielt er einen Teil der Wanddekoration. Der mächtige Sauspieß war auf Mike gerichtet, was diesen allerdings nicht sonderlich zu beeindrucken schien. Zwar sah die breite und gut vierzig Zentimeter lange Klinge der Lanze ausgesprochen gefährlich aus, das schon, aber Harry stand über acht Meter von uns weg. Viel zu weit. Er würde zu spät kommen.

Mike knurrte abfällig und holte wieder aus. Instinktiv hielt ich mir den Arm schützend vors Gesicht, obwohl ich wußte, daß es nichts nutzte. Er würde mir eben erst den Arm brechen und dann den Schädel einschlagen. Ich hörte Harry schreien und fiel unwillkürlich mit ein.

Auch Mike stieß einen kurzen Schrei aus, aber er schlug nicht zu. Ungläubig ließ er den Schürhaken aus seiner Hand fallen und versuchte noch verzweifelt, sich seitlich abzudrehen. Er war zu langsam. Der Spieß traf ihn in die Brust und trieb ihn zwei Schritte nach hinten, bis er mit dem Rücken gegen die Wand knallte. Harry mußte alle Kraft in den Wurf gelegt haben, die Klinge drang tief in die Holzvertäfelung ein. Mike wurde regelrecht an die Wand genagelt.

Mit einer letzten, verkrampften Bewegung griff er nach dem Schaft, der durch seine Brust ragte, und packte ihn mit beiden Händen. Dann brach gurgelnd ein Schwall Blut aus seinem Mund, ein Zucken lief durch seinen Körper, und er wurde schlaff.

Ich rutschte ein Stück nach hinten, weg von ihm. Harry kam unsicher ein paar Schritte auf mich zu, ehe er langsam in die Knie ging. »Mein Gott!« flüsterte er heiser und schluckte. Ohne den Blick von Mike zu wenden, setzte er sich auf den Boden und lehnte sich gegen einen Sessel. »Mein Gott!«

Ich kroch zu ihm hinüber und ließ mich neben ihn fallen. Schweigend sahen wir den Toten an. Auf dem Boden unter ihm hatte sich eine große Blutlache gesammelt. Seit Beginn des Kampfes konnten nicht mehr als drei Minuten vergangen sein. Knockout in der ersten Runde. Es war endgültig vorbei.

»Wir haben es überstanden, Harry.«

Er nickte und schloß kurz die Augen. »Ich mußte es tun!« krächzte er mühsam. »Verflucht, der hätte dich sonst umgebracht!«

»Das hätte er bestimmt. Du hast mir das Leben gerettet, Harry.« Daß es stimmte, machte den Satz nicht weniger bizarr.

»Ich mußte es einfach tun, Max!« wiederholte er gepreßt. Er schien mir überhaupt nicht zugehört zu haben.

»Natürlich mußtest du es tun. Der wollte mir immerhin den Schädel einschlagen! Es war reine Notwehr!«

Harry sah mich nur an. Ich hatte gut reden, ich hatte nicht einen

Menschen aufgespießt. Ich hatte nur jemanden die Treppe herunter geworfen. Aber das wußte er noch gar nicht. Er zog ein Taschentuch aus seiner Hose und tupfte damit an seinen aufgeplatzten Lippen herum. Ich nahm es ihm aus der Hand und wischte vorsichtig das Blut aus seinem Gesicht. Soweit ich das beurteilen konnte, mußte nichts genäht werden. Aber morgen würde er keine Verkleidung mehr brauchen. Sein linkes Auge hatte sich weitgehend geschlossen.

»Der Kerl hat dich ja ganz schön zugerichtet. Du solltest wirklich mehr an deiner Deckung arbeiten. Was macht dein Hals?«

»Es geht schon wieder, aber es war ziemlich knapp eben. Wenn du nicht dazwischengegangen wärst, Max ...« Ächzend streckte er ein Bein aus. »Ich glaube, viel hätte nicht mehr gefehlt.«

»Das war nicht zu übersehen. Blau steht dir überhaupt nicht!«

Er brummte nur und versuchte es mit einem Grinsen. Damit hätte er Geld auf der Geisterbahn verdienen können. »Was ist mit dem anderen?« fragte er schließlich.

»Der liegt unten im Keller.«

»Ist er auch ...?«

»Ja, hat sich das Genick gebrochen.«

Harry warf mir einen kurzen Blick zu, fragte aber nicht weiter nach.

»Er ist die Treppe heruntergestürzt«, sagte ich nach einer kleinen Pause. Es klang beinahe nach einem Unfall.

Harry nickte leicht. »Den Krach habe ich gehört.«

Ein paar Minuten blieben wir einfach still sitzen. Vier Tote, wahrscheinlich sogar fünf, und zwei davon gingen auf unser Konto. Das durfte alles nicht wahr sein. Etwas Hartes stach mich in den Rücken. Ich griff hinter mich und bekam den Revolver zu packen. Jetzt nützte er mir auch nichts mehr. Ich schob ihn zu Harry hinüber, der ihn wortlos einsteckte. Dann stand er schwerfällig auf und hielt mir die Hand hin.

»Wir müssen die Polizei verständigen, Max!«

Da hatte er recht. Ich griff nach seiner Hand und kam mühsam wieder auf die Beine. Es war höchste Zeit, hätte ich noch länger gewartet, wäre ich völlig steif geworden. Auch Harry bewegte sich hölzern. Zwei alte Männer.

Wir sahen nicht zurück. Stumm gingen wir durch den großen Raum. Erst an der Tür drehten wir uns noch einmal um. Mitten zwischen den Jagdtrophäen hing Mike an der Wand und wirkte wie das groteske Prunkstück der Sammlung.

Harry räusperte sich. »Wie sollen wir das eigentlich irgend jemandem erklären?«

Mir fiel keine Antwort ein.

NEUN

Draußen hatte sich nichts verändert. Wie vorher stand der Mond am Himmel. Sterne glitzerten durch die klare Luft. Es war kalt und still. Harry ging mit steifen Schritten über die Veranda und stieg die Treppe hinunter. Ich blieb an der Brüstung stehen, mir war etwas eingefallen. »Warte, Harry, vielleicht können wir doch von hier aus telefonieren.«

Wir sahen uns an. Es war mehr als wahrscheinlich, daß die Kanzler Handys mit sich herumgetragen hatten. Harry sagte nichts. Er griff sich eine Handvoll Schnee vom Boden und formte daraus einen Schneeball. Als er ihn an sein geschwollenes Auge preßte, zog er scharf die Luft ein. Das Eis auf den aufgeschlagenen Brauen mußte höllisch weh tun. Erst dann gab er eine Antwort, und sie klang endgültig.

»Ich gehe nicht mehr da rein.«

»Ich auch nicht. Wir können ja von unterwegs anrufen. Auf eine halbe Stunde mehr oder weniger kommt es jetzt auch nicht mehr an.«

Harry nickte. »Gut. Laß uns verschwinden!«

Ich warf einen letzten Blick zurück auf das Haus, bevor ich Harry folgte. Wir marschierten schweigend. Das bloße Gehen war anstrengend genug und forderte meine volle Konzentration. Nach den ersten hundert Metern besserte es sich allmählich. Zwar spürte ich immer noch schmerzhaft jeden Schritt, aber die Bewegung lockerte meine Beinmuskeln. Mein Gang wurde langsam wieder geschmeidiger.

Sorgsam achtete ich auf den Weg und bemühte mich, nicht daran zu denken, was wir da hinter uns ließen. Natürlich funktionierte es nicht so richtig, aber ich versuchte es trotzdem. Es würde schon noch früh genug anfangen. Im Moment wollte ich nur fort von hier. Zwei Totenhäuser reichten mir für einen Tag.

Auf dem Kamm drehten wir uns nicht mehr um. Harry schien es genauso eilig zu haben wie ich. Trotz unseres ramponierten Zustandes brauchten wir für den Rückweg nicht länger als für den Aufstieg. Wir wußten nicht, in welcher Richtung der nächste Ort lag, also beschlossen wir, einfach den gleichen Weg zurück zu nehmen. Ein Telefon würde sich schon finden.

Harry hatte sich hinter das Steuer gesetzt und sah während des Fahrens starr geradeaus auf die Straße. Er mußte mit einem Auge auskommen, aber es lag nicht nur daran. Auch mir war nicht nach einer Plauderei zumute. Still fuhren wir immer weiter weg von Martines Haus, fort von den Toten. Jeder Kilometer zählte.

Es mußte auf vier Uhr zugehen, und wir waren nicht mehr ganz allein unterwegs. Die Jecken kamen von ihren Partys und zockelten nun nach Hause, mit entsprechendem Fahrstil. Auf einer etwas haarigen Strecke wurden wir von einem Bus überholt, der sich gefährlich in die Kurven legte und viel länger als nötig neben uns herfuhr. Dafür hupte er ausgiebig und in einem schönen Rhythmus.

Anscheinend transportierte er den harten Kern einer Karnevalsgesellschaft auf dem Heimweg von ihrer Sitzung. Die johlenden Insassen trugen alle Uniform, und sie schienen zu den ländlich-derben Ursprüngen ihres Humors zurückgefunden zu haben. Neben den aufgedunsenen Gesichtern wurde auch schon mal ein nackter Hintern grüßend gegen die Scheiben gepreßt. Bei einigen war ich mir nicht sicher.

Völlig ungerührt ließ Harry die Freakshow an uns vorbeiziehen. Nach ein paar Kurven sahen wir sie wieder. Der Bus war auf einen kleinen Parkplatz abgebogen. Er gehörte zu einem schäbigen Flachbau, der hier völlig einsam in der Gegend stand. Über dem Eingang flackerte eine defekte Neonreklame in unregelmäßigen Intervallen. Zwei schwarze Herzen flankierten die abbröckelnde Aufschrift »Kongo-Bar«.

Die Karnevalisten hatten sich marschmäßig gesammelt, alle Hosen wieder korrekt, und paradierten nun im Stechschritt auf die Baracke zu. Heute nacht würden die Damen reichlich zu tun haben.

Ich sah über meine Schulter, bis Bäume mir den Blick versperrten. Das trostlose Etablissement mußte ich bisher immer übersehen haben, denn neu konnte es nicht sein. Harry war einfach daran vorbeigefahren.

»Halt an, Harry! Hier gibt es sicher ein Telefon!«

Er reagierte nicht sofort, sondern fuhr noch ein Stück weiter, ehe er in einer Parkbucht anhielt und den Motor abstellte. Die Hände auf das Lenkrad gelegt, blickte er weiter nach vorne. Ruhig sagte er:

»Ich habe nachgedacht, Max. Vielleicht ist es doch keine so gute Idee, die Polizei anzurufen!«

Seine Stimme klang heiser, das Sprechen mußte ihm immer noch schwerfallen. Er drehte sich zu mir herum und sah mich nun an. Sein linkes Auge war bis auf einen schmalen Schlitz zugeschwollen. In den Brauen und auf den Lippen klebte getrocknetes Blut. Es sah übel aus, und alles war echt.

Natürlich war mir klar, worauf er hinauswollte, und ich ließ mir die Sache durch den Kopf gehen. Wir würden eine Menge zu erklären haben, besonders ich. Warum ich etwa Jupps überraschenden Besuch bei mir mit keinem Wort erwähnt hatte. Oder daß ich schon vorher von den Kanzlern gewußt hatte, daß sie nach Jupp und seiner Tasche gesucht hatten und nur deshalb zu Martine gekommen waren.

Ich hatte gewußt, worum es bei der ganzen Geschichte ging, und nichts davon der Polizei gesagt. Ganz zu schweigen von Jupps kleinem Auftrag.

Ahlkamps Reaktion konnte ich mir gut vorstellen. Er würde auch wissen wollen, was wir mitten in der Nacht in Martines Landhaus zu suchen hatten. Und warum es jetzt dort nur noch Leichen gab. Das vor allem.

Harry schien zu ahnen, woran ich dachte. Abwehrend hob er eine Hand.

»Nein, nein – nicht wegen der Toten! Das ist zwar schlimm genug, aber es stimmt schon: Es war schlicht und eindeutig Notwehr. Da sehe ich keine Probleme, im Gegenteil. Wir werden die Helden des Tages sein: ›Mutige Bürger wehren sich erfolgreich gegen brutale Killer!‹, und so weiter. Am Ende kommen wir noch ins Fernsehen.« Er deutete vorsichtig ein kurzes Grinsen an und schüttelte dann langsam den Kopf. »Nein, deswegen mache ich mir keine Sorgen.«

»Du redest vom ›Dicken‹.«

»Genau, vom ›Dicken‹ – und von den Handschriften. Die sind offensichtlich verschwunden, und damit haben wir ein Problem.«

Das hatten wir wirklich. Der »Dicke« würde sich nicht so einfach damit zufriedengeben, sondern weiter nach den Handschriften suchen lassen. Am Ende ging der ganze Wahnsinn wieder von vorne los, und wir hingen mittendrin. Wenn wir zur Polizei gingen, würde am nächsten Tag auch in Hamburger Zeitungen zu lesen sein, wer sich da mit den Kanzlern einen tödlichen Kampf geliefert hatte.

»Stimmt, es muß so aussehen, als ob wir die Bücher hätten.«

»Oder das Geld, falls Jupp sie schon verkauft hatte. Zumindest dürfte der Auftraggeber von Tommy und Mike dieser Meinung sein, und ich möchte ihn nicht vom Gegenteil überzeugen müssen.« Harry machte eine kleine Pause und räusperte sich. »Außerdem gibt es da noch etwas. Vielleicht gefällt es ihm ja nicht, daß man seine Leute umgebracht hat.«

»Schon möglich, das könnte sein.«

Harry sagte nichts und sah mich an. Wir mußten uns entscheiden.

Sobald der »Dicke« von uns erführe, würde er wieder jemanden in Marsch setzen, und diesmal direkt zu uns. Dagegen gab es nur ein Mittel. Er durfte nichts von uns erfahren. Harry hatte völlig recht.

»Also gut, einverstanden: Keine Polizei!«

Harry nickte und startete den Wagen. Je schneller wir von hier verschwanden, desto besser. Solange uns niemand mit dem, was im alten Forsthaus passiert war, unmittelbar in Verbindung brachte, konnte uns nicht viel passieren. Also durften wir vor allem nicht hier gesehen werden, nicht jetzt. Daß sich irgendwelche Jecken morgen noch daran erinnern könnten, wen sie da in der Nähe des Tatortes überholt hatten, war allerdings sehr unwahrscheinlich. Dieses Risiko mußten wir eben eingehen.

Den Rest der Strecke fuhr Harry so mustergültig, als ginge es um seinen Führerschein. Jede Vorfahrt wurde beachtet, und nie übertrat er die zulässige Höchstgeschwindigkeit. Auf eine Alkoholkontrolle konnten wir gut verzichten.

Ich überschlug unsere Chancen, unentdeckt davonzukommen. So schlecht sah es nicht aus. Der nächste Schneefall würde alle Hinweise außerhalb des Hauses vernichten. Irgendwelche Spuren würden sich natürlich finden, und sicher nicht zu knapp: Kleiderfasern etwa, Haare, oder auch Blut aus Harrys Platzwunden. Aber die müßten ja erst einmal zugeordnet werden können, und mir fiel nichts ein, was laut und deutlich auf uns zeigte.

Falls die Polizei schließlich doch auf uns kommen sollte, konnten wir immer noch die Wahrheit sagen. Einen plausiblen Grund für unser Abtauchen hatten wir allemal, nämlich Angst.

Erst als wir in Ahrenfels in die Hofeinfahrt einbogen, wachte ich wieder auf. Auf dem letzten Stück mußte ich eingeschlafen sein. Harry schaltete den Motor aus und drehte sich zu mir.

»Tja, das war's dann wohl.«

Mit mehr Erleichterung in der Stimme hätte er vielleicht sogar überzeugend geklungen. Ich sagte nichts.

Wir blieben noch einen Augenblick sitzen, dann hievten wir uns aus dem Wagen und gingen zur Haustür. In der Diele knipste Harry das Licht an und verharrte mitten in der Bewegung. Aus dem großen Wandspiegel gegenüber starrten uns zwei Zombies entgegen.

An Harrys Anblick hatte ich mich ja schon gewöhnt, aber nicht an den seines Begleiters. Erst jetzt fielen mir die dunklen Flecken auf Jacke und Hose auf, und wie viele es waren. Wieder hörte ich mich schreien, sah den Spieß in Mikes Brust, das viele Blut. Ich schaffte es gerade noch rechtzeitig zur Toilette.

Hinterher spülte ich mir den Mund aus und vermied es, dabei in den Spiegel zu sehen. Harry erschien in der Tür. Er hatte sich umgezogen und auch für mich Hosen und Pullover mitgebracht.

»Hier, die müßten dir eigentlich passen.« Er hängte die Kleidungsstücke über die Handtuchstange. »Alles in Ordnung?«

Ich nickte nur, und er verzog sich wieder.

In den frischen Sachen fühlte ich mich nur unwesentlich besser. Harry wartete auf mich in der Diele. Er hatte die Hände in die Taschen gesteckt und sah auf seine blutigen Kleider herunter, die vor ihm auf dem Boden lagen. Mit dem Fuß schob er sie etwas zusammen.

»Irgendwie müssen wir das Zeug entsorgen. Am besten jetzt gleich, auf der Stelle!«

Mit spitzen Fingern legte ich meine Jacke und die Hose auch auf den Haufen. Ich hatte keine Einwände.

Wir gingen hinter das Haus und deponierten das Bündel an einer geschützten Stelle in der Nähe der Hofmauer. Aus der Werkstatt holte Harry einen Kanister, tränkte die Kleider mit Benzin und zündete sie an. Ohne großes Bedauern sah ich zu, wie eine meiner besten Hosen verbrannte. Getragen hätte ich sie ohnehin nicht mehr.

Harry hatte etwas von »Spuren beseitigen« gemurmelt, aber das war natürlich Unsinn. Wir wußten beide, daß wir hier einen rituellen Akt vollzogen, auch wenn uns der Glaube an seine magische Wirkung fehlte.

Nach ein paar Minuten war es vorbei, übrig blieben nur qualmende, verkohlte Fetzen. Wir standen noch eine Weile unschlüssig herum, die Hände in den Taschen und am Ende leicht bibbernd, bis wir wieder ins Haus zurückkehrten und uns vor den Kamin hockten, die Cognacflasche in Griffweite zwischen uns.

Schon vorher hatte sich Harry um das Feuer gekümmert, als ich noch im Badezimmer war. Manchmal kamen ihm wirklich brauchbare Einfälle. Ich fühlte mich todmüde und ausgelaugt, und es schien keinen Teil meines Körpers zu geben, der nicht weh tat. Aber ich konnte jetzt nicht so einfach ins Bett gehen, nicht mit diesen Bildern vor Augen. Harry schien es ähnlich zu gehen. Also saßen wir ohne ein Wort einfach da, starrten in die Flammen und betranken uns. Einen Versuch war es wert.

Irgendwann mußte ich doch eingeschlafen sein, wahrscheinlich sogar recht bald. Als ich zum ersten Mal wach wurde, fand ich mich auf dem Sofa wieder, ohne Schuhe, aber warm verpackt unter zwei Decken. Als Gastgeber war Harry zu empfehlen. Trotzdem schlief ich schlecht. Jedesmal, wenn ich mich herumdrehte, spürte ich einen stechenden Schmerz in meiner Schulter.

Gegen Morgen erhielt ich dann auch noch Besuch. Laut schnurrend stieß mir Diva eine nasse Nase ins Gesicht, um sich anschließend häuslich auf mir niederzulassen. Ihre unverstellte Zuneigung wärmte mir das Herz, aber bequem war sie nicht.

Als Harry mich weckte, schien die Sonne hell durch die Fenster. Er balancierte zwei Tassen in der Hand, stellte eine von ihnen neben mich auf den Boden und pflanzte sich mit der anderen mir gegenüber in den Sessel. Die Nacht der Nächte hatte auch er nicht hinter sich. Aber wenn man lange genug hinschaute, konnte man sein Gesicht noch erkennen.

Diva übersah ihn völlig. Sie streckte sich, um anschließend ausgiebig zu gähnen. Dann sprang sie auf den Boden und stolzierte fort in Richtung Küche. Die Futternäpfe würden ja wohl endlich wieder aufgefüllt sein.

Harry sah ihr finster hinterher. »Das werde ich mir merken!«

Ich griff nach der Tasse. »Danke für den Kaffee, Harry. Wieviel Uhr haben wir denn?«

»Gleich zwei. Wie geht es deiner Schulter?«

»Einigermaßen. Ich fühle mich ungefähr so, wie du aussiehst.«

»Gratuliere! Dann bist du ja wirklich zu beneiden.«

»Ja, ein richtiger Glückspilz.«

Vorsichtig setzte ich mich etwas auf und trank einen Schluck. Der Kaffee war heiß, schwarz und stark. Er war genau richtig. Ächzend lehnte ich mich wieder zurück. Daß es schon so spät war, wunderte mich. Offensichtlich hatte ich doch noch tief geschlafen in den letzten Stunden. Ich konnte mich an keinen Traum erinnern und bedauerte es nicht.

»Was macht dein Auge?«

Harry zuckte mit den Achseln. »Na ja, sehen kann ich noch, und im Auge selbst habe ich auch keine Schmerzen. Soweit scheint alles in Ordnung zu sein. Natürlich ist die Schwellung ziemlich unangenehm.« Er tastete sacht in der Gegend herum, in der sein Jochbein liegen mußte. »Aber ich glaube, daß sie schon etwas nachgelassen hat.«

Es war nicht direkt eine Frage, also brauchte ich nicht zu antworten. Harry verstand mich auch so.

»Selbstverständlich werde ich in der nächsten Zeit einen weiten Bogen um Schwangere machen.« Sein einseitig gefletschtes Grinsen erinnerte mich an unseren alten Lateinlehrer, wenn er unregelmäßige Verben abhörte.

»Mach dir keine Sorgen, das geht vorbei, in ein paar Tagen bleibt dir nur noch ein schönes Veilchen, mehr nicht. Und wenn dein Pfarrer wirklich so literarisch beschlagen ist, wie du sagst, darfst du vielleicht sogar die Kirchenglocken läuten.«

»Ich muß schon sagen, Max, du verstehst es, Trost in der Not zu spenden.«

»Vielen Dank. Apropos literarisch, wie bist du eigentlich auf die Geschichte mit den Eulen gekommen?«

»Die war gut, nicht wahr? Ich meine, dafür, daß ich mir auf die Schnelle etwas einfallen lassen mußte.«

»Schon, aber ausgerechnet Eulen?«

»Warum nicht?« Harry zuckte mit den Achseln. »Schließlich beziehe ich die ›Heimische Vogelwelt‹ schon seit Jahren.«

»Soll das etwa heißen, die gibt es tatsächlich?«

»Selbstverständlich gibt es die! Ich habe sogar die Ehre, korrespondierendes Redaktionsmitglied zu sein.«

Nonchalant schlug er die Beine übereinander und setzte ein würdig-gelehrtes Gesicht auf. Dann ging ihm wohl auf, welchen Anblick er bieten mußte. Er kicherte los, ich fiel ein, und auf einmal verloren wir die Kontrolle. Wir lachten beide aus vollem Hals. Sobald einer von uns eine kleine Pause einlegte, um mühsam zu Atem zu kommen und sich die Tränen aus dem Gesicht zu wischen, wurde er vom anderen angesteckt und fing wieder an. Es war ein regelrechter Anfall.

Wahrscheinlich nur eine nervöse Überreaktion. Sicher völlig normal, nach allem, was passiert war. Und immerhin: Es war ein Lachen. Es würde nicht ewig so weitergehen, das wußten wir beide. Irgendwann würden wir anders über das reden müssen, was wir in Martines Haus gemacht hatten. Aber nicht jetzt.

Wir hörten schließlich auf, weil uns alles weh tat. Harry fing sich als erster und holte frischen Kaffee. Er schenkte uns nach, nahm seine Tasse und lehnte sich vorsichtig zurück. Mit der freien Hand massierte er seinen Hals. »Meine Güte, daß Lachen so schmerzhaft sein kann!«

»Es kommt immer auf den Witz an.«

»Damit könntest du recht haben.«

Schweigend tranken wir unseren Kaffee. Die Stille wurde erst durch das Klappern der Katzentüre unterbrochen. Divas Bruder Romeo war von einem seiner Streifzüge zurückgekehrt und tippelte nun geräuschvoll über den Parkettboden. Lässig sprang er auf den Rücken des ausgestopften Löwen, einem seiner Ruheplätze. Einen Augenblick musterte er mich kritisch, dann begann er, intensiv seine Pfote zu lecken. Gegen den Löwen gelehnt stand ein Teil von Harrys Karnevalskostüm.

»Es war übrigens ein verdammt guter Wurf gestern, Harry. Und ganz schön riskant. – Ich meine, du hättest ja auch daneben treffen können.«

»Daneben? Auf diese Entfernung? Soll das ein Scherz sein?« Er mußte husten und verzog vor Schmerzen das Gesicht. »Obwohl dieses Monstrum von Spieß miserabel austariert war, das stimmt. Überhaupt kein Vergleich mit meinem Zulu-Speer.«

Ich hatte es gewußt. »Du übst also tatsächlich damit?«

»Gelegentlich.« Harry sah nachdenklich auf seine Tasse herunter. »Weißt du, was mir die ganze Zeit durch den Kopf geht? Die Handschriften. Jupp hatte sie nicht bei sich, das steht fest. Sie waren weder im Wagen noch im Haus. Die Kanzler haben alles durchsucht, ohne etwas zu finden – übrigens auch kein Geld, und das hätten sie bestimmt nicht übersehen. Es müßte nämlich eine ganze Menge sein, sogar in großen Scheinen. Verkauft sind die Bücher also noch nicht. Ich frage mich, was Jupp mit ihnen gemacht hat. Was glaubst du, wo sie sind?«

Ich trank einen Schluck Kaffee und sah ihn ruhig an. »Tja, ich tippe auf ein Schließfach im Kölner Hauptbahnhof.«

»Wie kommst du denn darauf?«

»Weil ich sie dorthin gebracht habe.«

»Du hast was?!« Beinahe hätte er seine Tasse fallengelassen.

»Sie dort hingebracht. Wenigstens nehme ich das an, ich wüßte nicht, was sonst in der Tasche gewesen sein sollte.«

»Moment mal! Welche Tasche denn?« Harry beugte sich vor und starrte mich an. »Gibt es da irgend etwas, was du mir bisher noch nicht erzählt hast? Etwas Wichtiges vielleicht? Ich meine, etwas sehr Wichtiges?«

»Nur, daß Jupp eine Reisetasche dabei hatte, als er mich am Donnerstag besuchte.«

»Eine Reisetasche.«

»Genau. Und er hat mich gebeten, sie für ihn am Bahnhof zu deponieren. Was ich auch gemacht habe.«

»Aber ja, natürlich hast du das.« Harry nickte demonstrativ. »Eine Tasche voll mit vermutlich gestohlenen Kunstgegenständen im Wert von einigen Millionen, hinter der zufällig auch noch ein paar Killer her sind. Und unser Max hier trägt sie fröhlich durch die Gegend.« Er lehnte sich zurück. »Bist du wahnsinnig?«

»Was hätte ich denn machen sollen? Jupp war todkrank und hat mich um einen letzten Gefallen gebeten, den konnte ich schlecht ablehnen. Das hättest du auch nicht!«

»Bei einem solchen ›Gefallen‹ wäre ich mir da nicht so sicher.«

»Ich wußte doch gar nicht, worum es geht! Jupp hat kein Wort über die Kanzler verloren, und von den Handschriften habe ich erst bei dir erfahren. Gut, daß in der Tasche nicht gerade Jupps schmutzige Wäsche sein würde, habe ich mir schon gedacht. Vielleicht hätte ich ihn fragen sollen, aber es ging mich schließlich nichts an.«

Harry sah mich nur an. Ich zuckte mit den Achseln. »Ganz geheuer war mir die Sache natürlich nicht, das stimmt, aber so richtig gefährlich klang es nun auch wieder nicht. Außerdem ist ja alles glatt gegangen.«

»Das nennst du glatt?«

»Am Bahnhof, meine ich. Ich habe die Tasche einfach in ein Schließfach gesperrt, und fertig. – Daß nachher alles so schlimm kommen würde, konnte ich ja nicht ahnen.« Ich fühlte selbst, wie lahm sich das anhören mußte.

Harry nickte langsam. »Nein, das konntest du wirklich nicht. Niemand konnte das.«

Eine Weile fiel kein Wort, dann hob er eine Hand und ließ sie auf die Armlehne fallen. »Na ja, jetzt läßt sich nichts mehr ändern! Jetzt haben wir nur eine Handvoll Toter und eine Tasche mit alten Handschriften, die in einem Schließfach herumsteht und vergeblich darauf wartet, von irgend jemandem abgeholt zu werden. Die Leute von der Gepäckaufbewahrung werden sich wundern, wenn sie das Fach öffnen. Falls Jupp die Bücher nicht doch schon längst verkauft hat, heißt das.«

Ich sagte nichts. Langsam setzte ich die Tasse auf den Boden. Harry hatte recht, die Tasche war gewissermaßen herrenlos. Zumindest würde so schnell niemand Besitzansprüche anmelden. Daran hatte ich noch gar nicht gedacht.

Harry wurde mißtrauisch und legte den Kopf schief. »Was ist los? Etwa noch eine Enthüllung?«

»Jupp hat die Bücher noch nicht verkauft.«

»Hat er nicht?«

»Nein. Das konnte er gar nicht.«

»Und warum nicht?«

»Ich habe immer noch den Schlüssel.«

Zum ersten Mal seit Jahren verpaßten wir den Zug. Wir waren nicht nur in der falschen Stimmung, wir hatten ihn schlicht vergessen. Erst auf der Fahrt fiel es uns wieder ein, und als wir durch Köln fuhren, war es unübersehbar: Wir hatten Rosenmontag. Für andere war das ein Grund zum Feiern. In Köln herrschte jetzt der Ausnahmezustand, Hunderttausende waren auf den Beinen und verstopften die gesamte Innenstadt.

Zum Glück lag der »Geiger« ein gutes Stück abseits des Zugweges, weit genug, um noch mit dem Wagen erreichbar zu sein. Wir konnten bis vor die Tür fahren. Harry blieb sitzen, während ich mit einiger Mühe die Stufen hinunterstieg und aufschloß. Erst in zwei Stunden würde der »Geiger« öffnen. Im Moment war niemand von der Mannschaft hier, was mir ganz gelegen kam, so brauchte ich nichts zu erklären. Eine passende Geschichte hatte ich mir nämlich noch nicht ausgedacht. Ich holte den Schlüssel aus dem Safe und stieg wieder zurück in den Wagen.

»Und?«

»Alles in Ordnung.« Ich öffnete kurz die Hand und zeigte Harry den Schlüssel. Es war nichts Besonderes an ihm, nach ein paar Millionen sah er nicht aus.

Harry fuhr los. Er wollte zur Rückseite des Bahnhofs, und wir mußten einen großen Bogen schlagen. Die normale Strecke durch die Innenstadt war blockiert. Unterwegs redeten wir nicht viel. Vermutlich war auch Harry nervös.

Wir hatten beschlossen, erst einmal die Tasche zu holen. Dann konnten wir immer noch entscheiden, was wir damit machen sollten. In Harrys Bibliothek hatte das ganz vernünftig geklungen, aber je näher wir zum Bahnhof kamen, desto weniger gefiel mir die Vorstellung, noch einmal zu den Schließfächern zu gehen. Es ging ja nicht mehr allein um die Tasche. Es ging auch um Tote.

Die Zufahrt am Breslauer Platz war zwar nicht gesperrt, aber brechend voll. Harry arbeitete sich im Schneckentempo voran und hielt direkt vor einem der Eingänge. Sein Gesicht würde jeden Protest abwürgen. Trotzdem sollten wir besser nicht allzu lange hier stehenbleiben. Ich zögerte.

»Worauf wartest du?«

»Vielleicht sollten wir das Ganze lieber abblasen und verschwinden, Harry. Ich habe kein gutes Gefühl.«

»Was soll denn schon passieren? Jetzt noch? Außerdem, Max – wenn herauskommt, daß die Kanzler auf unser Konto gehen, denken sowieso alle, daß wir die Bücher haben, oder wenigstens das Geld. Dann hätten wir eher das Problem, glaubhaft zu erklären, wieso wir es doch nicht haben. Die Polizei glaubt uns vielleicht sogar, aber was ist mit dem ›Dicken‹?«

Ich sagte nichts. Natürlich hatte er recht. Auf die Handschriften kam es dann auch nicht mehr an, zwei Tote reichten vollkommen.

»Und wenn es nicht herauskommt, nun, dann könntest du dir endlich einen anständigen Wagen leisten.«

»Ich bin mit dem Käfer sehr zufrieden.«

»Schon klar. Soll ich es tun?«

»Damit auch alle genau hinsehen? Dann können wir dir ja gleich ein Schild umhängen! Nein, ich gehe schon.«

»Heute noch?«

Eine Antwort sparte ich mir und stieg aus. Es war wie der Eintritt in eine andere Welt. Sofort fand ich mich mitten im Karnevalstrubel wieder. Der Wagen hatte uns gegen den Lärm einigermaßen abgeschirmt, von innen war die ununterbrochene Prozession der vorbeiziehenden Jecken nicht mehr als eine bizarre Kulisse gewesen. Fast alle um mich herum waren verkleidet, auch wenn sie nicht mehr so wirkten; für den fünften Tag ganz normal.

Den Versuch, schneller voranzukommen, gab ich rasch auf. Eingezwängt in das Gedränge ließ ich mich einfach mitschieben. Die meisten der Jecken wollten quer durch den Bahnhof zur Domseite. Niemand schien es zu stören, daß ich nicht verkleidet war, wenn es überhaupt jemand bemerkte.

Inmitten einer Horde Ehrenfelder Berggorillas wurde ich durch den Eingang gespült und setzte mich zur Seite ab. Der Gang zu den Schließfächern mündete gleich hier. Hier gab es etwas mehr Luft, ich durchquerte ihn ohne permanenten Körperkontakt. Im Gepäckraum selbst war es vergleichsweise leer, vermutlich weil es keine freien Fächer mehr gab.

Niemand war mir gefolgt, niemand achtete auf mich, die ganze

Aufregung war unnötig gewesen. Ich ging zum Ende der Reihe und blieb vor Jupps Fach stehen. Ganz ruhig steckte ich den Schlüssel ins Schloß. Es klappte beim ersten Mal. Nur drehen ließ er sich nicht.

»Na, na! – Nicht mit Gewalt, junger Mann!«

Ich wandte mich um. Die Stimme gehörte zu einem jovial aussehenden, nicht mehr ganz nüchternen Mittfünfziger, der zwar die Uniform der Müllmänner trug, aber wohl eher Richter am Oberlandesgericht war. Sein Zeigefinger bewegte sich vor meiner Nase hin und her.

»Sind Sie überhaupt richtig hier?«

»Wie bitte?«

»Das Fach, junger Mann, das Fach! Die sehen doch alle gleich aus, vielleicht haben Sie ja das falsche erwischt! Stimmt denn auch die Nummer?«

Auf die Nummer hatte ich nicht geachtet. Warum auch, ich war mir völlig sicher, Jupps Tasche genau hier eingeschlossen zu haben. Ich zog den Schlüssel wieder heraus und starrte auf den Griff, dort war eine Nummer eingraviert. Eine andere Nummer.

»Lassen Sie mal sehen!« Die Pause dauerte meinem Freund und Helfer zu lange. Er beugte sich vor. »Na also, wie ich mir gedacht habe: einfach das Fach verwechselt! Kein Grund zur Aufregung, junger Mann, das kann jedem passieren! 352 ist auf der anderen Seite, soll ich Ihnen vielleicht noch …?«

»Nein, vielen Dank, jetzt komme ich schon allein zurecht!«

Einen Moment hatte ich die Befürchtung, er würde mir trotzdem in den anderen Gang folgen, aber er blieb zurück. Auf seine Begleitung konnte ich gut verzichten. Den Schlüssel in der Hand, konzentrierte ich mich auf die Nummern der Schließfächer und versuchte, an nichts anderes zu denken. 352 lag in der Mitte der Wand, ein Fach wie alle anderen auch. Der Schlüssel paßte, das Schloß ließ sich öffnen. Ich atmete durch, griff hinein und holte die Tasche heraus.

Es war ein schönes Stück, nicht mehr neu, aber gut gepflegt. Boden, Ecken und Griffe waren aus cognacfarbenem Leder gearbeitet, und für den Rest hatte man dichtgewebten Stoff mit einem Ethno-Muster in Braun- und Ockertönen verwandt. Mit Sicherheit war sie wesentlich teurer als Jupps Tasche.

Für den Inhalt würde das wohl kaum gelten. Die falsche Tasche, das falsche Fach, der falsche Schlüssel.

Ich verließ den Gepäckraum und mischte mich wieder unter die Jecken. Jetzt konnte wirklich nichts mehr passieren. Irgend jemand hinter mir hatte »Oh, là, là – willst du eine Pizza?« angestimmt, und ich bewegte mechanisch die Lippen mit. Alles war besser, als über einen bestimmten Verdacht nachdenken zu müssen.

Als Harry mich kommen sah, ließ er den Wagen an und öffnete die Beifahrertür. Ich stellte die Tasche auf die Rückbank und setzte mich neben ihn. Harry konnte seinen Blick nur schwer von der Tasche losreißen.

»Das hätte sich Göring bestimmt nicht träumen lassen! – Daß seine ehrlich geklauten alten Handschriften einmal bei uns landen. Übrigens ist die Tasche wirklich hübsch, von Liberty glaube ich. So viel Geschmack hätte ich Jupp gar nicht zugetraut.«

»Ja, das Leben ist voller Überraschungen.« Ich lehnte den Kopf zurück gegen die Nackenstütze. »Fahr endlich los, Harry! Je eher wir von hier wegkommen, desto besser.«

»Schon gut, schon gut.« Geschickt fädelte er sich in den Verkehr ein. Dann sah er kurz zu mir herüber. »Sag mal, gab es etwa Probleme? Im Bahnhof ist doch nichts schiefgelaufen, oder?«

»Nein, keine Probleme.« Es war nicht einmal gelogen.

»Aha, und deshalb machst du so ein Gesicht.«

Ich sagte nichts.

»Na schön, hast du wenigstens schon mal hineingesehen? In die Tasche, meine ich.«

»Nein, das ging nicht, sie ist abgeschlossen, und der Verschluß macht einen sehr soliden Eindruck. Ohne Werkzeug kommen wir da nicht weiter.«

»Das wird sich wohl noch auftreiben lassen. Auf das Stundenbuch bin ich wirklich gespannt!«

»Weißt du, Harry, ich glaube nicht, daß wir das Stundenbuch finden werden. Übrigens auch keine von den anderen Handschriften. Da bin ich mir sogar sicher.«

»Was redest du da? Habe ich vielleicht irgend etwas verpaßt?«

»Das da hinten ist nicht Jupps Tasche.«

»Nicht? Aber sie war doch in dem Schließfach, oder?«

»Schon, nur nicht im richtigen.«

»Was soll denn das jetzt heißen?«

»Jemand muß den Schlüssel ausgetauscht haben. Und ich fürchte, ich weiß auch, wer.«

Ich überließ es Harry, die Tasche zu mir in die Wohnung hochzutragen. Die vier Treppen waren auch so mühsam genug, ich spürte jede Stufe. In der Küche setzte ich mich auf den ersten Stuhl, der im Weg stand, und massierte vorsichtig meinen Oberschenkel. Harry machte sich an die Arbeit.

Er hatte die Tasche auf den Küchentisch gestellt und versuchte nun, ihren Schließmechanismus zu öffnen. Eine Weile sah ich ihm zu, wie er ohne großen Erfolg mit einem Schraubenzieher daran herumhantierte. Als er anfing, vor sich hin zu fluchen, zog ich die Schublade des Tisches auf und suchte nach einem passenderen Werkzeug.

»Hier, versuch es mal damit.«

Harry legte den Schraubenzieher aus der Hand und nahm zögernd das Teppichmesser. »Danach wird von der Tasche nicht mehr viel übrig bleiben.«

»Und wenn schon!«

»Also gut. Aber das ist reiner Vandalismus!« Er stach die scharfe Klinge durch den Stoff und riß mit einem kraftvollen Schnitt die Tasche ein Stück in der Länge auf. Seufzend sah er auf sein Werk hinunter. »Welch ein Jammer!«

Ich stand auf und beugte mich vor. Harry griff in die Öffnung und holte mit einer langsamen Bewegung eine Handvoll Wäschestücke heraus. Bücher waren nicht zu sehen. Ein cremefarbenes Höschen mit Spitzeneinsatz fiel auf die Tischplatte. Ich hatte mich nicht getäuscht.

Harry hob es hoch. »Tja, damit dürfte der gute Scharlie wohl definitiv aus dem Rennen sein, schätze ich.«

»Es sieht so aus.«

Im Wagen hatte ich ihm alles erzählt, alles über den Schlüssel und über Carlas Besuch bei mir. Es gab nur zwei Möglichkeiten: Entweder war der Schlüssel vertauscht worden, bevor ich ihn im »Geiger« deponiert hatte, oder danach. Außer mir hatte nur Scharlie Zugang zum Safe, also kamen nur zwei Personen für den Austausch in Frage.

Theoretisch zumindest, denn keiner von uns hatte auch nur einen Augenblick ernsthaft geglaubt, daß Scharlie etwas mit der Sache zu tun haben könnte. Die Wäsche dort auf dem Tisch war nur eine letzte Bestätigung. Carla hatte die Handschriften. Nur deswegen war sie zu mir gekommen und hatte sich meinem unwiderstehlichen Charme ergeben, ohne mir die geringste Chance zu lassen.

Ich setzte mich wieder hin und legte mein Bein auf den Tisch. Harry steckte die Hände in die Taschen und lehnte sich gegen die Spüle. Unten auf der Straße zog laut singend ein Trupp Jecken vorbei. Bald würde sich der Zug auflösen und Stehplätze in den Kneipen wieder zur Mangelware werden. Die Stimmen entfernten sich allmählich und wurden leiser. Das Lied kannte ich nicht.

»Woher wußte sie davon?« sagte Harry schließlich.

»Von dem Schlüssel?«

»Ja.« Er spreizte seine Arme. »Gut, daß Jupp mit einem speziellen Koffer unterwegs war, scheint ja nicht gerade ein Staatsgeheimnis gewesen zu sein, aber was ist mit dem Schließfach? Und vor allem: Woher hat sie gewußt, daß ausgerechnet du den Schlüssel hast?«

»Von Jupp, denke ich. Eine andere Erklärung gibt es wohl nicht. Ich glaube nicht, daß mich jemand bei den Schließfächern beobachtet hat. Nur Jupp kann es ihr gesagt haben, niemand sonst wußte davon. Carla muß Kontakt zu ihm gehabt haben.«

»Die Frau am Telefon.«

»Genau. Ihre Stimme habe ich zwar nicht wiedererkannt, aber ich bin mir sicher. Es muß Carla gewesen sein, die bei mir angerufen hat. Mit ihr hat sich Jupp verabredet, um sie nachmittags vom Bahnhof abzuholen.«

»Das käme hin. Dann wußte sie schon vorher, daß Jupp dich besuchen wollte, und offensichtlich auch, warum. Er scheint sie in alles eingeweiht zu haben. Sie müssen bei dieser Aktion zusammengearbeitet haben.«

»Das denke ich auch. Jedenfalls wußte sie genug, um sich selbst um den Schlüssel zu kümmern. Ich nehme an, daß Jupp ihr auch von seinem Tumor erzählt hatte. Nachdem er nicht am Bahnhof aufgetaucht war, muß sie wohl geahnt haben, was passiert war.«

»Vielleicht hatte sie auch von den Kanzlern erfahren.«

»Wie auch immer – daß irgend etwas schief gelaufen sein mußte, stand für sie fest. Und daß der Schlüssel zum großen Geld vermutlich immer noch bei mir war.«

»Also kommt Plan B zum Einsatz.«

»Der auch funktioniert. Sie findet den Schlüssel und ersetzt ihn durch ihren eigenen, damit es nicht auffällt und sie in aller Ruhe das Geschäft auch ohne Jupp abwickeln kann. Wenn sie den Käufer kannte, heißt das, was ich aber annehme.«

»Wenn nicht, hat sie immerhin die Handschriften.« Harry zuckte mit den Achseln. »So oder so: Für eine neue Tasche dürfte es reichen. Und nackt wird die Ärmste in Zukunft wohl auch nicht herumlaufen müssen.«

Er versuchte ein Grinsen, das trotz seines deformierten Gesichts ziemlich echt wirkte. Daß wir leer ausgingen, schien ihn genausowenig zu stören wie mich, im Gegenteil. Seine Stimme klang eindeutig erleichtert.

»Es mag sich vielleicht merkwürdig anhören, Max, aber im Grunde bin ich ganz froh, daß die Handschriften weg sind.«

»Klar, uns bleiben ja immer noch die Höschen. Meinen Anteil trete ich dir gerne ab.«

»Vielen Dank, aber ich habe es ernst gemeint! Wir wären doch nicht damit glücklich geworden. Auch nicht mit dem Geld.«

»Ich weiß. Alles wäre schäbig geworden. Es ist so schon schlimm genug, auch ohne ›Beute‹. Außerdem – wenn Carla Jupps Partnerin war, hat sie in gewisser Weise sogar ein Anrecht auf das Geld. Jedenfalls mehr als manche andere.«

»Du meinst, mehr als wir.«

»Zum Beispiel.«

»Aha, deshalb auch dieser erfreute Ausdruck in deinem Gesicht.«

»Nein, damit hat das nichts zu tun. Das Geld ist mir völlig egal. Dieses Geld, meine ich.«

»Verstehe. Nicht um schnöden Mammon geht es uns, sondern um Höheres. Um gekränkte Eitelkeit etwa. Wir fühlen uns betrogen. Hintergangen. Ausgetrickst. Geleimt. Gelinkt. Ausgenutzt ...«

»Du liest also tatsächlich Wörterbücher.«

»... Und aufs Kreuz gelegt, natürlich. Das hätte ich jetzt fast vergessen.«

»Wie gut, daß es dir noch eingefallen ist.«

»Na ja, was hast du denn erwartet, Max? – Frauen sind eben keine Engel!«

»Das habe ich irgendwo schon mal gehört.«

»Lemmy Caution. Du denkst doch jetzt nicht etwa an Selbstmord, oder so?«

»Nein, machen Sie sich keine Sorgen, Schwester! So schlimm ist es nun auch wieder nicht.«

»Fein! Weißt du, eins muß man Carla ja lassen: Daß sie den Schlüssel nicht einfach weggenommen, sondern ihn gegen ihren eigenen ausgetauscht hat, war ziemlich raffiniert.«

»Stimmt. Es hat immerhin drei Tage gedauert, bis ich es gemerkt habe.«

»Und Sinn für Humor hat sie auch. Das Finale hätte von B. Traven sein können: Die beiden glücklosen Abenteurer knien aufgeregt vor ihrem vermeintlichen Schatz. Aber dann ein dramatischer Windstoß, und vor ihren Augen flattern all die kostbaren Dessous davon, hinauf in den Kölner Himmel, auf ewig verloren ...«

Harrys Art, mit den Widrigkeiten des Lebens umzugehen, war schon immer etwas eigenwillig gewesen.

Nachdem ich ihn zur Tür gebracht und hinter ihm abgeschlossen hatte, ließ ich mir ein Bad ein. Dann rief ich im »Geiger« an. Lisa nahm ab, was mir nur lieb war. So konnte ich mich einfach krank melden, ohne auf Scharlies Fragen antworten zu müssen. Später würde ich ihm erzählen, was passiert war, aber nicht jetzt und nicht am Telefon.

Ich blieb lange in der Wanne und ließ immer wieder heißes Wasser nachlaufen. Während die Wärme langsam in meinen Körper drang, döste ich vor mich hin und dachte an nichts Bestimmtes. Niemand kam mir zu nahe, und ich wollte es auch nicht. Nach und nach nebelte der Dampf das Badezimmer ein und beschlug Fenster und Spiegel. Als die Haut an meinen Fingern immer schrumpeliger wurde, zog ich den Stöpsel. Ewig konnte ich ja doch nicht untertauchen.

Mit dem Handtuch wischte ich den Spiegel blank und musterte mich prüfend. Im Vergleich zu Harry war ich noch gut weggekommen. Mein rechter Oberschenkel hatte sich dunkel verfärbt, ebenso die geprellte Schulter. Aber das waren auch schon die einzigen sichtbaren Spuren des Kampfes, und bis zur Badesaison würden sie verschwunden sein. Deswegen brauchte ich mir keine Sorgen zu machen.

Erstaunt tastete ich meine Taille ab, fast wäre ich wieder als Mittelgewicht durchgegangen. In den letzten Tagen hatte ich kaum gegessen und verspürte auch jetzt wenig Appetit. Damit konnte ich leben. Mit meinem Gesicht mußte ich es sogar.

Ich strich die nassen Haare aus der Stirn und sah mir in die Augen. Wahrscheinlich würde es niemand bemerken. Tausende mußten jetzt so aussehen, genau so angestrengt, bleich und mit tiefen Ringen unter den Augen. Nur ein Jeck mehr, der bis Aschermittwoch über die volle Distanz ging.

Unbeholfen wickelte ich mich in den Bademantel und ging hinüber ins Wohnzimmer. Dort inspizierte ich mein Barfach und entschied mich für den Triple Sec. Es gab keinen zwingenden Grund, vollkommen nüchtern zu bleiben. Martines Platte lag noch auf dem Teller. Nach einem kurzen Zögern drückte ich auf die Starttaste. Ich konnte es auch gleich hinter mich bringen.

Ihre Stimme klang so vertraut, daß es schmerzte. Martine sang von stillen Nächten unter stillen Sternen, vom Zauber eines Kusses, von der Einsamkeit und der großen Sehnsucht. Sie sang von einem schönen Mädchen, das allen den Kopf verdrehte, und auch von der hoffnungslosen Liebe eines Jungen zu ihr.

Im Grunde eine traurige Geschichte, aber dennoch hörte er jedesmal Musik, wenn sie achtlos an seinem Lächeln vorüberschritt. Wie das halt so geht.

Es war schon lange wieder still geworden, aber ich rührte mich nicht. Ich lag einfach da auf dem Sofa und starrte Löcher in die Decke. Der Likör nützte nicht viel, ich hatte doch noch angefangen zu grübeln.

ZEHN

Das Klingeln des Telefons weckte mich aus einem wirren Traum, den ich auf der Stelle vergaß. Ich lag zwar wieder in meinem Bett, aber geschlafen hatte ich hier auch nicht besser als in der Nacht davor auf Harrys Sofa. Vorsichtig drehte ich mich über die richtige Seite auf den Rücken und hörte dem Klingeln zu, bis es abrupt aufhörte und der Anrufbeantworter sich einschaltete. Ich hätte es ohnehin nicht mehr rechtzeitig nach unten geschafft.

Eine Weile blieb ich noch liegen und versuchte herauszufinden, welche Körperteile ich bewegen konnte, ohne daß es zu sehr schmerzte. Es hätte schlimmer sein können. Eines Tages würde ich mich immer so fühlen. Es war nur ein kleiner Vorgeschmack auf das Alter. Auf das wirkliche Alter.

Dann stand ich mühsam auf und zog mich an. Für das T-Shirt brauchte ich drei, für den Pullover nur noch zwei Anläufe. Es geht alles. Steif kletterte ich die Treppe hinunter. Das Lämpchen am Anrufbeantworter blinkte. Ich drückte den Wiedergabe-Knopf und hörte mir die Aufnahme an. Es war nur eine kurze Mitteilung.

»Hallo, Max! Harry hier – du solltest mal einen Blick in die Zeitung werfen! Ruf mich zurück, ich bin zu Hause.«

Es schien also angefangen zu haben, jetzt schon.

Ich setzte Kaffee auf. Anschließend zog ich meinen Mantel an und verließ die Wohnung. Gleich um die Ecke gab es einen Kiosk, der nicht nur Zeitungen, sondern morgens auch Brötchen verkaufte. Die beiden letzten erwischte ich und nahm dazu noch den Express und den Stadt-Anzeiger mit. Schon auf dem Heimweg fing ich an zu lesen. Über mangelndes Interesse brauchten wir uns nicht zu beklagen, sie brachten es ganz groß.

Um ein Haar hätten wir sogar die skandalöse Aktion der »Antiimperialistischen-Anarcho-Karnevalisten« in den Schatten gestellt. Im Rahmen ihrer Kampagne gegen Rassismus war nämlich der Rosenmontagszug von Freischärlern der KG »Schwarzer Stern« empfindlich gestört worden. Unter dem Motto »Wir bützen zurück!«

hatten sie das Dreigestirn mit Negerküssen attackiert. Den Fotos nach zu urteilen, offenbar recht erfolgreich. So etwas hatte es in Köln noch nicht gegeben.

Immerhin schafften wir es auf Anhieb mit auf die Titelseite: »Blutiges Massaker in altem Forsthaus«. Jäger hatten gestern nachmittag die beiden Wagen entdeckt und die Polizei benachrichtigt, als sie dabei auf Jupps Leiche gestoßen waren. Erst die Beamten hatten sich auch im Haus umgesehen, und dann waren die Journalisten gekommen. Eine Menge von ihnen.

Die Berichterstattung konzentrierte sich vornehmlich auf das »Massaker« selbst. Auf den ersten Blick las ich nichts, was uns ins Spiel bringen konnte. Wahrscheinlich hätten sie liebend gern ein Bild von Mike abgedruckt, wie er aufgespießt dort an der Wand hing, mußten sich aber mit einer reißerischen Schilderung begnügen. Seine spektakuläre Todesart gab reichlich Anlaß zu wüsten Spekulationen über die Täter. Tommy schien dagegen weit weniger interessant zu sein.

Einige der Überlegungen zu möglichen Motiven und Hintergründen der Bluttat lasen sich so, als stünden die Hunnen kurz vor dem Hahnentor. Daß wenigstens Jupp keines gewaltsamen Todes gestorben war, nützte nicht viel. Nicht bei seiner Vergangenheit. In den Redaktionen mußten immer noch genug Leute sitzen, die mit dem Namen Jupp Erckens etwas anfangen konnten.

Natürlich war es nur eine Frage der Zeit, bis die Reporter auch auf die Verbindung zu Martine stoßen würden, und damit auf einen weiteren Mord. Mit Sicherheit war Ahlkamp bereits auf dieser Spur, auch wenn er anscheinend der Presse gegenüber noch nichts davon erwähnt hatte. Aber drei Tote aus dem Milieu paßten einfach zu gut zu seinem Verdacht.

Ich rief Harry an, der sofort beim ersten Summton abhob. Er schien gleich neben dem Apparat gewartet zu haben. Unter der Oberfläche wirkte sein forciert munterer Ton leicht angespannt. Wahrscheinlich klang ich genauso.

Harry war mit den Kritiken zufrieden. Die Leichen waren zwar früher als erwartet gefunden worden, aber mit dem Aufsehen, das sie verursachten, hatten wir ja rechnen müssen. Es gab offensichtlich keinen Hinweis auf uns, und das allein zählte. Jedenfalls war die Polizei bisher noch nicht bei ihm aufgetaucht.

Wir beschlossen, uns weiterhin bedeckt zu halten. Was sollten wir auch sonst anfangen? Unternehmen konnten wir jetzt ohnehin nichts mehr. Sollte sich etwas Neues ergeben, wollte Harry wieder anrufen, und bis dahin würde er einfach sein Hoftor verriegeln und die Katzen streicheln. Ausgesprochen besorgt schien er nicht zu sein.

Langsam legte ich den Hörer wieder auf und sah auf den Apparat hinunter. Bei mir gab es keine Katzen. Ich goß den letzten Rest Kaffee in meine Tasse und nahm mir die Berichte ein zweites Mal vor. Die erste Hürde hatten wir wohl genommen, darin stimmte ich Harry zu. Niemand schien sich um uns zu kümmern. Vielleicht ging es gut. Trotzdem war auch meine Tür längst abgeschlossen.

Das Telefon klingelte, als ich noch mitten bei der Lektüre war. Auch Scharlie hatte die Zeitungen gelesen.

»Weißt du, Max, daß ich jetzt besonderes Mitleid mit diesen Kanzlern hätte, kann ich nicht gerade behaupten, ganz bestimmt nicht – aber aufgespießt! Zum Teufel, wer macht denn so etwas?«

Ich sagte nichts. Vermutlich hätte er mir eh nicht geglaubt, und das nahm ich ihm nicht übel.

Ohne auf eine Antwort zu warten, redete Scharlie weiter. Gemerkt hatte er nichts. »Ich frage mich, wie der ›Dicke‹ das alles aufnimmt!«

»Begeistert wird er nicht sein.«

»Sicher nicht. Jemand bringt seine Leute um und verschwindet mit der Beute! Davon stand nämlich nichts in der Zeitung, von Jupps Nazi-Schatz meine ich. Und das kann ja nur eins bedeuten: Wer immer die Kanzler erledigt hat, wußte auch von den Büchern und ist mit ihnen jetzt auf und davon. Das gibt Ärger, Max, großen Ärger! Ich fürchte, daß wir noch vom ›Dicken‹ hören werden.«

»Wieso wir? Er wird die Bücher ja wohl kaum bei uns suchen.«

»Das sagst du.« Ein Konversationslexikon hätte ich ihm nicht andrehen können. »Außerdem gibt es da noch etwas: Die Polizei war gestern im ›Geiger‹.«

Mein Nacken fühlte sich schlagartig steif an. »Die Polizei? Wegen der Kanzler?«

»Nein. Besser gesagt, nicht direkt. Es ging um einen Unfall auf der Severinsbrücke vor ein paar Tagen. Die Umstände scheinen reichlich seltsam gewesen zu sein. Jedenfalls ist eine Frau so unglücklich angefahren worden, daß sie über das Geländer in den Rhein geschleudert wurde. Bis jetzt fehlt noch jede Spur von ihr. Es sieht so aus, als wären die Kanzler auch daran beteiligt gewesen.«

»Und was hat das mit dem ›Geiger‹ zu tun?«

»Die Polizei hat unsere Geschäftskarte am Unfallort gefunden.«

»Du meinst, dort auf der Brücke? Eine Geschäftskarte vom ›Geiger‹?«

»Mir gefällt das auch nicht. Aber sie stammt von dem Unfallopfer, das steht fest. Als die Frau angefahren wurde, muß ihr ein Buch aus der Jackentasche herausgefallen sein. Ein Buch mit einem Lesezeichen.«

»Verstehe. Unsere Karte.«

»Ja. Schon merkwürdig, nicht wahr? Es kann natürlich reiner Zufall sein, aber sie gehen jedem Hinweis nach. Anscheinend ist die Karte im Moment alles, was die Polizei hat, um die Frau identifizieren zu können. Sie waren nicht sehr glücklich, als sie den Stapel neben der Kasse gesehen haben.«

Das konnte ich mir vorstellen. Wir gingen nicht unbedingt geizig mit unseren Karten um, und das Logo mit dem Geiger-Motiv kam im allgemeinen gut an.

Scharlie wollte mir Bescheid geben, falls die Polizei sich wieder im »Geiger« melden sollte, und legte auf. Die Berichte über den Unfall auf der Severinsbrücke waren nach hinten in den Lokalteil gerückt. Das würde sich ändern, wenn erst die Beteiligung der Kanzler öffentlich bekannt wurde. Ich las sie noch einmal. Sie enthielten nichts, was ich nicht schon wußte.

Man rechnete nicht damit, daß das Opfer den Zusammenstoß selbst oder den anschließenden Sturz von der Brücke überlebt haben könnte, aber eine Leiche hatte man immer noch nicht aus dem Rhein bergen können. Deshalb blieb die Identität weiterhin ungeklärt, und die Polizei bat um Hilfe.

Alles war sehr schnell gegangen bei dem Unfall. Es gab nur vage Zeugenaussagen, die sich zum Teil auch noch widersprachen. Danach war die Frau ungefähr zwischen zwanzig und fünfzig, eher schlank, dunkelhaarig bis blond, etwa mittelgroß und vermutlich bekleidet mit Jeans und Lederjacke. Kein Wunder, daß sie der Karte nachgingen.

Von mir hätten sie eine genauere Beschreibung des Opfers bekommen können. Sogar einen Namen.

Ich schob den Stuhl zurück und stand auf, um ein paar Schritte zu gehen. Vor dem Fenster blieb ich stehen, lehnte den Kopf gegen die Scheibe und starrte hinaus. Das Wetter hatte sich nicht gebessert. Über den Himmel trieben dunkle Regenwolken. Ab und zu brach ein Sonnenstrahl durch, der aber auch nicht mehr viel ausrichten konnte. Es war zu kalt, und es gab zu viele Tote.

Es war mehr als nur ein böser Verdacht gewesen, im Grunde genommen hatte ich es gewußt. Spätestens seit gestern abend, als ich auf dem Sofa gelegen hatte und dabei ins Nachdenken gekommen war. Die Reihenfolge hatte mich gestört. Die Reihenfolge, in der die Kanzler vorgegangen waren, um Jupp zu finden. Etwas paßte nicht zusammen.

Sie wußten doch, daß es um alte Handschriften ging, deshalb hätte Martine nach dem »Geiger« ihre nächste Adresse sein müssen. Die Vermutung, daß Martine etwas mit dem Verkauf zu tun hatte, lag einfach zu nahe. Trotzdem waren sie zuerst zu mir gekommen. Warum?

Sie gefiel mir nicht, aber es gab eine plausible Erklärung dafür: Sie waren erst zu Martine gefahren, nachdem sie bei mir nichts gefunden hatten. Es sah ganz danach aus, als hätten sie von Jupps Besuch an Altweiber erfahren. Nur eine Person hatte davon gewußt, und nur sie konnte es ihnen gesagt haben.

Carla hatte die Kanzler zu mir geschickt. Darauf lief es hinaus.

Natürlich wollte ich nicht glauben, daß es von Anfang an so geplant gewesen war. Dazu würde auch das Ende nicht passen. Nein, was Carla betraf, war die Zusammenarbeit wohl nicht ganz freiwillig erfolgt, und offensichtlich auch nicht ehrlich. Sie hatte die Kanzler ausgetrickst. Zumindest hatte sie es versucht.

Ich konnte mir ungefähr denken, was passiert war. Die Kanzler hatten Jupps Spur in Köln verloren, aber sie mußten von Carla gewußt haben und hatten auf sie am Bahnhof gewartet. Carla sollte sie zu Jupp führen. Es hätte vielleicht funktioniert, nur war Jupp zu dem Zeitpunkt bereits tot. Als er gar nicht mehr auftauchen wollte, hatten sie sich Carla vorgeknöpft.

Vermutlich war ihr keine andere Wahl geblieben, also hatte sie zum Schein mit ihnen zusammengearbeitet und sie zu mir geschickt. – Aber erst, nachdem sie selbst den Schlüssel vertauscht hatte, was sicher nicht zur Sprache gekommen war, so wenig wie überhaupt das Schließfach: Die Kanzler hatten bei mir nicht nach einem Schlüssel gesucht, sondern nach den Handschriften.

Carla mußte geahnt haben, daß Jupp etwas zugestoßen war. Also wollte sie das Geschäft selbst und auf eigene Rechnung abwickeln. Deshalb war sie noch in Köln geblieben, statt so schnell wie möglich zu verschwinden. Das war ein Fehler gewesen. Am Ende war doch etwas schief gelaufen. Die Kanzler hatten sie noch einmal in die Finger bekommen, und diesmal endgültig.

Wie mußte sie sich gefühlt haben, als sie dort in dem Porsche gesessen hatte? Allein mit zwei frustrierten Gangstern, die gerade Martine umgebracht hatten und vermutlich langsam nervös wurden. Bestimmt hatte sie sich keinen Illusionen hingegeben, ihr muß klar gewesen sein, was sie erwartete. Trotzdem hatte sie ihnen nichts gesagt.

Irgendwo stand jetzt eine Tasche mit alten Handschriften herum und wartete darauf, abgeholt zu werden. Carla würde nicht mehr dazu kommen. Ihren Traum vom großen Geld hatte sie mit in den Rhein genommen. Einiges andere auch noch.

Ich konnte nichts mehr tun, es war vorbei.

Draußen schien der Regen nachzulassen. Je mehr ich das Bein bewegte, um so besser. Ich wandte mich vom Fenster ab und warf einen Blick in den Kühlschrank. Wenn ich mir die Rationen genau einteilte, würde es für eine Null-Diät noch reichen. Aber das mußte nicht sein. Ich nahm eine Tragetasche, zog den Mantel an und stieg die Treppen herunter. Es ging schon besser als beim ersten Mal.

Was Tommy und Mike nicht geschafft hatten, sollte auch einem leeren Kühlschrank nicht gelingen. Ich hatte nicht vor, nach allem jetzt so einfach zu verhungern.

Die vier Pizza-Packungen aus dem Supermarkt am Stadtgarten hätten Martine sicher nicht gefallen, da konnte der Aufkleber »Gourmet-Küche« noch so groß sein. Vermutlich war bei mir in kulinarischen Fragen Hopfen und Malz verloren. Es störte mich wenig, und mit der großen Flasche Ricard wäre sie wohl einverstanden gewesen.

Vor der Haustür stellte ich die Einkaufstasche ab. Ich brauchte meinen unverletzten Arm, um das gute Dutzend Werbezettel herauszuziehen, das meinen Briefkasten verstopfte. Anscheinend war ich nicht der einzige, der ab und zu mal eine Pizza aß.

»Cremer? Max Cremer?«

Er schien vor dem Haus auf mich gewartet zu haben. Ich hatte nicht auf ihn geachtet, so wenig wie auf alles andere um mich herum. In Gedanken war ich immer noch weit weg gewesen.

»Ja?«

Ich steckte die Werbung langsam zurück in den Schlitz und drehte mich zu ihm herum. Im ersten Augenblick hatte ich mit einem Polizisten gerechnet, aber dazu paßte die Stimme nicht. Er sah auch nicht so aus.

Der Mann war Ende Zwanzig, schon leicht feist und hatte zu viele Filme mit Steven Segal gesehen. Seine pomadigen Haare waren straff zurückgekämmt und im Nacken zu einem kleinen Pferdeschwanz gebunden. Dazu trug er einen glänzenden Anzug mit imponierenden Schulterpolstern und helle Stiefel aus Schlangenleder. Sicher gehörte er zu den Smoking-Trägern bei Boxveranstaltungen.

Alles in allem hätte seine Aufmachung eine passable Verkleidung abgeben können, wenn sie nicht so authentisch an ihm gewirkt hätte. Mit einer lässigen Bewegung nahm er jetzt seine Sonnenbrille ab und fixierte mich mit einem durchdringenden Blick. Dafür mußte er lange geübt haben.

»Der Chef will dich sprechen! Herr Boysen.«

Er zeigte mit dem Kinn zur gegenüberliegenden Straßenseite. Auch den Wagen hatte ich vorher noch nicht bemerkt, und das war wirklich eine Leistung. Ich fragte mich, wie ich überhaupt heil hin und zurück über die Venloer Straße gekommen war.

Die Limousine erinnerte mich an die Staatskarossen aus meiner Kindheit. Es war ein altmodischer, sehr langer Mercedes mit dunkel getönten Scheiben. Der Fahrer trug keine Uniform, aber die brauchte er auch nicht, um als Chauffeur erkennbar zu sein. Dazu reichte der Benz allein.

Ich starrte hinüber und rührte mich nicht. Auch ohne ihn sehen zu können, wußte ich, wer dort im Fond des Wagens saß. Der Mann, der die Kanzler losgeschickt hatte.

»Also los, Alter, gehen wir!«

Vielleicht hatte ich für seinen Geschmack zu lange getrödelt, vielleicht ging er auch immer so mit Leuten um. Er packte mit einem hartem Griff meinen Oberarm und zerrte mich ein Stück über den Gehweg. Es war der falsche Arm. Als der Schmerz durch meine Schulter zuckte, stöhnte ich auf, was meinen Begleiter nicht weiter kümmerte. Sein Griff verstärkte sich nur noch.

Auf einmal hatte ich die Nase voll. Ich wirbelte herum und schlug ihm aus der Drehung den linken Ellbogen seitlich an den Hals. Es wirkte augenblicklich, der Kerl ließ mich los, und der Kniestoß warf ihn zurück gegen die Haustür. Er hielt sich auf den Beinen, rutschte aber in die Ecke zwischen Tür und Hauswand und sackte etwas in sich zusammen. Mit schmerzverzerrtem Gesicht preßte er seine Hände gegen den Unterleib und sah mich ungläubig an.

Ich war selbst etwas erschrocken über meinen Ausbruch. In den letzten Tagen schien einiges wieder hochgekommen zu sein, von dem ich jahrelang geglaubt hatte, es längst vergessen zu haben. Glücklich war ich nicht darüber.

Von den Passanten schien niemand den kleinen Zwischenfall bemerkt zu haben. Es war Veilchendienstag, mittlerweile gehörten seltsam angezogene Typen, die in den Ecken herumstanden und vor sich hinlallten, zum normalen Straßenbild. Für Hamburger sah das natürlich anders aus.

Der Fahrer des Mercedes hatte die Tür aufgerissen und war schon halb auf der Straße, als eine scharfe Stimme ihn stoppte. Eine der dunklen Scheiben war heruntergeglitten, und eine Hand winkte aus dem Fenster. Der Mann folgte dem Befehl und öffnete die hintere Tür, um seinem Chef beim Aussteigen behilflich zu sein.

Sein Spitzname war nicht übertrieben. Er hatte ungefähr meine Größe und wog mindestens das Doppelte. Boysen knöpfte seinen Mantel zu und setzte sich in Bewegung. Wahrscheinlich entsprach die Strecke seinem täglichen Fitneßprogramm. Er brauchte gut eine halbe Minute, um die Straße zu überqueren. Allerdings war das kein Problem, sein Fahrer hielt einfach den Verkehr an. Niemand hupte.

Ich blieb stehen und wartete. Es hatte keinen Sinn, vor ihnen wegzulaufen. Außerdem würde mir hier auf offener Straße wohl kaum etwas passieren. Es war zwar nicht die Schildergasse, aber Zeugen gäbe es genug.

Als Boysen den Bürgersteig erreichte, richtete sich sein Bote wieder auf und mühte sich um Haltung. Der »Dicke« sah ihn stirnrunzelnd an und schüttelte leicht den Kopf.

»War das wirklich nötig?«

»Er wollte nicht mitkommen, Chef!«

»Schon gut.« Der »Dicke« seufzte und nickte seinem Fahrer flüchtig zu. »Bring ihn zurück zum Wagen. Und wartet da auf mich. Beide.«

Der Mann zögerte einen Augenblick, dann zuckte er mit den Schultern und wandte sich ab. Sein Kumpel folgte ihm. Irritiert sah ich den beiden hinterher. Es war nicht ganz das, womit ich gerechnet hatte. Jetzt stand ich allein dem »Dicken« gegenüber, Auge in Auge.

»Max Cremer?«

Ich nickte.

»Mein Name ist Boysen. Ich nehme an, Sie wissen, wer ich bin?«

»Ich habe von Ihnen gehört.«

»Ja. Wir müssen uns unterhalten, Cremer. Über Jupp. Jupp Erckens. Und über ein paar alte Bücher.«

Ich sagte nichts.

Er sah mich ruhig an. »Außerdem scheint es da ein Mißverständnis zu geben, und das sollten wir klären.«

»Welches Mißverständnis?«

»Wollen Sie das unbedingt hier auf der Straße besprechen? In meinem Wagen wären wir ungestört. Es gibt sogar einc Bar.«

»Nein danke, dafür ist es noch zu früh.«

Er hatte mich gefunden, das war nicht zu ändern. Reden mußte ich also mit ihm, nur nicht in seinem Wagen. Nicht freiwillig. Außerdem gehörte die Pizza ins Kühlfach. Ich hob meine Tasche auf. »Aber wir können uns oben in meiner Wohnung unterhalten.«

Zu meiner Überraschung erhob er keine Einwände. »Also gut, von mir aus.«

Ich schloß die Haustür auf und ließ ihm den Vortritt. Sein ungläubiger Blick am Fuß der Treppe gefiel mir.

»Wir müssen laufen, es gibt keinen Aufzug.«

Die Antwort bestand nur aus einem unverständlichen Knurren. Während wir die Treppen hinaufstiegen, fiel kein Wort. Der »Dicke« brauchte seinen Atem für die vier Stockwerke. Nach jedem Absatz wurde sein Keuchen etwas lauter. Wahrscheinlich hatte er sich seit Jahren körperlich nicht mehr so angestrengt.

Ich ging einen Schritt voraus und fragte mich, was ich von Boysens Auftritt halten sollte. Unten auf der Straße hatte er gar nicht erst versucht, mich einzukassieren, das hätte anders ausgesehen. Und jetzt schleppte er sich allein ohne seine Bodyguards hinauf in meine Wohnung. Irgendwie paßte das nicht zu dem Mann, der Jupp die Kanzler auf den Hals gehetzt hatte und für Martines Tod verantwortlich war. Er schien wirklich mit mir reden zu wollen. Fürs erste zumindest.

In meiner Wohnung steuerte Boysen direkt auf die offene Küche zu und ließ sich schwer auf den erstbesten Stuhl fallen. Sein Atem ging stoßweise. Ächzend holte er ein Taschentuch hervor und wischte sich den Schweiß von der hochroten Stirn. Dabei starrte er mich aus zusammengekniffenen Augen böse an.

»Verdammt, Cremer! Daß Sie im sechsten Stock wohnen, hätten Sie mir auch vorher sagen können!«

»Es sind nur vier.«

Nach kurzem Zögern holte ich ein Glas und eine Flasche Mineralwasser für ihn. In gewisser Weise hatte ich ihn ja zu mir eingeladen, und es war nicht nötig, daß er ausgerechnet in meiner Wohnung einen Herzanfall bekam. Er trank das erste Glas in einem Zug aus, schenkte nach und sah sich in meiner Küche um. Den Gesichtsausdruck kannte ich mittlerweile.

Ich schätzte ihn auf ein paar Jahre älter als Jupp, und er hatte sich bei weitem nicht so gut gehalten. Lange würde sein Herz sicher nicht mehr durchhalten, aber jetzt schien er sich allmählich wieder zu erholen. Sein Atem wurde ruhiger, und seine Gesichtsfarbe verblaßte zu einem Rosa, ohne deshalb schon gesund auszusehen.

»Was haben Sie eben damit gemeint, ein ›Mißverständnis‹?« Ich setzte mich ihm gegenüber, die Tischplatte zwischen uns.

Er antwortete nicht sofort, sondern trank erst sein Glas aus und sah mich an. »Sie mögen mich nicht besonders.«

»Martine de Saint-Clair war eine gute Freundin von mir.«

»Ich verstehe.« Er nickte langsam. »Was da passiert ist, tut mir sehr leid, glauben Sie mir. Aber ich habe nichts damit zu tun.«

Ich sagte nichts, er schien auch keine Antwort von mir erwartet zu haben. Auf dem Tisch lagen immer noch die Zeitungen. Er tippte auf die »Massaker«-Schlagzeile. »Und damit übrigens auch nicht.«

»Daß Ihre Leute fieberhaft nach Jupp gesucht haben und es überall Tote gegeben hat, wo sie auftauchten, ist natürlich reiner Zufall.«

»Es waren nicht meine Leute.«

»Da habe ich etwas anderes gehört.«

»Von Scharlie, ich weiß.« Er seufzte und goß noch einmal sein Glas voll. »Aber Scharlie ist nicht auf dem letzten Stand, nicht mal auf dem vorletzten. Das habe ich ihm schon gesagt, und Ihnen sage ich es jetzt noch einmal: Ich habe diese Verrückten nicht losgeschickt!«

»Wahrscheinlich kennen Sie die beiden nicht einmal.«

»Übertreiben Sie es nicht. Selbstverständlich kenne ich sie, und es stimmt auch, sie waren früher manchmal für mich tätig, aber das ist schon einige Jahre her. Soweit ich weiß, haben sie in der letzten Zeit mehr oder weniger selbständig gearbeitet, jedenfalls nicht für mich. Typen wie die sind schlecht fürs Geschäft.«

»Nicht für jedes.«

Boysen zog die Augenbrauen zusammen. »In den letzten Jahren hat sich einiges verändert. Meine geschäftlichen Interessen konzentrieren sich mittlerweile auf Bereiche, in denen ich für gewisse Leute keine Verwendung mehr habe. Und selbst wenn doch – sie auf Jupp anzusetzen, wäre das letzte, was ich getan hätte!«

»Erzählen Sie das der Polizei. Es dürfte Kommissar Ahlkamp interessieren. Fragen wird er Sie bestimmt danach.«

»Ahlkamp? Der lebt noch?«

»Er untersucht den Mord an Martine.«

Mit einer harten Bewegung setzte er das Glas ab. »Hören Sie, Cremer, zum letzten Mal: Ich habe nichts mit dieser Sache zu tun! Sie können es glauben oder nicht.«

»Sie haben bei ihr angerufen.«

»Das ist richtig, aber nur, um Jupp zu warnen.«

»Für Martine hat es wie eine Drohung geklungen.«

»Mag sein.« Er zuckte mit den Achseln. »Vielleicht habe ich mich mißverständlich ausgedrückt. Ich wußte ja nicht, was Jupp ihr erzählt hatte, nur, daß er sie aus allem heraushalten wollte. Und sie sollte auf gar keinen Fall von seinem Tumor erfahren.« Gereizt beugte er sich vor und stützte sich mit beiden Händen auf die Tischplatte. »Aber das spielt ja jetzt keine Rolle mehr, ich –«

»Sie wußten von dem Tumor?« unterbrach ich ihn verblüfft.

»Natürlich wußte ich davon! Denken Sie etwa, er hätte es ausgerechnet Ihnen als einzigem gesagt?«

Boysen starrte mich einen Augenblick beinahe beleidigt an, dann lehnte er sich wieder zurück und sah aus dem Fenster.

»Jupp war mein Freund, und ich habe nicht gerade viele davon. Wir kannten uns seit fast vierzig Jahren. Das ist eine verdammt lange Zeit. Meinetwegen können Sie also von mir halten, was Sie wollen, aber das ändert nichts an den Tatsachen: Wenn er in Schwierigkeiten war, ist er zu mir gekommen, und ich habe ihm geholfen. Dafür brauchte er keinen Tumor. Und das wußte er auch.«

Es wirkte echt. Verwundert merkte ich, daß ich angefangen hatte, ihm zu glauben. Was mit den Kanzlern passiert war, schien ihn wirklich nicht sonderlich zu interessieren. Ihretwegen saß er offensichtlich nicht hier. Damit konnte ich mich anfreunden. Wenn die beiden auf eigene Rechnung gearbeitet hatten, würde sich auch sonst niemand um sie kümmern, von der Polizei einmal abgesehen.

Trotzdem gefiel mir meine Lage überhaupt nicht. Vielleicht hatte ich ja die Rolle des »Dicken« falsch eingeschätzt, vielleicht war er tatsächlich nicht der verantwortliche Mann im Hintergrund, dem es auf eine Leiche mehr oder weniger nicht ankam, und vielleicht zahlte er auch brav seine Kirchensteuer, schon möglich. – Aber bestimmt war er nicht persönlich nach Köln gekommen, nur um mit mir einen gemeinsamen Freund zu betrauern. Es mußte einen anderen Grund geben.

Schweigend saß ich auf meinem Stuhl und rührte mich nicht. Lange brauchte ich nicht zu warten.

Boysen atmete einmal tief durch. »Na ja, vorbei ist vorbei.« Dann, nach einer kleinen Pause: »Ich will die Tasche.« Er sagte es ruhig, ohne mich dabei anzusehen.

»Welche Tasche?«

»Jupps Tasche. Die, die er bei sich hatte, als er Sie am Donnerstag hier besucht hat.«

»Wie kommen Sie darauf?«

»Jupp hat es mir erzählt.«

»Tatsächlich.«

»Ja. Er sagte auch, daß Sie die Tasche für ihn zu einem Schließfach am Bahnhof gebracht hätten.«

Ich lehnte mich zurück, das mußte ich erst einmal verdauen.

»Wie auch immer, jetzt ist die Tasche verschwunden. Jedenfalls hat die Polizei sie nicht bei den Leichen gefunden. Weder sie noch einen Schließfach-Schlüssel.« Er wandte sich wieder um und sah mich an. »Andernfalls hätte es garantiert in der Zeitung gestanden.«

»Offensichtlich war jemand vor der Polizei dort.«

»Das kann man wohl sagen. Nach einem kollektiven Selbstmord sieht es nun wirklich nicht aus.«

»Nein. Es muß einen Kampf gegeben haben. Vielleicht war die Tasche der Grund.«

»Sie meinen, wer dieses Blutbad dort veranstaltet hat, ist anschließend damit abgehauen?«

»So ungefähr.«

»Interessanter Gedanke. Hat aber leider einen Schönheitsfehler.« Boysen legte den Kopf auf eine Schulter und betrachtete mich mit einem langen, nachdenklichen Blick, der mir gar nicht gefallen wollte. »Weiß Ahlkamp eigentlich, daß Sie früher in Thailand für Jupp gearbeitet haben?« sagte er langsam.

»Schon möglich.«

»Und daß es da mal einen kleinen – nun, sagen wir einfach: Zwischenfall gegeben hat?«

Ruhig erwiderte ich seinen Blick. »Welchen Schönheitsfehler?« Es war schlimm genug, daß Boysen davon wußte.

Er antwortete nicht sofort. Schließlich nickte er leicht. »Es gab keine Tasche in diesem Forsthaus, gab es nie. Und einen Schlüssel auch nicht.«

Ich sagte nichts.

»Jupp hat mich am Donnerstag nachmittag noch angerufen, da war er gerade auf dem Weg dorthin. Er sagte, daß der Schlüssel für das Schließfach bei Ihnen gut aufgehoben wäre. Er muß Ihnen wirklich vertraut haben.«

Es war klar, was jetzt kommen mußte.

»Wissen Sie, Cremer, ich glaube nicht, daß Jupp den Schlüssel danach noch abholen konnte. Ich glaube, daß Sie ihn immer noch haben. Deshalb bin ich hier.«

In seinem Ton lag nichts Feindseliges, keine Drohung. Das war gar nicht nötig. Er hatte sich auch so klar genug ausgedrückt. Auffordernd sah er mich an, und seine Geduld würde nicht ewig anhalten.

»Also schön.«

Mir blieb keine andere Wahl, ich mußte es mit der Wahrheit versuchen. Ich schob meinen Stuhl zurück und stand auf. Aus dem Wandschrank im Flur holte ich Carlas Tasche und stellte sie vor ihn auf den Tisch.

»Was ist das?« Boysen musterte die aufgeschlitzte Tasche mißtrauisch.

»Sie wollten eine Tasche.« Ich setzte mich wieder auf meinen Platz und zeigte mit dem Kinn auf die Tasche. »Bitte, Sie bekommen eine.«

Er beugte sich vor, griff in den Schlitz und holte eine Handvoll Wäsche heraus. Mit zusammengekniffenen Augen starrte er sie einen Moment lang an, um sie dann gereizt fallenzulassen. Langsam lehnte er sich wieder zurück.

»Was soll das heißen, Cremer?« Diesmal war es eine Drohung.

»Es soll heißen, daß Sie nicht der einzige waren, dem Jupp von dem Schlüssel erzählt hat. Und daß Sie zu spät kommen.«

»Zu spät?«

»Jemand war vor Ihnen da und hat die Taschen ausgetauscht. Genauer gesagt, die Schlüssel. In dem anderen Schließfach war nur diese Tasche, sonst nichts.«

»Jemand? Wer?«

»Mit wem würde Jupp wohl darüber reden?«

Erst zog er ärgerlich die Brauen zusammen, dann stockte er und sah nachdenklich auf die Wäscheteile aus Carlas Tasche. Ihm schien etwas eingefallen zu sein. »Mit einer Frau, nehme ich an.« sagte er zögernd.

Ich nickte.

»Verdammt, Cremer, spielen Sie hier nicht den Quizmaster! Wer war es?«

»Ihr Name ist Carla. Zumindest hat sie das gesagt. Viel mehr weiß ich nicht über sie.« Nichts, was ihn etwas anging.

»Das ist alles? Ein Vorname? Mehr nicht?«

»Was haben Sie denn erwartet? Wir sind mitten im Karneval! Ich habe mir nicht gleich ihren Paß zeigen lassen, wenn Sie das meinen.«

»Schon gut. Aber wie ist sie an die Tasche gekommen?«

»Das ist eine längere Geschichte.«

»Keine Sorge, so viel Zeit habe ich bestimmt.«

Seine beherrschte Stimme hatte beinahe freundlich geklungen. Also beeilte ich mich und fing an zu erzählen. Von Jupps Besuch, dem Telefonanruf, seiner Verabredung am Bahnhof, die er nicht mehr einhalten konnte, von Carlas Auftauchen im »Geiger«, ihrem nächtlichen Besuch bei mir, gefolgt von dem der Kanzler, und zuletzt von den zwei Schlüsseln. Einiges ließ ich aus, aber ich fügte nichts hinzu und blieb bei der Wahrheit.

Boysen hörte mir zu, ohne mich zu unterbrechen. Als ich fertig war, neigte er den Kopf leicht zur Seite. »Das habe ich doch richtig verstanden: Diese Carla hat praktisch vor Ihren Augen die Schlüssel vertauscht, ist mit Jupps Tasche auf und davon, und Sie wissen weder, wer sie ist, noch wo sie jetzt sein könnte?«

»Nein, nicht ganz. Carla ist tot.«

»Tot?«

»Genau wie die anderen auch. Jupps Tasche ist nicht gerade ein Glücksbringer.«

»Was ist passiert?«

»Es hat einen Unfall gegeben.« Ich schlug die Zeitung bei der Meldung auf und schob sie ihm über den Tisch. »Hier, lesen Sie. Die beiden Typen in dem Porsche waren Tommy und Mike, das weiß ich von der Polizei. Und man hat eine Geschäftskarte vom ›Geiger‹ dort gefunden. Das Opfer hat sie dort verloren. Es muß Carla gewesen sein.«

Boysen überflog den Bericht. »Das ist möglich, aber hier steht nichts über eine Tasche.«

»Nein. Wahrscheinlich hat sie sie irgendwo deponiert.«

»Und wo?«

»Nicht bei mir – mehr als Carlas Tasche habe ich nicht anzubieten.«

Der »Dicke« sah mich regungslos an. »Das ist nicht viel.«

»Nein.«

Es gab weiter nichts zu sagen. Ich mußte es nehmen, wie es kam, und viel schlimmer konnte es kaum noch kommen. Über das, was vielleicht passieren würde, sollte der »Dicke« mir nicht glauben, konnte ich mir immer noch Sorgen machen, wenn es soweit wäre.

Ich hatte ihm die Wahrheit gesagt. Mehr oder weniger. Nun stand es bei ihm, mir die Geschichte von der schönen Unbekannten abzunehmen, die nachts in meiner Badewanne auf mich gewartet hatte, um an Jupps Schlüssel zu kommen. Eine nette Geschichte, aber ich machte mir keine Illusionen darüber, wie sie in seinen Ohren klingen mußte. So etwas hätte sich Harry ausdenken können.

Das Schweigen zog sich in die Länge und begann allmählich unangenehm zu werden. Schließlich rührte sich Boysen. Mit einer langsamen Bewegung griff er in die Innentasche seines Mantels. Mein Mund wurde trocken. Als die Hand wieder zum Vorschein kam, hielt sie nur ein Foto in den Fingern.

»Eine junge Frau, sagen Sie.« Er schob das Foto zu mir herüber. »Es war nicht zufällig diese hier?«

Das dunkle Schneider-Kostüm stand ihr ausgezeichnet. Die Haare waren straff aus dem Gesicht nach hinten gekämmt und im Nacken zusammengebunden. Dezentes Make-up und eine schmale Hornbrille verstärkten noch den Eindruck von strenger Eleganz. Sie wirkte ungeheuer kompetent und zielstrebig. Ungefähr so, wie sich die Werbung eine junge Bankerin auf dem Sprung in die Vorstandsetage vorstellt. Eine Orchidee hinter dem Ohr hätte da nur gestört.

»Wer ist das?«

»Sie heißt Hardenberg, Doktor Hildegard Hardenberg.«

»›Hildegard‹?«

»Es muß ja nicht ihr einziger Vorname sein.«

»Nein.« Dr. Hildegard C. Hardenberg – der Name klang beinahe wie ein Alias von Groucho Marx im Fummel. Ich schaute noch einmal auf das Foto herunter. Sie sah seltsam verkleidet darauf aus. Immerhin, »Hildegard« paßte perfekt zu der Figur auf dem Bild.

Trotzdem hatte »Carla« mir besser gefallen. Das Hawaii-Kostüm auch.

»Sie erkennen sie wieder?«

»Ja. Sie sah etwas anders aus an dem Abend, aber sie ist es. Carla, meine ich.«

Es war die richtige Antwort, und sie schien ihn nicht zu überraschen. Das Foto hatte nicht zufällig in seiner Tasche gesteckt.

»Das dachte ich mir fast. Vielleicht kaufe ich Ihnen Ihre Geschichte sogar ab, Cremer. Wenn sie wirklich die Unbekannte auf der Brücke war, würde das erklären, warum ich sie in den letzten Tagen nicht erreichen konnte. Sie und Jupp wollten sich hier in Köln treffen. Seitdem habe ich nichts mehr von ihr gehört.«

»Was hatte Carla mit Jupp zu tun?«

Boysen überging meine Frage. »Hat Jupp Ihnen eigentlich gesagt, was in der Tasche war?«

»Ich habe ihn nicht danach gefragt.«

»Es wird Sie vielleicht überraschen: Antiquitäten, für die er hier in Köln einen Käufer hatte. Bücher, um genau zu sein. Sehr alte und sehr teure Bücher, versteht sich. Trotzdem nicht gerade das, was man bei Jupp vermuten würde.«

»Nein, da haben Sie recht.« Offensichtlich hatten Marion und Julia für ihre Story gründlich recherchiert.

Boysen zeigte auf das Foto. »Bei ihr schon eher. Die Dame ist nämlich Kunsthistorikerin und auf solche Sachen spezialisiert. Deshalb war sie auch ein Problem.«

»Ein Problem, warum?«

»Frau Dr. Hardenberg hatte anscheinend Zweifel bezüglich der rechtmäßigen Herkunft der Bücher, und sie hat diese Bedenken auch öffentlich geäußert. Bis sie von Jupp als Beraterin engagiert wurde, heißt das.«

»Seitdem sind die Besitzverhältnisse vermutlich kein Thema mehr.«

»So könnte man es ausdrücken. Geld ist manchmal sehr nützlich.«

»Bestimmt. Und ich nehme an, hierbei geht es um viel Geld. Wieviel sollen diese Bücher wert sein?«

»Jupp hat etwas von drei Millionen gesagt. Euro.«

»Das ist eine Menge.«

»Sie sagen es.« Es war genug, daß auch ein Boysen persönlich deswegen vorfuhr.

»Ich habe es nicht, weder das Geld noch die Bücher. Übrigens, welche Rolle spielen Sie bei dieser Geschichte?«

Boysen antwortete nicht sofort. »Sagen wir einfach, ich war einem alten Freund bei einem Transport-Problem behilflich.« Er verzog flüchtig den Mund. »Genau wie Sie.«

Ich konnte mich täuschen, aber es hatte nach einem kleinen Grinsen ausgesehen.

Schweigend sah er mich an. Schließlich sagte er ruhig: »Was soll ich denn Ihrer Meinung nach jetzt tun?«

»Sie müssen mir eben glauben.«

Der »Dicke« seufzte leicht. »Es sieht wohl so aus.« Dann stand er auf und deutete auf den Tisch. »Das Foto können Sie behalten. Zur Erinnerung.«

Ich blieb sitzen und sah ihm nach, wie er zur Tür ging. Im Rahmen drehte er sich um. »Da wäre eins noch.«

»Ja?«

»Sie spielen nicht zufällig Lotto, Cremer?«

»Nein.«

»Gut. Dann fangen Sie auch nicht damit an. Und vor allem: Tippen Sie keine sechs Richtigen. Nicht, wenn Sie gesund bleiben wollen.«

Er ließ die Tür offen. Ich hörte ihn die Treppe herunterstampfen, alle sechs Stockwerke. Es dauerte lange, bis das Geräusch der schweren Tritte allmählich leiser wurde. Erst als nichts mehr zu hören war, stand ich auf. Vorsichtig schloß ich die Tür und lehnte mich von innen dagegen. Ich hatte es heil überstanden.

Der »Dicke« war tatsächlich wieder gegangen.

Ich rief Harry an, um ihm die gute Nachricht mitzuteilen, auch die weniger gute. Daß Carla die Frau auf der Brücke gewesen sein mußte, schien ihn nicht zu überraschen. Genau wie ich hatte er längst zwei und zwei zusammengezählt.

Den Rest des Tages über hing ich in meiner Wohnung herum und setzte keinen Fuß mehr vor die Tür. Ich wollte nichts von draußen hören und nur noch meine Ruhe haben, um meine Wunden zu lecken. Halbherzige Versuche, irgend etwas Nützliches zu tun, wie Aufräumen, Putzen oder Geldscheine Bügeln, gab ich bald auf und überließ mich einer leicht nervösen Trägheit. Allzu große Gewissensbisse empfand ich nicht dabei.

Halb und halb rechnete ich damit, daß Ahlkamp noch auftauchen würde, aber er ließ vorerst nichts von sich hören. Alles blieb ruhig, niemand stürmte meine Wohnung.

Irgendwann landete ich wieder auf dem Sofa, zusammen mit dem Ricard.

Gegen Mitternacht wachte ich vom Lärm der Prozession auf. Gähnend schwang ich die Füße vom Sofa und stieß dabei gegen die halbleere Flasche. Sie kullerte über den Boden. Ich sah ihr nach und rieb mir die Stirn. Dann kam ich schwerfällig auf die Beine, reckte mich vorsichtig und ging zum Fenster.

Eine große Strohpuppe wurde durch die Straße getragen. In ihren alten Kleidern und mit einem verbeulten Hut auf dem Kopf sah sie von hier oben erschreckend menschlich aus. Es mochten an die zweihundert Leute sein, die dem Nubbel sein letztes Geleit gaben. Ihm galten all die Flüche und Beschimpfungen, die mit lautem Gejohle und Gepfeife von der Menge beifällig begrüßt wurden.

Mit ihm würde es kein gutes Ende nehmen, so viel stand fest.

Ich stützte mich auf die Fensterbank und ließ die Karawane Revue passieren. Von den Jecken schien kaum noch einer verkleidet zu sein, so sehr hatten sich Karneval und Alltag bereits vermengt. Als unten in ihrem Gefolge ein Zeitungsverkäufer auftauchte, schloß ich das Fenster und holte mir Mantel und Schuhe.

Die Prozession war um die Ecke gebogen und hatte offenbar ihr Ziel erreicht, einen kleinen Platz am Ende der Straße. Jemand hielt die obligatorische Anklagerede und verkündete auch gleich das Urteil: Tod durch das Feuer. Ein kurzer Prozeß, und ganz im Sinne der Zuschauer. Der Nubbel wurde angesteckt und brannte sofort lichterloh. Er sah immer noch wie ein Mensch aus.

Ich wandte mich ab und suchte den Zeitungsverkäufer. Er stand etwas abseits von dem Spektakel und rauchte eine Zigarette. Mit zwei druckfrischen Mittwochsausgaben von Express und Stadt-Anzeiger machte ich mich auf den Heimweg.

Inzwischen hatte man die »blutige Spur« der Kanzler bis zu Martine zurückverfolgt und schlachtete nun ihre Beziehung zu Jupp aus, dem ehemals »berüchtigten Unterweltkönig«. Aus dem einfachen »Massaker« war ein regelrechter »Krieg« geworden.

Ich fand keine noch so kleine Andeutung, die in unsere Richtung wies. Es sah ganz danach aus, als wären wir aus dem Schneider.

ELF

Zu meiner Schulzeit fiel am Aschermittwoch die erste Unterrichtsstunde aus. Statt dessen gingen wir alle zur Messe, bekamen ein Aschekreuz auf die Stirn gemalt und benahmen uns mit Anstand und Würde bis zur großen Pause. Das lag nun lange zurück, aber heute mußte ich daran denken. Ich trug meinen schwarzen Anzug, und wieder ging es um Staub.

Scharlie und ich waren zum Melaten-Friedhof gefahren, um Martine zu beerdigen. Von den anderen Trauergästen, die ihrem Sarg folgten, kannte ich kaum jemanden. Es waren mehr, als ich erwartet hatte, viel mehr, die von Martine Abschied nehmen wollten. Wir hatten uns weit hinten in den Zug eingereiht. Vor dem offenen Grab blieben wir ein paar Sekunden stehen und sahen stumm auf die Holzkiste hinunter. Scharlie machte den Anfang, mit der kleinen Schaufel warf er etwas Erde über den Sarg, dann wandte er sich ab. Nach einem letzten Zögern führte ich die gleiche rituelle Geste aus und folgte ihm. Es war vorbei.

Scharlie hatte es eilig und verabschiedete sich rasch von mir. Der Bus mit der restlichen Mannschaft des »Geigers« wartete bereits auf ihn, und wenigstens einer von uns beiden mußte mit. Den »Geiger« unmittelbar nach Karneval zu schließen, hatte sich in den letzten Jahren zu einer kleinen Tradition entwickelt. Wir machten dann gewöhnlich eine Woche Betriebsferien, um alle gemeinsam in den Skiurlaub zu fahren. Diesmal blieb ich zurück, allein. Die Buchführung war liegengeblieben, und das Finanzamt drängte. Das ersparte mir die Mühe, nach einer Ausrede suchen zu müssen.

Langsam schlenderte ich zurück zum Ausgang und ließ genügend Abstand zu den übrigen Trauernden, die zusammen in kleinen Grüppchen vor mir hergingen. Gedämpft miteinander plaudernd stimmten sie sich auf den üblichen Begräbnis-Kaffee ein. Ich hatte nicht vor, daran teilzunehmen. Jemand anderes offenbar auch nicht.

»Was meinen Sie, Herr Cremer, ob Ihre Freundin nicht doch lieber ein Grab unter Palmen gehabt hätte? Ich könnte mir vorstellen, daß man für seine letzte Ruhestätte die heimatliche Erde vorzieht.«

Die Stimme kannte ich, und ich brauchte mich nicht erst umzudrehen, um zu wissen, daß Ahlkamp hinter mir stand. Ich hatte ihn vorhin nicht bemerkt, war aber nicht eigentlich überrascht, ihn hier anzutreffen.

»Schon möglich. Wir haben nie darüber gesprochen. Aber wenn man erst einmal unter der Erde liegt, macht es wohl keinen Unterschied mehr.«

»Tja, da könnten Sie recht haben.« Er nickte bedächtig und sah mich ruhig an. »Kommen Sie, gehen wir ein Stück zusammen. Oder haben Sie es sehr eilig?«

»Nein, nicht besonders.«

Ich wußte nicht so recht, was ich davon halten sollte. Ahlkamp wollte mit mir reden, das war kaum zu übersehen. Wie ein Verhör wirkte es zwar nicht gerade, trotzdem war ich heilfroh, daß Harry darauf verzichtet hatte, mit uns zur Beerdigung zu kommen. Über dessen zerschlagenes Gesicht hätte Ahlkamp sich bestimmt seine Gedanken gemacht.

Vielleicht tat er das auch so schon. Sehr wohl fühlte ich mich nicht. Ich konnte nur hoffen, daß mir nichts von den Verletzungen anzumerken war. Erklären wollte ich sie ihm nicht so gern.

Wir bogen in einen Seitenweg ab, weg von den anderen, deren Stimmen schnell leiser wurden. Ahlkamp ließ sich Zeit. Er schien sich für die Grabsteine zu interessieren, an denen wir vorbeikamen. Ich ging neben ihm her und versuchte dabei, nicht mehr zu hinken als Fred Astaire bei einem langsamen Walzer.

»Wie kommen Sie mit Ihren Ermittlungen voran?«

»Das läßt sich nicht so ohne weiteres beantworten. Wir machen Fortschritte, das schon, aber der Fall hat sich mittlerweile ausgeweitet. Sie haben sicher von den Toten draußen in Frau de Saint-Clairs Landhaus gehört, nehme ich an.«

»Natürlich. Es stand ja groß in den Zeitungen.«

»Dann wissen Sie ja auch, daß Ihr alter Freund Jupp Erckens darunter war. Wir haben seine Leiche dort gefunden. Sie lag in Frau de Saint-Clairs Wagen.«

»Ja, das habe ich gelesen.«

»Wenn es Sie tröstet, es gab keine Anzeichen einer Gewalteinwirkung. Erckens ist nicht getötet worden, sondern auf natürliche Art gestorben.« Er legte eine winzige Pause ein. »Von den beiden anderen kann man das allerdings nicht behaupten.«

»Stimmt es, daß sie die Mörder von Martine waren?«

»Ich denke, ja. Alles deutet darauf hin. Die Zeugenbeschreibung paßt auf sie. Wir haben hier am Tatort jede Menge Fingerabdrücke von ihnen gefunden. Außerdem hat die Analyse der Spermaspuren ergeben, daß sie eindeutig von einem der beiden stammen. Die Untersuchungen sind zwar noch nicht alle abgeschlossen, aber ich glaube nicht, daß sich an den Resultaten noch etwas Wesentliches ändern wird. Für uns steht jetzt schon fest, daß die beiden für den Tod von Frau de Saint-Clair verantwortlich sind.«

Obwohl ich nichts anderes erwartet hatte, war ich doch erleichtert, eine offizielle Bestätigung zu hören. »Weiß man schon näheres über sie?«

»Ja, einiges. Es war nicht weiter schwierig, die Leichen zu identifizieren. Sie kommen aus Hamburg, und bei den Kollegen dort existiert über sie eine dicke Akte. Die beiden hatten einen gewissen Ruf, könnte man sagen.«

»Einen Ruf?«

»Sie galten als ausgesprochene Gewalttäter. Wissen Sie, im Grunde genommen handelt es sich bei ihnen nur um kleine Fische, brutale Schläger ohne allzu viel Grips im Kopf. Aber vielleicht sind solche Leute gerade deshalb so gefährlich, wer weiß.« Er zuckte mit den Achseln. »Jedenfalls ist ihr Strafregister wirklich sehenswert, entschieden länger als meine Steuererklärung. Schwere Körperverletzung, Raub, Erpressung, Zuhälterei – alles, was so dazugehört. Dabei ist das vermutlich nur die Hälfte von dem, was sie tatsächlich auf dem Kerbholz hatten. Jetzt kommt auch noch ein Mord dazu. Das paßt.«

Er steckte die Hände in die Taschen und sah über die Grabsteine hin. Der Anblick schien ihn philosophisch zu stimmen. »Diese beiden waren wirklich zwei Prachtexemplare unserer Gattung. Ich glaube nicht, daß irgend jemand ihnen eine Träne nachweint.«

Wenigstens würde Ahlkamp es nicht tun, daran ließ sein Ton keinen Zweifel.

»Der Fall ist also aufgeklärt?«

Ahlkamp antwortete nicht sofort, erst ging er noch ein paar Schritte weiter. »Nun, wir wissen, wer Frau de Saint-Clair getötet hat. Soweit es uns betrifft, ist damit die wichtigste Frage bei diesem Fall geklärt. Das stimmt.«

»Trotzdem wirken Sie nicht sehr zufrieden.«

»Das bin ich auch nicht.«

»Was stört Sie daran?«

»Das Motiv. Uns fehlt das Motiv, und von den Tätern werden wir es nicht mehr erfahren. Alles, was wir haben, sind drei weitere Leichen. Das gefällt mir nicht. Schon gar nicht, wenn die Leiche von jemandem wie Jupp Erckens dabei ist.«

Ich sagte nichts.

»Sie wissen wohl nicht zufällig, was er da draußen gewollt hat?« fragte er nach einer kleinen Pause beiläufig.

»Nein.«

»Das ist bedauerlich. Ich glaube nämlich, daß Ihr alter Freund Erckens mit der Geschichte zu tun hat. Genauer gesagt glaube ich, daß er sogar die Schlüsselfigur darin ist. Alles andere würde mich sehr wundern.«

Ahlkamp machte keine Staatsaffäre daraus. Überhaupt hatte ich nicht den Eindruck, daß er irgend etwas von mir erfahren wollte. Eher den, daß er mir etwas sagte.

»Wie kommen Sie darauf?«

»Das will ich Ihnen sagen. Eins hat mich von Anfang an gestört: Da machen sich zwei schwere Jungs den weiten Weg aus Hamburg, nur um hier in Köln eine Antiquitätenhändlerin zu überfallen. Sie bringen die Frau sogar um. Aber sie stehlen nichts, obwohl doch genug Wertvolles in der Wohnung herumsteht. Das ist schon merkwürdig, finden Sie nicht?«

Die Frage war rein rhetorisch. Ohne auf eine Antwort von mir zu warten, redete Ahlkamp weiter.

»Und damit nicht genug, anschließend durchsuchen sie auch noch ihr Wochenendhaus. Warum sollten sie so etwas tun? Die Antwort liegt auf der Hand: Offensichtlich ging es ihnen nicht um Frau de Saint-Clair selbst oder um irgendwelche Antiquitäten, die sie besaß. In ihrem Landhaus ist nämlich nichts zu holen, was sich lohnen würde. Es muß also einen anderen Grund geben.«

»Einen anderen Grund – damit meinen Sie wohl Jupp.«

»Ja. Erckens sucht seine alte Freundin auf und fährt weiter zu ihrem Landhaus. Wenig später tauchen die Hamburger auf, erst bei ihr, dann ebenfalls da draußen. An einen Zufall glaube ich nicht. Die beiden müssen ihm gefolgt sein. Ihn haben sie gesucht und schließlich auch gefunden.«

»Nur war er da bereits tot.«

»Schon seit einigen Tagen, richtig. Er konnte ihnen also nichts mehr sagen – was ihnen kaum gefallen haben dürfte, nehme ich an. Denn sie haben das Haus auf den Kopf gestellt, als hätten sie dort etwas Bestimmtes gesucht. Etwas, das Erckens mit sich geführt haben muß.« Ahlkamp machte eine kleine Pause und sah mich an. »Womit wir auch bei einem möglichen Motiv wären.«

»Für den Mord an Martine?«

»Vielleicht mußte Ihre Freundin sterben, weil sie Kontakt mit Erckens hatte und die Täter davon wußten. Vielleicht hat sie ihnen nicht erzählt, was sie wissen wollten.«

»Wenn es stimmt, was Sie sagen, dann hätte Martine ihren Mördern gar nichts erzählen können. Mit Jupps Geschäften hatte sie nichts zu tun.«

»Das habe ich auch nicht behauptet. Aber vielleicht waren die Hamburger in diesem Punkt anderer Meinung.«

Ich sagte nichts. Auch Ahlkamp schwieg.

»Erckens' Geschäfte«, sagte er nach ein paar Schritten langsam. »Wußten Sie eigentlich, daß Erckens vor ein paar Tagen in Hamburg war und sich dort mit einem seiner alten Geschäftspartner getroffen hat?«

Ich schüttelte den Kopf. Davon hatte kein Wort in den Zeitungen gestanden.

»Ist übrigens auch ein alter Bekannter von uns, der ›Dicke‹. So wird er genannt, allerdings nur, wenn er selbst nicht dabei ist. Regulär heißt der Mann Boysen, Henrik Boysen. Sagt Ihnen der Name etwas?«

»Ich glaube, Jupp hat ihn mal erwähnt.«

»Das hat er bestimmt. Bevor Erckens sich zurückgezogen hatte, standen sie sich recht nahe. Boysen ist nicht irgendwer, in Hamburg gehört er zu den wirklich Großen, und vermutlich hat er auch hier bei uns immer noch seine Finger in dem einen oder anderen Geschäft. Mit ihm sollte man besser keinen Streit anfangen.

Zufällig haben unsere beiden Hamburger früher einmal für ihn gearbeitet. Und selbstverständlich hat er schon seit Jahren nichts mehr mit ihnen zu tun. Das behauptet er jedenfalls.«

»Glauben Sie ihm?«

»Das spielt keine große Rolle, ich könnte doch nichts beweisen. Aber wenn er als Auftraggeber hinter den Tätern stecken sollte, hat er wenigstens nicht bekommen, was er wollte.«

»Wonach sollen die beiden denn gesucht haben?«

»Das weiß ich nicht, gefunden haben wir nichts. Aber es muß etwas besonders Wertvolles gewesen sein. Denn nach dem, was da draußen passiert ist, dürfen wir annehmen, daß sich auch jemand anderes dafür interessiert hat und dabei nicht gerade zimperlich vorgegangen ist.«

»Die Berichte stimmen also?«

»Im großen und ganzen, ja. Abgesehen von den üblichen Übertreibungen und wilden Behauptungen über ›Drogenmafia‹ oder ›Russenbanden‹. Das sind alles reine Spekulationen. Bisher gibt es keinerlei konkrete Hinweise auf den oder die Täter. Und, offen gesagt, habe ich meine Zweifel, daß wir noch welche finden werden.«

Mittlerweile hatten wir den Ausgang erreicht. Von den anderen Gästen war nichts mehr zu sehen. Nur eine Amsel lief über die Friedhofsmauer. Wir blieben stehen und schauten ihr beide hinterher.

»In den Zeitungen steht, daß es Profis waren, eine Abrechnung unter Gangstern.«

»Das habe ich auch gelesen.« Ahlkamp kramte eine Zigarre aus seiner Brusttasche und rollte sie bedächtig zwischen den Fingern. »Und so wird es am Ende wohl auch in den Akten stehen.«

Abwartend sah ich ihm zu, wie er seine Zigarre coupierte. Ahlkamp war der Wahrheit recht nahe gekommen, aber warum erzählte er mir das alles?

»Wissen Sie, wir haben im Moment noch drei andere ungeklärte Fälle, um die wir uns kümmern müssen. Da gibt es natürlich Prioritäten, und die Ermittlungen im Bereich der organisierten Kriminalität sind schwierig und sehr langwierig. Übrigens auch recht unerfreulich. An die Hintermänner und Drahtzieher, an die großen Bosse kommen wir in der Regel nicht heran. Solange sich diese Burschen also nur gegenseitig umbringen ...« Er zuckte mit den Achseln. Kein Franzose hätte eine sprechendere Geste machen können.

Ich gab ihm Feuer. Er nickte dankend und paffte ein paar Züge vor sich hin. Die Amsel verharrte auf einmal mitten in der Bewegung und beobachtete uns.

»Natürlich gibt es auch eine abweichende Meinung«, fuhr er in beiläufigem Ton fort. »In diesem Haus da draußen muß ein erbitterter Kampf stattgefunden haben, buchstäblich bis aufs Messer. Und das sieht Profis gar nicht ähnlich. Die drücken einfach ab, am liebsten von hinten. Deshalb geht diese andere Theorie davon aus, daß wir es hier mit Amateuren zu tun haben und mit einem Motiv, von dem wir nichts wissen. Mit einem persönlichen Motiv. Rache womöglich.«

Ahlkamp machte eine kleine Pause. Ich atmete flach und hatte nur Augen für die Amsel, die plötzlich mit lautem Gezeter davonflog.

»Nun, wir wissen immer zu wenig, und wir haben immer zu viel zu tun.« Der Kommissar räusperte sich. »Wie gesagt, es ist nur eine Theorie – und sie interessiert auch niemanden mehr, Ende des Monats gehe ich in Pension.« Ahlkamp musterte mich ruhig, dann nickte er kurz. »Leben Sie wohl, Herr Cremer!«

Ich schlug den Kragen hoch und sah ihm nach, bis er um die Ecke bog. Er hatte mir nicht die Hand gegeben.

Ohne den Karnevals-Trubel machte der »Geiger« nicht viel her. Er wirkte schlicht und unaufdringlich. Das hatte mir immer gefallen. Ein guter Platz, um seine Ruhe zu haben. Als ich die Stufen zum Eingang hinunterstieg, fiel mir wieder die schon leicht mitgenommene Fassade auf. An mehreren Stellen blätterte die Farbe ab. Es wurde wirklich Zeit für einen neuen Anstrich.

Im »Geiger« war niemand. Ich schloß die Tür hinter mir ab und lehnte mich mit dem Rücken dagegen. Durch die Fenster schien die Wintersonne hinein und tauchte den Raum in ein dämmriges Licht.

Die Party war gelaufen. Auf den Tischen standen noch reichlich Flaschen und Gläser herum. Gestern nacht hatte die Mannschaft nur das Gröbste weggeräumt, und die Putzkolonne sollte erst morgen kommen. Sie würde einiges zu tun haben, um die Spuren von sechs Tagen Dauer-Fete zu beseitigen.

Auf dem Weg zur Bar knirschte es leise unter meinen Schuhsohlen. Der Boden war übersät mit Konfetti und zertretenen Luftschlangen, zwischen denen überall winzige Scherben verstreut herumlagen. Hier und da hingen noch ein paar bunte Papiergirlanden halb abgerissen von der Decke herunter, ramponierte Überreste unserer Fest-Dekoration. Daß sie bereits verblaßt aussahen, konnte auch am Winterlicht liegen.

Im Büro wartete meine Arbeit, aber das würde sie morgen auch noch. Jetzt brauchte ich etwas zu trinken. Die Auswahl fiel mir nicht schwer. Ich gab Gin und Eis in einen Mixbecher, dann suchte ich im Regal nach Limettensaft. Irgendwo mußte noch eine Flasche Rose's herumstehen; und so war es auch, in der hintersten Reihe wurde ich fündig. Eine andere Marke kam für einen anständigen Gimlet nicht in Frage.

Scharlie hätte vermutlich etwas Abfälliges über Banausen und Ballermänner von sich gegeben, aber für mich war das Glas klein genug. Ein passender Trinkspruch fiel mir nicht ein, also nahm ich ganz formlos einen ordentlichen Schluck. Er schmeckte herb und kühl.

Hemingway soll ihn gern getrunken haben, er und Terry Lennox. Der richtige Cocktail für eine schattige Strandbar irgendwo im Süden, wenn die Palmen sich in der sanften Brise wiegen und das leise Lachen der Frauen von nebenan herüberklingt. In den Kölner Februar paßte er wie ein weißer Panama zu Schimanski.

Ich zog mir einen Barhocker heran und setzte mich an die Theke. Bedächtig trank ich vor mich hin und ließ mir das Gespräch mit Ahlkamp noch einmal durch den Kopf gehen. Vor allem das, was nicht gesagt worden war. Wenn ich den Kommissar richtig verstanden hatte, brauchten wir von offizieller Seite nichts mehr zu befürchten. Genausowenig wie vom »Dicken« und seinen Leuten.

Die fünfte Jahreszeit war zu Ende gegangen, und alles war wieder in bester Ordnung. Perfekt. Bis auf ein paar Kleinigkeiten vielleicht. Kleinigkeiten, die keine Putzkolonne der Welt wegräumen konnte.

Mein zweites Glas fiel etwas bescheidener aus. Ich war noch damit beschäftigt, als jemand erst an die Tür und dann von außen gegen eine Fensterscheibe klopfte. Stammkunden können mitunter recht hartnäckig sein. Genervt drehte ich mich um, ich wollte jetzt niemanden sehen. Von draußen winkte Harry mir durch die Scheibe zu. Das war etwas anderes. Ich ging zur Tür und ließ ihn hinein. Er nickte mir zu.

»Hallo, Max. Ich dachte mir schon, daß du hier bist.« Die Schwellungen in seinem Gesicht waren bereits zurückgegangen, hatten dafür aber einiges an Farbe gewonnen. »Wie war die Beerdigung?«

»Wie schon? Es ist gut, daß du nicht mitgekommen bist, Ahlkamp war nämlich auch dort.« Er folgte mir zur Theke, und ich erzählte ihm von meiner merkwürdigen Unterredung mit dem Kommissar. Ohne mich zu unterbrechen, hörte Harry mir zu. Seine Haltung wurde nicht lockerer dabei.

»Und was hältst du davon?«

Ich zuckte mit den Schultern. »Nun, weder er noch Boysen haben es ausgesprochen, aber ich glaube, daß sie Bescheid wissen, alle beide.«

»Na, toll!« Harry schluckte und starrte mich an. »Und sie wollen tatsächlich nichts unternehmen? Bist du sicher?«

»Ich hatte nicht den Eindruck, nein.«

»Tja, hoffentlich hast du recht!« Er atmete einmal tief durch und setzte sich auf den nächsten Hocker. »Aber wenn du dich irrst, werden wir es bestimmt noch früh genug merken. Ich schätze, jetzt könnte ich einen Schluck vertragen!«

Mein Glas war auch leer. Ich mixte uns beiden noch einen Gimlet. Harry sah mir zu und blieb gegen seine Gewohnheit stumm. Er wirkte sogar leicht abwesend. Es mußte ihm noch etwas anderes im Magen liegen. Lange brauchte ich nicht zu warten. Nachdem er mit dem ersten Schluck das halbe Glas getrunken hatte, rückte er damit heraus.

»Du bist übrigens nicht der einzige, der heute schon eine ernste Unterhaltung geführt hat, Max. Eben hat mich Marion aus Hamburg angerufen. Julia scheint verschwunden zu sein. Seit Samstag schon. Hier in Köln.«

»Verschwunden?«

»Jedenfalls meldet sie sich nicht. Am Samstag haben sie sich getrennt. Julia hatte noch einen Termin hier und wollte sowieso länger in Köln bleiben, Marion mußte dringend nach Hause. Seitdem hat sie nichts mehr von ihr gehört. Zuerst hat sie sich keine Sorgen gemacht, sie hat einfach angenommen, daß Julia, nun ja, Anschluß gefunden hat und irgendwo im Karneval versackt ist. Das Übliche halt. Aber sie ist bis heute noch nicht wieder in Hamburg aufgetaucht und hat auch keine Nachricht geschickt.«

»Und deshalb ruft sie bei dir an. Ich verstehe, du warst vermutlich die erste Wahl für den Anschluß.«

»Sicher. Aber bei mir ist sie nicht. Leider.« Harry rieb sich das Kinn. Er war besorgt, und es hatte nichts mit gekränkter Eitelkeit zu tun. »Marion ist ziemlich beunruhigt. Mittlerweile hat sie natürlich erfahren, was hier passiert ist, und da gibt es ein Problem: Julias Termin war Martine, sie wollte versuchen, von ihr etwas zu erfahren.«

»Am Samstag.« Daß Marion sich Sorgen machte, konnte ich gut verstehen.

»Genau. Seitdem ist sie verschwunden. Marion befürchtet, daß Julia vielleicht bei Martine über die Kanzler gestolpert ist und von denen als Zeugin einkassiert wurde. Sie hat auch von dem Unfall auf der Brücke gelesen, von der jungen Frau, die in den Rhein gestürzt ist, und hat nun Angst, daß es Julia gewesen sein könnte.«

»Das ist gut möglich. Jedenfalls würde alles zusammenpassen.«

»Sehr gut sogar, da liegt ja das Problem. Um Marion einigermaßen beruhigen zu können, hätte ich ihr von Carla erzählen müssen, und das wollte ich vermeiden.« Dann fiel es ihm auf. »Moment mal, was soll denn das heißen: ›Gut möglich‹?«

»Julia könnte wirklich die Frau in dem Porsche gewesen sein. Carla war es nämlich nicht. Das steht fest.«

»Was sagst du da?«

Statt ihm zu antworten, holte ich den Umschlag aus der Tasche und schob ihn über die Theke. Ein Bote hatte ihn heute morgen bei mir abgeliefert. Sehr früh heute morgen, aber mein Ärger hatte sich schnell gelegt. Solche Post bekomme ich nicht oft.

Harry nahm den Umschlag und öffnete ihn. Wahrscheinlich hatte ich auch kein intelligenteres Gesicht gemacht, als ich sie zum ersten Mal gesehen hatte, das Linienflug-Ticket nach Hawaii und eine Hotelbuchung für Honolulu.

Absender des kleinen Päckchens war ein Kölner Reisebüro. Beim zweiten Versuch hatte mir eine unnatürlich muntere Stimme am Telefon geantwortet. Jawohl, die Buchung wäre in ihrem Hause vorgenommen worden, schon am vergangenen Freitag und im Auftrag einer jungen Dame, die selbst noch den Flug am gleichen Tag genommen hätte. Selbstverständlich wäre bereits alles bezahlt. Die junge Dame hätte ausdrücklich darum gebeten, die Unterlagen erst nach den Tagen zuzustellen. Einen guten Flug wünsche man und viel Vergnügen in der Sonne. Um diese Jahreszeit wäre Hawaii ja ganz entzückend, einfach wunderbar.

Ich hatte dankend aufgelegt und mich gefragt, um welche Jahreszeit Hawaii wohl nicht so doll wäre.

Ein Ticket in die Südsee, da war ein Gimlet durchaus angebracht. Ich setzte das Glas ab und griff in meine Innentasche. »Es lag noch ein Brief dabei. Hier.«

Harry faltete ihn auseinander und strich ihn glatt. Es war nur ein einziges Blatt mit ein paar Zeilen. Eine Art Einladung.

»Samstag, 19 Uhr in der Bar. Jetzt oder nie!«

Es gab keine Unterschrift. Das war auch nicht nötig, ich erkannte die Schrift und auch den Lippenabdruck. Jetzt hatte ich schon zwei davon. Vielleicht sah so der Beginn einer wunderbaren Sammlung aus.

»›The Royal Hawaiian‹«, sagte Harry langsam und legte die Tickets neben den Brief. »Da scheint jemand recht spendabel gewesen zu sein. Ich meine, nach einer Absteige mit öffentlicher Busverbindung zum Strand klingt es ja nicht gerade.«

»Nein, das kann man nicht behaupten.«

»Sie hat die Bücher also verkauft und sich mit dem Geld abgesetzt.«

»Sieht ganz so aus.«

»Nach Honolulu, mit drei Millionen. Einfach so.«

»Einfach so.«

»Und dir hat sie eine Einladung geschickt.«

Ja, ich war ein richtiger Glückspilz. Harry stand auf, langte nach oben und riß eine Girlande herunter. Er teilte sie in zwei Hälften und hängte mir eine davon mit einer zeremoniellen Verbeugung über die Schultern. Mit der anderen schmückte er sich selbst. Anschließend hob er sein Glas.

»Na, dann: Aloha! – Oder wie immer das auf Hawaii heißen mag.«

Wir stießen an und tranken schweigend. An Harry wirkte die Girlande beinahe echt. Jedenfalls harmonierten ihre Farben gut mit seinem Gesicht.

Ich mußte daran denken, worüber Carla und ich an jenem Abend bei mir gesprochen hatten, bevor sie in meinem Arm eingeschlafen war. Über Geld und Palmen und goldene Sonnenuntergänge. Jetzt sah ich sie vor mir, wie sie dort am anderen Ende der Welt auf ihrem Deckchair lag, einen doppelten Mai Tai in der Hand und den Pazifik zu ihren Füßen. Sie hatte es geschafft.

Harry drehte nachdenklich das leere Glas zwischen seinen Händen. Ohne mich dabei anzusehen, sagte er leise: »Vermutlich weiß sie nicht einmal, daß es deswegen hier ein paar Tote gegeben hat.«

»Schon möglich.«

Aber sicher war ich mir nicht. Sie hatte von Jupp und den Büchern gewußt und mir nichts gesagt. Langsam schob ich das Ticket hin und her und wußte nicht, was ich davon halten sollte. Vielleicht war ich ja doch nicht allein auf dem Mond gewesen. Wenigstens etwas. Nicht, daß es jetzt noch einen großen Unterschied machte. Einen Schnäuzer würde ich mir nicht stehen lassen.

Für drei Millionen konnte man sich eine Menge Cocktails im Sonnenuntergang leisten. Aber nicht mit Magnum und den Jungs, nicht im Paradies. Martine war tot, Julia war tot, und wir hatten zwei Menschen umgebracht. Nichts würde je wieder so sein, wie es vorher war.

Für einen letzten Gimlet reichte der Limettensaft noch, ich mußte nur etwas mehr Gin nehmen. Beim Mixen fiel mir ein Eisstück aus dem Becher und landete auf der Theke. Es störte niemanden. Ich schob Harry sein Glas zu und lehnte mich zurück gegen das Regal. Eine Zeitlang fiel kein Wort, jeder von uns hing seinen Gedanken nach. Völlig nüchtern war ich nicht mehr, und Harry auch nicht. Mittlerweile mußte er meinen Vorsprung aufgeholt haben. Auf einmal hob er seinen Zeigefinger und fing scheinbar unvermittelt an zu reden.

»Ich glaube, sie hätte ihn gemocht.«

»Gemocht? Wen?«

»Peter Alexander natürlich! Julia hätte ihn gemocht!«

»Bestimmt hätte sie das.«

»Genau!«

Harry nickte mehrmals hintereinander. Dann legte er den Kopf auf die Arme und starrte versonnen vor sich hin. Das heruntergefallene Eisstück hatte angefangen zu schmelzen. Ich tauchte den Finger in die kleine Lache und malte Arabesken auf die Theke.

Durch die Fenster schien die Nachmittagssonne herein. In den schrägen Lichtstrahlen tanzten die Staubflocken. Der gedämpfte Straßenlärm schien sehr weit weg zu sein. Im »Geiger« war es ruhig, fast still.

Ich sah auf Carlas Brief hinunter. Das Wasser hatte ihn erreicht. Allmählich weichte das Papier auf. Nach und nach verliefen die Schriftzeichen, und es blieb nur noch ein konturloser roter Fleck übrig.

Die Zeit der Märchen war vorbei.

Stefan Winges
DER VIERTE KÖNIG – EIN FALL FÜR SHERLOCK HOLMES
Köln Krimi Classic 4
Broschur, 256 Seiten

ISBN 3-89705-189-3

»Ein lustvolles, auf genauer lokaler und historischer Recherche fußendes Spiel mit Literatur- und Filmzitaten, voller Witz und Intelligenz, mit einem offenen Hintertürchen für eine eventuelle Fortsetzung.«
Lexikon der Kriminalliteratur